MINHA SKYLAR

PENELOPE
AUTORA BESTSELLER DO NEW YORK TIMES

Editora Charme

Copyright © 2014. My Skylar por Penelope Ward
Direitos autorais de tradução© 2020 Editora Charme.

Todos os direitos reservados.
Nenhuma parte desta publicação pode ser reproduzida, distribuída ou transmitida sob qualquer forma ou por qualquer meio, incluindo fotocópias, gravação ou outros métodos mecânicos ou eletrônicos, sem a permissão prévia por escrito da editora, exceto no caso de breves citações consubstanciadas em resenhas críticas e outros usos não comerciais permitido pela lei de direitos autorais.

Os direitos morais do autor foram afirmados.
Este livro é um trabalho de ficção.
Todos os nomes, personagens, locais e incidentes são produtos da imaginação da autora. Qualquer semelhança com pessoas reais, coisas, vivas ou mortas, locais ou eventos é mera coincidência.

1ª Impressão 2022

Produção Editorial - Editora Charme
Capa - Verônica Góes
Foto - AdobeStock
Produção Gráfica - Verônica Góes
Tradução - Lilian Centurion
Preparação e Revisão - Equipe Charme

Esta obra foi negociada por Brower Literary & Management.

FICHA CATALOGRÁFICA ELABORADA POR
Bibliotecária: Priscila Gomes Cruz CRB-8/8207

W256m   Ward, Penelope

Minha Skylar / Ward, Penelope; Tradução: Lilian Centurion; Produção gráfica: Verônica Góes. – Campinas, SP: Editora Charme, 2022.
392 p. il.

ISBN: 978-65-5933-051-5
Título original: My Skylar.

1. Ficção norte-americana. 2. Romance Estrangeiro.
I. Ward, Penelope. II. Centurion, Lilian. III. Góes, Veronica. IV.Título.

CDD - 813

---

www.editoracharme.com.br

Editora **Charme**

MINHA SKYLAR

Tradução: Lilian Centurion

PENELOPE WARD
AUTORA BESTSELLER DO NEW YORK TIMES

MINHA SKYLAR

PRÓLOGO
MITCH

Skylar não tinha a menor ideia de que eu a estava observando. Uma vez por semana, eu ficava meio que sentado, meio que deitado de lado dentro do meu carro, depois de estacioná-lo na frente da casa dela, mas do outro lado da rua, na área residencial sossegada onde ela morava agora — com ele. Pensar nela com outro homem já me dava vontade de vomitar, que dirá ter que presenciar a situação.

Aquele lugar era um dos três onde eu estacionava que proporcionavam o ângulo perfeito para ver dentro da sala de estar dela. Eu trocava de posição toda semana para dar menos na cara, e as luzes do meu carro ficavam sempre apagadas. Um pequeno par de binóculos se mostrou muito útil e, exceto pela ausência de um cúmplice, era muito parecido com aquelas tocaias de filmes.

Eu embrulhava o jantar num saco marrom — em geral, era um sanduíche de manteiga de amendoim e um shake de proteína — e ia para a minha noitada até as luzes se apagarem no andar de baixo, indicando que ela havia ido dormir. Então, eu dirigia de volta para casa, voltava para minha cama vazia e nutria a esperança de sonhar com ela.

O nome da rua onde ela morava era Bayberry Lane. Era o tipo de bairro que ela merecia: seguro e ladeado por árvores suntuosas e gramados perfeitamente cuidados, a mais ou menos duas horas e meia de Nova York, em Nova Jersey. Era a cidade mais próxima de onde crescemos, e o tipo de lugar onde sempre pensei que acabaríamos vivendo juntos, felizes para sempre.

Fazia cinco longos anos desde que Skylar tinha pronunciado uma única palavra para mim. Na maior parte desse tempo, ela morou fora do estado. Diziam que ela havia ido embora para fazer faculdade de Design de Interiores, mas a verdade era que ela estava fugindo de mim.

Porque parti o coração dela.

Alguns anos depois de ir embora, ela conheceu um cara. Nosso amigo em comum, Davey, me passava informações privilegiadas sobre ela, e, por mais que eu odiasse a ideia de Skylar se estabelecendo na vida com outro homem, se ela estivesse feliz de verdade, eu sabia que tinha que aceitar. Era muito mais fácil quando ela estava bem longe. Eu tinha presumido que ela nunca mais voltaria para cá. Isso até uma noite em que o mundo tal como eu conhecia virou de cabeça para baixo durante uma simples ida rápida ao supermercado para comprar pasta de dente.

Eu a vi primeiro. Ela estava olhando o rótulo na parte de trás de um enxaguante bucal quando entrei no corredor, e ela não me notou parado a poucos metros dela.

Meu coração começou a bater acelerado enquanto sentia um aperto no peito. Skylar sempre foi uma menina bonita, mas nada poderia ter me preparado para a visão que era ela como uma mulher adulta. Sempre tinha imaginado como seria vê-la de novo, mas a intensidade da minha reação física e emocional me pegou de surpresa.

Seu cabelo comprido e castanho-avermelhado estava um pouco mais escuro e preso em um rabo de cavalo baixo que descia pelas suas costas como uma cascata. Ela estava usando um casaco de lã xadrez preto e branco simples, com um cinto largo em volta da cintura minúscula. Ela parecia bem mais alta, mas, quando olhei para baixo, percebi que era porque ela estava usando botas de salto alto.

Ela ainda não tinha se virado e notado minha presença e, com o aperto no peito e a garganta fechada, me limitei a encará-la, me forçando a dizer alguma coisa antes que ela fosse embora. A palavra mal foi audível quando saiu.

— Skylar.

Quando seus olhos encontraram os meus, foi como se meu coração começasse a bater de novo pela primeira vez em cinco anos. Aquilo me fez perceber o quanto eu estava morto por dentro.

Ela deu um pequeno passo para trás, e seu peito se moveu rápido com o choque. Não apenas essa tinha sido a primeira vez que tínhamos nos visto desde que ela foi embora, como também eu estava muito diferente.

Alguns anos antes, no auge de uma depressão, tinha começado a descontar minhas frustrações no meu corpo e iniciado um plano de exercícios que tinha então virado uma rotina diária. Portanto, estava maior e provavelmente um pouco mais assustador do que o universitário que ela deixou para trás.

Ela não tinha a menor ideia de como eu havia endurecido, principalmente por dentro. Ela, por outro lado, estava delicada e sofisticada em comparação com a minha aparência rústica de jeans surrado e casaco de trabalhador de construção bege sujo.

Ela ficou lá parada, muda, olhando as letras tatuadas nos meus dedos. Ela nunca tinha me visto com tatuagem.

Diga alguma coisa, Skylar... Qualquer coisa.

Então, ouvi uma voz masculina vinda do fim do corredor.

— Vem, Sky. Não tenho a droga do dia todo.

Sky. Ninguém a chamava de "Sky". Ela odiava esse apelido. E ele estava sendo rudemente lacônico com ela. Não gostei da escolha de palavras nem da expressão no rosto dele que notei antes de virar a cabeça, fingindo que estava olhando as opções de pasta de dente.

Estava morrendo de raiva. *Dele*. Sequer o conhecia, e queria acabar com ele. Tudo o que sabia era que ele tinha a única coisa que eu sempre quis.

Ela se virou na direção desse cara, que eu só podia presumir ser o namorado dela.

— D-desculpe. Já estou indo.

Ela soou nervosa, desnorteada. Nada que lembrasse a Skylar tranquila e segura de si que eu conhecia... e amava. *Ainda* amava. Ela havia sido minha melhor amiga, a pessoa mais importante no mundo para mim por muitos anos... antes de eu arruinar nossa relação.

Meu rosto ainda estava voltado para outra direção quando ouvi seus saltos batendo no chão e se afastando de mim e, mais do que isso, *senti* seu corpo me deixar quando a ausência súbita desencadeou a volta de um anseio familiar e insuportável que eu tinha apenas recentemente aprendido a manter longe de mim.

Fiquei parado no mesmo lugar durante um tempo indeterminado, olhando para as prateleiras fixamente e sem expressão, enquanto todas as emoções que tentei enterrar por anos me inundavam com força total de novo.

Quando enfim me mexi, a vi parada na fila, esperando para pagar. O namorado deve ter ficado esperando no carro, porque ele não estava em nenhum lugar à vista.

Deixa pra lá, Mitch.

Quase deixei... Até que vi a cena.

Skylar levou a mão aos olhos e começou a enxugar lágrimas. Ela olhou para trás para se certificar de que ninguém estava olhando, mas não percebeu que eu estava do outro lado, a alguns caixas de distância, me escondendo atrás de uma revista. Parecia que meu coração estava pronto para explodir. Ela estava chorando, e eu sabia que era por minha causa. Isso deveria ter me magoado, mas, em vez disso, me revigorou.

Ela ainda sentia alguma coisa.

Se era tristeza, ódio ou mesmo uma fração de amor, eu não sabia. Mas qualquer coisa era melhor do que complacência. Tinha me convencido de que Skylar havia ido embora para sempre. Não apenas de que ela havia ido morar em outra cidade, mas de que seus sentimentos por mim tinham que ter se dissipado há muito tempo. Nunca tinha conseguido seguir em frente depois dela, mas assumi que, àquela altura, ela pudesse ter superado o que aconteceu entre nós.

Quando ela enxugou os olhos mais uma vez, tive certeza de que eu precisava saber mais. Simplesmente precisava saber se ela estava feliz. Com certeza, ela não parecia feliz, e isso me deixou irritado. Tinha permanecido afastado todos esses anos, e nunca havia lutado por ela porque achei que ela estava melhor assim. Mesmo se ela nunca conseguisse me perdoar, eu precisava saber, para manter minha própria sanidade mental, que ela estava bem.

Então, foi assim que a perseguição começou, embora eu gostasse de chamá-la de *vigilância*; assim, ficava um pouco menos sinistro.

Estava um frio congelante, mas não liguei o ar quente porque dar a partida no carro iria chamar a atenção. Eu não deveria ter ficado lá, mas a verdade era que estar perto dela me fazia me sentir em casa mais do que estar em qualquer outro lugar.

Naquela noite, ela estava sozinha, e essas noites eram as minhas favoritas. Ela sentava no sofá e lia ou assistia à televisão. Às vezes, quando ela via TV, gargalhava sozinha. Olhar fixamente para o sorriso que permanecia no rosto dela depois era a melhor forma de meditação para mim. Quando Skylar sorria, ela iluminava o ambiente, e não havia nada mais calmante de se olhar. Era importante para mim ver seu sorriso. Significava que eu não o tinha feito desaparecer completamente.

Por outro lado, ela parecia tensa quando *ele* estava por perto. Nessas noites, ela passava mais tempo limpando ou cozinhando, nunca relaxando. Eles discutiam muito, e, uma vez, isso culminou com ele a agarrando e a beijando como uma forma de pedir desculpas. Por mais que eu tivesse tentado me preparar para o que eu poderia ter que testemunhar quando decidi fazer isso, realmente doeu pra caramba observar aquela cena. Graças a Deus, ficou naquilo mesmo. Eu não teria ficado por lá para ver nada além daquilo. Isso é fato. Aquele era o meu limite.

Ela estava lendo naquela noite. Com meus binóculos, examinei a expressão pensativa enquanto ela se concentrava no livro, com as pernas enroladas num cobertor de tricô. Ela havia acendido algumas velas em pote na mesa de centro, e havia uma lâmpada acesa. Ela estava absurdamente fofa com seus óculos de leitura de armação vermelha. Me perguntei quando ela começou a precisar de óculos, e depois reprimi esse pensamento, porque ele me fez me perguntar sobre todas as outras coisas que eu tinha perdido.

Eu teria dado tudo para estar abraçando-a enquanto ela lia e pegar no sono com meu nariz encaixado na curva do seu pescoço. Só de pensar nisso, senti um calor por dentro enquanto estava sentado no meu carro escuro e frio. Não conseguia entender por que ele não voltava para casa em certas noites. Se Skylar fosse minha, com certeza eu estaria em casa toda noite.

Um vento uivante balançou meu carro enquanto eu continuava a contemplá-la pela janela. Seus olhos ficaram pesados, e observei com atenção quando eles lentamente se fecharam por completo. Ela havia pegado no sono no sofá.

Consegui ver minha respiração quando suspirei, e encostei a cabeça no assento, reconhecendo que era hora de dar a noite por encerrada. Meu coração doía toda vez que eu precisava deixá-la. Mas eu continuaria vindo até ter o que precisava: convicção de que ela estava feliz e segura.

Até semana que vem, minha Skylar.

Coloquei a chave na ignição e a girei para dar partida no carro, e foi aí que o motor começou a falhar. Achando isso normal, imediatamente a girei uma segunda vez, e a mesma coisa aconteceu.

Por favor! Não aqui!

Foi isso que ganhei por vir com aquela porcaria de carro. Eu tinha uma bela de uma caminhonete, mas ela era enorme e teria chamado atenção demais na rua tranquila. O carro em questão era um Corvette mais antigo que comprei por diversão. Eu mexia nele de vez em quando, mas ele ficava na garagem da minha mãe na maior parte do tempo.

Depois da terceira tentativa de ligar o carro, tirei uma lanterna e um kit do porta-malas e abri o capô. A bateria não estava descarregada, então fiz um conserto meia-boca mexendo numas conexões, na esperança de conseguir fazer o carro funcionar. Quando dei a partida de novo, ele continuou sem sair do lugar. Fiquei girando a chave na ignição várias vezes, metendo o pé no acelerador, rezando para conseguir cair fora dali antes de Skylar acordar e notar minha presença.

Fiz uma pausa, batendo a cabeça com tudo no volante, frustrado. Depois de uns cinco minutos, decidi fazer uma última tentativa antes de abandonar o carro e andar os vários quilômetros até minha casa no frio congelante.

Dessa vez, pisei no acelerador com mais força enquanto girava a chave na ignição e, para meu absoluto horror, uma explosão errada no cilindro terminou com um grande estrondo.

Droga!

Precisava pegar minhas coisas e ir. Naquele instante. *Vai!*

Saí do carro e, quando me virei para trancá-lo, ouvi o som de uma porta se abrindo com força e passos arranhando o chão atrás de mim.

— Está tudo bem aqui fora?

Meu corpo ficou paralisado. Eu estava de costas para ela. Minha cabeça estava coberta com um capuz, então ela não podia ver meu rosto e me identificar. Eu estava quase bravo por ela ter vindo para fora, porque ela não sabia nada sobre o desconhecido que eu era naquele momento, e eu poderia muito bem ser um *serial killer*. Mas Skylar sempre foi muito corajosa, a ponto de isso ser um problema.

Eu tinha duas opções: correr olhando para baixo ou me virar e encará-la. Mas como eu ia explicar aquela situação para ela?

Senti como se meu coração fosse sair pela boca quando me virei e removi o capuz.

— Skylar... Sou eu.

MINIIA SKYLAR

MITCH

QUINZE ANOS ANTES

Eu realmente não queria ir ao parquinho naquele dia. A vovó achou que seria uma boa ideia eu sair de casa porque não tinha feito nada exceto jogar videogame desde que tinha chegado ontem.

Ia ficar com minha avó durante o verão porque meus pais estavam brigando o tempo todo, e minha mãe não queria mais que eu estivesse por perto para presenciar aquilo. A desculpa que ela me deu foi que minha avó tinha andado solitária e pedido para eu morar com ela, mas eu sabia que não era isso.

As coisas estavam realmente muito ruins em casa. Em algumas noites, meu pai não voltava do trabalho, e eu estava com medo de que não sobrasse nada quando chegasse a hora de eu voltar.

— Vem, Mitch. Pode ser que conhecer umas crianças melhore seu humor.

A contragosto, sentei no banco de trás do velho Camry bege da minha avó.

— Vovó, eu te amo. Mas não quero ficar aqui o verão inteiro. Quero voltar para casa daqui a duas semanas.

— Eu sei, querido. Mas os seus pais... Eles têm algumas coisas para resolver. Além disso, fiquei esperando o ano inteiro para ter bons momentos com meu neto mais bonito — ela disse e sorriu para mim no espelho retrovisor.

— Sou seu único neto.

Dei a ela um meio-sorriso antes de virar a cabeça para olhar pela janela pelo resto do caminho.

A vovó parou no estacionamento do parquinho.

— Vá brincar. Vou ficar sentada bem aqui, no carro, tricotando, se você precisar de mim.

Eu já tinha decidido que ia permanecer infeliz. Então, enquanto as outras crianças ficavam correndo umas atrás das outras, brincavam de bola ou escalavam a parede de pedra, eu atravessei o parque e me posicionei no banco que estava mais longe da ação. Tinha colocado meu videogame de mão dentro da minha blusa escondido antes de sairmos de casa, então o peguei e tentei abafar o som dos gritos e assobios das outras crianças.

Senti uma pancada no braço.

— Peguei! Tá com você!

Minha cabeça se ergueu devagar, indicando minha irritação. Uma menina magricela com duas longas tranças estava fugindo de mim, me incitando a correr atrás dela. Ela olhou para trás com um sorriso bobo que desapareceu assim que notou que eu ainda não tinha saído do lugar para entrar na brincadeira.

Ela voltou para onde eu continuava jogando videogame.

— Eu disse "Tá com você!". Você tem que correr atrás de mim.

Eu a encarei por alguns segundos.

— Realmente não estou a fim disso hoje.

Ela olhou para baixo, depois sentou perto de mim e sussurrou:

— Então, agora não seria uma boa hora para te contar que tem cocô no seu sapato.

Um sorriso presunçoso apareceu no seu rosto, e ela cobriu a boca na hora de rir.

Ergui o pé.

— Que merda!

— Você não deveria falar desse jeito.

— Me desculpe. *Que bosta!* — gritei com sarcasmo enquanto esfregava o pé na grama para tirar o cocô de cachorro.

Ela inclinou a cabeça.

— Por que você é tão babaca?

— Ah, você pode falar "babaca", mas eu não posso falar "merda"?

Ela ignorou minha pergunta.

— Você deveria ir para lá. Tem um aspersor que você pode abrir para limpar seu sapato.

Frustrado, gemi, andei até o aspersor e limpei a sola do meu sapato na água, tomando cuidado para não molhar o resto. Quando me virei e voltei, a menina tinha desaparecido. Assim como meu videogame.

— Que merda!

Quero dizer... *Que bosta!* Onde ela estava?

— Procurando isto aqui?

Me virei e me deparei com a menina balançando o aparelho na minha frente, fazendo uma cara de provocação.

— Me devolve isso!

— Tenta tomar de mim!

Lancei o corpo para frente para agarrar o videogame, e ela começou a fugir... depressa.

Ela estava dando risadinhas.

— A-ha! De repente, você ficou com vontade de brincar de pega-pega?

Corri atrás dela e gritei:

— Me dá isso agora!

Ela zombou de mim, cantarolando:

— Aposto que você não consegue me pegar!

Corremos em círculos pelo parque durante minutos a fio. Suas tranças balançavam no ar. Ela era rápida demais para mim, e eu não conseguia alcançá-la. A certa altura, corri a toda velocidade, agarrando-a e derrubando-a no chão.

— Ai!

Ela segurava o aparelho com toda força enquanto eu o puxava.

— Anda! Desiste!

Ela simplesmente continuava rindo, se divertindo com a situação um pouco além da conta. Eu tinha que pensar em alguma coisa, então fiz cócegas nela. Ela começou a rir como uma doida e implorou para que eu parasse. Em algum momento, eu ri também. Antes disso, não conseguia nem lembrar a última vez que alguma coisa tinha me feito rir de verdade.

Quando ela não conseguiu mais aguentar, me entregou o videogame, exasperada.

— Você venceu! Você venceu!

Nós dois ficamos deitados no chão, bufando e ofegando.

— Foi engraçado — ela disse.

Seu sorriso iluminou todo o seu rosto, e foi contagiante.

— É... Na verdade, foi.

Ela estava cheirando a doce, e sua boca estava vermelha, provavelmente por causa de um pirulito.

— Meu nome é Skylar.

— O meu é Mitch.

Então, ouvi a voz de uma mulher.

— Skylar! Venha, querida. Precisamos ir para casa. Deixei uma sopa cozinhando no fogão.

Depressa, ela se levantou do chão.

— Bom... Tchau, Mitch.

— Ei...

Comecei a dizer alguma coisa, mas ela saiu correndo antes de eu conseguir terminar. Eu a observei até ela ficar fora do alcance da minha visão.

Skylar. Certo.

Ela havia me feito esquecer minhas preocupações, me feito me sentir vivo apenas por alguns momentos e, então, foi embora. Tive uma estranha sensação de perda. Eu a veria de novo algum dia? Por que isso importava tanto?

Por que eu ainda estava sorrindo?

Permaneci no chão por um tempo, e então notei que o sol estava começando a se pôr. Voltei para o carro da vovó, onde ela estava olhando para o suéter que estava tricotando.

— Oi, vovó.

— Você se divertiu, querido?

Pensei no assunto antes de responder.

— Sim.

— Que bom. Vi que você conheceu Skylar Seymour.

— Hã? Conheci... O que... A senhora... A senhora a conhece?

— Claro. Ela mora do outro lado da rua.

Tirei a sorte grande.

MINHA SKYLAR

SKYLAR

O que eu adorava em Mitch Nichols: ele tinha orelhas pontudas como as do dr. Spock, do programa favorito do papai, *Star Trek*; ele gostava de chupar sachês de ketchup na hora de comer um lanche; e ele me chamava de Skylar, não de Sky.

O que eu odiava em Mitch Nichols: no fim de agosto, ele iria embora.

Naquele verão, em dois curtos meses, ele se tornou o melhor amigo que já tive.

No dia seguinte ao da perseguição no playground, encontrei um pedaço de papel que tinha sido colocado debaixo da porta da frente.

VOCÊ SABE CORRER, MAS VAMOS VER COMO SE SAI NO BASQUETE. ME ENCONTRE NA FRENTE DE CASA ÀS TRÊS.

A avó dele, a sra. Mazza, tinha uma cesta de basquete na entrada da garagem que era do seu filho quando ele era jovem. Às 2h45, sentei perto da janela, esperando Mitch sair.

Ele apareceu pontualmente, quicando a bola no chão, e eu corri para o outro lado da rua.

Mitch não disse nada. Ele se limitou a continuar quicando a bola com um sorriso malicioso no rosto enquanto eu corria ao redor dele. A bola quase me derrubou quando ele, de repente, a passou para mim. Arremessei e errei, para a diversão dele. Ele pegou a bola, a fez quicar por todo o caminho até o ponto da entrada da garagem mais afastado, e então se virou e fez um arremesso bem-sucedido.

— Impressionante — elogiei.

— Obrigado.

Depois de uns vinte minutos de "Mitch quicando a bola enquanto eu corria em volta dele", decidi dar uma animada na situação.

— Quero propor um jogo.

Ele se aproximou de mim com a bola debaixo do braço. Seu cabelo castanho despenteado se mexia ao vento.

— Achei que já estivéssemos jogando.

— Não. Isso foi você se exibindo. Eu entendi. Você sabe jogar basquete melhor do que eu. Grande coisa.

Ele riu.

— Certo. Então, o que você quer fazer?

Pensei na questão durante vários segundos, e arranjei a maneira perfeita de descobrir mais sobre ele, especificamente sobre o que o estava incomodando no dia anterior. Eu estava disposta a apostar que tinha alguma coisa a ver com o motivo de ele passar o verão lá. Sem dúvida, havia uma história ali. Muitos verões tinham se passado sem uma visita à avó dele. Eu teria notado a presença de Mitch.

— Vamos começar aqui, perto da cesta, e vamos nos revezar nos arremessos. Se eu errar, você pode me perguntar qualquer coisa, e eu tenho que responder sem mentir. Se você errar, faço o mesmo com você. Aí vamos nos distanciando um pouco a cada rodada, para ficar mais difícil.

— Mas vou acertar o arremesso todas as vezes — ele disse.

— Bom, então você não deve ter problema com esse jogo, seu convencido.

Eu estava contando com a possibilidade de ele errar o arremesso pelo menos uma vez. Eu não tinha nada a esconder, e era uma situação na qual eu só levava vantagem, desde que ele errasse uma única vez para que eu pudesse fazer aquela pergunta específica.

Ele deu de ombros.

— Tudo bem.

Arremessei primeiro, e a bola foi direto para dentro da cesta.

Mitch fez o mesmo.

Ficamos nos alternando, fazendo cestas, até que eu fui a primeira a errar.

— A-ha! — Mitch riu. — Vamos ver... O que quero saber? — Ele coçou o queixo e contraiu os lábios. — Ah! Ontem no parque... Você sabia quem eu era?

Respondi que sim com um aceno de cabeça.

— Sabia que você era neto da sra. Mazza por causa dos retratos na parede da casa dela. Foi por isso que fui embora daquele jeito. Sabia que ia te ver de novo.

Ele acenou, indicando que tinha entendido.

— Legal.

Passei a bola para ele, dei um passo para trás e mostrei, com um gesto, que era a vez dele.

— Vai.

É obvio que ele acertou o arremesso e passou a bola para mim.

Errei de novo.

— Certo, Skylar... Hummm... Qual foi o momento mais constrangedor da sua vida?

Olhei para o céu azul, sem nuvens.

— Uma vez, comecei a rir da minha amiga Angie na aula e, sem querer, peidei alto na frente de todo mundo.

Mitch ficou de queixo caído.

— Não acredito que você acabou de dizer isso!

— Dissemos um ao outro que seríamos honestos! *Honestamente*, aquele foi o momento mais constrangedor da minha vida.

— É bem ruim.

— Não. O que é bem ruim é que todo mundo achou que foi a Angie, e eu deixei que acreditassem nisso.

Rimos da minha confissão, e então passei a bola para Mitch, que prosseguiu com o jogo... e *errou* o arremesso.

Pulei de emoção, como uma tonta.

— Isso!

— Essa história do peido me distraiu. — Mitch lambeu os lábios e olhou para o chão, balançando a cabeça, derrotado. — Tá bom. Manda.

Olhei nos seus olhos azuis e grandes e perguntei:

— Qual é o verdadeiro motivo de você estar aqui neste verão, e por que você estava tão bravo ontem?

— São duas perguntas.

— Mas a resposta é a mesma?

Mitch não disse nada na hora, apenas olhou para mim.

— As coisas não estão indo bem em casa agora. Tenho certeza de que meus pais vão se divorciar. Eles não queriam mais que eu estivesse por perto, presenciando as brigas. Então... é isso.

— Meus pais também são divorciados.

Seus olhos se arregalaram.

— Sério?

— Sim. Há dois anos.

Mitch parecia estar pensando muito a sério sobre alguma coisa. Então, ele ficou de frente para mim.

— Você já sentiu... — Ele hesitou. — Deixa pra lá.

— O quê? Já senti o quê?

— Quando você descobriu sobre seus pais, você sentiu como se seu mundo estivesse acabando... Tipo, como se você não conseguisse mais imaginar o futuro?

Parecia que eu e Mitch tínhamos muito mais em comum do que eu havia imaginado num primeiro momento.

— Sim. Realmente me sentia assim às vezes. Foi difícil. Sou filha única, e meus pais são minha família, entende?

— Sou filho único também. Acho que é por isso que sinto que é minha responsabilidade mantê-los juntos. Pior: às vezes, acho que, se eu não existisse, talvez eles não estivessem tendo esses problemas.

O jogo perdeu a importância. Estávamos apenas conversando enquanto andávamos na direção dos degraus na frente da casa da avó dele. A bola de basquete rolou para longe na grama.

— Você não pediu para nascer, Mitch. Você sabe que o que está acontecendo não é culpa sua, né? No começo do problema com os meus pais, eu pensava como você. Mas, depois de um tempo, entendi que aquilo não tinha nada a ver comigo. E, sinceramente, os dois parecem estar mais felizes agora.

— Por que eles se divorciaram?

Soltei uma risada.

— Bom, ouvi sem querer minha mãe contando à minha tia Diane que meu pai não conseguia manter "aquilo" quieto dentro da calça. Mas ainda não descobri o que "aquilo" significa. Você sabe, Mitch?

O rosto dele ficou vermelho.

— Você está de brincadeira, né?

Dei uma cutucada de leve nele.

— Sim.

Nós dois caímos na risada.

— Com você, nunca se sabe. — Ele suspirou, puxando pedaços dos arbustos ao lado da escada, sem prestar atenção, antes de se virar de novo para mim. — Eu realmente parecia triste desse jeito ontem? Estava assim tão óbvio?

— Mais ou menos... Estava.

— Enfim... Quantos anos você tem? — ele perguntou.

— Dez. E você?

— Onze. Você parece ter bem mais do que dez.

— Minha mãe diz que tenho alma de gente velha. Também meio que tenho esta coisa. É tipo uma percepção extrassensorial. Com certas pessoas. É como se eu conseguisse sentir as emoções delas. É difícil às vezes, porque não é sempre que eu quero. Mas, quando te vi, simplesmente senti que havia algo de errado, e também senti sua tristeza.

— Nossa! O que estou sentindo agora?

— Agora, você não está triste.

Ele me encarou durante algum tempo, antes de a sua boca se espalhar em um sorriso largo.

— Você tem razão. Não estou mais triste.

Naquela noite, a sra. Mazza me convidou para jantar espaguete na sua casa. Ela me deixou brincar no quarto de Mitch por um tempinho depois da refeição, e ele me mostrou as revistas de histórias em quadrinhos que ele fazia. Ele mesmo fazia todas as ilustrações e escrevia os textos.

Passamos todos os dias daquele verão juntos.

Toda tarde, exatamente às três horas, nos encontrávamos na tabela de basquete e jogávamos o nosso jogo. Depois de centenas de arremessos perdidos, acabamos sabendo praticamente tudo sobre o outro: do que gostávamos, do que não gostávamos, verdades constrangedoras e medos.

Acabou que o *meu* maior medo se tornou realidade mais cedo do que o esperado quando, um dia, no meio de agosto, duas semanas antes do programado para Mitch voltar a Long Island, alguém bateu à porta.

Mitch parecia rabugento quando a abri. Seu cabelo estava enfiado debaixo de um boné do Yankees.

— Skylar, meu pai está aqui. Ele vai me levar para casa. Ele me obrigou a fazer as malas agora há pouco. Meus pais não chegaram a um acordo sobre quanto tempo eu deveria ficar aqui, e acho que ele quis fazer do jeito dele, então agora preciso ir embora.

Aquilo foi como levar um soco inesperado.

— Agora? A gente ia fazer aquela festa de despedida, e ainda não fiz seu presente, e...

— Eu sei. Sinto muito. Não quero ir embora. Não queria vir para cá no começo. Mas, desde que te conheci, queria poder ficar... tipo, para sempre.

— Você pode entrar?

— Ele está esperando no carro.

A buzina do carro soou, e Mitch se virou.

— Me dá um segundo, pai. Caramba, viu...

Eu estava desesperada.

— Não quero que você vá embora, Mitch.

— Não sei como vou lidar com todas as coisas em casa. Queria que você estivesse comigo. Você sempre me faz sentir melhor, qualquer que seja o problema. — O tom da sua voz partiu meu coração.

— Você vai me dar notícias? Me avisar o que vai acontecer com seus pais?

— Vou.

Senti lágrimas se formarem nos meus olhos.

— O que fazemos agora?

Ele respondeu com uma voz baixa:

— Acho que dizemos "adeus".

— Não quero dizer "adeus" — falei, enquanto a primeira lágrima caía.

Ele colocou a mão dentro do casaco e tirou um envelope grande, que ele tinha colocado debaixo do braço.

— Toma. Fiz uma coisa para você. Eu ia te dar no fim do verão. Abre depois, certo?

Acenei com a cabeça em meio às lágrimas.

— Certo.

A buzina soou de novo.

— Mitch! Não quero pegar a hora do rush!

Mitch se curvou e me puxou para um abraço. Lágrimas quentes correram pela minha bochecha e pelo seu ombro.

Ele deu uma fungada, mas não consegui definir se ele estava prestes a chorar.

— Obrigado, Skylar.

— Pelo quê?

— Por me dar algo feliz em que pensar quando preciso.

Foi a última coisa que ele disse antes de se afastar e entrar no carro. Mal dava para ver o rosto dele debaixo do boné quando ele deu "tchau" uma última vez, antes de o carro desaparecer no brilho do sol.

O sino dos ventos da minha mãe se mexeu com a brisa enquanto eu olhava fixamente para a rua vazia e para a nossa quadra de basquete deserta. Eu estava arrasada.

Levei o envelope direto para o meu quarto. Dentro dele, havia uma das revistas de histórias em quadrinhos que ele fazia. Mas essa era diferente. Os personagens eram... nós dois. O título era *As aventuras de S&M* (o significado alternativo — sadomasoquismo — só passou pela minha cabeça vários anos depois). S tinha duas longas tranças, sabia voar e tinha outros poderes especiais. M era um menino comum que usava um boné do Yankees. M vivia se metendo em confusão, e S o salvava do perigo em várias situações. Mitch tinha terminado a revista com a palavra *Continua...*

Nunca mais tive notícia dele depois daquele dia.

Nos cinco anos seguintes, o menino com o boné do Yankees e olhos azuis enormes se transformou em nada além de uma mera recordação que eu guardava com carinho no coração.

Durante esse tempo, a sra. Mazza se mudou para a Flórida, e sua casa foi alugada. Presumi que aquilo significava que jamais veria Mitch Nichols de novo.

Mas a vida é cheia de surpresas e, como prometido no final da revista, nossa história estava longe de terminar.

SKYLAR 3

— Angie, você não consegue ir a nenhum lugar sem essa coisa?

Clique. Flash.

Minha melhor amiga Angie não saía de casa sem sua câmera SLR pendurada no pescoço. Às vezes, as pessoas achavam que a gente estava com a imprensa.

— Você está de brincadeira? Este lugar é uma meca das oportunidades fotográficas — ela disse.

Angie era estranha, mas era uma boa amiga. Como eu conseguia detectar a energia de uma pessoa, era difícil me conectar com alguém, a não ser que fosse alguém genuíno. Sempre soube identificar a verdadeira natureza das pessoas, e havia muito poucas nas quais você podia confiar de verdade.

Minha amiga era uma boa pessoa e, mesmo o barulho constante do clique da câmera sendo irritante, Angie tirava fotos porque ela, de fato, gostava de tudo o que a vida tinha a oferecer e nunca queria perder uma oportunidade de capturar o inesperado. Por mais constrangedor que fosse ser a parceira da "garota da câmera", como ela ficou conhecida, eu admirava o fato de ela não estar nem aí para o que as pessoas pensavam.

Naquela noite, estávamos no equivalente do ensino médio de uma festa de fraternidade. Eu e Angie éramos alunas do primeiro ano em St. Clare's, uma escola católica só para meninas. Então, dependíamos de festas organizadas pelos adolescentes da escola pública para conseguirmos qualquer socialização envolvendo os dois sexos.

Sempre havia garotos mais velhos realmente bonitinhos nas festas de Marcus West, motivo pelo qual teria sido muito útil se minha amiga não estivesse se comportando como uma geek com sua câmera gigantesca.

Clique. Flash.

— Você viu aquilo? Aquele garoto bêbado acabou de cair na escada.

— Annie Leibovitz ficaria orgulhosa de você, Ang.

Marcus estava no terceiro ano e era amigo do irmão mais velho de Angie, então sempre éramos convidadas para as festas que ele dava quando seus pais viajavam. Dissemos às nossas mães que íamos ao shopping, então teríamos que ir embora às nove.

Nunca bebíamos. Por mais que gostássemos de ficar por perto da loucura, nós duas sabíamos tomar boas decisões e jamais nos metíamos em situações em que alguém pudesse tirar vantagem de nós.

Aquela festa estava como todas as outras. Havia um pouco de comida fria, comprada numa loja de sanduíche e em que ninguém encostava, na ilha da cozinha. Em um cômodo, um grupo de adolescentes estava fumando maconha. Em outro, tinha um jogo idiota rolando, envolvendo bebida. Na sala de estar principal, Marcus tinha conectado seu iPod a uma caixa de som, e as pessoas estavam dançando ou dando uns amassos nos sofás. E, claro, algumas nesse segundo grupo iam para o andar de cima para fazer Deus sabe o quê.

Na maior parte do tempo, eu e Angie apenas ficávamos em pé na sala e observávamos os outros. Nunca um dos garotos bonitos e mais velhos nos abordava, mas, se ficássemos de bobeira em um lugar por tempo suficiente, era inevitável que um garoto bêbado com bafo de cerveja aparecesse, colocasse o braço em volta de mim e me passasse uma cantada ridícula.

A daquela noite foi: "Por onde você andou a minha vida inteira?".

— Fugindo de você — disse, enquanto escapava de debaixo do braço dele.

Num determinado momento, Angie me deixou sozinha, e fui procurar o banheiro. Havia um na saída da cozinha. Quando abri a porta, vi um casal se pegando lá dentro, então a fechei depressa.

Quando cheguei no andar de cima para encontrar outro banheiro, passei por outro casal se beijando no corredor antes de revirar os olhos e entrar onde eu queria.

Joguei um pouco de água no rosto e decidi que estava pronta para ir embora. Não estava a fim de festa naquele lugar, naquela noite, e queria ir para casa, para a minha cama.

Quando eu estava saindo, me aproximei do mesmo cara e da garota, que não tinham saído do lugar, onde ele a mantinha presa contra a parede enquanto sua boca pairava sobre a dela.

Logo depois que passei por eles, me ocorreu que o cara estava usando um boné do Yankees. Não dei importância até que, enquanto estava descendo a escada, ouvi a garota dizer:

— Mitch, não podemos ficar aqui. Vamos para um dos quartos.

Mitch? Ele estava usando um boné do Yankees e se chamava Mitch? Qual era a probabilidade de isso acontecer?

Continuei descendo, apesar de estar com uma sensação desconfortável. Não podia ser o *meu* Mitch, porque ele não morava nas redondezas. Ao mesmo tempo, eu não tinha realmente dado uma olhada no rosto dele. Mas tinha que ser coincidência. *Certo?*

O cheiro de bebida e maconha saturava o ar na sala de estar quente e lotada.

Angie estava no canto do cômodo conversando alegremente com um cara que parecia ter mais de dois metros de altura. Normalmente, eu ficaria feliz por ela, mas queria ir embora.

Enquanto eu estava sentada, sozinha, não conseguia tirar o garoto chamado Mitch da cabeça. A cada minuto que se passava, minha curiosidade aumentava. O frio na barriga começou a se manifestar quando, num impulso, voltei para a escada para subi-la.

No final do corredor, havia uma porta um tantinho aberta. Meu coração bateu acelerado enquanto eu me aproximei dela, espiei e vi o cara com o boné de beisebol deitado na cama com a garota, ainda totalmente vestido. Não sabia o que fazer, mas senti que precisava confirmar que não era ele. Não havia como eu dormir naquela noite se não conseguisse fazer isso.

O quarto estava escuro, exceto por uma luz noturna, então era impossível enxergar traços faciais. Quem saberia dizer quanto tempo eu teria que esperar até eles saírem? E, aí, como eu iria explicar o fato de ter ficado parada do lado de fora do quarto como uma esquisitona assustadora?

Voltei para o andar de baixo, onde Angie ainda estava no mesmo canto conversando com o garoto realmente alto.

— Angie, preciso da sua ajuda.

Ela fez um gesto na direção do novo amigo.

— Skylar, este é o Cody.

Levantei o rosto para encontrar o dele.

— Oi, Cody. Posso roubá-la um minuto?

— Claro. Vou esperar exatamente aqui — ele disse.

Sua voz era surpreendentemente aguda e pouco desenvolvida para um cara que tinha claramente atingido a puberdade. Na verdade, se eu tivesse fechado os olhos, ela poderia ter sido confundida com a de uma menina.

Tirei Angie de lá e a levei em direção à escada.

Ela suspirou.

— É melhor ser coisa boa. Estava me preparando para me enrolar naquele pé de feijão gigante como uma trepadeira.

— Ele é alto *mesmo*. — Dei risada. — Certo, escuta aqui. Vou te deixar voltar para ele, mas preciso que faça uma coisa para mim.

— Tudo bem... O quê?

— Estou meio surtada agora. Lembra-se do meu amigo Mitch, aquele de quando eu tinha dez anos?

— O que basicamente desapareceu?

— Isso. Bom, tem um cara lá em cima dando uns amassos numa garota em um dos quartos. Ele está usando um boné do Yankees. Mitch costumava estar sempre com um desses. Enfim, não dei importância até ouvi-la chamá-lo de "Mitch".

— Você acha que é o mesmo Mitch?

— Não sei. É isso que quero descobrir. Não consegui ver o rosto dele. Preciso que você apenas bata na porta e pergunte "Tem um Mitch Nichols aí?".

Angie não tinha problema em fazer papel de idiota, então eu sabia que ela iria topar.

— O que eu faço se ele disser que tem?

— É mais provável que não seja ele. Então não se preocupe com isso. Só preciso excluir cem por cento a possibilidade.

Ela encolheu os ombros, como se a missão não fosse nada.

— Está certo.

Soltei um suspiro profundo quando Angie chegou perto do quarto. Permaneci afastada alguns metros, mais perto da escada. Ela olhou para trás para me ver, e acenei com a cabeça, dando a ela o sinal verde.

Ela limpou a garganta.

— Tem um Mitch Nichols aí?

Eu estava longe demais para ouvir a resposta dele. Mas, quando Angie se virou para olhar para mim, a expressão de preocupação dela me deixou em choque.

Fiquei sem fôlego quando ele apareceu na porta.

— Falei que *eu* sou Mitch Nichols. Quem quer saber?

Angie estava muda.

— Hã...

— Para que a câmera? — ele perguntou.

Eu estava paralisada demais pelo susto para ajudar minha pobre amiga. Simplesmente fiquei lá, incapaz de acreditar no que estava vendo. *Era* Mitch. Eu queria fugir, mas não conseguia me mexer. Ele ainda não tinha me notado. Virei a cabeça para ele não conseguir me identificar.

Quando espiei de novo, a garota tinha saído do quarto, com o cabelo loiro despenteado, e a roupa, amassada.

— Mas o que é que está acontecendo aqui?

— Não faço a menor ideia — Mitch disse a ela.

Uma voz de menina gritou da escada:

— Skylar, aonde Angie foi?

Me virei. Não era uma menina. Era o cara da Angie, Cody, o da voz aguda. Ele subiu.

— O que está acontecendo?

Quando me virei de novo na direção do quarto, finalmente me permiti olhar para ele. Um par conhecido de olhos azuis me encarou, e todo o resto pareceu sumir. Ele sussurrou meu nome com uma voz grave, suave e estranha.

— Skylar?

Ele estava bonito. *Muito bonito.* E alto. Meu Mitch... Só que ele não era meu.

Um misto de emoções me consumiu, a raiva sendo a mais intensa delas. Teria sido mais fácil se ele simplesmente houvesse fingido não me reconhecer. Teria sido melhor do que saber que ele estava na cidade e não tinha se dado ao trabalho de entrar em contato comigo. Eu não estava conseguindo lidar com aquela situação. Precisava de ar. Então, me virei e segui escada abaixo.

Quando saí pela porta da frente, simplesmente continuei correndo pela rua. Minha cabeça estava atordoada, e parecia que minha garganta estava congelada de engolir o ar frio enquanto eu corria.

Até aquele momento, Mitch Nichols representava lembranças de infância agradáveis que eu estimava. Em segundos, tudo aquilo foi destruído. Ele não ficaria mais imortalizado na minha mente como um menino inocente e vulnerável. Agora, ele seria para sempre um reles mulherengo que levava garotas para quartos em festas.

Estava começando a chuviscar, e me vi correndo para dentro de grossas camadas de névoa. Parei a uns três quarteirões da casa da festa para recuperar o fôlego, e foi quando recebi uma mensagem de Angie.

Cadê você? Ele foi atrás de você.

A névoa opaca tornava impossível ver qualquer coisa atrás de mim. Então, ouvi passos ao longe correndo na minha direção.

MITCH

Não era para ela descobrir daquele jeito, e óbvio que jamais imaginei que ela estaria naquela festa idiota.

Depois que alguém berrou "Skylar", olhei por alto em direção à escada e quase perdi a capacidade de respirar. Sabia que era ela, mas, ao mesmo tempo, a pessoa parada ali não era exatamente a menina magricela com tranças de que eu me lembrava. Ela estava crescida e muito bonita, de uma forma chique, ao contrário de Ava, a garota que veio comigo. Depois que chamei o nome de Skylar, não consegui tirar os olhos dela, e então ela havia ido embora.

— Mitch? O que está acontecendo? Quem era aquela garota? — Ava perguntou.

Me limitei a olhar fixamente para a escada, estarrecido.

A garota com a câmera tirou uma foto minha antes de correr para ir atrás de Skylar.

Que porra é essa?

Deixei Ava e segui a garota até o andar de baixo enquanto um cara de mais de dois metros de altura que reconheci da escola me seguia.

— A Skylar é sua amiga? — gritei atrás da garota.

— É. Preciso encontrá-la — ela disse. Depois perguntou a alguém: — Você viu a Skylar?

Um cara apontou para a porta.

— Ela acabou de ir embora. Faz um minuto.

Coloquei a mão no ombro da garota para impedi-la de sair.

— Por favor. Me deixe ir encontrá-la.

Corri para fora antes que ela pudesse responder.

Estava muito nebuloso, e eu precisava escolher uma direção. Escolhi a esquerda, porque era a que levava para a casa dela.

Depois de correr por alguns minutos, estava quase pronto para me virar. Foi aí que a vi parada mais à frente na rua. Quando ouviu que eu estava me aproximando, ela se virou. Desacelerei, e estava sem fôlego quando finalmente a alcancei.

— Você sempre soube correr como um raio.

Quando ela não disse nada, continuei:

— Não esperava te ver hoje à noite.

Ela olhou para o céu e soltou uma risada solitária e sarcástica.

— Essa fala não deveria ser minha?

Ela estava muito bonita.

Meu coração batia acelerado.

— Acho que você tem razão.

Realmente fiquei desconcertado com o quanto ela estava diferente. Um cabelo castanho-avermelhado comprido e ondulado molhado por causa da chuva fina estava substituindo as duas tranças que eu lembrava que ela sempre usava. Ela ainda era miúda, mas, com certeza, não era mais uma menininha. Eu tinha notado isso muito bem.

Embora estivesse escuro, as luzes dos postes incidiam no seu rosto, iluminando seus olhos verdes. Ela estava esperando que eu falasse, mas eu estava ocupado demais examinando-a.

Ela interrompeu meu olhar fixo ao dizer:

— Esta é a parte em que você abre a boca e fala alguma coisa. Talvez explicar por que nunca me ligou nem me escreveu. Talvez explicar por que você aparece cinco anos depois transando com uma vadia numa festa no meu território.

— Calma aí... Espera. Eu não estava transando com ela — rebati, na defensiva.

Me perturbou o quanto eu precisava que ela soubesse daquilo.

— Não é da minha conta mesmo. Eu...

— Eu não ia fazer sexo com ela — continuei, com os olhos vasculhando os dela atentamente.

— Certo. Informação demais. Como eu disse, não é da minha conta.

— Não estou gostando de como você está me olhando agora.

— Como estou te olhando?

— Como se estivesse decepcionada comigo.

Por que diabos importava tanto o que aquela garota pensava de mim? Não deveria importar, mas importava. Foi por isso que eu tinha esperado para contar a ela que eu estava de volta.

Ela fechou os olhos e suspirou. Sua expressão suavizou.

— Só estou um pouco chocada de te ver, tá bom?

— Eu sei. Desculpe. — Soltei um suspiro profundo antes de contar a ela. — Agora estou morando aqui, Skylar.

— O quê? Desde quando?

— Desde a semana passada.

— Não estou entendendo...

— Minha mãe perdeu o emprego e ficou muito apertada de dinheiro no último ano. Como a minha avó se mudou para a Flórida e ainda tem sua antiga casa, ela nos ofereceu o imóvel para que a gente não precisasse pagar aluguel. Meu pai não dá mais a mínima para o que fazemos. Então, a gente se mudou.

— Como é que eu não te vi durante a mudança?

— Não teve um caminhão nem nada do tipo. A casa está toda mobiliada. Trouxemos metade das nossas coisas uma semana atrás, e vamos voltar para pegar o resto na semana que vem.

— Você está morando na casa em frente à minha há uma semana?

Olhei para o chão, sem saber ao certo como explicar por que não tinha ido vê-la. A verdade era que eu estava com medo. Aquela menininha que eu deixei para trás havia significado muito para mim. Pensar nela e me lembrar das conversas durante nossos jogos de basquete me ajudaram a suportar muitas noites difíceis. Não queria descobrir que ela havia mudado ou, pior, que ela ficaria decepcionada com o que eu tinha me tornado. Sabia que vê-la de novo seria inevitável, mas, todo dia, eu adiava o encontro.

— Eu juro. Já estava indo te visitar.

Ela começou a tremer, e não estava com um casaco. Tirei meu moletom e o coloquei em volta dos seus ombros.

— Obrigada — ela disse.

Vários segundos silenciosos se passaram.

— Me deixa te acompanhar até sua casa.

— Preciso ligar para a Angie.

Ela se afastou um pouco para que eu não conseguisse ouvir a conversa, e depois voltou ao lugar onde eu estava.

— Ela disse que Cody vai levá-la para casa.

— É o cara alto? — perguntei.

Ela confirmou com a cabeça.

— É.

— Esse cara tem a voz tão fina que parece que ele engoliu as próprias bolas.

Quando ela caiu na gargalhada, meu corpo tenso finalmente relaxou. O doce som da sua risada familiar me fez sorrir. Pela primeira vez naquela noite, tinha sido como nos velhos tempos.

— E a sua namorada? Você simplesmente a abandonou lá.

— Ela não é minha namorada — reagi depressa. — Ava é uma garota que conheci na escola essa semana. Ela me pediu para ir à festa com ela, e eu aceitei, mas, na verdade, não estava a fim.

— Vocês deixaram uma frestinha aberta na porta. Do que eu vi, parecia que você realmente *estava a fim* hoje à noite.

Ai, caramba... Lá estava a sabichona insolente de que eu me lembrava. Mas, agora que ela estava mais velha, seus comentários tinham ficado mais maliciosos. E isso me intrigou. Mas queria que ela não tivesse me visto dando uns amassos na Ava, porque realmente não significou nada.

— Pois é, bom... Aquilo foi um erro. — Peguei meu celular. — Espera aí.

Mandei uma mensagem para Ava para avisar que não ia voltar para a festa. Ela iria choramingar e exigir uma explicação, mas eu não estava interessado em continuar o que tínhamos começado.

— Acabei de dizer a ela que aconteceu uma coisa aqui. Agora, me deixa te acompanhar até sua casa. — Tirei meu moletom dos ombros dela e o abri. — Pronto. Coloque os braços aqui dentro.

Ela seguiu a instrução, e eu fechei o agasalho devagar, com cuidado para não prender o cabelo dela no zíper. Enquanto meus dedos estavam subindo, roçaram seus seios de leve.

Bem, eles eram novidade.

— Obrigada — ela disse, erguendo a cabeça para olhar para mim.

Minha mão ainda estava no zíper, e reprimi o desejo de puxá-la na minha direção imediatamente antes de soltá-la.

Seu corpo minúsculo estava nadando no meu moletom, e isso me fez sorrir.

— Vamos.

Andamos lado a lado a passos lentos, e ri do fato de que ela era ligeirinha, apesar de ser mais baixa do que eu.

Ela foi a primeira a falar quando me fez a pergunta que eu sabia que estava prestes a ser feita.

— E então? O que você fez nos últimos cinco anos, Mitch?

A questão soou sarcasticamente casual, porque nós dois sabíamos que ela era o elefante na sala.

— Desculpe por nunca ter entrado em contato com você.

Seu tom de voz mexeu em algo profundo dentro de mim quando ela disse:

— Só queria saber que você estava bem.

— Eu sei. Eu...

Ela me interrompeu:

— Quero dizer, eu ia ver sua avó e perguntar de você. Ela sempre dizia que você estava bem, mas queria ouvir isso de você, porque eu sabia que você não abria o coração de verdade com ela como tinha feito comigo. Então, eu nunca sabia se o que ela me contava era realmente o que estava acontecendo.

— Olha... Não vou nem inventar uma desculpa por não te ligar nem te escrever. Eu era um moleque idiota de onze anos. A situação ficou realmente feia depois que voltei para casa. As coisas com os meus pais estavam muito piores do que eu imaginava, e não queria conversar com ninguém, nem mesmo com você. Tinha vergonha de certas coisas. Mas tem uma que você precisa saber.

— O quê?

— Tudo o que você me disse naquela época ficou guardado na minha memória: que as coisas iam melhorar, que não era culpa minha. Eu ficava repassando tudo o que tínhamos conversado e lembrava que não estava sozinho... que você tinha passado pela mesma situação e sobrevivido. Foi a única forma de eu superar aquilo. Então, realmente preciso te agradecer, Skylar.

No restante do caminho, ela ficou escutando enquanto contei coisas que nunca tinha dito a ninguém. Expliquei que, pouco tempo depois de ir embora da casa da minha avó, descobri o verdadeiro motivo de os meus pais estarem se divorciando: meu pai tinha uma namorada secreta, e ela havia ficado grávida dele. Eu tinha uma meia-irmã de quatro anos que eu mal via, porque meu pai acabou indo morar na Pensilvânia com sua nova família. Quando eu tinha doze anos, minha mãe ficou tão deprimida que teve que ser hospitalizada, e precisei ir morar temporariamente com meu tio.

Nos últimos dois anos, as coisas finalmente tinham melhorado. Estávamos nos acostumando com o novo normal, com meu pai ausente da nossa família. Quando minha mãe perdeu o emprego, deu ruim de novo, e foi assim que acabamos ali. Eu e minha mãe estávamos de volta à cidade onde ela havia passado a infância, para tentar recomeçar.

Quando chegamos à porta da casa de Skylar, eu estava mentalmente exausto por reviver tudo, mas foi um alívio finalmente colocar essas coisas para fora. Era irônico o fato de as únicas duas vezes em que eu tinha realmente me aberto com alguém terem sido com ela. O que havia de especial em Skylar que me fazia querer abrir o coração?

— Obrigada por ser franco sobre tudo — ela disse enquanto estava nos degraus na frente da casa, virada para mim. — Desculpe por ter surtado e fugido agora há pouco.

Dei uma cutucada de leve nela com o ombro.

— Foi divertido correr atrás de você de novo. E obrigado por ouvir. Sabe... — Olhei para os meus pés e balancei a cabeça. — Deixa pra lá.

— O que foi?

— Isto vai soar meio sentimental, mas sempre soube que te veria de novo, que voltaria para cá de alguma forma e que ainda seríamos amigos.

Ela sorriu.

— Continua...

Não captei na hora, mas depois percebi que era uma referência à história em quadrinhos que fiz para ela quando tinha onze anos. Havia me esquecido daquilo.

— Você ainda tem aquela revista?

— Claro que tenho. Não é todo dia que a gente consegue um papel de protagonista em uma história sobre S&M.

Joguei a cabeça para trás, rindo.

— Caramba! Quando entendi o significado de S&M alguns anos atrás, quase morri. Que sem noção eu era...

— Bom, é melhor eu entrar. Minha mãe acha que fui ao shopping, que fechou meia hora atrás.

— Ah, sim... É melhor mesmo — disse, me afastando. — Te vejo por aí, então? — Apontei para a casa do outro lado da rua. — Caso você não saiba, estou bem ali, então...

Ela me surpreendeu quando deu um passo à frente e me abraçou.

— Estou feliz por você estar aqui.

Fechei os olhos, saboreando o breve contato do seu corpo quente e o cheiro feminino do seu cabelo.

— Eu também.

Não queria soltá-la nunca.

Ela recuou.

— Boa noite, Mitch.

— Boa noite.

Quando entrei em casa, minha mãe estava vendo televisão.

— Oi, querido. Como foi sua noite? — ela perguntou enquanto bebericava seu chá no sofá.

— Inesperadamente boa, mãe — respondi, sem maiores explicações, a caminho do meu quarto.

Pensamentos envolvendo Skylar me mantiveram acordado naquela noite. A sensação de ter restabelecido nosso vínculo era boa, mas o que estava me deixando confuso eram todas as coisas que eu não estava esperando sentir, o quanto eu estava me sentindo atraído por ela.

Ela não tinha me devolvido meu moletom. Pensei nela usando aquele casaco e em como eu adorava a ideia do corpinho delicado dela dentro das minhas roupas. Pensei em como seria sentir o gosto dos lábios carnudos e vermelhos dela. Me imaginei enterrando o nariz no seu cabelo longo e sedoso e beijando sua nuca.

Chupando seu pescoço.

Me perturbava o fato de eu estar tendo esses pensamentos com a pequena Skylar... Que já não era tão pequena assim.

Eu estava duro. E ferrado.

Ela era uma pessoa por quem eu conseguia me ver me apaixonando de verdade. Mas de uma coisa eu tinha certeza: não iria deixar as coisas irem além da amizade, para não me apaixonar por uma garota como a Skylar e magoá-la.

Me lembrava do quanto meus pais pareciam apaixonados quando eu era pequeno. Eles estavam sempre se pegando, e isso me dava nojo. Meu pai ficava falando para minha mãe, o tempo todo, o quanto a amava, para depois trocá-la anos mais tarde por uma mulher mais jovem. Minha mãe quase morreu de decepção amorosa. De acordo com a minha experiência, o amor não dura para sempre, e alguém sempre se machuca.

Esse alguém não ia ser eu e, com toda certeza, não ia ser a Skylar. Então, quando o assunto fosse ela, eu iria me comportar como um padre, mesmo que isso acabasse me matando.

Alguém devia começar a planejar meu funeral.

5
SKYLAR

Angie estava sentada na minha cama, limpando as lentes da câmera.

— Não acredito que você não fique chateada com o fato de Mitch sair com outras garotas.

Um nó se formou na minha garganta.

— Ele não é meu namorado, então por que isso deveria importar?

Angie tirou uma foto minha.

— Aham.

— Para que isso? — perguntei com rispidez.

— Quero ver que cara você faz quando está mentindo descaradamente.

Revirei os olhos.

— Ele é como um irmão para mim, Ang.

— Então, é nojento, porque ele claramente está a fim de você. Não entendo por que vocês não estão juntos.

— Quem disse que Mitch *está a fim* de mim?

— Você já notou como ele te olha? Tenho umas cem fotos para provar.

— Não sei do que você está falando.

Sabia exatamente do que ela estava falando.

Ao longo dos seis meses que tinham se passado desde que Mitch havia se mudado para a cidade, eu e ele não só tínhamos retomado de onde havíamos parado quando crianças, mas também nos tornado mais próximos. Nos víamos quase todo dia, de segunda a sexta, depois da escola, ficávamos de bobeira no quarto de um dos dois, fazíamos a tarefa juntos e jantávamos um na casa do outro. Minha mãe, Tish, e a mãe dele, Janis, também ficaram próximas e até passavam um tempo juntas sem a gente de vez em quando. Às vezes, nós quatro comíamos juntos ou víamos um filme.

Para alguém olhando a situação de fora, teria parecido que eu e Mitch éramos irmãos, membros de uma grande família feliz com duas mães lésbicas. A realidade era que as mães eram ex-esposas solitárias de homens que as abandonaram. E que os irmãos secretamente queriam fazer sexo um com o outro. Eu diria que isso é o epítome de "família desajustada".

Embora eu e Mitch fôssemos inseparáveis durante a semana, nos fins de semana, às vezes, ele saía com garotas da escola dele. Ele era maravilhoso, com um corpo fantástico e, portanto, era popular. Apesar de eu fingir que não me importava, a verdade era que os encontros dele me magoavam pra cacete.

Ele sempre me dizia aonde estava indo e até com quem, mas havia um entendimento tácito segundo o qual nunca falávamos sobre os detalhes e, para mim, não tinha problema.

Todo mundo que me conhecia concordaria que eu era sincera. Se minha mãe me perguntasse se um vestido a deixava gorda, eu diria a ela que sim. Quando Angie falou que ouviu sem querer alguém dizer que seu namorado, Cody, tinha voz de menina, ela pediu minha opinião. Disse a ela que achava que ele parecia o Mickey Mouse com voz de hélio, mas que ela não deveria dar a mínima para o que qualquer pessoa dissesse, porque ela era doida por aquele cara.

Então, em geral, eu não media palavras e era um livro aberto, exceto quando se tratava dos meus verdadeiros sentimentos por Mitch. Eles eram a única coisa que me tirava do eixo. Mas estava cansada de mentir para Angie. Precisava colocar aquilo para fora ou iria explodir.

Me atirei na cama.

— Está certo. Você tem razão. Realmente fico chateada quando ele sai com outras garotas.

— Eu sabia! Como você poderia não ficar?

Respirei fundo, porque era a primeira vez que eu iria admitir em voz alta.

— Gosto dele, ok? Mas, olha... Conheço Mitch melhor do que qualquer pessoa. Conversamos muito. O divórcio dos pais realmente o deixou muito perturbado. Ele tem medo de acabar como o pai e viu a mãe muito magoada por coisas que o pai fez.

— Mas o que isso tem a ver com você?

— Temos apenas quinze e dezesseis anos. Sei que ele se preocupa comigo e quer que um sempre esteja presente na vida do outro. Ele tem medo de estragar tudo e, sinceramente, eu meio que tenho também. Consigo sentir que ele está sexualmente atraído por mim, mas não acho que ele vá cruzar a linha um dia. O problema é que... às vezes, eu queria que ele cruzasse — falei com um suspiro.

— Então, vocês dois se desejam, se preocupam um com o outro, mas nunca vão descobrir se isso poderia levar a mais coisas? Enquanto isso, ele simplesmente sai com um monte de garotas bonitas e burras. E como é que você fica nessa história?

Dei a única resposta honesta que existia.

— Ferrada.

Mitch trabalhava três dias por semana na cafeteria gourmet da praça de alimentação do shopping para ajudar a mãe a pagar as contas. Ele teve um treinamento intensivo para poder aprender a operar os equipamentos sofisticados. Agora, era um especialista em fazer a espuma de leite e preparava meu *vanilla latte* exatamente como eu gostava: muito quente e com bastante espuma.

Numa tarde de quinta-feira, eu, Angie e Cody decidimos visitar Mitch no trabalho. Enquanto meus amigos geralmente pediam suas bebidas para viagem e andavam pelo shopping, eu adorava ficar e observá-lo em ação usando seu avental vermelho enquanto ele se desdobrava para dar conta dos vários pedidos, virar copos, apertar botões, vaporizar leite.

Fios do seu cabelo castanho ondulado formavam cachos debaixo do boné vermelho que ele usava. Mitch tinha cabelo castanho muito brilhante e muito denso, com toques de cobre quando a luz do sol incidia. Parte do seu uniforme era uma camisa polo preta justa que abraçava seu peito definido. Eu amava a expressão concentrada no rosto dele enquanto ele colocava o fio de caramelo direitinho ou colocava leite quente num copo com cuidado. Sua língua sempre se movimentava ao longo do seu lábio inferior quando ele estava se concentrando.

Quando ele colocava bebidas no balcão, olhava nos olhos dos clientes e exibia rapidamente seu sorriso magnífico. Não era de se admirar que as filas fossem sempre intermináveis. As garotas faziam filas, aos montes, para visitar o barista musculoso de olhos azuis. Observar Mitch era totalmente excitante.

Mas a coisa que eu mais adorava era o exato momento em que ele notava a minha presença. O sorriso genuíno reservado para mim era mais acolhedor do que o que ele dava para os clientes, e seus olhos sempre se demoravam nos meus, como se estivessem me contando um segredo. Então, ele voltava a fazer seu trabalho, dando umas espiadelas em mim. Ele sorria toda vez que me pegava observando-o.

Se ele me visse entrar na fila para pegar uma bebida, fazia um gesto para eu me sentar de novo. Ele sempre preparava a minha antes das outras e assobiava para mim quando ela estava pronta no balcão. O copo normalmente vinha com alguma coisa especial desenhada ou escrita com marcador preto. Às vezes, era uma careta boba ou uma palavra aleatória, tipo "*bunda*", para me fazer rir, e, às vezes, era uma mensagem. Naquele dia, ele escreveu "*Me espera*". Acenei com a cabeça para indicar que iria ficar por lá até ele terminar o expediente, e ele piscou para mim.

Ele preparava quantos *lattes* eu quisesse, e eu fazia a tarefa ou lia no meu Kindle em meio ao som constante de vaporização do espumador de leite.

Às sete horas em ponto, Mitch saiu de avental de detrás do balcão.

— Obrigado por ficar. Gosto quando você está aqui. Faz o trabalho passar mais rápido.

Ultimamente, toda vez que ele me falava alguma coisa gentil, parecia que alguém estava usando meu coração como um tambor.

Ele pegou minha mochila.

— Vamos. Tenho uma surpresa para você.

Mitch me conduziu por um corredor lateral do shopping e parou na frente do pet shop com um enorme sorriso no rosto.

— Adivinha quem voltou?

Inspirei de supetão com a surpresa e corri para o fundo da loja.

— Seamus!

Mitch riu da minha reação.

— Eu o escutei quando estava a caminho do trabalho mais cedo e mal podia esperar para te contar.

Seamus era um papagaio por quem eu tinha me apaixonado ao longo dos meses anteriores. Eu o visitava toda vez que íamos ao shopping. Além de adorar suas penas com cores vivas e seu lindo bico preto, amava sua personalidade. Aparentemente, o pet shop andou tentando fazê-lo imitar frases comuns, do mesmo jeito que fizeram com alguns dos outros pássaros. Seamus não aceitava. A única coisa que ele dizia era "Minha Nossa Senhora!". Ele deve ter aprendido isso com um antigo dono.

Algumas semanas antes, quando eu havia entrado para visitá-lo, ele tinha ido embora. O vendedor nos contou que alguém finalmente o havia comprado, e tinha sido de partir o coração ver a gaiola dele vazia.

— Por que ele voltou? — perguntei ao Mitch.

— Me disseram que a pessoa o devolveu.

— Que estranho. — Me virei em direção à mulher que estava no balcão. — Você sabe por que ele foi devolvido?

— Simplesmente não o queriam mais. Temos uma política de devolução de trinta dias.

Fiz um beicinho.

— Como alguém pode não te querer?

Caí na risada quando ele bateu as asas.

— Minha Nossa Senhora!

Mitch colocou a mão na minha cabeça e bagunçou meu cabelo, brincando.

— Você é muito fofa. As coisas mais simples te deixam feliz.

Lá estava meu coração, batendo como um tambor de novo.

Mitch não me tocava muito, mas, quando ele fazia isso, mesmo que fosse por um segundo, meu corpo reagia.

Depois de quinze minutos nos reaproximando de Seamus, fomos embora da loja. Mitch me esperou num banco enquanto eu usava o banheiro do shopping.

Estava dentro de uma das cabines quando ouvi duas garotas conversando enquanto lavavam as mãos.

— Você viu Mitch Nichols lá fora?

— Vi. Ele é gostoso pra caramba. Os olhos dele são incríveis.

— O corpo dele, também. Ouvi falar que ele convidou Amber para sair.

— Ela é uma vagabunda. Espera... Achei que ele estivesse saindo com Brielle.

— Não. Eles só transaram uma vez.

— Ah. Bom, eu não me importaria de ser a próxima.

— Entra na fila.

Tapei os ouvidos, para não escutar mais o que falavam, e fiquei paralisada no vaso sanitário até ouvir a porta bater. Meu coração estava acelerado, e consegui sentir a descarga de adrenalina quando o ciúme me atingiu com tudo. Inspirei e expirei devagar até me recompor o suficiente para levantar e lavar as mãos.

É claro que Mitch sentia carinho por mim, e eu tinha certeza de que era dona de pelo menos uma parte do coração dele, mas isso não era mais suficiente para mim. Eu o queria por completo. Quando olhei no espelho, decidi que era hora de fazer meu amigo provar do próprio veneno.

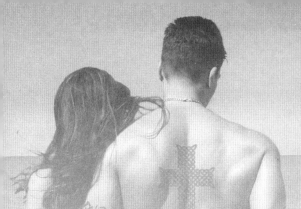

6
MITCH

Davey veio com uma bomba quando estávamos voltando para casa da escola.

— Você ficou sabendo que Aidan convidou Skylar para sair nesta sexta-feira?

Caí do skate bem quando chegamos à minha casa.

— Como é que é? Aidan Hamilton?

— É. Parece que ele andou tentando sair com ela por meses, mas ela sempre recusava. Ele a convidou para o festival de outono na sexta, e ela aceitou.

Droga. Aidan frequentava Crestview High comigo. Ela deve tê-lo conhecido por meio do namorado de Angie, Cody. Aidan passava rasteira nas pessoas no refeitório para rir e respondia de forma desrespeitosa quando os professores falavam com ele. Era um grandessíssimo babaca. Tinha ficado com muitas garotas também, e algumas delas já tinham saído comigo. Eu precisava admitir que ele era bonito, mas, com certeza, não merecia sair com uma garota como Skylar.

— É mesmo?

Eu estava com tanta raiva que quase espumava pela boca.

— Isso é tudo que você tem a dizer? Cara, seu rosto está ficando vermelho.

Davey entrou comigo em casa e foi direto em direção à geladeira.

Minha cabeça ficou a mil, com um monte de pensamentos. Especificamente, como eu ia impedir aquela situação.

Davey sabia que eu bancava o protetor quando se tratava dela. Ele morava a duas casas da nossa, era o nosso único amigo em comum e funcionava como um intermediário. A maioria das amigas da Skylar eram garotas da sua escola particular. Davey era o nosso denominador comum. Eu não gostava da ideia da Skylar ter amigos, porque, no fim das contas, todos eles iam querer transar com ela — incluindo eu mesmo, para ser sincero. Mas Davey tinha quase a mesma altura que Skylar, e era rechonchudo e inofensivo. Pense no mascote da Michelin Pneus com dreadlocks compridos e escuros que nunca são lavados. Esse era o Davey. Vamos apenas dizer que Skylar não se sentiria tentada pelo nosso amiguinho peludo, e eu gostava disso.

Aidan, por outro lado, era uma ameaça séria e, mesmo eu querendo destilar meu veneno, tentei minimizar a importância do anúncio do Davey enquanto esfriava a cabeça.

— Tecnicamente, Skylar pode sair com quem ela quiser — disse, com frieza.

— Mentira — Davey rebateu enquanto se servia de um refrigerante.

— Como é?

— É *você* quem ela quer, seu tonto.

Meu pulso acelerou.

— Ela te disse isso?

Davey balançou a cabeça.

— Ela não precisa dizer.

O jeito como ela me olhava às vezes, com aqueles olhos amendoados lindos, me fazia me perguntar se ela me queria.

— Você sabe que não posso sair com a Skylar.

Davey arrotou.

— O que realmente sei é que você fica com garotas de quem nem gosta para tirá-la da sua cabeça.

Talvez, mas era assim que tinha que ser.

— Skylar é como se fosse da família para mim. Ir além com ela... Não tem como isso acabar bem. Somos jovens demais, temos muitos anos pela frente para ferrar com as coisas. Isso iria acabar com a gente.

Falando em "acabar", eu precisava descobrir como iria evitar que Skylar se envolvesse com aquele babaca do Aidan. Se eu não podia tê-la, ele, com toda certeza, também não ficaria com ela. Mandei uma mensagem para Amber cancelando nossa ida ao cinema na sexta à noite, porque agora eu tinha trabalho a fazer.

Coloquei o celular no bolso.

— O que você vai fazer na sexta à noite, Davey?

— Deixe-me olhar no meu celular. — Ele ergueu o aparelho e fingiu checar sua agenda. — Ah! Depilar a bunda.

— Certo. Adie isso. Você gosta de algodão-doce?

Toda vez que ia a algum lugar com Davey, parecia que éramos o Arnold Schwarzenegger e o Danny DeVito naquele filme antigo, *Irmãos gêmeos,* porque eu era bem mais alto que ele.

O festival de outono acontecia num grande campo que ficava a mais ou menos um quilômetro e meio de onde morávamos. Era cheio de gente que conhecíamos da escola e o último lugar a que eu teria ido se não fosse o fato de que Skylar estaria lá no que, com certeza, seria o seu primeiro encontro "oficial".

Ela havia me contado seus planos, e eu agi com naturalidade. Não podia contar a ela que eu ia aparecer e espioná-la. Jurei para mim mesmo que iria ficar de longe, a não ser que visse Aidan avançando de uma forma errada e, nesse caso, eu daria um soco nele.

Estava escuro, lotado e caótico. As luzes brilhantes dos brinquedos, junto com os sons altos das barracas de jogos, estavam dificultando manter o foco na minha missão.

Ainda não a tinha visto, e o fato de Davey ter se afastado para procurar bolo de funil não ajudou.

Quando o encontrei, parecia que ele tinha ido nadar num tanque de açúcar de confeiteiro.

— Davey, podemos nos concentrar em encontrar a Skylar, por favor? Você pode comer depois.

— Experimenta — ele disse, empurrando a massa frita na minha cara.

Fiz um gesto com a mão, recusando.

— Não estou conseguindo pensar em comida.

— Cara, você não percebe que está perdidamente apaixonado por ela?

Isso não é uma reação normal ao fato de a sua *amiga* ir a um encontro — ele falou com a boca cheia.

— Estou apenas tentando protegê-la.

— Você vai fazer isso toda vez que um cara convidá-la para sair?

— Não. Só quando o cara for um babaca — respondi, enquanto continuava vasculhando o local.

— Vai realmente existir um cara que você ache bom o suficiente para ela um dia?

Pensei na questão.

— Talvez não.

Não mesmo.

Davey gesticulava segurando o bolo de funil enquanto falava.

— Que confusão! Apenas admita que você não está aqui para protegê-la. Você está aqui porque está com ciúme.

— Não estou com ciúme.

— Então, o fato de ela parecer estar se divertindo bastante neste exato momento não deveria te incomodar — ele rebateu, apontando para a bilheteria.

Me virei e vi Skylar rindo de alguma coisa que Aidan estava dizendo enquanto eles estavam na fila. Meu peito apertou, e senti como se não conseguisse respirar. Em geral, quando eu conseguia fazê-la rir daquele jeito, ficava todo meloso. Ver seu rosto se iluminar para outro cara me fez ter vontade de matar alguém.

Agarrei Davey.

— Vem. Não quero que ela me veja.

— Você devia usar roupa verde no tom ciúme com mais frequência. Combina com você.

— Cala a boca!

Eu e Davey fomos até a barraca de comida, onde ele pediu uma maçã do amor de caramelo.

— Devia ter pegado a que vem com castanha.

O barulho dos dentes dele mergulhando na maçã me fez me retrair de aversão. Balancei a cabeça, olhando para ele.

— É sério isso?

— Olha, estou aqui pra te ajudar, mas estou com fome. É só me falar o que devo fazer que eu faço. Até lá, vou comendo.

Aidan tinha levado Skylar a uma barraca de jogos. Era aquela em que você tem que atirar água na boca dos palhaços para ver qual jogador consegue encher a maior bexiga. O primeiro a fazer a bexiga estourar ganha um prêmio. Ele se sentou para jogar, enquanto Skylar continuou em pé perto dele.

Seu cabelo liso comprido estava solto, espalhado pelas suas costas. Ela estava absurdamente sexy, e posso ter babado um pouco enquanto a olhei de cima a baixo. Uma blusa vermelha justa marcava seus seios firmes, e ela estava usando uma saia jeans curta que me fez ter vontade de puxar os cabelos. Queria guardá-la no meu casaco e carregá-la para casa.

Sabia que me sentia atraído por Skylar. Sabia que ela importava muito para mim e que eu queria protegê-la. Mas não estava preparado para o nível de ciúme que senti naquela noite.

Aidan continuava ganhando. A cada vitória, davam a ele um bichinho de pelúcia cada vez maior. Se ele continuasse jogando, iria acabar levando o bichinho gigantesco. Depois da vitória final, ele se levantou da cadeira, se inclinou e levantou Skylar, fazendo-a tirar os pés do chão.

As mãos dele estavam no traseiro dela, e eu conseguia sentir meu pulso latejando nas orelhas. A música de festival começou a soar como se estivesse sendo tocada de trás para frente, junto com o batuque na minha cabeça.

Uma voz animalesca dentro de mim disse:

— *Larga minha garota.*

Depois que eles finalmente foram embora dali com um hipopótamo cor-de-rosa que era quase maior do que ela, percebi que Davey tinha sumido de novo.

Vários minutos se passaram, e perdi de vista tanto Davey quanto Skylar.

Então, ouvi a voz dele.

— Mitch!

Poderia tê-lo matado por gritar meu nome. Mas o som parecia estar vindo do céu. Olhei para cima e o vi acenando, empolgado, do alto da roda-gigante. Ele não estava sozinho. Demorou alguns segundos para eu perceber que, sentado ao lado dele, estava... Aidan.

Mas que... Como é que isso foi acontecer?

Davey me mostrou, por um breve instante, um sorriso de maluco e um sinal de paz que ele fez com a mão. Aidan parecia irritado, e isso me deixou muito satisfeito.

— O que você está fazendo aqui?

Skylar ainda estava segurando o hipopótamo enorme quando me virei.

Tentei me manter calmo.

— Ah! Oi.

— Oi.

Ela não estava sorrindo.

— Hã... O que... Aidan está fazendo com Davey na roda-gigante? — perguntei.

— Estávamos na fila, esperando para sentar. Aidan foi primeiro e, do nada, Davey passou na minha frente e roubou meu lugar. Aí a roda começou a subir para a próxima pessoa poder se sentar, e não pude fazer nada.

Lembrete: comprar outra maçã do amor para o Davey... Com muita castanha.

Mordi o lábio para abafar uma risada.

— Não acredito nisso!

— Você tem alguma ideia de por que Davey faria isso, Mitch? — ela indagou com uma expressão desconfiada.

Ergui as mãos, mas não consegui segurar o sorriso.

— Juro por Deus. Não tive nada a ver com isso.

— Você não me disse que viria aqui hoje.

— Seja como for, como você ia entrar na roda-gigante com esse hipopótamo?

— Eu ia deixá-lo no chão com a esperança de que ninguém o pegasse. Você não respondeu.

Me fingi de desentendido.

— Responder o quê?

— Por que você não me disse que viria? Você sabia que eu estaria aqui.

— Ah, tá... Era essa a pergunta...

— Você está me espionando?

— Não.

— Suas orelhas estão ficando vermelhas, Mitch. Você está mentindo.

Ela me conhecia muito bem. Isso era uma droga.

— Está certo. — Massageei as têmporas. — Só queria checar as coisas. Ter certeza de que você estava bem.

— Eu faço isso quando você sai com uma garota diferente a cada fim de semana?

— Não. Mas é diferente. Você não sabe como os garotos são, Skylar. Somos uns sacanas indecentes, muito indecentes. Não quero que ele se aproveite de você, toque seu corpo. Aidan frequenta a minha escola. Sei como ele é. Eu...

— Talvez eu queira que alguém me toque de vez em quando.

Droga!

Fiquei mudo de surpresa e depois disse:

— Você não está falando daquilo... Não com ele.

— Por que não? As garotas com quem você sai gostam quando você as toca, não é? Então, por que sou diferente delas?

Merda. Não sabia mais aonde aquela conversa estava indo, exceto pelo fato de que eu estava começando a sentir minha calça jeans ficar apertada com a ideia de ela querer ser tocada. Deus me perdoe, mas nunca tinha desejado *tocar* nenhuma garota como desejava tocar Skylar.

Meu celular tocou. Era Davey.

— Davey? O que foi?

— Você não percebeu que essa armadilha mortal não se mexeu?

Olhei para cima e o vi acenando do assento pendurado. Então, ele começou a fazer uma espécie de passo de hip-hop, enquanto Aidan estava com a cabeça baixa, as mãos cobrindo o rosto e uma expressão frustrada.

Eles estavam presos lá em cima. Eu e Skylar tínhamos ficado tão ocupados conversando que não percebemos.

— Eles estão presos? — ela perguntou.

Me aproximei do funcionário que controlava a roda-gigante. O cara fedia a fumaça de cigarro.

— O que está acontecendo?

Ele nem tirou os olhos do seu jornal ao dizer:

— Defeito no equipamento. Estamos esperando a assistência.

— Droga! Davey, você ainda está aí?

— Não.

— Acho que eles estão esperando ajuda. Aguenta firme, cara.

Não pude deixar de rir.

Skylar ajustou a forma como estava segurando o bicho de pelúcia gigante.

— Imagino que você ache isso cômico.

Balancei a cabeça, exibindo um sorriso largo.

— Não... *Não*.

Sua boca se alargou com um sorriso.

— Porque é cômico.

Nós dois caímos na gargalhada.

Enxuguei os olhos e olhei para cima.

— A qualquer momento, Davey vai começar a jorrar suas típicas curiosidades sobre *Star Wars*.

— E, se Aidan ficar com fome, tenho certeza de que Davey não se importaria de vasculhar seus dreads em busca de umas migalhas — Skylar brincou.

Esperamos uns dez minutos, até que eu me aproximei do operador mais uma vez para obter outra atualização.

— Quanto tempo a mais?

— Agora estão falando em uns trinta minutos.

Liguei para Davey para avisá-lo.

Coitado do Davey... Mas aquela noite não poderia ter sido melhor para mim. Me virei para Skylar.

— Está com fome?

Ela sorriu.

— O suficiente para comer.

Peguei o hipopótamo dos braços dela. Acabamos comprando duas fatias de pizza e as levando a uma área de piquenique logo na saída dos portões do campo. Era afastado de onde a ação estava acontecendo, mas ainda conseguíamos ficar de olho na roda-gigante, caso ela começasse a se mexer.

Quando terminamos de comer, fomos nos sentar numa colina coberta com grama que tinha uma vista para toda a festa. Não havia ninguém por perto.

Permanecemos sentados em silêncio até que ela se virou na minha direção.

— Você pensou na sua irmã agora há pouco, não é?

A pergunta dela me desconcertou, porque a verdade era que eu *tinha* pensado. Mas como ela sabia?

— Por que a pergunta?

— Te vi olhando a menininha na fila quando estávamos comprando a pizza. Ela parecia ter uns cinco anos, e sei que essa é mais ou menos a idade da sua irmã.

Às vezes, Skylar me deixava de queixo caído com a sua perspicácia.

Tinha me encontrado com minha meia-irmã, Summer, apenas algumas vezes. Sempre me sentia culpado por não ir vê-la mais, mas as coisas sempre ficavam tensas quando eu visitava meu pai na Pensilvânia. A mãe de Summer foi um dos principais motivos de os meus pais terem se divorciado e da minha mãe ter entrado em colapso, e eu não conseguia superar isso. Minha irmã não tinha nada a ver com isso, e eu sentia muita culpa por não estar lá, para apoiá-la, com mais frequência.

— Como você sempre sabe de tudo?

— Não sei de tudo. Sei de *você*.

— É, você sabe, não é? — Sorri. — Aquela menininha realmente me lembrou da Summer. Eu estava pensando em como queria poder levá-la a um lugar legal como esse. Me preocupo com ela, Skylar.

— Por quê?

— É que tenho essa sensação de que meu pai vai fazer besteira de novo e acabar com a vida dela um dia, do mesmo jeito que ele fez com a minha.

— Isso pode acontecer, mas, nesse caso, ela tem algo que você não tinha.

— O quê?

— Ela tem você, um irmão mais velho a quem recorrer e uma pessoa que viveu o problema e pode dizer a ela que vai ficar tudo bem. Você vai estar lá, pronto para ajudá-la, não importa o que aconteça, mesmo se ele não estiver.

Ela sempre sabia qual era a coisa certa a se dizer.

Concordei com a cabeça.

— Ela vai ter a mim. — Me virei na direção de Skylar. — E eu tive *você*. Você foi essa pessoa para mim, vários anos atrás.

— Isso me deixa feliz.

— Estava pensando em pegar o trem para visitá-la durante o recesso de Natal. Você vem comigo, se sua mãe deixar?

Ela colocou a mão no meu joelho.

— Claro.

O toque de Skylar era eletrizante. Olhei para baixo e quase coloquei minha mão em cima da dela, mas desisti.

Seu cabelo se mexeu com a brisa, e eu quis passar a mão nele e dizer o quanto ela significava para mim.

Em vez de fazer isso, permaneci em silêncio ao olhar para o céu estrelado. Algo além do meu controle estava crescendo dentro de mim naquela noite, e comecei a me sentir inexplicavelmente nervoso, como se, de repente, aquele momento fosse diferente das centenas de outras vezes em que eu e Skylar passamos tempo juntos.

Era como se aquele fosse o *nosso* primeiro encontro em vez do primeiro encontro dela com o idiota preso na roda-gigante.

Ela estava olhando para cima quando me virei para encarar seu perfil bonito. Seu nariz era pequenininho e arrebitado, com uma camada de sardas.

Quando Skylar me flagrou olhando para ela, instintivamente olhei para o céu de novo.

Uma rajada de vento soprou seu aroma de flor na minha direção e eu o inspirei, desejando que pudesse fazer muito mais do que sentir seu cheiro. Meu coração começou a bater acelerado porque senti minhas inibições dando lugar a outra coisa, uma coisa muito mais forte. Era algo contra o que não sabia ao certo se conseguiria lutar naquele momento.

— Você vai deixar Aidan te beijar mais tarde?

Ela pareceu surpresa com a minha pergunta.

— Não sei. Não tinha pensado direito nisso. Acho que ele teria que ser resgatado antes, ou as chances de ele beijar Davey vão ser maiores — ela disse, rindo com nervosismo.

Eu estava puxando pedacinhos de grama.

— Ele vai tentar. Você sabe disso, não sabe?

— Sei.

— Davey me contou que Aidan te convidou para sair várias vezes antes, mas você sempre recusava. O que mudou?

Ela olhou para o céu de novo.

— Acho que estou crescendo. — Então, ela se virou na minha direção. — E, talvez, percebendo que certas outras coisas não vão vingar.

Essa doeu.

Meus olhos encontraram os dela.

— Skylar... Eu...

— Não diga nada, Mitch. Está tudo certo.

Ela não fazia ideia do quanto eu queria dizer e do quanto eu queria fazer.

Eu tinha quase certeza de que sabia a resposta, mas perguntei mesmo assim.

— Você já beijou alguém?

Ela balançou a cabeça negativamente, mas não disse nada.

— Você está planejando dar a ele seu primeiro beijo?

— Provavelmente.

O ciúme que quase tinha me deixado maluco antes voltou com força total.

— Você não pode fazer isso.

— Por que não?

Meu coração batia acelerado com a expectativa do que eu estava prestes a fazer.

— Porque vou roubá-lo.

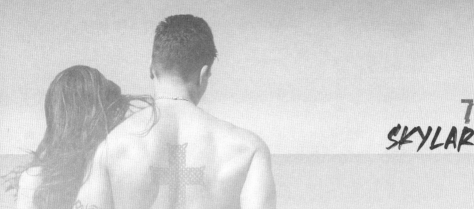

7
SKYLAR

Mitch colocou suas mãos quentes nas minhas bochechas, e meu coração palpitou quando ele puxou meu rosto na direção do dele. Eu tinha imaginado esse momento muitas vezes, mas não estava preparada para o quanto ficaria nervosa.

Mantive os lábios contraídos e soltei um gemidinho quando a boca dele desceu sobre mim. Meu corpo ficou tenso. Meus olhos se fecharam quando seus lábios quentes apertaram os meus.

Não conseguia acreditar que aquilo estava realmente acontecendo.

Ele percebeu meu nervosismo, parando o beijo por um instante. Suas mãos ainda estavam no meu rosto quando ele sussurrou na minha boca:

— Se abre pra mim, Skylar.

Ele lambeu meus lábios de um lado a outro devagar, e meu corpo inteiro ficou mole quando sua língua deslizou para dentro da minha boca. Ele tinha gosto de açúcar e de alguma outra coisa indescritível. Era o gosto *dele* e, de repente, eu não me cansava de senti-lo.

Mitch suspirou quando minha língua girou, veloz, ao redor da dele. Suas mãos deixaram meu rosto e ele segurou com firmeza a parte de trás do meu cabelo, prendendo-o na mão fechada.

De repente, meu nervosismo ficou para trás, e tudo o que eu queria era que ele me beijasse com mais força, mais rápido, mais fundo. Naquele momento, eram as minhas mãos que estavam no cabelo *dele*, trazendo-o mais perto de mim, e ele gemeu na minha boca. Amei a sensação do seu cabelo sedoso entre os meus dedos. Sempre tinha tido vontade de tocá-lo desse jeito.

Seus lábios se abriam e se fechavam sobre os meus enquanto ele continuava a mexer sua língua dentro da minha boca. Num determinado momento, ele puxou e sugou minha língua, antes de soltá-la devagar, fazendo meus mamilos se enrijecerem instantaneamente.

Aquilo não foi nada parecido com o que eu imaginava que seria o meu primeiro beijo. Era como eu imaginava que seria o sexo: arrebatador e viciante, e me fez querer mais. Teria feito qualquer coisa que ele pedisse, e eu nem estava com medo, porque era Mitch. Aquilo simplesmente parecia a coisa certa a se fazer.

Minutos se passaram, e não paramos em nenhum momento para respirar. Minha calcinha estava completamente molhada, e isso nunca tinha acontecido comigo antes. Ele manteve as mãos no meu rosto ou no meu cabelo, sem jamais me tocar em outro lugar.

A única vez que seus lábios se afastaram dos meus foi para beijar lentamente meu pescoço. Queria que ele fosse mais para baixo, e meus seios se arrepiaram com a expectativa. Mas ele traçou uma linha com sua boca de volta para o meu queixo, e depois para a minha boca. Ele resmungou nos meus lábios:

— O que você está fazendo comigo? Não consigo parar de te beijar.

Desesperada para ele continuar, eu o beijei com mais força.

— Não pare.

— Sinto como se não conseguisse parar, e isso está me assustando.

Repeti:

— Não pare, Mitch.

Ele disse, entre beijos:

— Preciso parar.

Ele me beijou até chegar à minha testa e, enfim, recuou. Seus olhos estavam cheios de desejo, mas também pareciam aflitos. Me curvei, precisando desesperadamente sentir seu gosto de novo, mas ele se afastou.

Então, seu celular tocou, e ele o tirou do bolso. Eu não conseguia parar de encarar sua boca enquanto ele falava.

— Davey? — Ele fez uma pausa. — Bom... Que bom. É... Fomos apenas... — Ele olhou para mim. — ... comprar pizza. Vamos te encontrar perto da roda-gigante em, tipo, cinco minutos.

Massageei meus lábios. Eles estavam doloridos da melhor forma possível.

— Eles saíram da roda-gigante?

— Saíram. Acho que perdemos essa parte.

Estremeci e esfreguei os braços.

— Parece que sim.

— Você está com frio? Pegue meu casaco.

— Não sei se é uma boa ideia.

— Não ligo para o que o Aidan pensa — ele falou com rispidez antes de tirar a peça e colocá-la em volta dos meus ombros. — Apenas diga a ele que você estava com frio e que eu te emprestei o casaco. Ele não precisa saber de mais nada. Você não deve uma explicação a ele.

Concordei com a cabeça.

— Certo. Obrigada.

Mitch parecia agitado e me olhou de cima a baixo.

— É melhor a gente ir.

A volta para a festa foi estranha, para dizer o mínimo. Nenhum de nós parecia saber o que dizer sobre o que tinha acontecido, então escolhemos não dizer nada.

Quando chegamos, Davey estava bebericando algo num copo gigante, enquanto Aidan estava olhando no relógio.

— Oi, gente — cumprimentei.

Aidan ergueu o rosto, se aproximou e colocou o braço em volta de mim.

— Nossa, aquilo foi uma droga! Por onde você andou?

— Encontrei meu amigo Mitch e fomos pegar alguma coisa para comer até eles descerem vocês dois. — Fiz um gesto na direção de Mitch. — Vocês se conhecem da escola, né?

Aidan sorriu com malícia.

— Sim. Obrigado por tomar conta da minha garota.

Dava para ver a raiva nos olhos de Mitch.

— O prazer foi todo meu.

— Pronta para ir embora? Vou te levar para casa — Aidan disse.

Mitch me analisou com o olhar, e fiquei arrasada. Eu sabia que ele estava enfrentando um dilema por causa do nosso beijo. Tinha certeza de que ele estava tão confuso quanto eu naquele momento. Nenhum de nós estava esperando pelo que aconteceu naquela noite.

Ainda assim, eu tinha ido à festa com Aidan, e senti que não tinha escolha a não ser ir embora com ele. Me afastei, deixando Mitch e Davey para trás. Não consegui olhar para Mitch enquanto saía do local.

Quando Aidan me deixou na porta de casa e tentou me beijar, virei o rosto, mostrando a bochecha. Considerando isso e meu desaparecimento no festival, tinha certeza de que ele não me chamaria para sair de novo.

Naquela noite, deitei na cama aninhada no moletom de Mitch, sentindo seu cheiro em mim e repassando nosso beijo interminável na minha cabeça. Meu corpo ainda estava totalmente excitado. Me toquei e lambi os lábios, imaginando que era Mitch que estava me tocando, até gozar.

Não conseguia dormir.

Se antes já estava com ciúme por ele sair com outras garotas, agora que eu, de fato, sabia tudo o que estava perdendo não conseguia imaginar como iria lidar com a situação.

Ouvi o zumbido do meu celular perto da meia-noite. Era uma mensagem de Mitch.

Mitch: Me avisa se chegou bem em casa.

Skylar: Estou em casa, na cama.

Alguns minutos depois, meu celular soou de novo.

Mitch: Desculpe por eu ter ficado calado. Não sabia o que dizer. E aí você foi embora com ele. Não estou conseguindo pensar em mais nada.

Skylar: Eu sei. Eu também. Não pense demais sobre o que aconteceu. As coisas são como são.

Mitch: Foi incrível.

Eu tinha tentado diminuir a importância do episódio. Não estava esperando que ele dissesse aquilo. Mas já que estávamos sendo honestos...

Skylar: Não sabia que um beijo podia ser daquele jeito.

Mitch: Em geral, não é.

Bem quando eu estava ficando esperançosa...

Mitch: Acho que não devemos fazer isso de novo. Certo?

Fiquei em choque. Comecei a sentir meu estômago revirar. Não respondi.

Mitch: Foi como se eu estivesse perdendo o controle. Como se eu não conseguisse me obrigar a parar. Não quero ir longe demais e te perder.

Ele continuou:

Mitch: Você entende o que estou dizendo?

Uma lágrima rolou pela minha bochecha. Eu entendia a situação da qual ele vinha, e uma parte de mim tinha a preocupação de que ele estivesse certo. Mas isso não ia mudar como eu me sentia.

Skylar: Perfeitamente. Boa noite.

Desliguei o celular antes que ele pudesse responder, tirei o casaco dele e chorei até pegar no sono.

MINHA SKYLAR

8
MITCH

Fazia algumas semanas que havia acontecido o beijo na festa — o beijo que mudou tudo. Ele era a prova de que eu não podia mais confiar em mim mesmo quando estivesse com ela. Todo o comedimento que eu tinha desenvolvido com muito esforço foi destruído, e era como se eu precisasse começar tudo de novo a partir de então.

Isso significava evitar ficar sozinho com ela a todo custo, pelo menos por um tempo. Eu pedia para Davey vir em casa nos dias em que eu e Skylar fazíamos a tarefa juntos. Precisei contar a ele o que aconteceu naquela noite e, seguindo o "jeito Davey" de ser, ele tirou sarro de mim.

Uma tarde, enquanto estávamos fazendo a tarefa de espanhol, o idiota perguntou a mim e a Skylar se sabíamos o que significava "beso". Quando ela respondeu, sem se abalar, que era "beijo", quis atirar meu livro na cabeça dele.

Porém, ela estava se saindo bem no quesito fingir que nada havia mudado entre nós, o que facilitava as coisas, mas, ao mesmo tempo, me incomodava um pouco, porque, para mim, aquilo era uma luta interna.

Eu conseguia tentar agir como se nada tivesse mudado na frente dela durante o dia, mas, toda noite, sem falta, havia uma reprise daquele beijo na minha cabeça. Eu ficava com água na boca me lembrando do gosto dela ou dos barulhos que ela fez quando beijei seu pescoço. Eu queria desesperadamente sentir isso de novo, ou, pior, saber que barulhos ela faria quando eu estivesse dentro dela.

Eu havia beijado muitas garotas, mas nunca tinha sido daquele jeito. Por outro lado, nunca gostei de verdade de nenhuma delas. Ver Skylar e Aidan tinha desencadeado uma reação primitiva e me feito perceber o quanto aqueles sentimentos atuavam de forma realmente profunda. Era um problema sem solução: me manter longe de Skylar e, ao mesmo tempo, mantê-la longe de outros caras.

Então, quando você não consegue descobrir como lidar com algo estressante, invente uma distração. É meu novo lema.

Skylar e sua mãe chegariam para jantar na nossa casa a qualquer instante, e eu tinha uma surpresa para ela, uma que eu esperava que aliviasse a tensão entre nós.

Embora fosse sexta à noite, eu não tinha outros planos. Quando a campainha tocou, meu coração começou a acelerar.

Para com isso. É só a Skylar.

O cheiro da lasanha de berinjela da minha mãe se espalhava pela casa enquanto eu descia a escada. O ar frio do outono entrou como uma rajada pela porta quando minha mãe a abriu.

Fiquei parado, sem jeito, com as mãos nos bolsos, tentando parecer indiferente, como se eu não estivesse tendo fantasias com ela.

— Oi, Tish... Skylar — disse.

Skylar tirou o casaco preto de matelassê. Fiquei grato por ela ter trocado o uniforme sexy da escola por um moletom.

— Oi — Skylar respondeu antes de ir até a sala, onde ela folheou as revistas da minha mãe com as pernas cruzadas no sofá.

Eu adorava ver como ela se sentia confortável ali.

— Mitch, sua mãe me contou sobre todas as notas altas que você andou tirando nos últimos tempos — Tish falou.

— Pois é. Bom, preciso focar minha energia em alguma coisa. Pode muito bem ser a escola.

— Bem, continue assim.

— Obrigado.

Essa era outra questão. Eu tinha andado mergulhando de cabeça nos estudos na tentativa de transferir meu foco para alguma coisa que não fosse o que aconteceu com Skylar. Parecia que estava valendo a pena.

Ela estava atipicamente quieta naquela noite e não tinha falado nada desde que elas chegaram. Quando nos sentamos para comer, minha mãe quebrou o silêncio.

— O que vocês vão fazer no feriado de Ação de Graças?

— Bem, Oliver quer que Skylar passe o dia com ele e sua linda esposa na Flórida.

Minha mãe abaixou o garfo que estava segurando.

— Linda *esposa*?

— Você escutou direito — Tish confirmou e tomou um gole grande de vinho.

— Eles *se casaram*?

— Aparentemente, eles procuraram um juiz de paz em Nova York na semana passada. Só ficamos sabendo quando ele ligou, mais ou menos uma hora atrás. Eles vão fazer uma pequena cerimônia em Miami com a família dela durante o feriado e querem que Skylar voe para lá.

Droga! Por isso a Skylar estava quieta.

Fiquei olhando-a até ela olhar para mim. A decepção na sua expressão era palpável. Eu detestava vê-la chateada. Era muito raro ela deixar as coisas a perturbarem. *Meu porto seguro.*

Skylar ia visitar o pai no Brooklyn mais ou menos um fim de semana por mês. Ela não era doida para passar um período grande com ele, mas ele era muito mais envolvido com a vida dela do que o meu pai era com a minha. Ainda assim, às vezes, eu ficava assustado com o quanto nossas situações familiares eram parecidas.

Embora o pai de Skylar não tivesse deixado Tish por causa de alguma mulher específica, ele também não tinha sido exatamente fiel. Ele havia tido apenas uma namorada séria depois do divórcio e, recentemente, os dois tinham ido morar juntos. Aparentemente, naquele ponto, ela era a esposa dele.

Minha mãe se voltou para Skylar.

— Querida, você está de acordo com tudo isso?

Ela limpou a boca com o guardanapo e depois o atirou na mesa.

— Se estou de acordo com o fato de Oliver se casar com a "peitos de titânio"? Claro... Tanto faz. Mas se a pergunta é se estou de acordo com o fato de ele ligar, todo despreocupado, para contar pra gente o que aconteceu *depois* do fato consumado, como se estivesse informando o que comeu no café da manhã? Não, não estou de acordo com isso. — Ela se levantou abruptamente. — Com licença.

Fiz o mesmo um minuto depois e a encontrei na sala, onde ela estava parada perto da janela. Ainda era o início da noite, mas já estava escuro lá fora.

— Ei... Você está bem?

Ela se virou para olhar para mim antes de voltar a olhar para a chuva que tinha começado a cair.

— Nem é por minha causa. Estou brava pela minha mãe. Meus pais ficaram juntos por quinze anos. Ela está agindo como se isso não a incomodasse, mas sei que incomoda. Sempre digo para mim mesma que eles estão melhor separados, mas, meu Deus, como isso deve doer! Ela sequer saiu com alguém, e ele foge para se casar com a primeira namorada séria que arranja e age como se isso não fosse nada. É a falta de respeito que me chateia. Ela não quer deixar transparecer, mas está magoada.

Ela estava mais preocupada com os sentimentos da mãe do que com os dela mesma. Típico da Skylar.

Eu queria abraçá-la. Algumas semanas antes, poderia ter feito isso, mas, naquele momento, realmente precisava evitar tocá-la.

— Queria poder dizer alguma coisa que ajudasse. Mas, em geral, só o tempo resolve essas coisas. Você sabe que eu entendo.

Ela se virou para mim.

— É... Entre todas as pessoas... sei que você é a que entende.

— Não deixe as decisões absurdas do Oliver estragarem seu fim de semana. Sua mãe vai ficar bem. Ela pode contar com a minha mãe agora, que definitivamente sabe pelo que ela está passando, e ela tem muita sorte de ter uma filha que se preocupa tanto com ela.

Ela enfim abriu um sorriso.

— Por que você está em casa numa sexta à noite? Pensei que iria sair com a garota da semana.

— Decidi ficar em casa desta vez e... — hesitei.

— E?

— Então... Meio que tenho uma coisa que pode te animar. É tipo um presente de aniversário adiantado.

Skylar semicerrou os olhos, desconfiada.

— Do que você está falando?

— Vamos pro meu quarto.

"Vamos pro meu quarto"? Sério mesmo? Que escolha de palavras mais sugestiva...

Ela me seguiu pela cozinha, onde passamos pelas nossas mães, que estavam terminando de tomar a garrafa de vinho. Meu coração estava acelerando com a expectativa enquanto subíamos a escada forrada com carpete para chegar ao meu quarto.

Ver a expressão no rosto dela quando a porta se abriu não tinha preço. Onde estavam Angie e sua câmera quando se precisava delas?

— Seamus?!

Ela foi correndo em direção à gaiola no canto do quarto. O papagaio bateu as asas, animado, e ficou inclinando a cabeça, como se a reconhecesse.

— Minha Nossa Senhora!

Ri, porque foi a primeira vez que ele usou a expressão que era sua marca registrada desde que tínhamos saído do pet shop mais cedo. Ele iria se exibir para ela, óbvio.

— Eu o deixei escondido aqui o dia todo. Tive sorte, porque ele ficou quieto durante o jantar e não estragou a surpresa.

— Você... Você o comprou? — ela perguntou, olhando de novo para mim, incrédula.

— Minha Nossa Senhora!

— Comprei. Ele é nosso.

— Como... você arranjou o dinheiro? Ele é caro!

— Fiz um crediário e paguei uma entrada.

— Existe isso para pássaros?

— Os funcionários da loja sabiam o quanto você o adorava e, quando eu disse que queria comprá-lo para você, eles me ajudaram. Tenho economizado e pagado parcelas toda semana desde que ele foi devolvido à loja. Eles ficaram com ele até hoje à tarde, quando eu o peguei.

A única vez que tinha visto Skylar chorar além dessa foi quando fui embora da cidade quando éramos crianças. Mas, naquele instante, seus olhos estavam se enchendo de lágrimas de felicidade, e eu não sabia ao certo como reagir. Só sabia que ser o responsável por deixá-la feliz me fez me sentir meio bobo.

— É o melhor presente que alguém já me deu.

Mantive as mãos no bolso para reprimir o impulso de abraçá-la e desencorajá-la de chegar perto de mim.

— Estava pensando em mantê-lo aqui para você. Sei que você diz que tem sono leve. Acho que consigo dormir com qualquer barulho. Eles disseram que ele poderia ficar meio barulhento se estiver irritável. Comprei um cobertor especial para colocar em cima da gaiola à noite, para acostumá-lo a dormir nos meus horários. Ele precisa de escuro para dormir.

— Minha Nossa Senhora!

— Posso tirá-lo da gaiola?

— Ele é seu. Faça o que quiser.

Ela abriu a gaiola com cuidado e o levantou no dedo para trazê-lo para fora.

— Oi, parceiro. Lembra de mim? Adivinha só... Agora você é meu. Não consigo acreditar. Te amo. É, amo. Te amo muito.

Ela beijou o bico dele e continuou sussurrando coisas fofas.

Maldito papagaio sortudo.

Agora você é meu. Te amo. Fechei os olhos por um segundo, fingindo que ela estava dizendo essas palavras para mim. Era para aquela droga daquele papagaio me distrair dos meus sentimentos, não deixá-los mais intensos.

Seamus estava batendo as asas como um doido. Na verdade, só tínhamos chutado seu gênero, mas algo me dizia que ele era macho mesmo.

— Minha Nossa Senhora!

Comecei a entender por que o cliente devolveu Seamus ao pet shop.

Minha mãe entrou no meu quarto umas duas da manhã.

— Você comprou um cachorro para ela também? O que diabos está acontecendo?

Meu travesseiro estava em volta da minha cabeça.

— Não! Essa coisa simplesmente começou a latir do nada.

— Parece que ele está sentindo falta dos antigos *points* — ela brincou.

Atirei o travesseiro, frustrado.

— O que é que eu faço?

— Bom, devolvê-lo não é exatamente uma opção.

— Não. Não posso fazer isso com a Skylar.

Minha mãe se sentou ao pé da cama e disse, rindo:

— Você faria qualquer coisa por essa garota, não é?

— Mãe... — falei com desdém.

Eu não tinha conversado com minha mãe sobre o que sentia por Skylar e, com certeza, não iria começar a discutir esse assunto no meio da madrugada perto de um papagaio que latia.

— Certo. Vamos ter que pesquisar um pouco na internet para descobrir como fazê-lo parar. Enquanto isso não acontece, vou colocar um fone de ouvido.

Tapei os ouvidos com o travesseiro de novo quando minha mãe saiu do quarto.

Depois de outra meia hora de latido e um pouco de uivo misturado, acendi a luz e olhei bem para a cara dele.

— Pare de LATIR!

Ele continuou a ganir para mim.

Apontei meu dedo indicador.

— Presta atenção. Se você não parar com isso, não trago mais a garota aqui para te ver. Nada de garota! Escutou? Estou cansado. NADA DE GAROTA!

Seamus bateu as asas e inclinou a cabeça, como se tivesse entendido. Ele voou pela gaiola em um estado de pânico agitado e, quando o cobri de novo com o cobertor, por alguma espécie de milagre... o latido parou.

Coincidência? Acho que não. Aparentemente, eu e Seamus tínhamos algo em comum.

Eu tinha aumentado meu número de horas na cafeteria na semana seguinte para ajudar a pagar Seamus, e isso significava, entre outras coisas, menos horas com Skylar, o que provavelmente era uma coisa boa.

Quinta-feira era meu dia de folga, então ela e Davey deveriam vir em casa para fazer a tarefa lá pelas quatro horas.

Mais ou menos uma hora antes disso, meu celular tocou. Era Skylar. Atendi.

— Oi.

— Estou aqui fora, na frente da sua casa. Acho que a campainha não está funcionando. Está a maior chuva, e perdi a chave da minha casa. Posso entrar?

— Hã... Pode. Claro. Já vou descer.

Essa seria a primeira vez que estaríamos sozinhos na minha casa desde antes do festival, mas o que é que eu deveria fazer?

Quando abri a porta, seu cabelo estava encharcado, assim como sua roupa. Aquela porcaria daquele uniforme de escola católica já era uma provocação, mas, naquele momento, ele estava colado no corpo dela. Era a coisa mais sensual que eu já tinha visto.

Sentir seu cheiro quando ela relou no meu corpo ao passar por mim foi como cheirar uma carreira de cocaína.

— Graças a Deus que você estava em casa.

— É. Graças a Deus — murmurei, observando-a subir a escada para ir ao meu quarto. Entrei em pânico. — Aonde você vai?

— Quero ver Seamus.

Droga!

— Ah! Certo.

O papagaio estava rodopiando feito doido quando ela entrou no quarto. Ele estava quase morto do pescoço até o traseiro quando estávamos só nós dois.

— Seamus! Mamãe chegou! — Skylar disse.

Um pouco de água pingou do seu cabelo e escorreu nas costas da sua camisa social branca. Eu conseguia ver a parte de trás do sutiã através do tecido molhado e, quando ela se curvou para tirar Seamus da gaiola, meus olhos percorreram o caminho até a imagem da saia se erguendo pelas suas pernas e daquelas malditas meias três quartos.

Por mais que eu tentasse controlar minha mente, ela ia parar lá, aquele lugar do qual eu tentava, com muito esforço, me manter longe. Tudo o que eu conseguia pensar era em qual seria a sensação de estar imprensado entre aquelas pernas, e senti que estava ficando duro. Isso não era bom.

Ficou pior quando ela se virou com o papagaio empoleirado no dedo. Seus mamilos estavam totalmente visíveis através do tecido fino e molhado da camisa. A água continuava a pingar do cabelo no peito. Meus lábios formigaram enquanto eu pensava como seria lamber a água direto dela. Meu corpo ficou tenso quando ela se aproximou e se sentou perto de mim na cama.

— Você tem se comportado mal.

Minha pulsação acelerou.

— Hã?

— Seamus. Ele tem se comportado mal. Sua mãe me contou sobre o latido.

Ufa! Achei que ela estivesse lendo meus pensamentos.

— Ah, sim. Bom, nós meio que chegamos a um acordo sobre isso... Eu e ele. Está tudo certo agora. Ele não está mais latindo tanto.

— Que bom — ela disse, e beijou o bico dele.

— Minha Nossa Senhora!

Ele estava tão feliz quanto possível, fazendo graça para chamar a atenção dela. Agora eu estava gostando dele.

Ela estava sentada tão perto de mim que eu conseguia sentir o cheiro da chuva no seu corpo, misturado com o seu perfume. A necessidade de beijá-la era insuportável, e quis poder apagar a lembrança de como a experiência tinha sido.

— Desculpe. Estou te deixando todo molhado, não é?

Naquele ponto, minha respiração estava irregular.

— O quê?

— Acho que eu deveria tirar essas roupas.

Merda! O quê? Não!

Meu pau ouviu aquilo direitinho.

— Você tem alguma coisa que eu poderia vestir?

Tenho. Só não posso ficar em pé agora, senão você vai ver o quanto eu te desejo.

— Sim. Hã... Entre no meu closet e pegue o que quiser.

— Obrigada.

Ela devolveu Seamus à gaiola antes de cruzar o quarto e pegar uma camiseta branca comprida de um cabide.

Ainda paralisado pela minha ereção, permaneci na cama e apontei para a cômoda.

— Tem alguns shorts ali. Minhas calças ficariam meio compridas em você.

Ela olhou para mim e sorriu.

— Você acha? Só um pouquinho.

Ela pegou um short com cordão.

— Onde posso me trocar?

Bem aqui. Em cima de mim.

— No banheiro lá embaixo.

Era o lugar mais seguro, porque era o lugar mais longe do meu pau, que, naquele momento, estava na fila para conseguir um ingresso para a primeira fileira do show da troca de roupa de Skylar. Eu precisava de todo o tempo possível para me livrar da animação dele antes de ela voltar.

— Já venho.

— Sem pressa.

Quando consegui ouvir que ela estava no andar de baixo, levantei e tentei ter uma conversa racional com o meu pau.

— Vamos lá! A gente consegue. Desce.

Nada estava mudando. Ela não podia me ver daquele jeito.

— Droga de pau duro! Desce!

Andei de um lado para o outro no quarto, continuando minha tentativa de convencer meu membro com meus argumentos.

Seamus estava batendo as asas.

— O que é que você está olhando? Imagino que você deva achar isso engraçado.

— Minha Nossa Senhora!

— É! Vai se ferrar!

Decidi que eu não tinha opção exceto ir para debaixo do chuveiro no andar de cima. Teria que inventar uma história para a súbita necessidade de tomar banho. *Skylar, acabei de me cagar todo enquanto te esperava voltar...*

Ela ainda estava no andar inferior quando abri o chuveiro na temperatura mais baixa e entrei debaixo dele. Não estava funcionando, então esquentei a água e fiz a única coisa que podia fazer. Me permiti pensar em tirar a roupa dela e chupar cada gota de água do seu corpo enquanto me masturbava e gozava na parede de azulejo. Foi um dos orgasmos mais intensos que eu já tinha me dado.

Me sequei e, então, estava pronto para voltar. Ela teria tirado o uniforme molhado, estaria usando minhas roupas largas, e nós estaríamos prontos para recomeçar.

Quando voltei ao quarto, ela estava sentada na cama de novo, segurando Seamus. Ela havia escovado o cabelo molhado e ainda estava bonita pra caramba. Adorei vê-la na minha camiseta, embora parecesse mais um vestido para ela.

— Você estava tomando banho?

— É... Hã... Às vezes, faço isso à tarde. É... refrescante.

Ela riu, com uma expressão de incredulidade.

— Certo. Que esquisito...

Mudei de assunto:

— Quer fazer a tarefa?

Eram quase quatro horas. Onde é que estava o Davey?

Abrimos nossos livros, e eu fui para a escrivaninha, enquanto Skylar ficou deitada de barriga para baixo na cama.

Entramos num momento de silêncio agradável e confortável enquanto tocava uma música do *Coldplay* no meu iPod num volume baixo. Apesar do meu óbvio desconforto em relação à atração física que sentia por Skylar, aqueles realmente eram os momentos com ela que eu mais amava: apenas ficar assim, passando um tempo tranquilo juntos.

— Droga de pau duro! Desce!

Skylar ficou em pé depressa e se virou na direção de Seamus.

— O que foi isso? O que ele acabou de dizer?

— Droga de pau duro! Desce!

Droga! Droga! Droga!

Me esforcei ao máximo para me fazer de desentendido.

— Não sei o que ele está falando.

— Parece que ele está dizendo "Droga de pau duro! Desce!".

— É, é o que parece, não é?

Eu sabia que tinha repetido aquelas palavras várias vezes quando Skylar estava trocando de roupa no andar de baixo. Claro que Seamus iria aproveitar aquela oportunidade para recuperar de repente sua capacidade de imitar só para poder ferrar comigo.

Ela cobriu a boca, rindo.

— Que maluco! Ele anda muito imprevisível ultimamente.

Ela se aproximou da gaiola e tirou Seamus de dentro dela. Ele bateu as asas e girou a cabeça devagar na minha direção, me dizendo, do seu jeito mudo, para vazar dali.

Ri com ela, mas, na verdade, queria me esconder no closet. Ela era esperta e sabia muito bem onde ele devia ter aprendido sua expressão nova.

Meu celular tocou.

— É Davey. Ele está lá embaixo.

Fiquei feliz com a oportunidade de sair daquele quarto por um minuto. Aquele, com certeza, não era meu dia.

— E aí? — ele disse enquanto entrava, carregando uma pilha de livros escada acima.

Skylar ainda estava brincando com o papagaio quando voltamos ao meu quarto.

— Oi, Davey.

— Droga de pau duro! Desce!

— Oi, Skylar. Hã... — Ele olhou para mim. — Que diabos esse papagaio acabou de dizer?

Balancei a cabeça e o fuzilei com o olhar, num aviso silencioso para ele não colocar lenha na fogueira. Davey me olhou como quem estava entendendo, mas também se divertindo.

Skylar devolveu Seamus ao seu poleiro na gaiola e deitou de novo na cama.

— Vocês estão com frio?

— Não — respondi.

— Por algum motivo, estou com calafrios. Acho que estou pegando alguma coisa. Você se importa se eu usar suas cobertas?

— De jeito nenhum.

Meu lençol vai cheirar a ela hoje à noite.

Nós três abrimos nossos livros e voltamos aos nossos deveres em silêncio. De vez em quando, eu observava Skylar na minha cama. Ela ainda estava tremendo. Parece que Davey conseguiu me flagrar encarando-a num determinado momento, e revirou os olhos. Mostrei-lhe o dedo do meio, e ele não retribuiu o gesto, como era de costume. Ele iria se vingar de mim mais tarde, do seu jeito especial.

— Quando se trata da Skylar, não consigo saber se você é Himeros ou Póthos, Mitch.

— Como é?

— Estou estudando para minha prova de Mitologia grega. Precisamos decorar alguns dos deuses.

— O que isso tem a ver comigo?

Seus dreads se espalharam quando ele se limitou a rir como um doido sem dizer nada.

Skylar ergueu a cabeça, mas não pareceu muito afetada pelo comentário. Ela continuava a tremer.

— Você está bem? — perguntei.

— Não muito. Estou me sentindo meio dolorida. Acho que estou com febre. Talvez seja melhor eu ir para casa.

— Deixa que eu te acompanho.

Ela pegou um dos meus casacos, e atravessamos a rua. Já estava escuro, e flocos de neve leves estavam começando a cair. Conseguíamos ver o ar que exalávamos.

Skylar ainda estava tremendo quando bateu à porta e apertou a campainha.

— É melhor ela estar em casa.

Tish atendeu a porta.

— Recebi sua mensagem. Você perdeu sua chave?

— Acho que a deixei no meu armário na escola.

— Oi, Mitch.

Acenei para Tish e segui Skylar enquanto ela entrava em casa.

— Não estou me sentindo bem, mãe.

— O que você tem?

— Acho que posso estar pegando uma gripe ou algo do tipo.

Tish tocou a testa de Skylar para ver a temperatura.

— É melhor você ir dormir cedo hoje.

Ela tirou meu casaco e o devolveu para mim.

— Você vai voltar para sua casa?

— Vou ficar aqui uns minutos.

Por algum motivo, simplesmente não queria deixar Skylar. Ela não adoecia quase nunca. Na verdade, eu não conseguia me lembrar de uma única vez. Eu a acompanhei até o quarto dela e, enquanto ela entrava debaixo das cobertas, me sentei na beirada da cama, perto dos seus pés.

— Você deveria voltar para fazer companhia para o Davey.

— Você está de brincadeira, né? Ele provavelmente está fazendo a festa fuçando nas minhas gavetas e assaltando a geladeira. Ele está bem lá.

Seus dentes rangiam enquanto ela ria.

— Você tem antigripal? Essa porcaria vai te fazer apagar até amanhã.

— Ah, bom saber. Vou ter que me certificar de levar um pouco para a Flórida, para o casamento do Oliver.

— Você decidiu ir?

Ela fechou os olhos por um instante e suspirou.

— Acho que sim.

— É a decisão certa. É uma droga, e pode te dar angina, mas você vai sobreviver.

— Pode me dar o quê? Vagina?

— Angina! Minha avó diz isso o tempo todo. É tipo uma dor no peito ou algo assim. Você tem a mente poluída, garota.

— Mas você adora!

— É verdade. Adoro. Você não deixa escapar nada, e nada te incomoda. Gosto de não ter que pisar em ovos quando converso com você — disse, e apertei os pés dela de brincadeira.

— Que gostoso!

— O que foi gostoso?

— Quando você apertou meus pés desse jeito.

— Quer que eu faça de novo? Quer uma massagem nos pés?

— Não, não quero uma massagem nos pés... Mentira!

— Está certo.

Dei risada e reposicionei os dois pés dela no meu colo, apertando seus dedos com as duas mãos num ritmo constante.

— Falando em mente poluída... Por que nosso papagaio estava falando sobre ereções?

— Não faço a menor ideia.

— Tem certeza?

Meu telefone tocou. Salvo pelo gongo. Ou talvez não.

Para de chupar a Skylar e volta aqui pra me fazer um sanduíche.

— Maldito Davey.

— O que foi? O que ele disse?

— Não posso te contar. É...

— Sobre nós? — Ela baixou a cabeça por um instante e depois olhou bem nos meus olhos. — Você contou a ele que nos beijamos, não foi?

Parei de massagear seus pés, e meu coração estava batendo acelerado.

— Contei.

— Eu contei à Angie. Precisei conversar sobre o que aconteceu com alguém porque *nós* não estávamos fazendo isso. Entende?

Engoli em seco, despreparado para discutir aquilo.

— Sim, entendo.

Ela estendeu a mão.

— Me mostra a mensagem.

Ri, nervoso.

— Não.

— Me mostra.

Meu tom ficou sério.

— Não, Skylar.

Ela se levantou de debaixo das cobertas e pegou meu celular. Ela estava doente e não deveria estar fazendo esforço. Eu sabia que ela não iria ceder, então não ofereci resistência.

Merda.

Ela leu a mensagem e revirou os olhos.

— Desculpe por ele estar sendo um babaca — disse.

— Você acha que isso me incomoda?

— Não... Mas é desrespeitoso.

— Não me preocupo com o que os outros pensam. Só me preocupo com *você*. Esqueceu que consigo sentir o que certas pessoas estão sentindo? Com você, é mais forte do que com a maioria das outras pessoas. Sempre foi. Você acha que está escondendo coisas de mim, mas não está, nem hoje mais cedo no seu quarto e nem em qualquer outro dia. Himeros e Póthos...

— O quê?

— Os deuses gregos que Davey estava estudando. Os que ele disse que o lembravam de você.

— Sei. O que tem eles?

— Eu também os estudei. Himeros é o deus do desejo e do amor não correspondido. Póthos é o deus do anseio e da vontade.

Droga.

Soltei um suspiro longo e trêmulo.

— Ah...

— Ele estava certo? Você estava só tentando confrontar Aidan com aquele beijo ou você realmente me quer? Por favor, fale a verdade.

Seu olhar penetrante estava quase machucando meus olhos, e senti como se ela conseguisse me enxergar por dentro. Se esse fosse o caso, então ela sabia que eu a queria mais do que qualquer coisa na minha vida inteira. Não fazia sentido mentir. Eu poderia nunca reunir a coragem de ser fiel aos meus sentimentos, mas não conseguia mais olhá-la nos olhos e negar o que era dolorosamente óbvio. Baixei a cabeça por um instante, e minhas mãos tensas se transformaram em punhos cerrados quando sussurrei a confissão.

— Sim... Eu te quero.

Foi bom enfim admitir em voz alta.

Eu estava suando, mas ela ainda estava tremendo quando ergui o rosto para vê-la. Seus lábios se abriram em um discreto sorriso de compreensão. Precisei juntar todas as minhas forças para não cobrir o corpo gelado dela com o meu.

— Obrigada pela honestidade.

Acenei com a cabeça, incapaz de tirar os olhos dela.

— É a verdade.

Ela ajeitou os cobertores e se sentou ao dizer:

— Converso sobre quase tudo, mas não é fácil para mim falar sobre meus sentimentos por você, porque sua rejeição é praticamente a única coisa que poderia destruir meu orgulho. Mas você é mais importante para mim do que o meu orgulho, mais importante do que provavelmente qualquer pessoa já foi. Não quero perder momentos com você. Não quero que me rejeite, como você tem feito, porque está com medo. Preciso que saiba que, se fizermos besteira e as coisas derem errado, não importa o que aconteça, você não vai me perder, ok? Sempre vou estar aqui.

Ouvi-la dizer aquilo era tudo para mim. O próximo passo era trabalhar para acreditar naquilo.

— Certo.

— Vou dormir.

Saí do quarto dela desorientado.

Seu cheiro estava em toda a minha roupa de cama naquela noite enquanto eu repassava suas palavras na minha cabeça sem parar.

Ao longo dos meses seguintes, aquela conversa no quarto de Skylar iria me assombrar. *Não quero perder momentos com você. Sempre vou estar aqui.*

Me perguntei se ela pressentiu alguma coisa naquele dia, porque eu jamais poderia ter previsto que a possibilidade de perder Skylar iria ganhar um significado completamente novo.

9
SKYLAR

Examinei meu closet em busca da roupa perfeita. Embora tecnicamente não fosse um encontro, Mitch tinha me convidado para ir ao cinema com ele, e seríamos só nós dois. Havia um filme novo do Adam Sandler que ele queria muito ver, e ele iria nos levar no Honda Accord de Janis.

Era um sábado à noite, mas Mitch não andava tendo encontros com as garotas da escola nos últimos tempos. Nunca conversamos sobre o porquê. Estava evidente que ele tinha andado inventando desculpas durante as últimas semanas para passar um tempo comigo nos finais de semana também. Em geral, ficávamos em casa com Angie e Cody ou com Davey. Aquela noite seria a primeira em algum tempo em que eu e Mitch iríamos sair juntos sozinhos.

Eu estava nervosa, não por causa do filme, mas pelo que aconteceria quando chegássemos em casa.

Coloquei uma calça jeans escura e uma túnica amarela soltinha que tinha lantejoulas douradas no decote. Sequei o cabelo, deixando-o totalmente liso, e borrifei um pouco do perfume Jean Paul Gaultier caro da minha mãe. Iria usar uma maquiagem carregada nos olhos e ir com tudo. Qual era o problema? Ele precisava lembrar como eu iria estar naquela noite.

Tinham se passado umas seis semanas desde a noite no meu quarto em que Mitch havia admitido que me queria enquanto eu estava enfurnada na cama com febre. Nos dias seguintes, continuei me sentindo fisicamente desequilibrada. Em alguns dias, a febre voltava e, em outros, eu só me sentia letárgica.

Minha mãe tinha finalmente me convencido a ir ao médico duas semanas antes. Minha hipótese era que o dr. Stein iria me mandar para casa com uma receita de antibiótico e que a coisa iria terminar aí.

A campainha tocou, me tirando dos meus pensamentos com um susto.

— Skylar! Mitch chegou — gritou minha mãe do andar de baixo.

— Fala pra ele vir aqui em cima!

Quando a porta se abriu, quase arfei de surpresa ao vê-lo. Seu cabelo estava molhado, perfeitamente ondulado, com uma mecha solta caindo na testa. Ele estava mais arrumado do que eu jamais tinha visto, usando um suéter azul-marinho coberto por um casaco de lã preto. O cheiro dele estava maravilhoso: uma mistura de almíscar, loção de banho e masculinidade. O suéter estava colado na sua estrutura musculosa, que andava mais esculpida ultimamente. Ele tinha acabado de fazer dezessete anos, e estava parecendo menos um menino e mais um homem a cada dia que passava.

Ele engoliu em seco.

— Skylar... Você está...

— Eu sei. Me esforcei para ficar assim. É melhor eu estar bonita.

— Mais do que bonita. Eu ia dizer... gata.

Meu coração palpitou. Respirei fundo, inalando Mitch. Ele nunca tinha me chamado de "gata" antes. Eu deveria ter me sentido bem com o comentário, mas, em vez disso, foi como se alguém tivesse me dado um soco no estômago.

— Obrigada.

— De nada.

Mitch continuou parado na porta. Havia silêncio, exceto pelo barulho que o meu aquecedor fez quando ligou. Quando seus olhos desceram pelo meu corpo, foi como se eu conseguisse senti-lo em mim. Meus mamilos se enrijeceram. Não sabia se, tecnicamente, aquilo era um encontro, mas, naquela noite, as coisas estavam parecendo diferentes em vários aspectos.

Mostrei meu colar a ele, segurando o objeto no ar.

— Me ajudar a colocar?

Ele se aproximou e tirou o colar das minhas mãos. Levantei o cabelo, e ele esticou os braços por cima de mim e prendeu o fecho. As mãos de Mitch permaneceram nos meus ombros antes de ele apertá-los de leve, e seu hálito esquentou minha nuca.

Fechei os olhos e inalei seu cheiro antes de me virar e me deparar com seus olhos azuis, cortantes e marcantes, me encarando. Ele lambeu os lábios e parecia ansioso. Eu não conseguia saber ao certo o porquê.

Aquilo acabou comigo, pois ele não fazia ideia do que iria acontecer naquela noite.

— Pronta? — ele perguntou.

— Sim.

Mitch colocou músicas do Metallica para tocar enquanto dirigiu os poucos quilômetros até o cinema, que estava lotado.

Ele segurou a porta para mim e piscou, imitando um sotaque britânico:

— Primeiro as damas, minha senhora.

— Ora, obrigada.

Sorri. Ele não soube que sua tentativa de ser encantador naquele momento quase tinha me feito chorar. Ele não percebeu a dificuldade que eu estava tendo para manter a compostura.

— Quer comer alguma coisa?

— Não. Não estou com fome.

Ele examinou meu rosto.

— Você vai se arrepender dessa decisão quando me vir comendo. Vou comprar alguma coisa para mim e, se você mudar de ideia, pode comer um pouco também.

— Está certo — disse e forcei outro sorriso.

Os ingressos estavam quase esgotados, e sofremos para encontrar dois lugares um do lado do outro. Conseguimos arranjar uns bem lá no fundo.

As luzes foram ficando mais fracas, e uma sensação de medo tomou conta de mim.

Uns quinze minutos depois do começo do filme, consegui sentir os olhos de Mitch em mim. Meu corpo estremeceu quando ele se aproximou de repente e sussurrou no meu ouvido:

— Está tudo bem?

Como é que passou pela minha cabeça que eu seria capaz de aguentar ver esse filme?

Respondi que sim com a cabeça, tentando lutar contra as lágrimas que estavam se formando nos meus olhos.

— Está.

Consegui sentir seu hálito quente no meu ouvido de novo.

— Você não está rindo de nada. Não está gostando?

— Desculpe.

Ele apertou minha perna.

— Não se desculpe. Só quero que você se divirta.

O sorriso que ele me deu depois de dizer isso me fez sentir como se meu coração estivesse sendo arrancado. Ele nem sonhava que eu estava prestes a arrancar o dele também.

Quando ele reposicionou o corpo, se afastando de mim, desejei muito que ele dissesse alguma outra coisa só para eu poder sentir seu hálito na minha pele. Eu precisava dele. Tudo o que eu queria era estar com ele naquela noite, mas aquele não era o local certo.

Minha cabeça estava em um lugar totalmente diferente em meio aos sons abafados de risada no cinema. Meu coração começou a acelerar, e gotas de suor se formaram na minha testa.

Ele percebeu que eu estava inquieta. Me encolhi quando sua mão quente pousou na minha, que, naquele momento, estava tremendo. Quando me virei para olhar para o seu rosto preocupado — meu doce Mitch —, a primeira lágrima caiu do meu olho.

Quero ver você se tornar um homem.

Te amo, Mitch.

Estou com medo.

Sua expressão ficou triste. Seu peito estava se movendo rápido quando ele percebeu que eu estava chorando. Foi como se o filme tivesse desaparecido ao longe quando ele olhou me assustado.

Ele apertou minha mão e me tocou de leve, num sinal de que era para eu levantar do lugar, derrubando toda a sua pipoca no chão. Roçamos as pernas das outras pessoas na nossa fileira enquanto caminhávamos rumo à saída. Ele me conduziu para fora da sala escura em direção às luzes fortes do hall de entrada, que estava vazio. Olhei para o tapete vermelho. Quando ergui a cabeça e vi seus olhos aterrorizados à luz fluorescente, minhas lágrimas vieram com força total.

Enterrei o rosto no pescoço de Mitch, e ele me puxou para mais perto do seu corpo. Seu coração estava batendo a mil por hora, colado no meu peito.

Não era para acontecer lá, daquele jeito. Eu só queria passar algumas horas normais com meu melhor amigo. Era pedir muito? Pensei em todos os momentos com ele aos quais eu não tinha dado valor.

— Skylar, você está me assustando. Por favor... Está tudo bem. Por favor, me diga o que fazer. Apenas me diga o que fazer. O que houve?

Minhas lágrimas haviam encharcado seu suéter.

Ele não sabia de nada. Eu não tinha contado absolutamente nada a ele que pudesse tê-lo preparado para aquilo. Não sabia por onde começar. O que eu estava prestes a dizer iria acabar com ele, e eu não conseguia suportar isso.

— Você pode só me levar para casa?

— Não. Não até você me contar o que está acontecendo.

— Não consigo... Não aqui.

— Fiz alguma coisa que te irritou?

Me afastei e toquei sua bochecha.

— Não. Claro que não.

Ele segurou minhas mãos.

— Você sabe que pode me contar qualquer coisa, não sabe?

Fiz que sim com a cabeça em meio às lágrimas.

Ele continuou:

— Acho que sei o que é.

— O quê?

Minha mãe contou à Janis?

Ele ergueu minhas mãos até sua boca e as beijou.

— Tenho sido um grande idiota, Skylar... Te deixando confusa.

— Hã...

Ele me interrompeu:

— Me deixa falar. Isso não é fácil pra mim, ok?

Fiquei em choque.

— O que você está fazendo?

— Estou tentando te dizer... que acho... que deveríamos tentar ser mais do que amigos. Pensei muito sobre o que você disse naquela noite no seu quarto, como você sempre iria estar na minha vida, não importa o que aconteça. Você acertou em cheio. Eu só estava com medo de te perder. Só que, cada vez mais, eu quero tentar. Quero tentar... tudo... Viver tudo com você. Não consigo... parar de pensar nisso.

Aquilo não podia estar acontecendo naquela noite. Eu não conseguia encontrar as palavras.

Partiu meu coração ver sua expressão quando ele disse:

— Acabei de abrir meu coração para você. Fale alguma coisa... Por favor.

O hall começou a girar, e me agarrei a ele para me segurar.

— Estou com câncer.

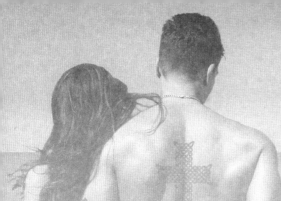

10
MITCH

Existem alguns momentos na vida que você simplesmente sabe que nunca vai conseguir apagar da memória, não importa o quanto tente.

O momento em que a garota que significava mais para mim do que qualquer outra coisa disse aquelas três palavras foi um deles.

No começo, simplesmente não fez sentido. Meus nervos ainda estavam zonzos de juntar coragem para dizer a ela que eu queria que fôssemos mais do que amigos. Fiquei treinando o que iria dizer durante dias, e estava planejando conversar com ela mais tarde naquela noite.

Então, aquilo foi um completo choque.

Como permaneci em silêncio, ela baixou o volume da sua voz e repetiu:

— Estou com câncer, Mitch.

Minhas mãos estavam nos seus ombros e começaram a tremer. Meu corpo não sabia ao certo como reagir.

— Como assim? Quero dizer... Como... como isso foi acontecer?

— Você sabe que andei me sentindo mal...

— É verdade... Mas isso foi semanas atrás. Você foi ao médico. Você estava se sentindo melhor.

Ela fechou os olhos por um instante e então olhou para mim.

— Fui, mas nunca te contei o que aconteceu porque não queria te assustar até saber o que eu iria enfrentar. Quando o médico me examinou, ele encontrou um caroço no meu pescoço e me perguntou há quanto tempo eu o tinha. Eu respondi que já fazia um tempo. Nunca tinha me chamado a atenção, porque não doía. Ele examinou o resto do meu corpo e encontrou outro caroço, na minha virilha. Ele disse que não era para eu me preocupar, mas que ele ia pedir uns exames de sangue só para ter certeza de que estava tudo certo. — Ela olhou para baixo, e lágrimas voltaram a se formar nos seus olhos. — Não tinha nem ido com a minha mãe naquele dia.

Meu estômago começou a revirar, o que piorou com o cheiro de pipoca gordurosa, e senti uma coisa azeda subindo na minha garganta.

Você não vai fazer isso. Vai ser forte para ajudá-la, nem que seja a última coisa que você faça.

Enxuguei seus olhos com as pontas dos meus dedos.

— Sem pressa, mas preciso que você me conte tudo.

Ela concordou com a cabeça, em meio a lágrimas e fungadas.

— O exame de sangue não estava normal, então tive que voltar para fazer uma ressonância.

Eu inspirava e expirava, me preparando para o que ela iria dizer em seguida. Peguei suas mãos, envolvendo os dedos dela nos meus. Eles estavam gelados.

— Certo...

— As imagens também mostraram alterações. Não te contei, mas, em vez de ir à casa do meu pai naquele fim de semana, fiz uma pequena cirurgia para tirar partes dos linfonodos para eles examinarem.

A ideia de qualquer coisa cortando Skylar me fez me encolher.

— E?

— Encontraram células anormais neles.

Não conseguia me lembrar do meu coração batendo mais rápido do que naquele instante. Meu corpo ficou tenso e pareceu estar se desligando e se preparando para uma guerra ao mesmo tempo.

— Eles têm certeza... de que isso significa que é câncer?

— Eles me disseram que tenho linfoma de Hodgkin.

Logo que ela terminou de dizer isso, a porta de uma sala de cinema próxima se abriu, e pessoas que estavam fazendo barulho e rindo saíram como numa enxurrada. Quis matar cada uma delas. Skylar ainda estava falando, mas meus ouvidos estavam latejando, e foi como se ela estivesse muito longe, embora suas mãos ainda estivessem nas minhas.

— *Estágio III...*

— *Disseram que tenho que fazer quimioterapia e talvez radioterapia...*

— *Meu cabelo vai cair, Mitch. Estou com muito medo.*

Parecia que minha cabeça ia explodir, e meu coração estava batendo com muita força dentro do peito. Eu precisava de ar.

— Precisamos sair daqui.

Eu a conduzi para o estacionamento. Estava um frio congelante lá fora, e eu conseguia ver minha respiração se condensando. De repente, parei de andar, me virei na direção dela e freneticamente fechei cada um dos botões do seu casaco.

— Está frio.

Ela deve ter visto que eu estava prestes a surtar e agarrou as minhas mãos para me fazer parar de procurar desajeitadamente mais botões quando não havia mais nenhum.

— Mitch?

Eu a olhei nos olhos, balancei a cabeça, incrédulo, e então a puxei em direção ao meu corpo, segurando-a como se minha vida dependesse disso. Ficamos lá, no meio do estacionamento, por minutos a fio. Meu nariz estava no cabelo dela, cheirando cada centímetro, pensando no que ela havia me dito, que todo ele iria cair. Aquilo não parecia real. Meus olhos começaram a arder.

Você não vai chorar. Ela está bem. Ela está nos seus braços.

Parecia um sonho do qual eu não conseguia acordar.

Quando voltamos ao carro, nos sentamos, e eu o deixei ligado com o aquecedor funcionando. *Say Something*, de A Great Big World, começou a tocar no rádio. Essa música é triste em circunstâncias normais, e não aguentava ouvi-la, então desliguei o som.

Olhei fixamente e sem qualquer expressão no rosto um enxame de pessoas que tinham acabado de convergir no estacionamento, e a risada distante delas me perfurava como se fosse uma faca. A mão de Skylar estava na minha, e eu a acariciei delicadamente com o polegar. Um milhão de pensamentos passaram pela minha cabeça, mas todos eles levaram à mesma conclusão: eu tinha que ser forte por ela. Eu tinha que cuidar dela.

Skylar me tirou do meu transe.

— Tem mais uma coisa.

Meu corpo ficou rígido. *O que mais poderia ter?*

Ela continuou:

— Meus pais conversaram e decidiram que é melhor se eu for tratada em Nova York. Minha mãe iria perder o emprego se ela tivesse que me levar a consultas e tudo o mais aqui. Ela não pode se dar a esse luxo, e nós perderíamos a casa. Como Oliver trabalha em casa e tem horários mais flexíveis, eles acham que é melhor se eu morar com ele e Lizete. Ele vai cuidar de mim enquanto eu estiver fazendo quimioterapia. Minha mãe vai me visitar todo fim de semana.

— Fica a três horas daqui.

— Eu sei, mas é a única maneira razoável.

Meus olhos se mexiam de um lado para o outro enquanto eu tentava pensar numa solução, qualquer coisa que evitasse que ela fosse embora.

— Fique aqui. Eu vou te levar nas suas consultas. Eu vou cuidar de você.

— Como você vai fazer isso com a escola?

— Vou largar! Nada é mais importante do que você.

— Eu jamais permitiria que você fizesse isso. *Jamais.* Essa não é uma opção. Eu não seria capaz de viver com essa culpa.

Eu não seria capaz de viver sem... você.

— Bom, pensar em você passando por tudo isso muito longe de mim, onde não posso estar para te ajudar... não é uma opção *para mim.*

— Vai dar certo. Isso não é negociável. Tem que ser desse jeito.

O corpo dela estava tremendo de frio, então coloquei o aquecedor numa temperatura bem alta.

A realidade do fato de que eu não conseguiria impedi-la de ir embora começou a se consolidar.

— Vou ao Brooklyn todo fim de semana, então. Quando tudo começa?

— No próximo sábado, sem ser amanhã.

Não.

A volta para casa foi um borrão. Mal me lembro de acompanhar Skylar do carro para a casa dela ou do que dissemos um ao outro antes de eu acabar ficando parado sozinho no meio da nossa rua tranquila. Estava muito frio, e os dedos dos meus pés estavam dormentes por causa da neve dura sendo triturada debaixo dos meus sapatos.

Sem energia para sequer abrir a porta da frente de casa, olhei para o céu escuro com uma raiva que eu nunca tinha sentido antes, me perguntando como Deus poderia ter permitido que aquilo acontecesse com ela.

Desejei que o ar frígido levasse a dor embora. *Por favor.*

Quando enfim entrei em casa, minha mãe imediatamente abaixou o volume do jornal, e a expressão de preocupação no seu rosto revelou que ela sabia muito bem o que tinha acontecido naquela noite.

Eu estava exausto demais para pronunciar qualquer coisa mais alta do que um sussurro.

— Você sabia?

Ela olhou para mim com lágrimas nos olhos, mas não disse nada.

Repeti:

— Mãe, você *sabia*?

— Faz só dois dias que fiquei sabendo. Ela queria que você soubesse por ela mesma, Mitch. Skylar tinha todo o direito de fazer o que fez.

Parecia que minha cabeça estava queimando. De repente, gritei a plenos pulmões.

— Como é que você pôde não me contar isso?

— Me desculpe. Prometi à Tish!

Nunca tinha falado com minha mãe daquele jeito, e imediatamente me arrependi.

— Preciso ficar sozinho — falei, passando irritado por ela, que fingiu não notar que abri o armário de bebidas e peguei uma pequena garrafa de vodca para levar para o meu quarto.

Havia uma longa estrada pela frente, e o álcool não iria resolver o problema, mas, por uma noite, tudo de que eu precisava era esquecer.

Na manhã seguinte, saí da cama na marra, com uma grande ressaca, e jurei fazer cada minuto da próxima semana valer a pena. Queria levá-la a todos os seus lugares favoritos, como o Cheesecake Factory e o museu de borboletas. Ela recusou tudo, dizendo que queria apenas ficar de bobeira em casa comigo.

Em dois dias, Davey e Angie se juntaram a nós para jantar na casa de Skylar. Nossas mães prepararam todos os pratos de que ela mais gostava: pizza caseira, sanduíche de carne moída e fettuccini Alfredo. Era como se houvesse uma festa toda noite, mas Skylar mal tocava na comida.

Todos nós estávamos bancando os valentes, tentando agir com a maior naturalidade possível: Davey com suas piadas toscas e Angie tirando fotos.

Na última noite antes de Skylar ter que ir embora, Angie estava sendo especialmente irritante com a câmera, nos pedindo para fazer poses, o que ela normalmente não fazia. Eu a puxei de lado e perguntei com toda educação se ela poderia parar com aquela coisa de fotografia por uma noite. Ela me contou que Skylar tinha pedido a ela, especificamente, que trouxesse a câmera naquele dia e tirasse fotos de todos nós, principalmente dela e de mim. Não era típico da Skylar querer que tirassem fotos dela.

Durante o resto da noite, permaneci atormentado com o que Angie me contou até que cheguei a uma conclusão que simplesmente não podia aceitar: Skylar queria fotos dela porque achava que havia chances de ela não voltar.

Meu peito ficou apertado de agonia, e eu fui tomado por uma fúria silenciosa, precisando pedir licença para ir ao banheiro. Ela não conseguiria sobreviver aos meses que estavam por vir se era isso que ela estava pensando. Eu precisava conversar com ela.

Num determinado momento, ela falou que tinha que ir ao andar de cima para pegar uma coisa. Quando notei que estava demorando um pouco para descer, fui atrás.

Ela deu um pulo quando eu a assustei ao entrar no quarto. Fiquei em choque quando notei lágrimas nos seus olhos. Ela havia ido ali para chorar sozinha.

Corri para a cama e a abracei. Meus olhos estavam se enchendo de lágrimas, mas lutei muito para impedir que elas caíssem.

Faça seu trabalho, Mitch. Seja o porto seguro dela.

— Escute, Skylar. Você precisa ficar de cabeça erguida, não importa o quanto a situação fique difícil. Pensar positivo é poderoso. Se nós dois fizermos isso, é poderoso em dobro. Você tem que acreditar que vai dar tudo certo. Quero dizer, você precisa acreditar *de verdade*, e vai acontecer.

Ela secou seus olhos vermelhos na minha camisa.

— E se você estiver errado? E se eu nunca voltar para casa?

— Perguntas que começam com "e se" são baseadas em medo, nada mais. Você está assustada, mas precisa ter fé que Deus não vai deixar isso acontecer.

— Como você sabe que existe um Deus?

Eu sabia como queria responder, mas parei para pensar na melhor forma de explicar a ela.

— Porque, uma vez, quando eu era pequeno, me senti sem esperança, como se meu mundo estivesse acabando. Rezei com toda fé uma noite e pedi a Ele que me mandasse um sinal de que estava me escutando.

— O que aconteceu?

— Exatamente no dia seguinte, eu te conheci.

Eu sabia que ela estava vendo as lágrimas que estavam fazendo meus olhos arderem, mas, ainda assim, eu não iria permitir que elas rolassem pelo meu rosto. Ela me deu um beijo casto nos lábios e disse:

— E Ele te enviou para mim.

Segurei seu rosto.

— Ele não pode te tirar de mim porque nossa história não acabou.

Ela encostou sua testa na minha.

— Continua...

— Continua... — falei, quase encostando nos seus lábios.

— Você pode me fazer um favor? — ela perguntou.

— O que você quiser.

— Pode dizer ao Davey e à Angie que peço desculpas, mas que quero ficar sozinha pelo resto da noite?

— Com certeza.

— Aí, quando eles forem embora, volte. Passe a noite comigo.

Olhei incrédulo para ela.

— O quê?

— Não desse jeito. Só quero que você durma perto de mim hoje à noite. Não quero ficar sozinha. Por favor.

— Claro. Pode deixar. Minha mãe aceitaria, eu acho, mas não vejo Tish permitindo isso.

— Vou conversar com ela. Depois que eles forem embora, apenas vá para casa, pegue seu pijama e volte aqui.

Passei a mão no seu cabelo e coloquei alguns fios atrás da sua orelha.

— Está certo.

Quando voltei à casa de Skylar naquela noite, Tish me deixou entrar. Em geral, ela era extremamente rígida e jamais teria permitido que eu dormisse no quarto da filha em qualquer outra circunstância. Então, eu precisava ter certeza de que Skylar tinha deixado as coisas claras para ela.

— Tem certeza de que podemos fazer isso?

Ela tomou um gole do seu vinho e fez que sim com a cabeça.

— Confio em você.

Senti um aperto no peito, sem saber ao certo se conseguia confiar *em mim mesmo* cem por cento.

— Obrigado.

Antes de eu me virar para subir a escada, pela primeira vez, Tish chorou na minha frente.

— Tentei de tudo, Mitch. Tentei de tudo para fazê-la sorrir essa semana, para mantê-la esperançosa. Tudo o que ela quer é você. Ela precisa se sentir segura hoje à noite. Sei que você também precisa. Isso tem sido difícil para você também. Dito isso, sei que você não vai fazer nada imbecil.

Não consegui identificar se aquilo foi uma afirmação ou um aviso.

Com essa frase, ela me observou ir ao quarto da filha, acreditando que eu não iria tirar vantagem da rara oportunidade que nos tinha sido dada de presente.

Havia uma pequena lâmpada acesa, e Skylar tinha estado lendo um livro. Exceto por um pôster na porta do seu closet de uma daquelas boy bands idiotas que tinha alguns anos atrás, seu quarto não era nem um pouco "de menininha". Ele era principalmente cinza e branco, sem frescura e classudo, exatamente como ela.

Ela colocou o livro na mesa de cabeceira quando notou a minha presença.

— Oi.

— Oi.

Andei em direção à cama sem saber ao certo se era para eu simplesmente me enfiar debaixo das cobertas. Decidi esperar um pouco, e me sentei na beirada. Ela estava usando uma camisola rosa de algodão.

Ela sorriu.

— Eu te disse que ia dar certo.

— Preciso admitir: não estava esperando que sua mãe fosse gostar disso.

— Você ficaria surpreso em saber do que a gente consegue se safar quando tem câncer.

Ela estava sendo engraçada, mas, toda vez que a palavra com "c" era falada em voz alta, eu me sentia mal.

Tentei fazer uma piada.

— Quer ir assaltar uma sorveteria, então?

Ela riu.

— Gostei do seu pijama.

Eu tinha colocado uma calça xadrez de flanela e uma camiseta que Davey havia me dado de presente de Natal no ano anterior que dizia: "Diga aos seus peitos para parar de encarar os meus olhos". Acho que teria sido mais engraçado se eu não estivesse realmente tentando descobrir se ela estava usando sutiã ou não. Me repreendi até mesmo por pensar nisso num momento como aquele, mas não consegui deixar de fazê-lo. Ela estava muito bonita.

Eu não tinha saído do meu lugar.

— É estranho poder dormir aqui. Quase nem sei o que fazer.

— Você pode começar entrando debaixo das cobertas comigo.

Ela tirou as cobertas de cima da cama, e eu engatinhei até chegar perto dela e descansei a cabeça no seu ombro. Ela estava cheirando a xampu e pele recém-lavada. Não havia outro lugar no mundo onde eu teria preferido estar.

— Está gostoso aqui — disse, olhando para a dobra do cotovelo dela. — O que você estava lendo?

Ela soltou uma risadinha.

— Estava só tentando me distrair. Você não ia querer realmente saber.

— Ia querer, sim.

— Acredite em mim... Não ia.

— Agora, *realmente* quero saber.

— Está certo, então.

Ela esticou o braço até a mesa de cabeceira e me passou um livro de capa mole com uma foto de um cara sem camisa. Havia uma mulher vendada em volta do torso dele.

Ai, caramba...

— Skylar Seymour... sua mãe sabe que você lê esse tipo de coisa?

Ela abriu um sorriso endiabrado.

— Roubei do quarto dela.

— Você é uma menina malcomportada. Está dizendo aqui atrás que não é adequado para menores de dezoito anos.

Ela tomou o livro de mim.

— Tenho quase dezesseis. É a mesma coisa.

— Não exatamente, mas não vou contar. Na verdade, eu meio que gostei.

— Até parece que você não tem coisa pior do que esse livro no seu quarto...

— Sem comentários.

— Foi o que eu imaginei.

Nós dois rimos e então entramos num momento de silêncio confortável, antes que ela abruptamente apagasse a luz e deitasse do seu lado esquerdo, ficando de costas para mim.

Eu me virei na direção dela e a envolvi com os braços, respirando encostado nas suas costas. Eu estava tenso, com medo de ter uma ereção, que eu sabia que era inevitável. Meu coração começou a acelerar, repleto de muitas emoções. Contrariando o conselho que eu mesmo tinha dado a ela, fui tomado pela preocupação e fiquei amedrontado pelo que aconteceria amanhã, embora estivesse infinitamente grato pelo que estava acontecendo naquela noite. Mesmo com todas as emoções, meu pau se contorceu, o que realmente não podia ser evitado enquanto o corpo dela estivesse encostado no meu.

Depois de alguns minutos, ela se virou, e nossos rostos ficaram a apenas centímetros um do outro.

— Consegui sentir seu coração batendo. No que você estava pensando? — ela sussurrou.

— Mas você não *sabe* o tempo todo no que estou pensando?

Ela deu batidinhas leves na minha cabeça.

— Tem coisa demais acontecendo aí hoje para eu entender. Meus sinais estão embaralhados. — Ela colocou minha mão sobre seu peito. — Sinta o meu.

Seu coração estava igualmente acelerado. Quando Skylar tirou minha mão de cima dela deslizando-a, ela roçou seu seio macio. Naquele instante, eu soube que ela com certeza não usava sutiã para dormir, e meu pau subiu para confirmar.

— Você está bem? — perguntei.

— Estou, agora que você está aqui.

Ouvi-la dizer isso deixou meu estômago agitado, porque eu sabia que, no dia seguinte, não estaria com ela.

— Me diga o que está se passando nessa cabecinha bonita.

Ela respirou fundo.

— Muda toda hora, mas, neste exato momento, só queria saber o que esperar da quimioterapia. O médico diz que cada pessoa reage a ela de um jeito diferente. Posso ficar muito mal, ou posso me sentir ótima. Não tem como saber.

— Você é a pessoa mais forte que já conheci. Sei que vai conseguir lidar com o tratamento, mesmo se não for fácil. Toda vez que você não conseguir, se eu não estiver lá, quero que pegue o celular, e eu vou ficar na linha com você pelo tempo que precisar que eu fique. Me prometa que vai me ligar toda vez que precisar de mim, a qualquer hora.

Ela ainda estava perdida em pensamentos quando disse:

— Certo.

Eu estava tentando ser forte, mas, no fundo, estava morrendo de medo.

Exceto pelo som de um carro que passasse de vez em quando, o quarto estava em silêncio. Continuamos de frente um para o outro. Eu queria desesperadamente beijá-la, mas não sabia aonde isso iria levar. Ela não estava usando nem sutiã nem calcinha debaixo da longa camisola. Eu sabia que, se começasse alguma coisa, não seria capaz de parar. Tish tinha dito que confiava em mim, e eu não podia trair a confiança dela. Sem falar que aquela não era a hora de forçar as coisas com Skylar.

Ela passou os dedos pelo meu cabelo.

— Desculpe por estragar o que poderia ter sido um momento muito especial.

Toquei sua bochecha de leve.

— Do que você está falando?

— Da noite em que te contei que estava com câncer. Você estava se abrindo para mim. Me disse que queria dar o próximo passo.

— Não se preocupe com isso. Não vou a lugar algum. Assim que você passar por isso, podemos retomar de onde paramos.

Quando ela olhou para baixo, preocupada, puxei seu rosto na minha direção.

— Olhe para mim. Não vou a lugar algum, Skylar.

— O que somos um do outro, Mitch? Você não é meu namorado. Eu te chamo de amigo, mas é como se você fosse muito mais do que isso. Qual é a definição? E, com o que está prestes a acontecer comigo, o que eu poderia ser para você agora?

Havia apenas uma resposta que fazia mais sentido para mim.

— Tudo. Você é... tudo para mim.

Em vez de responder, ela se virou de novo, ficando de costas para mim, e aproximou seu corpo do meu para ficar de conchinha. Dessa vez, me permiti relaxar por completo. Infelizmente, com a bunda dela encostada em mim, meu pau ficou em estado de atenção total. Passei o polegar suavemente pela lateral do seu corpo. Estar com ela assim foi a coisa mais íntima que eu já tinha feito com alguém. Claro, já tinha ficado com garotas, mas todas aquelas experiências não eram nada comparadas com esse momento, apenas segurando Skylar, expulsando o resto do mundo.

A única coisa de que eu tinha certeza na vida era que eu amava aquela garota, mas não podia dizer isso a ela naquele momento. Ela iria pensar que era só porque ela estava com câncer, quando a verdade era que eu tinha sido apaixonado por ela quase desde que a conheci. Não podia deixá-la acreditar que eu estaria dizendo aquilo naquele momento só por estar com medo.

Minha mão percorreu a extensão do torso dela. A tomada de consciência vinha em ondas e, quando a onda daquela vez me atingiu, foi com tudo: havia um câncer crescendo naquele corpinho perfeito, um câncer que, se não fosse tratado, era uma bomba-relógio que provavelmente iria matá-la.

Eu a segurei mais apertado e senti lágrimas irritando meus olhos. *Por favor, pare.* Não havia para onde correr se eu começasse a perder o controle.

Então, ouvi a voz dela, tão baixa que estava quase inaudível.

— Não tem problema chorar.

Fechei os olhos, querendo fazer as lágrimas sumirem, mas ela sabia. Ela conseguia sentir.

— Não estou chorando — respondi, enquanto a primeira lágrima caía.

Ela se virou.

— Sei, e você também não está duro.

Nós dois caímos na risada, com lágrimas saindo dos olhos.

Skylar adormeceu nos meus braços uns quinze minutos depois.

Não dormi nada naquela noite. Preferi ficar acordado e ouvir o som dela respirando, com cada inspiração sendo uma nova garantia de que ela ainda estava ali, de que tudo iria ficar bem.

Tinha que ficar.

Observei o sol começar a nascer em um dia que eu quis que nunca chegasse. Então, pela primeira vez desde que a menininha de tranças entrou na minha vida, rezei para um Deus que eu esperava que ainda estivesse escutando.

11
SKYLAR

— Não pense. Faça.

Lizete estava segurando o barbeador elétrico do meu pai, mas estava se recusando a ligá-lo. Minha nova madrasta era a pessoa perfeita para aquele trabalho. Não éramos próximas o suficiente a ponto de ele afetá-la de verdade como aconteceria se fosse a minha mãe, e eu não iria suportar fazê-lo sozinha. Então, alguns dias depois de o meu cabelo começar a cair em blocos, pedi a ela para me encontrar no banheiro.

— Você tem certeza de que quer fazer isso?

— Tenho — confirmei, olhando para o azulejo rosa fora de moda do banheiro do meu pai, sem expressão alguma no rosto.

— Mas você ainda tem bastante cabelo.

— É só uma questão de dias. Dessa forma, consigo estar no controle.

Ela acenou com a cabeça.

— Certo, *m'ija*, como você quiser.

Eu odiava o apelido que ela havia me dado, a palavra em espanhol para "minha filha". Eu não era filha dela. Mas precisava reconhecer seu mérito. Quando ela se casou com o meu pai, ter uma adolescente doente morando com eles não fazia parte do acordo. Por mais que eu quisesse odiá-la, não conseguia. Além disso, ela fazia o melhor *arroz con pollo* que existia.

Ela apertou um botão, iniciando o som de zumbido. Não vi nada além dos seus peitos grandes e artificiais antes de fechar os olhos quando a lâmina passou pela minha cabeça. Me concentrando no som, continuei com os olhos fechados e disse a mim mesma que aquilo tinha a ver com preservar minha dignidade e ser mais rápida que a quimioterapia.

É só cabelo.

Depois de alguns minutos, uma corrente de ar passou pela minha cabeça, e eu soube que tinha ido tudo embora.

Quando o zumbido parou, Lizete colocou suas mãos frias no meu couro cabeludo suavemente. Eu ainda estava me recusando a abrir os olhos.

— Posso ficar sozinha um minuto?

Ela bateu de leve nos meus ombros.

— Claro, *m'ija*. Desça quando quiser, e aí vou preparar alguma coisa para você comer.

Ouvi a porta fechar.

Dez, nove, oito, sete, seis, cinco, quatro, três, dois... dois... dois... um.

Abri os olhos. Meu coração palpitou de nervosismo.

É só cabelo... *Até ele sumir.*

Continuei a olhar fixamente para o espelho com a esperança de que, a qualquer momento, a visão da minha cabeça careca ficasse mais fácil de aceitar. Não importa o quanto você tente se preparar para alguma coisa. Você simplesmente não sabe como vai lidar com ela até ela acontecer. A partir daquele instante, eu *tinha cara* de uma pessoa que estava com câncer, e essa realidade era difícil de aceitar. Fingir que estava tudo normal não seria mais uma opção.

Chorei pela primeira vez desde que tinha chegado a Nova York, mais de dois meses antes.

Até aquele momento, nada havia sido insuportável. Eu já tinha completado o primeiro ciclo de um tipo de quimioterapia chamado ABVD. Parece o nome de uma doença sexualmente transmissível, mas as letras são as iniciais de cada uma das quatro drogas diferentes usadas no tratamento. Até mesmo ter aquelas toxinas injetadas dentro de mim não tinha sido tão ruim quanto perder o cabelo.

Na verdade, até aquele momento, a quimioterapia não havia sido tão assustadora quanto eu tinha imaginado. Para evitar agulhas nas minhas veias, as drogas eram administradas direto por meio de uma abertura que ficava embaixo da minha clavícula.

As enfermeiras sempre faziam o melhor que podiam para me animar e me distrair sem tentar fazer a situação parecer um mar de rosas. Elas me deram aquilo de que eu precisava sem me fazer engolir um monte de besteira.

Elas tinham balas azedas para ajudar a tirar o gosto ruim na boca causado por uma das drogas, a adriamicina. Elas também ligavam a televisão no canal de entretenimento para mim. Consegui afastar de mim o que estava realmente acontecendo desenvolvendo um interesse por reality shows, e iria, para sempre, associar o tratamento com o ato de assistir às irmãs Kardashian. *Kim-ioterapia.*

Meu pai ficava comigo durante todas as três horas. Assim que eles administravam as quatro drogas, eles lavavam a abertura, e eu estava pronta para ir para casa, onde eu tentaria fingir que não estava com câncer até a próxima sessão do tratamento. Esquecer foi mais fácil no começo.

Passei os dedos ao longo da parte superior da minha cabeça, que agora pinicava, me perguntando como eu iria ficar cara a cara com Mitch com aquela aparência. Estava planejado para ele me visitar durante o Natal, em menos de uma semana. Eu não tinha sequer escolhido uma peruca ainda. Não estava esperando perder meu cabelo tão rápido, já que tinha conseguido passar pelo primeiro ciclo sem queda de cabelo. Ele cair aos blocos de repente foi devastador, porque eu estava começando a ter esperança de que pudesse ter sorte. Depois do ocorrido, eu e Lizete tínhamos planos de ir a uma loja de perucas em Bensonhurst no dia seguinte.

Ela havia deixado uma seleção dos seus chapéus na minha cama para eu ver se queria ficar com algum. Escolhi uma boina cinza de lã, sentindo um alívio imediato ao olhar no espelho após colocá-la na cabeça.

Meu celular soou. Eu o tirei do bolso e notei que havia uma mensagem de Mitch.

> *Estava pensando em você. Mal posso esperar para te ver neste fim de semana. Como você está?*

Eu queria contar a ele que estava péssima e com medo de deixá-lo me ver sem cabelo, mas não vi por que preocupá-lo quando ele estava tão longe.

Skylar: Estou bem. E você?

Mitch: Sinto sua falta. Seamus também. Ele me odeia porque acha que estou te mantendo longe dele.

Skylar: Também sinto sua falta.

Digitar aquelas palavras tinha feito com que eu chorasse de novo. Estava deitada na cama, olhando fixamente para a pintura texturizada no teto e lambendo as lágrimas quando elas caíam. Sentia saudade dele. Sentia saudade do cheiro dele. Sentia saudade de casa. Sentia saudade da minha vida antes do câncer.

Abracei meu Tigrão de pelúcia com força. Com paredes rosa e mobília branca, meu quarto na casa do meu pai era "de menininha" e estava repleto dos meus velhos bichos de pelúcia. Quando meus pais se divorciaram, eu costumava levar muitos dos meus brinquedos para me sentir mais em casa, e a maioria ainda estava lá.

Eu estava sentindo cheiro de adobo. Lizete estava cozinhando.

Ela gritou do andar de baixo:

— Skylar? — O jeito com que o "r" do meu nome sempre rolava da sua língua me dava um arrepio de repulsa. — Precisa de alguma coisa? A comida está quase pronta.

Meu pai tinha uma reunião e só chegaria em casa à noite. Eu queria estar realmente sozinha, para não ter que me preocupar com o fato de ela me pegar chorando.

Enxuguei os olhos e gritei:

— Está tudo bem. Vou ficar aqui em cima um pouco e descansar.

Estava escurecendo lá fora. Apaguei a luz para tirar um cochilo, e o quarto estava quase um breu total.

Quando meu telefone tocou, quase não atendi. Depois de alguns toques, estiquei o braço e vi que era Mitch.

— Oi, Mitch.

— Oi.

Uma saudade dolorosa cresceu no meu peito quando ouvi sua voz suave e grave.

Limpei a garganta.

— E aí?

— Isto vai soar estranho. Sei que você disse que estava bem, mas é que fiquei o dia inteiro com a sensação de que você não estava e, para ser honesto, eu mesmo não estou muito legal. Precisava ouvir sua voz.

Como ele sabia? Fechei os olhos e tive certeza de que, se eu abrisse a boca, ele iria ouvir que eu estava começando a chorar.

Eu também precisava ouvir sua voz.

— Skylar? Você está aí?

Minha voz estava trêmula.

— Sim. Estou aqui.

— Você está chorando?

Funguei e disse:

— Estou.

O tom da sua voz era tranquilizador, quase um sussurro.

— Converse comigo. O que está te deixando triste?

Hesitei, mas ele iria descobrir mais cedo ou mais tarde.

— Tive que raspar a cabeça hoje.

Ele não disse nada logo em seguida, apenas respirou ao telefone.

— Eu sabia que tinha acontecido alguma coisa. Simplesmente sabia. — Ele suspirou, e sua voz ficou mais baixa. — Sinto muito.

— Sei que era inevitável. É que foi um choque ver que todo o cabelo tinha ido embora.

— Consigo apenas imaginar. — Ele fez uma pausa. — Escuta, você viu seu e-mail? É realmente irônico, mas te mandei uma coisa hoje de manhã. Você está na frente do computador?

— Posso estar.

— Vou esperar.

Estiquei o braço para pegar meu laptop. Quando fiz login, vi que Mitch havia me mandado um monte de fotos de pessoas famosas que tinham raspado a cabeça para interpretar papéis em filmes. A primeira era da Natalie Portman, que, por acaso, era o crush dele entre as celebridades. *Então, naturalmente, eu a odiava.* A próxima era da Demi Moore. Então, havia uma da Megan Fox.

Eu não estava entendendo exatamente aonde ele queria chegar com aquilo.

— Nossa, isso é...

— Você está vendo as fotos?

— Estou...

— O que você enxerga quando olha para elas?

— Na verdade, elas não parecem muito feias, porque todas são bonitas de qualquer maneira.

— Você acha que elas são bonitas?

— Sim, acho.

— Você é dez vezes mais bonita, Skylar.

Nunca me cansava de ouvi-lo me chamar daquela palavra.

— Mitch...

— Talvez você precise se acostumar com isso, com o fato de não ter cabelo, mas, no fim das contas, você ainda é linda. E sabe o que vou pensar quando vir sua cabeça careca?

Você nunca vai ver minha cabeça careca, meu chapa.

— O quê?

— Que a quimioterapia está fazendo efeito, acabando pra valer com essas células cancerosas. Não gostaria que fosse diferente disso.

Eu não soube ao certo se ele tinha praticado aquele discurso para me fazer me sentir melhor ou se era o que ele pensava de verdade. De qualquer forma, ele tinha conseguido melhorar meu humor.

Meus lábios se curvaram para cima, formando um sorriso.

— O que eu faria sem você?

— Você nunca vai saber.

Escutei latidos.

— Ah, não! Não é o...

— É. Os latidos voltaram. Ele me odeia com todas as suas forças. Ele acha que te mandei embora.

— Me deixa conversar com ele.

— Espera. — Ouvi a gaiola abrir, e os latidos ficaram mais altos. Então,

Mitch disse: — Certo, estou colocando o celular no ouvido dele.

— Seamus, sou eu.

Os latidos pararam. Continuei falando:

— Sinto muita saudade de você. Por favor, seja um bom menino. Certo? Chega de latir. Seja bonzinho com o Mitch, e eu vou voltar para casa logo. Te amo.

Silêncio sepulcral.

Mitch estava de volta ao celular.

— Totalmente inacreditável.

Não consegui deixar de rir.

— Coitadinho.

— Coitadinho? Coitadinho de mim, que sou obrigado a conviver com um papagaio doente de amor. Sabia que outro dia ele fez cocô em mim?

Ri ainda mais. Era uma sensação boa.

— Você acha isso engraçado, né?

— Acho, sim.

— Bom, se está te fazendo rir, vale a pena. Este vai ser meu objetivo: te fazer rir pelo menos uma vez por dia.

A risada tomou conta de mim pelo menos mais uma dúzia de vezes naquela noite. Mitch ficou ao celular comigo por horas, até eu cair no sono. Nem me lembro de ter dito "tchau".

Na noite seguinte, não apenas eu teria cara de quem estava com câncer, como também eu me sentiria, pela primeira vez, como alguém que estava com a doença.

Desgraça pouca é bobagem. Os dias seguintes foram brutais. Precisei cancelar nossa ida à loja de perucas porque não conseguia ficar de pé sem sentir que ia vomitar. A náusea da quimioterapia sobre a qual eu ouvia falar tinha finalmente me pegado. Desde o começo, eu estava tomando um remédio para evitar enjoo, mas parecia que ele não estava mais funcionando para mim.

Além disso, a pele da minha boca começou a ficar muito dolorida, e comecei a ter aftas, que, aliás, formaram um par perfeito com os episódios de vômito.

Considerando que eu não conseguia nem sair da cama, era difícil responder a mensagens e falar ao celular. Até sentar para ver televisão parecia impossível.

Mitch ligou para o telefone fixo quando não atendi ao celular, e meu pai teve que contar a ele o que estava acontecendo.

Ouvi a voz do meu pai no andar de baixo.

— Skylar está com uma náusea muito forte, Mitch. Ela não consegue vir aqui para falar ao telefone. Vou dizer a ela que você ligou.

Ele ficaria preocupado, e eu odiava não ser capaz de explicar eu mesma a situação, mas minha incapacidade de reunir energia suficiente até mesmo para conversar com ele durante um segundo era prova do quanto eu estava me sentindo mal.

Depois que meu pai desligou o telefone, ele foi dar uma olhada rápida em mim.

— Era o Mitch, querida.

Me limitei a acenar com a cabeça e rolei até ficar de lado.

— Quer um pouco de refrigerante de gengibre? — ele perguntou.

— Não.

— Sua mãe vai chegar um dia antes.

Balancei a cabeça para informar que tinha escutado.

Minha mãe normalmente chegava toda sexta-feira à noite. Meu pai e Lizete eram cordiais com ela e, apesar de se sentir desconfortável, ela tentava não demonstrar. Ela havia ficado no meu quarto na maior parte das visitas, ou nós saíamos um pouquinho quando eu estava bem o suficiente para isso. Então, ela ia dormir na casa da prima de segundo grau, que ficava a uns dez minutos da do meu pai.

Meu celular fez barulho, e eu sabia que era Mitch. Eu precisava saber o que ele tinha escrito e, com muito esforço, estiquei o braço até a mesa de cabeceira.

Seu pai me contou. Não se preocupe em responder.

Mas estou aqui, a qualquer hora do dia ou da noite.

Você vai sair dessa. Estou contando os dias até sábado.

Meu estômago já embrulhado formou nós de pensar nele me vendo naquele estado. Eu teria que ver como eu estaria me sentindo, mas, se eu continuasse daquele jeito, não tinha como eu permitir que ele me fizesse uma visita.

Lizete entrou no quarto trazendo um pouco de caldo de galinha.

— *M'ija*, sente-se. Você precisa comer alguma coisa. Você precisa de força.

— Não consigo. Só o cheiro já está me dando vontade de vomitar de novo.

— Por favor. Apenas tente.

Eu sabia que precisava colocar alguma coisa no estômago. Me sentei e fui engolindo colheradas do caldo espesso devagar. Estava com um gosto forte de frango, nojento, fazendo meu estômago revirar, mas forcei metade da porção goela abaixo.

A náusea me manteve acordada na maior parte daquela noite. Lá pelas quatro da manhã, comecei a me sentir um pouco melhor, e queria que não fosse cedo demais para ligar para Mitch. Ele tinha me dito para ligar em qualquer horário, mas não quis acordá-lo duas horas antes de ele ter que levantar para ir à escola.

Em vez de falar com ele, decidi entrar no Facebook, embora eu tivesse jurado que iria evitar fazer isso nos últimos tempos. Ele era um lembrete constante de tudo o que eu estava perdendo lá na minha cidade. Mitch tinha uma conta, mas nunca a usava. Vi que alguém o tinha marcado em um post feito na noite anterior.

Brielle Decker

Assistindo ao novo filme do Batman — com Mitch Nichols.

Meu coração começou a palpitar. Brielle era uma garota com quem ele tinha saído uma vez. Fiquei olhando fixamente para o status dela. Tecnicamente, eu e Mitch não estávamos namorando, mas, se o câncer não tivesse aparecido, estaríamos juntos. Ele realmente disse que retomaríamos de onde tínhamos parado quando eu estivesse melhor, mas nunca esclarecemos exatamente o que isso significava para nós enquanto esse momento não chegasse. Ele nunca disse explicitamente que *não iria* sair com outra pessoa.

A realidade era que as garotas estavam sempre atrás dele. Eu só não esperava que ele fosse sair correndo em direção a uma delas quando, supostamente, estava muito preocupado comigo.

Meu estômago ainda estava agitado quando peguei o celular e mandei uma mensagem para ele.

Espero que você tenha se divertido no seu encontro no cinema com a Brielle.

Ele não respondeu.

Me virei e coloquei as cobertas na cabeça assim que outra onda forte de náusea chegou. Depois de vários minutos, comecei a me arrepender de ter enviado a mensagem. Não era realista esperar que Mitch parasse de viver durante os seis meses seguintes ou mais. Ele iria começar a ficar magoado comigo. Mas era um impasse, porque a ideia de outras garotas terem um tempo com ele que teria sido meu era impossível de aceitar. Eu não estava conseguindo lidar com a situação como tinha conseguido antes.

Como não dormira nada naquela noite, acabei pegando no sono mais ou menos às seis da manhã.

O toque de chamada do meu celular me acordou uma hora depois. Era Mitch. Se eu não atendesse, aquele barulho iria me incomodar o dia inteiro.

Eu estava grogue, e dava para perceber pela minha voz.

— Alô?

— Graças a Deus, você atendeu.

— O que foi?

— Acabei de ver sua mensagem. Eu estava dormindo quando você a enviou. Foi por isso que não respondi. Estamos a caminho da escola, e ficando atrasados. Escuta...

— Você não precisa explicar. Tem todo o direito de viver sua vida. Não pode esperar enquanto eu...

— Para com essa merda, Skylar. — Seu tom era de irritação. — Me escuta, ok? Ontem à noite, quando liguei na sua casa e seu pai me contou o quanto você estava mal, me senti impotente. Fiquei andando de um lado para o outro no meu quarto. Só tinha desejado ouvir sua voz. Você está me ouvindo?

— Estou.

— Davey apareceu às sete, e eu havia esquecido totalmente que tinha prometido a ele que iríamos ver o novo filme do Batman. Disse a ele que não queria ir.

— Aí você acabou indo com Brielle em vez de ir com ele.

Ouvi uns ruídos e, em seguida, a voz de Davey.

— Skylar?

— Davey?

— O Don Juan está demorando muito para chegar à droga do ponto. Apareci na casa dele ontem à noite. Ele estava parecendo um morto-vivo e me disse que precisava de uma bebida. Ele estava morrendo de preocupação com você, e eu fiquei preocupado com ele. O maldito papagaio estava latindo. Eu o arrastei para o cinema e o lembrei de que ele ainda estaria com o celular caso você ligasse. Calhou de aquela vadia estar lá com a amiga. Elas se sentaram perto da gente, e ela marcou o Mitch no Facebook. Ele estava checando o celular a cada cinco segundos para ver se você tinha ligado e nem estava prestando atenção ao filme. Você sabe que eu não iria mentir para você.

Essa era a beleza do Davey. Ele não tinha uma lealdade maior a nenhum de nós dois, nem motivo para mentir. Uma onda de alívio passou pelo meu corpo.

— Obrigada. Coloque Mitch na linha de novo.

Pareceu que minha pressão sanguínea baixou com a volta da voz dele.

— Oi — ele falou.

— Desculpe. É que isso é muito difícil.

— Não. Sou eu que peço desculpas. Aparentemente, nunca expliquei as coisas para você. Não estou interessado em mais ninguém. Não saí com ninguém desde a noite em que nos beijamos. Pensei que você já tivesse entendido isso. A única pessoa que quero é *você*, Skylar.

Minha cabeça careca brilhou no reflexo do espelho que ficava em cima da cômoda, e uma lágrima caiu.

— Neste momento, sou apenas metade de mim.

— Prefiro metade de você a qualquer outra coisa inteira no mundo.

Ouvi Davey ao fundo.

— Cara, me arranja um curativo, porque meus ouvidos estão sangrando!

Não pude deixar de rir em meio às lágrimas.

— Sinto sua falta. Sinto falta dele. Sinto falta de casa.

— Posso estar aqui fisicamente, mas meu coração está com você todos os segundos de todos os dias. Por favor, me prometa que não vai desperdiçar a energia de que precisa para melhorar se preocupando com coisas idiotas. Converse comigo se alguma coisa estiver te incomodando.

— Está certo. Prometo.

— Apenas pense que... daqui a dois dias, vamos finalmente estar juntos para passar o Natal.

Mais de duas semanas haviam se passado desde aquela conversa. O câncer não recebeu o memorando avisando sobre o Natal e, em vez de celebrar a data com Mitch, passei o feriado no hospital.

Ele ficou furioso porque eu não contava a ele onde eu estava por medo de que ele fosse aparecer. Ele finalmente concordou em ficar longe, apenas porque eu disse que precisava ficar isolada por causa do risco de infecção. Era uma mentira inofensiva, já que o médico tinha dito somente que era para eu evitar contato próximo com as pessoas, mas que estava liberado ficar perto delas.

Mitch teve um resfriado leve, e isso foi a única coisa que o fez parar de insistir sobre a questão. Eu simplesmente não conseguia suportar a ideia de deixá-lo me ver tão fraca. Meu peso tinha despencado e, nos dias em que a febre voltava, eu não conseguia usar nada na cabeça.

Tudo começou na véspera do dia programado para a visita do Mitch. Minha febre piorou muito no meio da madrugada, e o meu oncologista, o dr. Vega, aconselhou os meus pais a me levarem ao hospital. Graças a Deus, minha mãe tinha vindo antes e estava comigo.

Depois de dar entrada no hospital, um exame mostrou que minha contagem de células brancas estava baixa. Para prevenir infecções, o médico de plantão imediatamente me deu um remédio para ajudar a aumentar a contagem desse tipo de célula, junto com antibióticos, por meio de uma injeção intravenosa.

Fiquei alternando entre ter que ficar no hospital e poder ficar em casa desde então, com febres recorrentes, e tive que passar várias noites internada. Acabaram adiando minha próxima sessão de quimioterapia, o que significava um tempo ainda maior antes de aquele pesadelo acabar.

A pior parte era que ficar confinada no hospital me dava tempo demais para pensar. Quanto pior eu me sentia, mais difícil era ver uma luz no fim do túnel. Embora o prognóstico de quem tinha linfoma de Hodgkin fosse promissor, em alguns dias, eu sentia que a quimioterapia iria me matar se o câncer não fizesse isso.

Eu só queria viver minha vida. Era pedir muito? Apesar de eu não ter energia física, minha mente estava a mil por hora. Eu me sentia paralisada e me tornei obcecada com a ideia de fazer tudo o que não tive a chance de fazer. Queria viajar, dirigir, experimentar sushi... e queria fazer sexo com Mitch. Esse era o item mais importante. Não queria morrer sem saber como era essa sensação. Eu não estava pronta, mas tinha medo de a oportunidade nunca chegar.

Tampouco havia alguém com quem eu pudesse conversar sobre o assunto. Angie era jovem e inexperiente demais, e minha mãe não aguentaria conversar sobre sexo. Não me sentia suficientemente confortável com Lizete e tinha medo de que ela contasse ao meu pai.

A ironia era que, apesar de eu ter todos esses sentimentos de adulto, eles me puseram na unidade de oncologia pediátrica. Os voluntários de lá — a carreta da alegria — vinham me ver o tempo todo para "me animar". Talvez funcionasse para as crianças de dez anos que estavam no mesmo corredor, mas eu realmente poderia ter ficado sem aquela baboseira. Eles conversavam comigo como se eu tivesse cinco anos ou um problema de audição. Em defesa deles, preciso dizer que minha cabeça careca me fazia parecer mais jovem.

Porém, depois de um tempo, já estava cheia daquilo. Uma tarde, uma voluntária inocente chamada Fran se tornou o desafortunado alvo da minha ira.

— Oi, Skylar! Que nome bonito! Como você está hoje? Olha só o que eu trouxe para você. É um...

— Espera um minuto. Você tomou metanfetamina? Você me perguntou como eu estava, mas não esperou a resposta. Só continuou falando.

— Ah! Bem, eu...

— É porque você não está *realmente interessada* em saber como estou, né?

— Claro que estou. Eu...

— Está? Bom, estou com aftas na boca e hematomas pelo corpo e pareço o Hortelino. Então, estou me sentindo péssima, na verdade. Ao mesmo tempo, estou com fogo na periquita porque parece que só consigo pensar em sexo, embora não consiga me mexer. Você tem alguma coisa para resolver isso?

— Hummm...

— Talvez um pouco de maconha?

Fran teve que ir embora de repente e, duas horas depois, um psicólogo veio "ver como eu estava".

Às vezes, você não percebe o quanto está precisando desesperadamente de uma coisa até ela surgir do nada. Alguns dias depois do meu surto, uma pessoa nova apareceu do lado de fora do meu quarto no hospital. Num primeiro momento, achei que ela fosse apenas mais uma voluntária. Ela estava parada à porta e parecia perdida. Imaginei que ela talvez só estivesse hesitando para entrar por ter ouvido falar da minha reputação de paciente "difícil". Logo percebi que ela *estava* perdida e não tinha vindo me visitar. Por algum motivo estranho, desejei que ela tivesse vindo fazer isso.

Ela parecia ter vinte e poucos anos e tinha cabelo loiro comprido. Era baixinha e magricela, mas tinha peitos grandes e bunda. Parecia uma mini Barbie com um traseiro de burro. Ela era um lindo pedaço do mundo lá fora naquele lugar estagnado. Desejei que ela pudesse me levar junto aonde quer que ela estivesse indo quando foi embora.

Senti sua energia de forma mais intensa do que ocorria com as outras pessoas. Isso em geral significava que se tratava de alguém com quem eu teria uma ligação. Eu não sabia nada sobre ela, mas, de alguma forma, precisava conhecê-la. Também senti que ela, como eu, estava inquieta, com várias preocupações.

Quando os olhos dela encontraram os meus, não havia pena naqueles, só curiosidade. Eu estava solitária e não queria que ela fosse embora. Então, desliguei a televisão e comecei a conversar com ela. Fingi presumir que ela era da carreta da alegria e pedi que entrasse. Disse a ela que queria conversar sobre sexo como um teste para ver como ela se saía.

O nome dela era Nina. Em questão de segundos, ela se tornou tudo para mim.

Ela se sentou e ficou ouvindo enquanto eu contava a ela tudo sobre Mitch e sobre meus medos: estar longe dele, acabar perdendo-o e nunca saber como era estar realmente com ele.

Basicamente, em uma hora, despejei tudo nela, e ela me deu conselhos sinceros, sem me julgar.

Disse a ela o quanto eu estava com medo de deixar Mitch me ver naquela condição, e ela se ofereceu para ajudar a me arranjar uma peruca de cabelo humano de verdade e mudar meu visual para que eu me sentisse confortável o suficiente para vê-lo.

Nina não poderia ter imaginado o quanto o fato de ela ter aparecido no meu quarto naquele dia significou para mim. Ela havia me dado esperança e, apenas alguns minutos depois de conhecê-la, eu soube que ela continuaria a ser parte da minha vida para sempre.

Aquele era o dia que eu estava louca para que chegasse e do qual, ao mesmo tempo, havia tido muito medo. Mitch estava vindo fazer sua primeira visita desde que eu tinha ficado mal e perdido o cabelo. Minha contagem de células tinha finalmente melhorado, então tinha tido alta do hospital na semana anterior e retomado a quimioterapia na véspera. A próxima leva de infusões só seria na próxima semana.

O plano era Mitch passar o fim de semana todo comigo na casa do meu pai, então rezei para não ter náusea. Até aquele momento, estava me sentindo razoavelmente bem.

Alguém bateu à porta do meu quarto.

— Entre!

Nina estava carregando uma peruca em uma cabeça de isopor, junto com algumas peças de roupa em cabides.

— Como você está se sentindo?

— Como se eu estivesse... com uma cara de bagaço.

— Bom, quando a gente terminar, talvez você ainda se sinta um bagaço, mas não vai parecer um bagaço.

Ela acomodou todas as suas coisas e se sentou na beirada da cama.

— Você ainda está com medo de vê-lo?

— Um pouco.

— Por quê?

— Ele simplesmente não faz ideia do quanto estou diferente agora. Sei que ele se preocupa comigo, mas quero que ele me *deseje* como antes. — Fechei os olhos e imaginei o rosto dele. — Amo o jeito como ele me olha, Nina.

A expressão dela era de compreensão.

— Espero que você não se importe, mas acabei contando o que você está enfrentando com Mitch ao Jake. Queria a opinião dele sobre o assunto.

Jake era o namorado de Nina. Pelas fotos que eu tinha visto, sabia que ele era um deus grego tatuado. Eu não o tinha conhecido, mas, pela descrição dela, ele parecia ser bem pé no chão. Mas, falando sério, também estaria tudo certo se ele não tivesse falado nada.

— O que ele disse?

— Primeiro, ele me disse que, se eu perdesse todo o meu cabelo, ele teria que achar outra coisa em que se agarrar enquanto eu o chupasse. Depois, ele foi para a parte de imaginar se eu também iria perder o cabelo entre as pernas e, quando disse a ele que sim, ele fez aquele "toca aqui" só com os punhos. Quando ele finalmente começou a falar sério, me disse que, em hipótese nenhuma, iria me achar menos bonita sem cabelo e me pediu para te dizer que, se Mitch estava a fim de você antes de tudo isso, você não tem nada com o que se preocupar.

— Ele parece ser meu tipo.

— Você nem imagina. Por que você acha que o mantive longe de você tanto tempo? — ela falou e piscou.

— Bem, sinta-se à vontade para trazê-lo aqui quando quiser... Aqui no meu quarto... Aqui na minha cama... Onde ele preferir.

Nina fingiu me asfixiar com um travesseiro. Ela conhecia meu senso de humor e não se incomodava com ele.

— É melhor a gente começar. Preciso ir embora às cinco, e Mitch vai chegar daqui a duas horas, certo?

— Isso. Vamos verificar a lista de itens. Cabelo?

Nina ergueu a cabeça de isopor.

— Confere!

— Peitos.

Ela enfiou as mãos em uma bolsa marinheiro preta grande e levantou os enchimentos de silicone que pedi para ela comprar para mim, jogando-os em cima de mim, de brincadeira.

— Confere!

Eu os coloquei no meu sutiã.

— Bonitinha e ordinária... e cara. Maquiagem e cílios postiços?

Nina pegou uma nécessaire com estampa de flor e a sacudiu no ar.

— Confere!

— Preservativos.

— Você não falou...

— Estou brincando.

— É melhor estar mesmo. Você acabou de fazer dezesseis anos, sua pequena ninfomaníaca.

— Hã... Você não quer dizer *linfomaníaca*?

Ela balançou a cabeça.

— Skylar, essa foi ruim até para o seu nível.

— Falando muito sério agora... Se eu quisesse fazer sexo com Mitch, você não iria me apoiar?

Ela hesitou.

—Iria, mas me sentiria melhor se você fosse um pouco mais velha e se eu tivesse certeza de que você estaria pronta de verdade, não apenas se forçando a crescer rápido demais só por estar com medo.

Não tinha qualquer intenção real de perder a virgindade num futuro próximo, mas queria saber que ela estaria lá para me ajudar.

— Entendido. Agora venha aqui e faça sua mágica.

— Não sei nada sobre mágica...

— Você está transformando uma paciente de câncer careca em uma drag queen em menos de vinte minutos. Nem o Copperfield iria chegar nesse nível.

Nina riu e me ajudou a entrar em um vestido de lã preto simples que ela me emprestou antes de começar minha maquiagem. Ela não era, de forma alguma, uma especialista em estética, mas era adorável como ela contraía os lábios enquanto aplicava delineador, colava os cílios e passava base no meu rosto.

Começou a escurecer lá fora, e fiquei nervosa por saber que Mitch tinha pegado um trem que saía no final da tarde e já estava a caminho.

Nina não me deixou olhar como eu estava ficando até ela terminar. Depois de colocar a peruca na minha cabeça, ela me passou um espelho.

Eu parecia outra pessoa.

— Nossa!

— É um "nossa" bom?

— É. Quero dizer... Não estou mais parecendo o Caillou. Isso é certeza.

Ela sorriu.

— Está mais para a Jessica Rabbit?

A peruca era muito bem-feita, mas, depois de colocada, deixou meu couro cabeludo quente pra burro. A cor também era muito mais avermelhada do que meu castanho-avermelhado natural. Mas realmente gostei do estilo liso, sem ondas. Os cílios postiços realçavam o verde dos meus olhos, mas eram longos demais, e a cor do batom era muito chamativa.

Não queria que Nina ficasse triste, mas aquela, com certeza, não era eu. Precisei lembrar a mim mesma que tinha pedido a ela especificamente para me maquiar daquele jeito para desviar a atenção da careca e da perda de peso.

Ela fez uma cara de preocupada.

— Está exagerado?

— Quer saber? Só precisa de uma pequena suavizada. Me passa esse pacote de lenços de papel.

Peguei um e tirei boa parte do batom, e depois removi os cílios devagar.

Ainda parecia que eu estava usando maquiagem. Ela só estava um pouco menos intensa.

— Agora está bom. Realmente amei essa peruca.

Ela sorriu enquanto escovava o cabelo.

— Isto é sobre você se sentir confortável. Se você está feliz, eu estou feliz.

Eu ficaria feliz quando Mitch me visse e não saísse correndo.

Estou no metrô que vai para o Brooklyn.
Te vejo daqui a uns vinte minutos.

Fiquei olhando fixamente para a mensagem de Mitch. Ela havia sido enviada vinte minutos antes, e ele estaria aqui a qualquer minuto. Eu queria economizar minha energia, então fiquei sentada na cama observando a lua brilhante. O reflexo na janela da minha recém-produzida silhueta provocou um misto de sentimentos.

A campainha me assustou, e deixei Lizete atender.

Eu a escutei dizer:

— Que bom te ver de novo, Mitch.

A porta da frente se fechou, e comecei a sentir um frio na barriga à medida que o som de passos subindo a escada se aproximou.

Minhas mãos estavam suadas, e eu inspirei e expirei uma última vez.

Eu estava sentada na cama com os braços em volta das canelas quando a porta se abriu devagar.

Mitch deixou sua mochila gigante cair no chão e imediatamente veio ficar perto de mim na cama. Ele me puxou para um abraço e expirou como se estivesse prendendo a respiração havia um tempo. Eu estava com medo de olhá-lo nos olhos, sem querer ver alguma mudança no jeito como eles me observavam. Me limitei a ficar de olhos fechados, inalando o cheiro da pele dele, que eu estava louca de vontade de sentir.

Ele não disse nada enquanto continuava a me abraçar. Então, senti sua mão no meu queixo quando ele sussurrou:

— Ei, olhe para mim.

Me virei na direção dele, e imediatamente desejei não ter feito isso. Como era possível que, enquanto eu havia definhado durante os dois meses anteriores, ele tinha ficado mais arrasadoramente bonito? O frio na barriga foi crescendo sem parar enquanto eu assimilava sua aparência. Ele estava com uma barba por fazer no queixo, que parecia mais anguloso. Seu cabelo estava ainda mais longo e com um estilo que tinha sido pensado para ser a perfeição na forma bagunçada. O mesmo moletom azul-marinho com capuz que ele sempre usava estava colado ao corpo, se ajustando a uma estrutura mais musculosa. Ele estava virando um homem, enquanto eu estava encolhendo.

— Olha só pra você. Como está bonita — ele disse.

— Eu queria estar com uma boa aparência para você, então pedi à Nina para me ajudar a me maquiar, mas o resultado não ficou como deveria. Nada disso está sendo como deveria.

— Nada... disso? Do que você está falando?

— Você, parecendo que acabou de sair de uma revista de moda masculina, e eu, parecendo uma viciada em crack que se prostitui para se drogar.

Seu sorriso desapareceu.

— Fala sério, Skylar! Você está pegando meio pesado consigo mesma, não acha? Olha o que você enfrentou. Você está maravilhosa.

— Para uma paciente com câncer? Não quer dizer muita coisa.

Saí da cama e fiquei de pé, e devo ter levantado rápido demais. Tive uma sensação de tontura, e precisei segurar na cômoda para me equilibrar.

Ele saltou para fora da cama.

— Você está bem?

— Levantei rápido demais. Do nada, estou com muito enjoo. Acho que vou vomitar. É melhor você descer, Mitch. Você não vai querer ver isso.

— Acabei de chegar aqui. Não vou te deixar sozinha.

Eu odiava aquilo. Não conseguia sequer ficar cinco minutos sem um rompante e um ataque de náusea.

Esse foi o último pensamento que me lembro de ter tido antes de ver estrelas e cair no chão.

MINIIA SKYLAR

12
MITCH

Eu nunca tinha ficado tão aterrorizado na minha vida inteira. Quando Skylar desmaiou de repente, praticamente voei na direção dela, pegando sua cabeça em pleno ar no instante antes de ela bater no chão.

— Socorro! — gritei, mas ninguém respondeu.

A madrasta dela devia ter saído de casa.

Meu coração estava martelando no peito. Dei uns tapinhas na sua bochecha fria.

— Skylar! Skylar! Por favor!

Bem na hora em que peguei meu celular para chamar uma ambulância, as pálpebras dela começaram a vibrar.

— Skylar! Skylar, está tudo bem. Estou aqui.

— Mitch? O que aconteceu? Onde é que eu estou?

— Você desmaiou.

— Ah...

— Isso já aconteceu antes?

— O médico me alertou sobre a desidratação, com todos os episódios de vômito nos últimos tempos. Devo ter me levantado rápido demais.

— Você acha que consegue ficar de pé?

Ela balançou a cabeça.

— Não. Ainda não.

— Certo. Vamos ficar aqui. Vou só levantar um segundo e pegar um travesseiro.

— Não. Não me deixe sozinha.

— Tudo bem. Vou ficar aqui.

Tirei o casaco e o coloquei debaixo da cabeça dela. Depois de alguns minutos, ela usou minha mão para se equilibrar devagar até ficar sentada.

— Acho que consigo ficar de pé agora.

Eu a conduzi até a cama. Depois peguei uma garrafa de água da minha mochila e, desesperado, a abri correndo.

— Beba um pouco.

Ela se sentou devagar, apoiando as costas na cabeceira, e bebeu enquanto eu segurava a garrafa perto da boca dela.

— Obrigada. Não tomei água hoje. Que burrice!

— Está se sentindo melhor?

— Um pouco enjoada.

— Me diga do que você precisa.

— Apenas fique aqui, perto de mim.

Ela continuou sentada, com um travesseiro escorando as costas, e fechou os olhos.

Ela não percebeu que a peruca tinha se mexido e, pela primeira vez, entrevi a cabeça careca que estava embaixo. Ela teria surtado se ficasse sabendo, então não falei nada.

Confesso que foi um choque ver a cabeça raspada pela primeira vez, mas tudo o que tinha acontecido desde o instante em que eu havia passado por aquela porta tinha sido um violento processo de tomada de consciência. De alguma forma, apesar de saber pelo telefone sobre tudo que ela esteve passando, eu a tinha imaginado fisicamente intacta, o que foi mais fácil quando eu estava longe e me sentindo inútil. A realidade do quanto ela havia ficado fraca em termos físicos era difícil de aceitar.

Continuei a observá-la enquanto ela permanecia com os olhos fechados. Havia delineador preto escorrendo por uma bochecha. Fiquei com o coração partido por ela ter sentido a necessidade de se obrigar a ficar irreconhecível, achando que isso iria me agradar. Senti o peito pesado, pronto para queimar de dor, tristeza, frustração e amor por ela, tudo ao mesmo tempo.

Embora ela estivesse com cara de doente e tivesse perdido o cabelo, nem por um segundo eu a amei menos. O fato de ela ter se preocupado com a possibilidade de eu enxergá-la de uma forma diferente porque ela estava com uma aparência diferente acabou comigo.

Se ela soubesse o quanto eu a amava *mais* naquele instante, o quanto eu a respeitava mais depois de testemunhar em primeira mão a força que era necessária para travar a guerra que o corpo dela estava aguentando...

Além de tudo isso, a ameaça de perdê-la estava parecendo mais real.

De certa forma, você não percebe a intensidade dos seus sentimentos até uma coisa como essa acontecer. Por meio da sua fragilidade, enxerguei sua alma — a essência do motivo pelo qual sempre a tinha amado —, que estava aparecendo com mais força, deixando de empalidecer no reflexo da beleza física dela. Isso me fez perceber que eu realmente a amava de dentro para fora, não o contrário.

De repente, ela abriu os olhos e girou a cabeça na minha direção, me flagrando enquanto eu a observava com atenção.

— O que você está olhando?

— Lembra que outro dia, ao celular, você disse que sentia que era metade de si mesma?

— Agora você entendeu o porquê, não é?

Meu tom beirou a irritação. Ela havia entendido tudo errado.

— Não. Não... Não era aí que eu queria chegar. — Segurei sua mão. — Eu também me senti pela metade... até agora. Só me sinto inteiro quando estou com você. Agora que estou vendo com meus próprios olhos o que você tem passado, sinto como se estivesse vivendo uma mentira durante todas essas semanas. Deveria ter estado aqui.

— Não. Não deveria. Eu não iria querer que você estivesse aqui o tempo todo para presenciar o pior.

Diga que você a ama.

As palavras não saíam. Como sempre, me convenci de que ela iria pensar que eu as estava dizendo só porque ela estava doente. Então, decidi não dizê-las. Um outro pensamento passou depressa pela minha cabeça.

— Você vai ao baile de formatura comigo?

— Como é? O que exatamente nesta situação te fez pensar em "rainha do baile"?

— Eu estava só pensando. Sei que ainda está longe, mas vai ser depois que o seu tratamento terminar. Eu jamais conseguiria imaginar ir, a não ser que você estivesse comigo. Vai ser uma coisa pra gente aguardar com bastante expectativa.

Ela sorriu pela primeira vez desde que eu havia cruzado a porta.

— Está certo. É uma coisa de que estou precisando.

— Combinado, então.

Quando me inclinei para abraçá-la, a peruca se mexeu ainda mais na sua cabeça. Ele deu um pulinho, em pânico, tentando freneticamente recolocá-la no lugar.

Coloquei a mão no seu braço.

— Espere. Quero ver.

Ela soltou uma risada solitária.

— De jeito nenhum.

— Skylar, sua peruca ficou ligeiramente torta esse tempo todo. Não te disse nada, então já vi uma parte da sua cabeça.

— Não viu, não.

— Preciso que você pare de ter tanto medo. Isso não importa para mim. *Você* importa para mim. Não posso provar isso se você achar que tudo depende de você usar essa peruca.

Ela balançou a cabeça, e uma lágrima desceu pela sua bochecha. Ela murmurou:

— Não consigo.

Travei uma batalha para impedir que minhas próprias lágrimas caíssem, e olhei bem nos olhos dela.

— Por favor.

Sinceramente, eu não tinha esperado que ela fosse arriscar. Ao abaixar o braço, ela me lançou um olhar indeciso e fez um discreto aceno com a cabeça, me dando uma permissão silenciosa com relutância.

Minha mão tremeu um pouco enquanto eu lentamente puxava a peruca para trás, antes de deixá-la cair no travesseiro. Eu não estava nervoso por vê-la careca. Estava nervoso porque sabia que ela estava com medo. Eu tinha a preocupação de ela interpretar minhas emoções da forma errada. A verdade era que o que ela havia acabado de me entregar, em meio ao próprio medo, tinha verdadeiramente me surpreendido e comovido. Significava que, em algum lugar dentro de si para além da insegurança, ela sabia o quanto eu me preocupava com ela.

Ela inspirou fundo, e não olhava para mim. Eu entendi. Mas sua autoconsciência não me impediu de fazer a única coisa que eu não podia deixar de fazer.

As pontas ásperas dos meus dedos roçaram seu couro cabeludo liso e perfeitamente redondo. Sua cabeça estava quente e com pequenas gotas de suor por causa da peruca, o que provavelmente a irritou. E isso irritou *a mim*. A pele na parte de cima da sua cabeça parecia seda. Seus olhos ainda estavam fechados enquanto eu mexia os dedos, desenhando círculos lenta e suavemente sobre ela.

Todas as transformações pelas quais o cabelo de Skylar havia passado durante as fases da nossa amizade percorreram a minha mente como numa apresentação de slides: as tranças estranhas e divertidas da menininha que me trouxe de volta à vida quando eu era garoto, as mechas longas e encharcadas de chuva da adolescente sexy e esperta de uniforme de escola católica. Eu adorava todas elas, mas nenhuma tinha significado mais para mim do que a da garota vulnerável com a cabeça macia e lisa que simplesmente depositou toda a sua confiança em mim.

Me encaixei atrás de Skylar, e ela descansou as costas no meu peito. Abaixei os lábios e dei um beijo na sua cabeça. Ela estava cansada demais para mostrar resistência ao contato.

— Para mim, você é a garota mais bonita do mundo. — Beijei o mesmo lugar de novo. — Por favor, saiba disso.

Diga que você a ama.

Minha boca ficou encostada na parte superior da sua cabeça, enquanto ela continuava encostada em mim.

Covarde.

Fechei os olhos e senti sua respiração começar a ficar mais equilibrada. Então notei que ela havia adormecido nos meus braços. Quando finalmente abri os olhos, olhei para a porta e me deparei com o pai de Skylar parado lá, nos observando. Recuei de susto e abri a boca, pronto para me desculpar por estar na cama dela. Foi nesse instante que ele ergueu a mão.

— Shh... Fique. Não a acorde.

Os olhos dele estavam marejados, e, sua voz, trêmula. Me perguntei quanto tempo ele tinha estado ali e o que tinha visto.

Minhas costas estavam doendo de dormir no sofá no andar de baixo. Não consegui dormir por saber que Skylar não estava se sentindo bem à noite. A casa estava em silêncio, já que todo mundo ainda estava dormindo. Entrei na cozinha e comecei a fazer café. O líquido marrom gotejava para dentro da garrafa. Contei as gotas com desdém, cada uma significando mais um segundo até o momento de ter que deixá-la de novo.

Oliver me assustou.

— Bom dia, filho.

Eu me virei.

— Oi. Espero que você não ache ruim. Fiz um pouco de café.

Ele fez um aceno com a cabeça.

— Não, isso é ótimo. Vou tomar um puro. Está conseguindo aguentar a situação?

— Estou bem. Só espero que ela esteja se sentindo melhor do que ontem.

— Não tem como isto ser fácil para você. Vê-la desse jeito — ele disse.

— Eu aguento, desde que ela esteja bem.

— Andamos tendo uns dias difíceis ultimamente.

— Ela está acordada?

— Não a ouvi quando desci.

Ele puxou uma cadeira e se sentou.

— Escute, sei que, antes disso, não tinha sido um pai muito presente, mas ela sempre tem apenas coisas boas a dizer sobre você.

— Obrigado, senhor.

— Por favor, me chame de Oliver.

— Certo... Oliver.

— Ela está confinada aqui comigo agora, mas jamais faria isso por vontade própria se não fosse a doença. Sei que ela não está feliz aqui. Queria que ela soubesse o quanto eu a amei. Digo isso a ela o tempo todo agora, mas cometi muitos erros com ela ao longo dos anos.

Passei um café para ele.

— Ela sabe que o senhor a ama... Senhor, não, você.

Ele tomou um gole e me espiou por cima da caneca.

— Ela sabe que *você* a ama?

— O quê?

— Não tem problema falar, sabe?

Fiz um aceno com a cabeça. Ele com certeza ficou parado àquela porta por mais tempo do que eu havia imaginado no dia anterior.

— Entendi. Obrigado.

Ao longo do fim de semana, Skylar continuou se sentindo muito mal. Apesar de ter me mostrado a cabeça, ela insistiu em usar a peruca perto de mim.

Segurei as mechas de cabelo enquanto ela vomitou na privada no domingo de manhã.

— Mitch, é melhor você ir para casa.

— De jeito nenhum.

Estava programado para eu pegar o trem que saía de Manhattan às oito horas naquela noite, e eu não iria deixá-la um único segundo antes que fosse necessário.

Naquela tarde, ela me pediu ir comprar refrigerante de gengibre. No caminho de volta, tive uma ideia depois de passar por um daqueles cilindros que ficam girando em frente às barbearias. Parei de repente.

Eu deveria fazer aquilo?

Mas por que não? Se fosse fazê-la se sentir menos solitária, não iria custar nada. Eu faria qualquer coisa por ela.

A campainha tocou quando abri a porta da loja impulsivamente.

— Corte tudo.

O dono, Luigi, olhou para mim como se eu fosse um maluco.

— Você sabe quantos homens dariam tudo para ter uma cabeleira como a sua? E você quer cortar tudo?

Quando expliquei o porquê, ele não só raspou minha cabeça, como também o fez de graça. Parece que ele tinha uma filha com câncer de mama.

Dei uma olhada rápida no espelho, e não pude deixar de rir. Minha cabeça não era exatamente tão lisa quanto a dela.

— Estou ridículo.

Ele me deu uns tapinhas nas costas, me desejando tudo de bom, e todos os clientes aplaudiram.

Lá fora, parecia que minha cabeça ia virar um cubo de gelo. Eu a cobri com o capuz, na esperança de que minha atitude fosse animar Skylar.

Quando voltei para casa, Oliver e Lizete estavam assistindo a um filme enquanto passei por eles depressa e subi a escada. Skylar estava tirando uma soneca, então coloquei o refrigerante de gengibre em cima da cômoda e deitei ao pé da cama dela, esperando, com impaciência, que ela acordasse.

Acabei cochilando, e acordei ao som dos gritos dela.

— Mitch! O que foi que você fez?

— Não surta... — pedi, grogue.

— "Não surta"? Antes de eu dormir, você tinha cabelo que nem o David Beckham. Acordo, e você está parecendo o Gru, do *Meu Malvado Favorito*!

Foi impossível não rir da reação dela.

— O que... Você não gostou?

— Não! Não gostei! Ao contrário de você, sou sincera sobre essa questão. Ninguém fica mais bonito careca.

— Bom, pode ir se acostumando. Enquanto você não tiver cabelo, também não vou ter.

— Ah, sim, claro. Vamos ser a brigada careca, com a diferença de que eu, pelo menos, posso usar peruca. Você, não. Todas as perucas masculinas te deixariam parecido com um astro de filme pornô dos anos setenta.

— Não estou nem aí. Só quero te apoiar, e essa é minha forma de fazer isso.

Após vários minutos, o choque inicial dela parecia estar menor, e ela passou a mão pela minha cabeça e riu.

— Entendo por que você fez isso, mas você é maluco, Mitch Nichols.

— Só quando tem a ver com você.

Diga que você a ama.

— Dá pra ver. Não acredito que você fez isso.

— Skylar, eu... — *Diga.* — ... comprei seu refrigerante de gengibre.

Covarde.

— Obrigada.

— Faltam algumas horas antes de eu ter que ir embora. O que você quer fazer?

— Apenas deite perto de mim.

— Isso, eu consigo.

Durante os minutos seguinte, ela ficou muito inquieta e estava parecendo incomodada.

— Você está bem?

— Meus nervos estão me dando trabalho. Alguns dos remédios causam ansiedade.

— A terapeuta da minha mãe disse a ela para criar um lugar feliz na mente toda vez que ela se sentisse assim e então focar nele por um bom tempo. Aonde você iria se pudesse ir a qualquer lugar?

— Hum... Não é bem um lugar específico, mas provavelmente seria algo como uma casa de praia perto da água. Ela teria um daqueles cantos de leitura perto de uma janela grande com vista para o mar.

— O que você estaria lendo?

— Provavelmente, um livro cheio de obscenidades.

Dei risada.

— Claro. Muito bem, então se imagine lá, lendo suas obscenidades. Toda vez que você começar a se sentir nervosa, simplesmente continue imaginando esse lugar tranquilo.

— Qual é o seu lugar feliz?

— Nos últimos tempos? Onde quer que você esteja.

— Que piegas, carequinha.

— É a verdade. Contanto que você esteja nesse lugar, na minha cabeça, ele pode ir alternando.

Ela me encarou por um tempo e, do nada, ficou emburrada.

Sacudi o braço dela de leve.

— Ei... O que foi? O que eu disse de errado?

— Nada.

— *Alguma coisa* está te incomodando.

Ela fechou os olhos e ficou assim por um tempinho e, quando os abriu, disse:

— Tem uma coisa que sempre quis saber, mas que não te perguntei porque tenho medo da resposta. Ela tem me incomodado sem parar nos últimos tempos.

Minha pulsação estava acelerada. Tive a sensação de que sabia aonde ela estava querendo chegar.

— Certo... Pode me perguntar qualquer coisa.

Ela inspirou.

— Sei que você já saiu com muitas garotas... mas você já fez sexo?

Sinceramente, eu não sabia como tinha conseguido evitar essa conversa por tanto tempo. Tive que ser honesto com ela.

Engoli em seco.

— Sim, já fiz.

Ela soltou o suspiro profundo que estava segurando. Ela ficou arrasada. *Droga.* Eu odiava aquilo. Odiava o fato de ter acabado de magoá-la, como se não bastassem todas as outras coisas que ela estava passando.

Seus olhos estavam marejados, e dava para ver seu pescoço ficando vermelho.

— Estava desconfiada, mas não tinha certeza. Meu Deus, estou me sentindo tão burra! Eu tinha esta fantasia de que, por algum milagre, você não tinha feito e de que, um dia, seríamos os primeiros um do outro.

Ouvi-la dizer aquilo acabou comigo.

— Queria muito que isso pudesse ser verdade, que eu pudesse voltar atrás. Preciso te explicar.

— Me explicar sobre sexo?

— Não... Pelo amor de Deus... Apenas me deixe falar, certo?

Uma lágrima desceu pela sua bochecha.

— Não acredito que estou chorando por causa disso. Esses malditos remédios!

Me virei na direção dela, e nossos rostos estavam a centímetros de distância quando enxuguei seus olhos.

— Você está chorando porque gosta de mim. Se você tivesse acabado de me contar que fez sexo com um cara, eu provavelmente estaria no trem neste exato momento para ir matá-lo. Então, você está se saindo melhor do que eu me sairia.

Ela fungou.

— Quantas?

— Duas.

— Quem?

Soltei um suspiro profundo.

— Minha primeira vez foi com uma garota chamada Leah. Ela era dois anos mais velha. Foi ainda em Long Island, quando eu estava para me mudar para Jersey. Não foi especial. Foi um erro.

— E sua segunda vez?

— Um erro ainda maior. Foi com Brielle.

Ela estremeceu e fechou os olhos.

— Quando?

— Mais ou menos um mês depois de eu me mudar. Foi uma vez.

— Você usou proteção?

— Claro.

Ela parecia muito triste, e foi como se meu coração estivesse recebendo uma chave de braço. Como eu explicaria a ela que nada daquilo tinha importado sem parecer um babaca? Sempre havia me arrependido daquela noite com Brielle, mas não podia apagar o que havia acontecido.

— Estou quase achando que foi um erro ter perguntado.

Eu precisava encontrar as palavras certas para explicar a ela que nenhuma garota significava para mim o que ela significava.

— A primeira vez aconteceu muito rápido. Eu trabalhava com ela no supermercado do bairro. A tal garota tinha dado em cima de mim por muito tempo e, uma noite, eu cedi. Ela não era virgem, e eu não sabia o que estava fazendo. Nunca saímos de novo, e então eu me mudei. Com Brielle, foi diferente. Eu havia decidido que iria fazer. Foi quase mecânico. Estava me testando num período em que tinha jurado ficar longe de você. Pensei que, se conseguisse ir mais depressa com outra pessoa, de alguma forma, ficaria mais fácil estar perto de você e não te desejar dessa maneira.

— Então, você a estava usando...

— De certa maneira, mas, sinceramente, acho que ela também estava me usando. Ela havia acabado de terminar com o namorado. Não quero parecer um babaca, mas a verdade é que não significou nada. Então, ela contou para um monte de gente na escola, e isso me tirou do sério. Me arrependi.

— Você fala como se sexo não fosse importante.

Minha nossa, como sou péssimo nisso! Fale sobre seus sentimentos.

— Não é muito importante se você não estiver cem por cento envolvido. Tudo o que sei é que, depois da noite em que nos beijamos, não consegui pensar em querer outra pessoa. Aquele beijo, por si só, foi a coisa mais fenomenal que já tinha vivido em toda a minha vida até aquele momento. Sinto muito por não poder te dar a minha primeira vez, mas você é a única garota que já teve meu coração. Se você me disser para esperar por você, é isso que vou fazer. Não posso voltar ao passado e mudá-lo, mas posso garantir que, se você decidir se entregar para mim um dia, pode ter certeza de que isso vai significar alguma coisa.

Ela não teve tempo de responder antes de ouvirmos passos. Pulei da cama.

Lizete abriu a porta.

— Ai, meu Deus! Caramba!

Num primeiro momento, fiquei confuso, depois percebi que era a reação dela à minha cabeça raspada. Estava tão preocupado com Skylar que tinha me esquecido de que estava sem cabelo.

— Pois é, Mitch voltou para casa com uma surpresinha para mim.

Lizete tentou segurar a risada.

— Nossa... Está... Nossa! Enfim, o jantar está pronto. Depois, seu pai vai levar Mitch de carro a Manhattan para ele pegar o trem.

Seguimos Lizete até o andar de baixo sem continuar nossa conversa. O frango frito com arroz que ela fez estava ótimo, mas precisei me obrigar a comer. Meu estômago estava revirando porque não queria me separar de Skylar, principalmente enquanto ela não estivesse se sentindo bem. Ela estava muito quieta durante o jantar. Oliver estava jogando conversa fora enquanto eu e ela nos olhávamos de relance. Torci para ela não estar pensando ainda sobre a confissão que eu tinha feito lá em cima, embora suspeitasse que fosse esse o caso.

Depois da sobremesa, Skylar pediu licença para voltar ao quarto. Esperei alguns minutos e depois fui atrás dela. Eu a peguei quando ela estava saindo do banheiro.

O corredor estava escuro e, antes que ela tivesse a chance de abrir a porta do quarto, eu a puxei na minha direção e a abracei com força.

Enterrei o rosto no pescoço dela e sussurrei:

— Me desculpe.

— Por quê?

— Por tudo... Por te deixar chateada, por não ser capaz de te fazer sentir melhor, por ter que ir embora — falei, colado na pele dela. — Me sinto um fracasso.

— Você não fez nada de errado. Obrigada por me contar a verdade agora há pouco.

— Sinto muito por não ter sido a resposta que você esperava.

— Vamos combinar de não falar mais sobre isso. Certo?

— Certo. — Beijei sua testa. — Só quero que isso acabe. — Minha voz estava trêmula, mas me recusei a chorar. — Queria que fosse eu passando por isso, não você.

— Não diga isso. Eu jamais desejaria isso a você.

Ela abaixou minha cabeça raspada até sua boca e beijou a parte de cima.

— E se eu ficasse e fosse ao hospital com você amanhã para o seu tratamento?

— Mitch, você tem escola. Não pode fazer isso. Iria me deixar mais irritada do que o fato de você ir embora.

— Não posso mais simplesmente ir para casa e fingir que está tudo normal, agora que vi, em primeira mão, como isso está sendo para você.

— É o que você precisa fazer.

Ela me soltou e abriu a porta do quarto, e eu a segui. Ela se aproximou do espelho.

— Estou começando a perder os cílios.

Skylar continuou a se olhar enquanto eu a abracei por atrás, cheio de raiva. Em apenas dois dias, vi a droga daquele câncer tirar pedaços dela, pouco a pouco. Aquilo foi apenas o que eu tinha presenciado, só uma fração do tempo durante o qual ela havia estado lutando contra a doença, e ainda havia vários meses por vir.

Eu só queria fazê-la esquecer por um minuto. Não tínhamos muito tempo até o pai dela subir, então eu a virei, coloquei as duas mãos no seu rosto e trouxe seus lábios em direção aos meus. Tinha estado louco de vontade de beijá-la o fim de semana inteiro, mas nunca havia um momento apropriado.

Seu corpo estava rígido no começo, pego de surpresa pelo meu ataque súbito. Mas, quando minha língua deslizou para dentro da sua boca, ela relaxou devagar. Tinha parecido que fazia uma eternidade que tínhamos nos beijado daquele jeito pela última vez. Me lembrei rapidamente do quanto o seu gosto era doce e do quanto aquilo me fazia perder o controle. Mesmo ela estando doente daquele jeito, eu ainda me sentia inacreditavelmente atraído por ela. Ela suspirou quando eu abri mais a boca sobre a dela, com voracidade, e comecei a beijá-la de uma forma mais agressiva.

Falei perto dos seus lábios:

— Já te disse o quanto amo seus lábios, Skylar?

Ela sorriu em meio ao beijo e gemeu na minha boca. Nós dois recuamos de repente quando alguém bateu à porta.

Ela esfregou a boca.

— Pode entrar!

Oliver abriu a porta.

— Desculpe, Mitch. É melhor irmos andando para você não perder seu trem.

— Está certo. Já vou descer.

Nos limitamos a ficar parados ali, encarando um ao outro. Meu estômago se encheu de pavor quando ouvi Oliver ligar o carro lá fora para ele ir esquentando.

Peguei sua mão e puxei seu corpo na minha direção. Nossas testas estavam encostadas uma na outra quando eu disse:

— Posso estar indo embora daqui, mas não há um único pedaço do meu coração vindo comigo.

Ela praticamente teve que me empurrar porta afora, porque eu não a largava.

A viagem de trem de volta para casa foi como um pesadelo. Os sons eram mais altos do que o normal. As vozes dos outros passageiros eram insuportáveis. Me senti como se estivesse dentro de uma concha, muito desconectado do resto do mundo, um peixe fora d'água. Fiquei irritado com o fato de todas aquelas pessoas estarem se movendo rumo a alguma coisa, enquanto eu, a cada segundo, estava me afastando da única que importava para mim. Pareceu errado, como se eu tivesse deixado não só meu coração, mas também todo o meu ser no quarto de Skylar. Não fazia ideia de como eu iria funcionar no dia seguinte sabendo que ela iria receber mais daquele veneno que era injetado nela.

Quando o táxi me deixou em casa, ergui o rosto e vi a escuridão na janela do quarto vazio de Skylar do outro lado da rua e fiz uma oração em silêncio antes de entrar em casa.

Minha mãe estava na cozinha.

— Mitch?

Ignorando-a, subi a escada em transe. Estava usando o capuz para que ela não visse minha cabeça.

Seamus estava excepcionalmente quieto quando abri a porta do meu quarto. Eu tinha certeza de que ele começaria a latir de novo no instante em que me visse. Abri a gaiola para me certificar de que ele ainda estava vivo, e ele só estava me olhando, em silêncio. A expressão dele reproduzia como eu estava me sentindo.

— Oi, carinha.

Ele grasnou uma vez e inclinou a cabeça.

— Eu sei. Também sinto saudade dela.

Quando me inclinei para beijar a parte de cima da sua cabeça, ele bicou meu nariz.

— Ai!

Acho que eu tinha abusado da sorte.

O ímpeto de ligar para Skylar estava me matando, mas eu não queria acordá-la, porque ela precisava estar bem cedo no hospital no dia seguinte. Em vez de falar com ela, mandei uma mensagem.

Cheguei em casa. Bem... cheguei "aqui". Casa é onde quer que você esteja.
Me sinto perdido sem você. E sinto falta dos seus lábios.

Eu estava inquieto, como se precisasse fazer alguma coisa por ela. Abri meu laptop e comecei a fazer uma busca no Google sobre linfoma de Hodgkin. As estatísticas eram animadoras, mas é claro que essa nunca é a informação na qual sua mente se concentra. O que ficou gravado no meu cérebro foram todos os potenciais efeitos colaterais da quimioterapia a longo prazo, a possibilidade de ter que fazer um transplante de medula óssea caso a quimioterapia não funcionasse na primeira vez, os riscos da radiação, a chance de desenvolver cânceres secundários no futuro. A lista não acabava. Eu estava fazendo exatamente o que insisti para que Skylar não fizesse: focar nos "e se" e deixar meus medos me dominarem, porque vê-la sofrer havia me enfraquecido.

O que me fez chegar no meu limite foi um artigo sobre uma garota mais ou menos da mesma idade da Skylar que tinha recentemente perdido a batalha.

O rosto sorridente dela na foto estava me encarando, num lembrete de que nada estava garantido. Fechei o laptop com violência. A realidade de que havia chances de Skylar morrer daquilo era inconcebível. A simples ideia de aquilo acontecer era tão dolorosa que todos os músculos do meu corpo se enrijeceram numa tentativa de resistir às emoções indesejadas que estavam vindo à tona.

Minha mãe arfou, surpresa, quando entrou no quarto e se deparou com os meus ombros tremendo enquanto eu vociferava, com a cabeça entre as mãos. Tudo o que eu tinha estado segurando ao longo do fim de semana transbordou.

Ela passou a mão pela minha cabeça raspada.

— Ah, Mitch...

— Não posso perdê-la, mãe.

— Aconteceu alguma coisa?

Enxuguei os olhos, furioso com minha perda de controle.

— Ela simplesmente está vivendo um inferno. Não é justo. Os cílios dela sumiram... A porcaria dos *cílios*. A questão não é *essa*, mas existe um limite para o que ela consegue aguentar. Isso está destruindo o ânimo dela aos poucos. Estou assistindo a isso acontecer, e não suporto vê-la sofrendo. Eu a amo. Eu a amo muito, e fui covarde demais para dizer a ela.

— Por quê? Por que você não conseguiu dizer a ela?

— Não sei. É como se eu associasse essas três palavras com coisas ruins que aconteceram quando eu era criança. Além disso, estou tão assustado que ela vai pensar que estou dizendo isso só porque ela está doente.

— Ela precisa ouvir isso. E, se você não quiser que ela pense que você está dizendo que a ama só porque ela está doente, precisa contar a ela exatamente por que você a ama, por que sempre a amou. Isso vai dar forças a ela. Não deixe o que aconteceu entre mim e seu pai fazê-lo sentir medo. Eu vi a paixão por essa menina nascer dentro de você, e ela é real. Seu pai nunca me amou como você a ama.

Ela me beijou na testa e depois, de repente, me aproximei da janela e lancei um olhar vidrado e vago à casa de Skylar do outro lado da rua.

— Quero ficar sozinho. Pode ser?

— Tudo bem.

— Obrigado, mãe.

Fiquei acordado naquela noite, ligado no duzentos e vinte, desenhando para Skylar uma nova história em quadrinhos da série *As aventuras de S&M*, na qual S e M eram bandidos carecas que se uniam para combater o malvado C até ele ser destruído.

À uma da manhã, meu celular tocou. Meu coração martelou de pavor quando vi o nome dela.

— Skylar? Você está bem?

— Você me disse para te ligar a qualquer hora, e sei que você não quis exatamente dizer à uma da manhã, mas acabei de ter um sonho. Não sei se são os remédios ou alguma outra coisa, mas ele foi muito vívido. Quase precisei te ligar para ter certeza de que não aconteceu de verdade.

Pela primeira vez em toda aquela noite, relaxei o suficiente para ir para a cama.

— Um pesadelo?

— Não. Foi lindo. Estávamos... fazendo sexo, mas foi mais do que isso. Foi como imaginei que seria. Pareceu muito real, e queria que tivesse sido. Me fez perceber o quanto...

— Espere. Não fale. Eu te amo, Skylar. Eu te amo muito. Deveria ter dito um milhão de vezes antes.

— Eu ia dizer que o sonho me fez perceber o quanto preciso transar, mas isso é muito... Caramba!

— Sério mesmo?

— Não.

— Sua merdinha — falei baixinho, bem perto do celular: — Te amo.

— Também te amo, Mitch. Te amo tanto que dói. Quando penso nos piores cenários possíveis, dentre todos eles, ficar longe de você é o que mais me assusta.

As lágrimas estavam fazendo meus olhos arderem.

— Skylar, me escuta, está bem? Preciso que saiba que não estou te dizendo isso só porque estou com medo ou porque você está doente. Preciso que saiba que te amei desde que éramos crianças, quando você chamou minha atenção por eu agir como um idiota e foi a primeira pessoa a se importar a ponto de tentar entender o motivo. Te amo porque você sabe do que preciso ou o que estou pensando antes de mim mesmo. Te amo porque você me faz rir todo dia, principalmente de mim mesmo. Amo seu jeito de olhar para mim, como se eu fosse a única pessoa num lugar cheio de gente. Amo seu cheiro e o barulhinho que você faz quando meus lábios tocam os seus. Amo...

— Mitch, eu já sabia que você me amava, e sabia o quanto você tinha medo de dizer essas palavras. A forma como você olha para mim, a forma como seu coração bate toda vez que me abraça, o que fez com seu cabelo por mim... Ações valem mais do que palavras, e você tem *mostrado* o quanto me ama. É isso que importa.

— Sinto como se eu não vá ser capaz de respirar até você voltar para casa.

Esse dia estaria muito mais longe do que eu jamais teria conseguido imaginar.

Depois que a primeira rodada de quimioterapia acabou, o câncer nos deu um pequeno intervalo.

Ao final daquele período, houve o baile de formatura, e o que deveria ter sido a noite mais especial das nossas vidas foi tudo, menos isso.

Ela havia ficado muito angelical usando um vestido branco tomara que caia. Sua amiga Nina tinha vindo de Boston para ajudá-la a se arrumar.

Tudo estava correndo bem até dançarmos uma certa música lenta, e então o humor dela mudou dramaticamente e permaneceu daquele jeito durante o resto da noite.

Depois do baile, a caminho de uma pós-festa em um hotel, ela confessou uma coisa na limusine. Naquela manhã, o médico tinha dito a ela que os exames haviam mostrado um retorno do linfoma.

Tinha sido como se minha gravata estivesse me asfixiando, e me lembro de ter que tirá-la, porque senti como se fosse hiperventilar.

De novo, não.

Acabei levando Skylar para casa, e aquela noite se transformou em uma das piores da minha vida.

A fase seguinte foi a parte mais difícil da sua jornada contra o câncer. Uma quimioterapia mais intensa foi seguida por um transplante de medula óssea, o que significou semanas de isolamento e uma longa recuperação.

Graças a Deus, os exames que ela fez depois desse procedimento mostraram resultados normais, e pareceu que ele tinha sido bem-sucedido.

No total, contando desde o momento do diagnóstico, levou quase dois anos até termos Skylar de volta em definitivo.

Os meses após a volta dela para casa foram os melhores da minha vida. Como uma flor de primavera desabrochando depois de uma longa temporada de chuvas, aos dezoito anos, Skylar emergiu daquele inferno um tanto diferente, mas mais forte e mais bonita do que nunca.

13
SKYLAR

Em certos aspectos, recuperar-se de um câncer é como voltar para casa de uma guerra. Você nunca é capaz de esquecer a experiência por completo, porque a ameaça de ter que voltar parece sempre estar pairando. Apesar disso, você precisa tocar a vida.

Passar por esse processo também me fez mudar. As coisas materiais deixaram de ter importância; o simples fato de estar viva era suficiente. Ao mesmo tempo, eu estava aprendendo a viver de novo, a desenvolver uma rotina que não envolvesse tratamentos nem os efeitos colaterais resultantes deles. Você ganha sua vida de volta, mas não sabe exatamente o que fazer com ela. De uma forma bizarra, o câncer tinha se transformado no "meu normal", e a liberdade era algo estranho para mim.

Como o meu pai tinha tomado as providências para eu ter um professor particular nos dias em que eu tivesse ânimo para isso, eu não tinha ficado tão defasada nos estudos enquanto morei no Brooklyn. Quando voltei para casa, consegui retomar no meio do terceiro ano em St. Clare's.

Mitch estava no último ano. Apesar do seu apoio ao longo do período da doença, a possibilidade de progresso em termos de um relacionamento físico tinha sido obrigada a esperar. Quase nunca estivemos sozinhos durante esse tempo. Ou isso ou eu estava tão mal que sequer conseguia olhar para ele.

Naquele ponto, foi como se alguém tivesse soltado um enorme botão de "pausa" para nós dois. Aos dezenove anos, Mitch estava tão atraente fisicamente que estar perto dele sem tocá-lo quase doía. Seu corpo estava sarado, e seu cabelo tinha crescido de novo, agora mais longo do que antes, e estava ondulado e bonito. Ele ainda vivia amontoando-o debaixo daquele boné do Yankees de costume, mas ostentando uma barba por fazer para completar o visual. Sua pele havia ficado bronzeada por causa de um trabalho paralelo cortando gramados.

Quanto a mim, o cabelo estava no comprimento do ombro, e eu tinha recuperado todo o peso. Ainda assim, mesmo com a nossa liberdade recém-descoberta, estávamos indo devagar. Mitch não havia tomado a iniciativa em nenhum momento, apesar de eu saber que ele queria tomar, e isso me frustrava. Ele estava lidando comigo com cuidado por causa da minha recuperação, mas não era isso o que eu queria. Isso era o que ele achava de que eu precisava. Mas eu precisava era *dele* — da forma mais sacana possível. Seus olhos sempre transbordavam de desejo quando ele olhava para mim, e eu conseguia sentir sua resistência minguando a cada dia que passava. Era só uma questão de tempo.

— Você está planejando contar a ela quando, exatamente?

Eu e minha mãe deveríamos estar na casa de Mitch às seis horas para o jantar, mas eu tinha vindo antes. Enquanto estavam no meio de uma conversa particular, Mitch e Janis não haviam percebido que a janela da sala estava aberta. Me inclinei para ficar mais perto e ouvir.

— Não sei.

— Mitch... Isso é um assunto muito sério. Você não deveria esconder dela.

— Não quero conversar sobre isso agora, mãe. Você sabe como me sinto. Pare de me pressionar.

O diálogo parou, e presumi que Mitch tivesse ido ao andar de cima.

Senti o peito apertado de ansiedade quando apertei a campainha.

Janis abriu a porta.

— Ah... Oi, querida. Você chegou mais cedo.

— Minha mãe queria que eu colocasse esta torta de frango no seu forno para ela estar quentinha na hora de sentarmos para jantar.

— Claro. Entre.

Senti um leve cheiro de gasolina e percebi que era porque Mitch tinha acabado de voltar para casa depois de cortar a grama de alguém. Ela pegou a torta das minhas mãos.

— Mitch está lá em cima.

Corri para lá e ouvi o chuveiro aberto no banheiro que ficava no corredor, então esperei no quarto dele.

A Rádio Pandora estava tocando no seu celular, e Seamus estava mexendo a cabeça ao som de *Rapper's Delight*, do Sugarhill Gang. Essa era a nova onda dele. Seamus realmente gostava de música — de música e, ultimamente, de assobiar para mim.

Quando a porta se abriu, Mitch estava embrulhado em nada além de uma pequena toalha branca.

— Opa! Não sabia que você estava aqui. Quase entrei totalmente pelado.

Fui ficando com água na boca enquanto me maravilhava com como meu amigo de infância tinha se transformado num Adônis. A toalha estava perfeitamente colada à sua bunda redonda. Gotas de água escorriam pelo seu peito definido e bronzeado. Seu cabelo molhado estava sexy, penteado para trás.

Ele ergueu a sobrancelha para mim, e falou com a voz baixa e intencionalmente sedutora:

— Gostou do que viu?

Limpei a garganta.

— Para falar a verdade, gostei.

Feche a torneira da verdade, Skylar.

Ele abriu um sorriso maroto e lambeu os lábios.

— Bom saber.

Ele pegou uma camisa do closet e a atirou na cadeira.

— Você está prestes a ver muito mais se não se virar.

Meu olhar se manteve na mesma posição antes de eu me virar em direção à janela com relutância. Comecei a ficar obcecada com a conversa que ouvi quando cheguei até que a voz dele me tirou dos meus pensamentos.

— Agora não tem mais perigo.

Mitch ainda estava sem camisa quando voltei a olhar para ele. Aquilo não era livre de perigo *de forma alguma*. A cueca branca estava espiando na parte de cima da calça e, quando olhei para baixo, notei uma fina faixa de pelos que seguia em direção à excitação esticando o jeans.

Ele se aproximou de mim, me puxou para eu ficar de pé e se inclinou, com sua ereção sexy encostando na minha barriga.

Nossos lábios estavam quase tocando um no outro. Eu estava latejando entre as pernas quando ele agarrou o tecido da parte de baixo do meu vestido, e seu hálito quente fez cócegas na minha boca.

— Gostei do jeito como você estava me olhando. Na verdade, me deixou meio maluco. Foi como se você estivesse me comendo com os olhos. Me dá vontade de simplesmente...

A porta se abriu de repente, e nós dois pulamos de susto.

— Ora, ora, ora, o que temos aqui? — Davey estava parado à porta, comendo salgadinho Cheetos. — Vocês dois estavam prontos para mandar ver com esse papagaio tarado mexendo a cabeça e assistindo?

Seamus ainda estava curtindo um som, mas dessa vez era *Low Rider*, do War.

Eu estava arfando, ainda em choque e excitada pela agressividade e pela conversa picante súbita de Mitch.

Mitch estava com uma cara de frustração e passou uma camiseta vermelha pela cabeça. Ele disse, com os dentes cerrados:

— O que te traz aqui, Davey?

Davey se acomodou na cama, limpando os dedos sujos de salgadinho na calça folgada preta.

— Tive uma conversa interessante com o diretor Shipton hoje à tarde. Ele me perguntou se eu tinha ficado sabendo da incrível notícia sobre o meu amigo. Preciso dar os parabéns, cara. Como você pôde não ter me contado?

Mitch balançou a cabeça, forçando Davey, sem palavras, a parar de falar.

Me virei para Mitch.

— O que está acontecendo?

Ele estava olhando para Davey com uma cara feia.

— Nada.

— Cara, não seja tímido. Você deveria estar orgulhoso pra caramba.

Mitch permaneceu em silêncio, então me virei na direção de Davey.

— Orgulhoso de quê?

— O Mitch aqui... conseguiu uma bolsa integral para a Universidade de Boston.

Meu coração batia mais rápido a cada segundo enquanto eu assimilava a informação.

— Como é?

Os olhos de Davey se arregalaram.

— Uma bolsa integral de quatro anos! Alguns ex-alunos mais velhos e ricos de Crestview organizaram isso, e dão a bolsa ao formando com a maior média todo ano. Este ano, foi o Mitchzinho!

Fiquei de queixo caído e examinei Mitch.

— Quanto tempo faz que você está sabendo?

Suas orelhas estavam ficando vermelhas.

— Pouco tempo.

Fingi que estava feliz, embora estivesse surtando por dentro.

— Isso é incrível! Eu não fazia ideia. Quer dizer, eu sabia que suas notas eram boas, mas a média mais alta?

Ele estava com um olhar vazio.

— Eu também não fazia ideia, para ser sincero.

Comecei a me sentir zonza, mas continuei fazendo cara de valente.

— Boston! Uau! Não consigo acreditar. Você aceitou, não é?

Ele mordeu o lábio e ficou em silêncio.

— Mitch?

Ele desligou a música que estava tocando, e Seamus grasnou, protestando.

— Davey, você pode nos dar licença um minuto?

Davey bufou, amassou o pacote de Cheetos e foi para o andar de baixo.

Quando a porta se fechou, a atmosfera de repente ficou muito tensa. Daria para ter ouvido um alfinete caindo no chão. A expressão atormentada nos seus olhos penetrantes quase acabou comigo.

— Não vou aceitar a bolsa.

— O quê? Você está maluco?

— Não posso.

— Então era sobre isso que você e sua mãe estavam discutindo quando eu estava esperando à porta.

— Boston fica a cinco horas. Eu ficaria longe por quatro anos. Você entende isso? *Quatro anos.* Acabei de te ter de volta, porra. Não vou te abandonar.

Foi como se todo o ar saísse do meu corpo. O fato de que ele estava preparado para jogar fora aquela oportunidade para ficar perto de mim era avassalador.

— Você está considerando desistir do seu futuro... por minha causa?

Ele pôs as mãos nos meus ombros.

— *Você é* o meu futuro. Existem outras faculdades aqui.

— Nenhuma que vá te dar uma bolsa integral, nenhuma que seja a Universidade de Boston! Minha nossa, Mitch... Você precisa aceitar! Imagine uma vida sem o peso do empréstimo estudantil pairando sobre você, e essa universidade tem faculdades incríveis!

Ele olhou para os seus pés descalços.

— Você não entendeu. Isso não está aberto a discussão. Já tomei minha decisão.

— Você ia pelo menos me contar?

— Não sei. Sabia que você iria tentar me convencer a aceitar.

— Te convencer? Mitch... Você VAI aceitar. Você está aí, parado, me dizendo que está recusando uma oportunidade única na vida por minha causa. Eu teria que suportar isso para o resto da vida. Você já desistiu de muita coisa ao longo dos dois últimos anos para estar comigo. Essa você vai aceitar... Porque não vai haver "nós" se você não aceitar. Não vou ficar parada assistindo a você destruir sua vida e me usando como desculpa.

Seu rosto ficou vermelho de raiva.

— Skylar, você está entendendo o que está me pedindo para fazer? Eu iria embora. Iríamos nos ver só de vez em quando. Era para conseguirmos enfim ficar juntos agora. Quero isso desesperadamente.

— Nos veríamos nas folgas e em alguns finais de semana.

— Mas não vai ser a mesma coisa.

Não, não seria.

— Podemos fazer dar certo. Somos mais fortes do que a distância.

Ele começou a brincar com o botão do meu vestido, perdido em pensamentos.

— Não me sinto bem em relação a isso. Tem um frio na barriga me dizendo que me mudar para Boston seria a decisão errada. Já estou sentindo sua falta, droga, e você está bem aqui, na minha frente.

Ouvi-lo dizer aquilo tinha me feito desabar. Fiquei sem palavras, então estiquei os braços para abraçá-lo. Seu coração martelava encostado no meu, que parecia ter sido virado do avesso.

Um monte de pensamentos passou a mil pela minha cabeça. A ideia de Mitch morando em um alojamento com um bando de garotas cheias de tesão me fez estremecer. Talvez eu dissesse a ele para ficar. Não. Era o futuro dele. Ele jamais iria conseguir outra oportunidade como aquela.

Ele disse, quase encostando no meu pescoço:

— Sei que aceitar essa bolsa é a coisa certa a se fazer em teoria, mas a única coisa que *sinto* que é certo é ficar com você.

Eu sei. Mas, ainda assim, não podia deixá-lo fazer aquilo.

— Não vou permitir que você recuse a bolsa. Não vou viver com essa culpa.

— Você está dizendo que não vai estar aqui, me apoiando, se eu ficar? Você não me ama?

— Estou fazendo isso *justamente* porque te amo.

Naquela noite, depois de ser emboscado também pelas nossas mães durante o jantar, Mitch aceitou, com relutância, ficar com a bolsa.

O verão antes da mudança de Mitch para Boston passou rápido demais. Apesar de um pressentimento ruim que estava me atormentando, nunca deixei que ele percebesse que eu estava em dúvida quanto a sua ida. Se ele soubesse o quanto eu estava triste por isso, jamais iria embora. Mitch era muito esforçado.

Ele merecia aquela bolsa. Eu não ia estragar tudo.

Isso significava me controlar quando estivesse perto dele e não permitir que as coisas fossem além dos beijos. Cara, a gente se beijou muito naquele verão, a ponto de eu conseguir sentir seus lábios em mim a qualquer hora, mesmo que ele não estivesse por perto.

Ele me agarrava no segundo em que eu entrava no seu quarto, e a gente simplesmente se perdia um na boca do outro por minutos a fio. Ele ficava duro como uma rocha, e eu ficava molhada, mas, apesar da nossa atração animalesca, nunca fomos além disso. Falando sério mesmo, deveríamos ter ganhado um prêmio pela resiliência. Acho que, no fundo, sabíamos que iria complicar as coisas. Mas os beijos eram intensos.

Houve apenas uma vez em que quase escorregamos. Mitch tinha passado a mão no meu seio, apertando-o com força enquanto me beijava. Quase gozei apenas com aquela sensação, mas ele parou antes que as coisas fossem longe demais. Ele sabia tão bem quanto eu que, se acabássemos fazendo sexo, não conseguiríamos ficar longe um do outro. Talvez, se sobrevivêssemos ao primeiro semestre sem estarmos juntos, eu me sentisse mais confiante em relação a dar esse passo.

Uma coisa que também ajudava a manter as coisas equilibradas: eu só ia à casa de Mitch quando Janis estava lá. Meu corpo estava em um estado constante de excitação, e eu sabia que, surgindo a primeira oportunidade de ficarmos sozinhos, perderíamos o controle.

Uma certa viagem para acampar no fim do verão provou que eu estava certa.

Tudo começou com uma grande notícia: Davey estava namorando pela primeira vez na vida. O nome da garota era Zena, e ela era uma espécie de versão feminina dele, com dreadlocks ruivo-claros, mas alta e magra. Eles se conheceram num evento sobre *Star Wars* e perceberam que moravam a pouco mais de três quilômetros um do outro. Estávamos todos felizes por Davey, porque ele não era mais a pessoa que ficaria para sempre segurando vela.

Davey teve a ideia de levar Zena a um acampamento em Lake George, Nova York, porque era aniversário dela. Seu avô tinha dado a ele a chave do trailer da família, e ele convidou a mim, Mitch, Angie e Cody para irmos junto.

O trailer era velho, tinha uma cama de casal ao fundo e assentos com estofado xadrez dos anos oitenta em cada lado na parte central. Havia uma pequena área de cozinha antes do banheiro.

Faltava uma semana para Mitch se mudar para Boston e, se o que aconteceu no caminho até Lake George servisse de amostra de como seria a viagem, eu estava encrencada.

Mitch ficou sentado perto de mim na maior parte da viagem, e o calor que vinha da sua perna, que estava praticamente colada na minha, se espalhou pelo meu corpo.

Ele apertou a minha coxa.

— Está animada para acampar?

— Estou... E você?

Em vez de responder, ele pegou meu lábio inferior com sua boca, chupando-o com força antes de soltá-lo devagar.

— Estou animado para acampar com *você*.

Meu corpo ficou mole.

Cody estava tocando seu violão, enquanto Angie e Zena acompanhavam, cantando. A música era *Blowin' in the Wind*. Davey, que estava dirigindo, aproveitou a oportunidade para ressaltar que usar a boca, mas não para cantar, foi o que ele imaginou como prelúdio para as atividades que tinha planejado fazer com Zena mais tarde.

Mitch sussurrou no meu ouvido:

— O que é que há de especial nessa música? Minha avó costumava escutá-la. Acho que quem cantava era o trio Peter, Paul e Mary... Só que quem tem a voz da Mary é o Cody.

Ele continuou me fazendo rir enquanto permanecíamos de mãos dadas. Quando ele saiu do nosso lugar para Davey descansar um pouco do volante, fui para a frente também. Não queria ficar longe dele nem por meia hora. Como iria aguentar a ausência dele durante quatro anos? Meu estômago revirava só de pensar nisso.

Ele olhava de relance para mim enquanto dirigia, e eu derretia. A luz do sol fazia seus olhos azuis brilharem com um tom verde-azulado. Ele esticou o braço, procurando minha mão.

— Mal posso esperar para passar um tempo com a minha garota favorita.

Davey ouviu por acaso e soltou esta aqui:

— Só tem uma cama. Eu e Zena temos a preferência. Vocês dois vão ter que transar no meio do mato.

— Cala essa boca, Davey! — Eu nunca o tinha ouvido falar com Davey com tanta rispidez e raiva. — Desculpe — ele sussurrou para mim antes de voltar a olhar para a estrada.

Mitch estava muito furioso.

Se ao menos ele soubesse o quanto fiquei excitada com a ideia de ele me possuir no meio do mato...

Angie apareceu de fininho atrás de nós, tirou uma foto das nossas mãos entrelaçadas e depois sumiu.

Quando finalmente chegamos, no meio da tarde, os garotos montaram duas barracas e começaram a grelhar salsichas e hambúrgueres. Eu tinha levado um bolo nuvem e o decorei com chantili e frutas vermelhas frescas.

Jogamos uns cobertores no chão e fizemos um piquenique na grama coberta com orvalho. Não havia uma única nuvem no céu, e uma brisa suave fez nossos guardanapos voarem.

Zena teve boa intenção quando perguntou:

— Você já está pronto para se mudar para Boston, Mitch?

Antes de responder, ele olhou para mim com uma expressão de tristeza.

— Na verdade, não.

Abri para ele um sorriso cheio de compreensão.

Quando nossos amigos estavam envolvidos numa discussão sobre os preparativos para a hora de dormir, ele ergueu o dedo indicador, me instigando a chegar mais perto.

— Tem chantili na sua boca. — Antes que eu pudesse responder, ele puxou meu rabo de cavalo devagar e deslizou a língua ao longo dos meus lábios. — Hummm... — ele gemeu, antes de me dar um beijo profundo.

A doçura do bolo misturada ao gosto dele me deixou maluca. Me perguntei como ia sobreviver àquela noite.

Minha atenção voltou à conversa. Ouvi Angie dizer:

— Mas o Cody não cabe na barraca. Suas pernas iam ficar de fora. Ele ia ser atacado por uma cobra no meio da madrugada.

— Certo. Vamos resolver essa merda de uma vez por todas. Mitch, me dá seu boné — disse Davey.

Mitch tirou seu boné do Yankees e o entregou ao nosso amigo. O cabelo amassado, que ficou visível, estava sexy pra caramba.

— Vamos sortear. O casal que sair fica com a cama do trailer. Os outros ficam com as barracas.

Ele arrancou pedaços de um folheto, escreveu os nomes e jogou os papéis no boné. Depois, ele o chacoalhou e pegou uma bolinha.

— Angie e Cody... Droga!

Cody fez um "toca aqui" com Angie, e Zena fez um biquinho.

Mitch me cutucou com o ombro, de brincadeira.

— Você e eu numa barraca. Que tal?

Engoli em seco, nervosa. Eu o desejava desesperadamente, mas sabia que isso só iria causar problemas para ele.

Angie se levantou.

— Vamos nadar no lago antes do pôr do sol.

As garotas se retiraram para o trailer para colocar os trajes de banho. Vesti um biquíni fio-dental multicolorido que exibia meus pontos fortes.

Saí do trailer, e Mitch sorriu quando me aproximei dele segurando minha toalha. Ele ainda estava usando uma bermuda cargo bege, mas havia tirado a camiseta.

Seu olhar desceu pelo meu corpo devagar e me deu arrepios.

— Uau! Gostei do seu biquíni.

Cutuquei seu abdome com o dedo, e parecia que ele era feito de granito.

— Quem está comendo quem com os olhos agora?

Ele falou ao meu ouvido:

— Você está percebendo, não é? Estou te comendo com os olhos sem dó agora. Você está gostosa.

Só as palavras dele foram suficientes para me deixar instantaneamente molhada.

— Obrigada. Você também está.

Mitch beijou meu nariz.

— Vou ajudar Davey a fechar a churrasqueira. Vai na frente que eu te encontro lá, certo?

— Certo.

Quando estávamos a caminho do lago, Angie começou a me interrogar.

— Então... vai ser hoje à noite?

— Não. De jeito nenhum.

— Por que não? Skylar, as bolas do cara estão mais do que inchadas de tanto tesão reprimido, elas estão...

— Quase explodindo — Zena entrou na conversa.

Angie riu.

— Não é? Ele te deseja desesperadamente. Não é possível que você não perceba.

— Claro que sei disso. O sentimento é mútuo, mas não vai acontecer às vésperas da mudança dele.

Zena parou de repente.

— Te entendo, mas você realmente quer que ele fique com tesão, insatisfeito e seja solto perto de um monte de abutres sedentas por sexo na semana que vem? Você precisa cuidar dele para ele se lembrar do que o aguarda em casa.

Eu não tinha pensado no assunto por esse ponto de vista.

Fui tomada pela ansiedade. Zena e Angie entraram na água, enquanto eu esperava por Mitch em cima de um cobertor. Inalando o cheiro de natureza que vinha do lago, me perdi nos meus pensamentos enquanto observava as ondulações na água azul-escura quando a luz do sol refletia nelas.

Uma voz masculina surgiu bem à minha direita.

— Posso me sentar com você?

— Hã... Na verdade, eu...

— Meu nome é Logan — ele se apresentou, estendendo a mão e exibindo um rápido sorriso.

Logan era bonito, e tinha cabelo loiro curto e um corpo definido.

— Oi — falei, apertando sua mão.

— Eu e um grupo de amigos estamos passeando. Somos do oeste do Massachusetts. Te vi sentada aqui e pensei em vir dizer "olá" e descobrir de onde você é.

— Olá.

— Você está com alguém aqui?

— Estou, na verdade, eu...

— Ela está comigo.

A voz de Mitch soou rude, e ele estava olhando com cara feia para Logan quando me virei.

— Ah... Desculpa, cara. — Logan se levantou. — Você é um sortudo. Sua namorada é linda — ele disse antes de voltar para os seus amigos, correndo de leve.

Mitch estava calado quando se juntou a mim no cobertor. Suas orelhas estavam vermelhas, e ele parecia furioso.

— Desculpe por isso — pedi.

— Por quê? Não precisa se desculpar. Ele tem razão. Você é linda. Mas não sou um sortudo, sou? Vou embora daqui a alguns dias, e você não é minha de verdade.

— Claro que sou!

— A verdade é... — Ele apontou para Logan. — Aquilo ali foi uma prévia do meu pior pesadelo.

— Pesadelo?

— É. Você e minha mãe, me pressionando para eu aceitar aquela bolsa... Você não percebe isto agora, mas, quando eu for embora, vai se sentir solitária. Você não consegue entender isso agora porque ainda estou aqui, mas vai chegar um dia em que vai ficar magoada comigo por eu ter ido embora. Uma noite, um babaca qualquer vai entrar em ação no momento certo, e vou te perder.

— Não é verdade.

— Você consegue prometer para mim?

A expressão de súplica nos seus olhos bonitos era tão intensa, tão vulnerável, que acabou com toda a minha firmeza.

— Prometo. Também estou assustada.

Em vez de responder, ele esticou a mão, me ergueu em seus braços e correu comigo em direção ao lago, me atirando nele. Jogando água, nos beijando e aproveitando cada segundo com o outro, brincamos no lago até o sol se pôr.

Depois do jantar à beira da churrasqueira, todos se sentaram em volta de uma fogueira, fazendo marshmallow. Tinha ficado fresquinho, e eu ainda estava de biquíni, então envolvi o corpo com um cobertor com cheiro de mofo do trailer. Alguns dos outros campistas se juntaram a nós, e virou tipo uma festa, com Cody tocando violão e as pessoas se revezando na hora de cantar.

Mitch estava em silêncio, se distanciando de mim do outro lado da fogueira. Através do crepitar das chamas e dos pedacinhos de brasa voando, senti o peso dos seus olhos me encarando.

Então, meu celular vibrou.

Mitch: *Talvez a gente deva dormir em barracas separadas hoje à noite.*

Skylar: Se você acha que é o melhor a se fazer...

Mitch: *Quero fazer coisas muito sacanas com você.*

Skylar: Certo. Então, fique longe.

Mitch: *É isso que você quer?*

Skylar: Não.

Mitch: *Droga. Não tenho força de vontade.*

Skylar: O Mitch de dezesseis anos tinha uma tonelada de força de vontade.

Mitch: *O Mitch de dezenove é um cretino com tesão que não está mais nem aí. Ele simplesmente te deseja. Você está de acordo com isso?*

Skylar: Faça um teste.

Mitch: Realmente quero fazer um teste com você, até um pouco demais neste momento.

Meu coração batia acelerado por causa da expectativa gerada pelo que eu estava prestes a digitar.

Skylar: Me mostra.

Mitch: Vou embora em menos de uma semana. Você tem noção do que está pedindo?

Skylar: Tenho.

Então, de repente, ele se levantou sem dizer nada e entrou no trailer. Eu queria segui-lo, mas não tinha certeza se essa era a intenção dele. Ele poderia simplesmente estar fugindo de mim. Esperei. E aí ele me mandou uma mensagem.

Foi sua deixa para me seguir.

Não pude deixar de rir da minha burrice enquanto levantava. Meu pulso estava disparado. Nossos amigos estavam todos preocupados com a cantoria de Cody e não tinham percebido que eu havia saído de fininho. Quando entrei no trailer, estava escuro, exceto por uma pequena luz na área da cozinha.

Mitch estava em um dos assentos, apoiado nos cotovelos. O tom da sua voz rouca me deu arrepios.

— Tranque a porta.

Voltei para o volante e apertei o botão da trava automática. As cortinas já estavam fechadas.

A confiança que eu estava sentindo enquanto estávamos trocando mensagens tinha desaparecido agora que estávamos sozinhos. Meu coração estava martelando no peito quando me virei e vi o desejo em estado bruto nos olhos dele.

— Não fique nervosa. Venha aqui.

Fiquei em pé, parada, na frente dele, enquanto ele permaneceu sentado.

Arrepios desceram depressa pela minha espinha, como peças de dominó, quando ele me puxou devagar na sua direção e beijou suavemente meu torso. Ele manteve a boca na minha pele e então ergueu o braço e enfiou um dedo debaixo da tira do meu biquíni, puxando-a de leve.

— Tire isso.

Meus mamilos latejaram. Não era característico dele ser tão direto, mas talvez ele fosse assim na cama. Aquilo me excitou. Eu estava adorando o Mitch de dezenove anos com tesão.

Desamarrei a parte de cima do biquíni e depois desenganchei a parte das costas e deixei a peça cair no chão.

Seus lábios se entreabriram, e ele soltou um pequeno suspiro ao ver meu peito nu.

— Só quero olhar um pouco para você. Pode ser?

— Pode.

Meus mamilos estavam tão enrijecidos que até doíam. Arrepios cobriram meu peito enquanto ele olhava fixamente para mim com uma expressão cheia de luxúria. Era tortura, porque eu queria ser tocada.

Finalmente, ele passou a palma da mão suavemente em volta do meu seio direito e, depois, do esquerdo. Sua respiração estava irregular, e seus impressionantes olhos azuis estavam vidrados, quase como se ele estivesse em transe.

— Eles são mais perfeitos do que eu jamais poderia ter imaginado.

Estremeci.

— Obrigada.

Ele os apertou, juntos. Fechei os olhos e, de repente, senti a umidade quente da sua boca quando ele desenhou uma linha no meio deles e chupou meu mamilo esquerdo. Ele revezou entre lamber e chupar, e depois passou para o direito.

Quando começou a chupar com mais força, minha respiração se tornou irregular. Eu tinha sonhado com isso, mas não foi nada comparado à realidade da sua boca quente fazendo um banquete no meu corpo.

— Você gosta quando eu chupo forte desse jeito?

Eu queria a boca dele em todo lugar.

— Aham.

Segurei seu cabelo bonito e brilhante com firmeza e o puxei com mais força em direção ao meu peito. A umidade começou a se acumular entre as minhas pernas.

— Você é mais doce do que qualquer outra coisa que já provei. Quero sentir o gosto de cada centímetro seu hoje à noite. Você vai me deixar fazer isso?

Sussurrei:

— Sim.

— Se você quiser que eu pare, é só me falar, certo?

Fiz que sim com a cabeça. Meu corpo inteiro estava em polvorosa com a ansiedade, cada terminação nervosa superconsciente de que algo muito importante estava prestes a acontecer.

As mãos dele deslizaram pelas laterais do meu corpo e agarraram o tecido da parte de baixo do meu biquíni.

— Quero tirar isso aqui.

— Sim.

Ele foi abaixando a peça devagar, e eu pisei para fora dela, totalmente nua. Ele gemeu, por entre dentes cerrados:

— Caramba! Nunca fiquei tão duro, e foi só de olhar para você.

— Por favor... me toque — implorei.

— Quero fazer mais do que te tocar.

Fechei os olhos no segundo em que seus dedos começaram a esfregar meu clitóris. Eu já tinha brincado comigo mesma antes, mas não foi nada comparado à sensação da sua mão grande e áspera em mim.

Os olhos de Mitch estavam vidrados na imagem dos seus dedos friccionando a região entre as minhas pernas. Quando ele deslizou dois deles dentro de mim, soltou um suspiro longo e trêmulo.

— Minha nossa! — Ele simplesmente ficou olhando os dedos se mexendo devagar para dentro e para fora de mim. — Estou adorando ver você molhada desse jeito. Nada jamais me excitou tanto.

Olhei para baixo, vi seu pau esticando sua bermuda de surf e comecei a massageá-lo enquanto ele continuava a me tocar. Assim que minha mão encostou nele, sua respiração se tornou ofegante. Adorei vê-lo perder o controle.

De repente, ele tirou os dedos do meu sexo latejante.

— Sente-se em mim — ele disse, com a voz rouca e baixa.

Subi nele e o envolvi com as pernas. Ele ainda estava vestido, e eu estava completamente nua quando ele me puxou para baixo. Ele colocou meu mamilo na sua boca enquanto eu girava sobre ele. O tecido fino do seu short significava que parecia não haver muito separando meu corpo da sua ereção quente. Eu não conseguia me satisfazer e continuei pressionando mais rápido e com mais força.

— Caraaalho... Skylar! Devagar!

Eu não conseguia parar. Ele se inclinou para trás, com os olhos fechados de êxtase, guiando meu corpo sobre o dele com suas mãos na minha cintura. Do nada, senti meu próprio orgasmo inesperadamente se manifestando.

— Ai, meu Deus. Vou gozar!

Ele me puxou em sua direção com mais força.

— Goza, gata!

Ouvi-lo dizer essa frase me fez pirar. Quando meu clímax pulsou pelo corpo, perdi toda a inibição e disse:

— Vou gozar por todo o seu pau!

Depois de alguns segundos, ele gritou "Droga!" e me empurrou do seu colo de repente.

— Merda!

Eu estava em pé agora.

— O que foi?

Ele colocou as mãos na cabeça.

— Desculpe. Quando você disse aquilo, que estava gozando por todo o meu pau, perdi o controle. Eu gozei, caramba! Não queria que passasse pela bermuda. Foi só por isso que te empurrei desse jeito.

Cobri a boca.

— Não faz mal.

— Isso nunca aconteceu comigo antes.

— Acho que o Mitch de dezenove anos também é sensível a ouvir sacanagem...

Ele balançou a cabeça, incrédulo.

— Isso aí... está mais para o Mitch de treze anos.

Nós dois caímos na risada.

— Vou me trocar rapidinho — ele disse.

Ele foi até o fundo do trailer e voltou usando um outro short, mas tinha tirado a camiseta. Passei o dedo indicador ao longo da fina linha de pelos que percorria sua barriga tanquinho e desaparecia na parte de cima da cueca.

Ele me puxou para um beijo profundo enquanto meu coração estava a mil, encostado no seu peito, rígido como uma pedra. Eu ainda estava completamente nua, e consegui sentir que ele já estava duro de novo. Ele mordeu meu lábio inferior de brincadeira, apertando minha bunda, e sussurrou perto da minha boca:

— O que você fez comigo?

— Como assim?

— Nunca gozei na roupa na minha vida inteira, e não só estou duro de novo, como também ele não desceu um momento sequer. Te quero demais. Há uma parte de mim que quer ser delicada com você, mas há uma parte maior que quer possuir o que tenho estado louco para ter por anos.

— Então faça isso. É seu. Sempre foi seu.

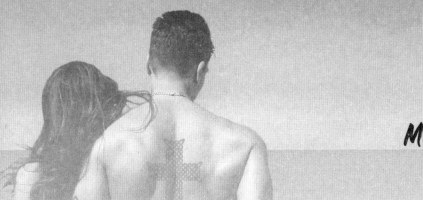

14
MITCH

Puta merda! *Então faça isso.* Aquelas palavras me fizeram surtar. O sangue corria para o meu pau enquanto eu a erguia, colocava suas pernas em volta de mim e a apoiava no balcão.

Tínhamos passado por muitas coisas juntos, nem todas boas. Verdade seja dita: acabar naquele trailer com uma Skylar nua e pronta, me encorajando a fazer o que eu quisesse, fez tudo valer a pena.

Estava escuro, então acendi a luz no teto da cozinha, precisando ver cada centímetro do corpo magnífico dela.

O que eu queria primeiro era uma coisa que nunca havia feito. Com ela, eu desejava aquilo mais do que tudo.

Sua bunda estava no balcão quando afastei suas pernas, e ela suspirou quando baixei a cabeça até chegar na região entre elas. Eu sabia o quanto ela adorava como eu beijava sua boca, então copiei os movimentos no seu sexo macio: abrindo-o, fechando-o, lambendo-o e chupando-o como se não houvesse amanhã.

A cada som que escapava dela, meu pau latejava, pronto para gozar na primeira ocasião que eu permitisse.

Entre um fôlego e outro, ela disse:

— Sua boca... Isso é... tão... gostoso...

— Nunca fiz isso antes. É só pra você.

Quando comecei a dar batidinhas no seu clitóris com a língua, ela se contorceu. Poder sentir seu gosto e saber que aquilo também a estava deixando louca foi, disparado, a experiência mais excitante da minha vida. Continuei pressionando seu botão intumescido com a língua.

Queria ver o rosto dela, então parei um segundo. Ela estava apertando os seios, aproximando-os, com os olhos fechados. Ab-sur-da-men-te sexy.

Deslizei dois dedos dentro da sua abertura apertada e fiquei observando, perplexo, enquanto ela começava se mover, investindo contra a minha mão. Ela podia ser virgem, mas sabia como mexer o corpo para conseguir exatamente o que queria. Eu estava tão duro que até doía, tentado a substituir meus dedos pelo meu pau, no qual estava escorrendo pré-gozo.

Tirei meus dedos de dentro dela. Quando minha boca retornou à sua abertura, ela gemeu como se tivesse estado ávida pela sua volta e cravou as unhas na parte de trás da minha cabeça. De repente, ela começou a tremer. Ela estava gozando, e me deliciei com cada momento do seu orgasmo pulsante, devorando-a como se minha vida dependesse de todas as gotas da sua essência. Pela primeira vez, meus próprios sons de prazer foram mais altos do que os dela, e continuei mandando ver um bom tempo depois de ela gozar.

Por fim, pousei a cabeça na sua barriga, até que ela me puxou para cima para beijá-la. O fato de ela poder sentir o próprio gosto na minha língua me deixou maluco.

Ela colocou os braços em volta de mim.

— Foi incrível!

— Estou muito ferrado. Agora quero fazer isso com você todo dia, e estou indo embora, caramba!

Ela tapou minha boca.

— Vamos deixar isso de lado hoje à noite.

Beijei sua testa.

— Está certo, gata.

— Fala de novo. Me chama de "gata".

— Te amo, gata.

— Também te amo. — Sua boca se espalhou em um enorme sorriso. — Principalmente quando você me chama de "gata".

Fiz cócegas na lateral do seu corpo.

— Você sempre foi minha gatinha, mesmo quando eu não tinha coragem de dizer.

— Mitch?

Eu a estava beijando ao longo do pescoço.

— O que foi?

— Quero te fazer gozar também, te fazer sentir o que você acabou de me fazer sentir.

Mas. É. Claro!

— O simples fato de te dar prazer fez meu corpo sentir coisas que nunca senti antes. Então, mal posso esperar para...

Houve uma batida violenta na porta, e depois foi possível ouvir a voz de Davey.

— Desculpa mesmo, mas preciso fazer cocô.

Droga!

— Só um segundo! — gritei.

Nós nos apressamos para pegar umas roupas para Skylar. Enquanto ela se vestia, não consegui tirar os olhos dela: o jeito como seus seios balançaram quando ela passou a blusa pela cabeça, a calcinha fio-dental azul pequena que ela deslizou pelas coxas. Lambi os lábios, saboreando seu gosto enquanto observava.

Peguei alguns cobertores, um travesseiro e uma lanterna, e então destravei a porta.

Davey praticamente nos atropelou.

— Obrigado por dedicarem seu maravilhoso tempo a mim. Acabei de cagar na calça quando peidei.

De volta ao ar livre, passamos de fininho por todos que ainda estavam sentados em volta da fogueira.

— Qual é a nossa? — ela perguntou.

— Aquela ali. Vem.

Engatinhamos dentro da barraca, e ela imediatamente se sentou em mim, prendendo meu corpo com suas pernas, parecendo um anjo brilhando à luz da lanterna. A fera cheia de tesão dentro de mim queria se enterrar dentro dela naquele instante, naquele lugar, apesar de os nossos amigos estarem a apenas poucos metros de nós.

Mas ela merecia mais do que isso.

— Skylar, preste atenção.

Ela mordeu meu pescoço de leve.

— Ahammm.

— Te quero agora mais do que já quis qualquer coisa na vida.

— Estou percebendo.

— Mas... Não posso simplesmente tirar sua virgindade em uma barraca apertada ao som de um monte de gente bêbada cantando karaokê. Você é importante demais para mim.

— Não me importa onde estamos, desde que minha primeira vez seja com você.

Eu a beijei com força antes de recuar.

— Realmente não imaginei que você fosse me deixar ir longe desse jeito, então não trouxe camisinha, em parte para garantir que eu ia deixar meu instrumento guardado dentro da cueca. Foi um erro pensar que eu conseguiria me controlar.

— E o Davey? Ele tem alguma coisa?

— Ele me disse que a Zena está tomando pílula.

— A Angie também. Que droga!

— Pois é.

Ela parecia triste de verdade.

— Enquanto estávamos no trailer, decidi que queria que fosse hoje à noite. Agora, sinto que preciso de você dentro de mim.

Aquilo estava me matando.

Encostei meu membro rígido nela.

— Também quero, mais do que continuar respirando. Você não faz ideia. — Desenhei uma linha da base do seu pescoço até seus lábios com a língua. — Mas existem outras coisas que podemos fazer.

Ela me beijou.

— Tipo o quê?

Sussurrei bem perto da sua boca:

— Tudo, menos aquilo.

A mão dela deslizou até a minha genitália.

— Quero te ver.

Me ajoelhei, abri o zíper do meu short e o abaixei devagar. Os olhos dela foram para a ereção que era visível pela minha cueca boxer.

— Tire a saia.

Ela fez o que pedi, e tirou a blusa também. Meu pau se contorceu com a visão de Skylar nua exceto por aquela calcinha fio-dental azul-bebê.

— Caralho, Skylar... Quer ver o quanto te desejo?

Ela lambeu os lábios.

— Sim.

Abaixei minha boxer, e meu pau dilatado saiu de dentro dela, apontando para frente.

Ela ficou olhando fixamente para baixo, em silêncio, com cara de deslumbrada, e enfim disse:

— Nossa! Você é... grande, maior do que jamais imaginei.

— Estou é mais *duro* do que jamais imaginei. E isso só de olhar para você. Não consigo imaginar como ele ficaria dentro de você.

— Posso tocar em você?

A pergunta em si fez pré-gozo gotejar na ponta do membro.

Minha voz soou como se eu estivesse sendo torturado.

— Estou louco de vontade de ser tocado por você.

Ela envolveu meu comprimento com sua mão delicada e começou a acariciá-lo com suavidade.

— Está gostoso?

Joguei a cabeça para trás.

— Com certeza.

— Me fala como é que você gosta.

— Lamba a mão e a esfregue em mim com mais força.

Senti como se estivesse dirigindo a versão cinematográfica da minha fantasia mais selvagem.

Ela lambeu a palma devagar e depois a posicionou em volta de mim de novo, girando e puxando. Fechei os olhos, imaginando que era a sua boceta, e quase gozei. Ela desenhou círculos com o polegar na umidade que estava na ponta, espalhando-a como se fosse um lubrificante.

Como se conseguisse ler minha mente, ela disse:

— Quero te ver gozar.

— Tem certeza?

— Tenho.

— Certo, gata. Apenas continue fazendo assim. Não pare.

Ela me acariciou com mais força e, em questão de segundos, o gozo quente jorrou por toda a sua mão. Ela continuou executando o movimento com uma expressão de fascínio no rosto até não ter sobrado nada para sair.

Depois que nos limpamos, vesti a cueca de novo, e ela permaneceu sem blusa, de calcinha. Eu ainda estava duro, num estado que parecia ser perpétuo.

Ficamos deitados juntos uns instantes, como se o conceito de tempo não existisse. Como o som dos grilos substituiu o caos ao ar livre, presumi que já tinha passado da meia-noite.

Minha cabeça estava apoiada no peito de Skylar. Ela brincou com o meu cabelo e disse:

— Por mais que estivesse tentando evitar que isso acontecesse, a sensação de estar assim com você é maravilhosa.

— De certa forma, as coisas que fizemos hoje à noite foram mais sensuais e mais íntimas do que sexo, na minha opinião. Isso de pensar em formas especiais de dar prazer um ao outro, entende?

— Enquanto eu for viva, nunca vou esquecer a noite de hoje.

— Sua primeira vez vai ser ainda mais inesquecível. Já estou planejando na minha cabeça. Vamos a algum lugar onde dê pra passar a noite, um lugar bem legal, com velas, rosas, a coisa toda, e vou fazer amor com você a noite inteira.

— Queria que não tivéssemos que esperar. Te quero agora, mas sei que não podemos.

A ideia de arriscar e não usar proteção tinha passado pela minha cabeça.

Esse era o tamanho do desejo de possuí-la. No fim das contas, eu simplesmente não conseguia correr o risco. Mesmo assim, a necessidade de senti-la de alguma forma não passava. Tive uma ideia.

— Vire.

Quando ela fez isso, passei a mão pela lateral do seu corpo suavemente.

— Vou tirar sua calcinha. Pode ser?

— Pode.

Puxei a peça para baixo devagar e a fiz passar pelos pés de Skylar. Então, sem eu pedir, ela ficou de quatro, exibindo sua bunda perfeitamente lisa e durinha. Meu pau se inchou até a capacidade máxima em questão de segundos.

Se aquilo não fosse a coisa mais sexy que eu já tinha visto...

O reflexo criado pela lanterna formou uma sombra da sua silhueta esguia ao longo da lateral da barraca, uma imagem que eu nunca esqueceria.

Abaixei a cueca e esfreguei meu pau na parte de cima da bunda dela. Seu corpo imediatamente ficou tenso. Me inclinei e sussurrei:

— Não se preocupe... Não estou indo *lá*. Relaxa, gata.

Suas costas se agitaram com sua risada. Ela se virou e sorriu.

— Eu te deixaria fazer tudo o que você quisesse.

Puta merda!

— Só quero que a gente sinta um ao outro, pele com pele. Assim.

Ela gemeu quando deslizei meu membro escorregadio para frente e para trás ao longo da fenda do seu traseiro, prendendo meu órgão entre suas nádegas com as mãos. Minhas pernas tremeram com a intensidade da sensação. Cada coisa que experimentávamos naquela noite superava a anterior.

Ela ofegou.

— Que delícia...

Pareceu que eu estava num transe quando murmurei:

— Mal posso esperar para te foder.

Quando ela começou a se tocar, quase pirei. Ficamos daquele jeito durante minutos e, quando ela abruptamente gritou de prazer, perdi o controle, e meu gozo quente irrompeu e se espalhou por toda a extensão das suas costas.

Depois que a limpei, me deitei ao lado dela, inalando seu perfume misturado com o cheiro difuso de abeto vermelho que vinha do lado de fora.

— Não enjoo de você. Está quase amanhecendo. Não pregamos o olho.

— Posso dormir quando você estiver em Boston, Mitch.

Segurei seu corpo nu nos meus braços, me sentindo possessivo e carente por ela ter mencionado minha partida já prestes a acontecer.

— Prometa que sempre vai pertencer a mim, Skylar. Prometa que vou ser seu primeiro e último. Preciso ir embora sabendo isso.

Ela se virou, assumindo de repente uma expressão desolada com a tomada de consciência de que eu estava indo embora de verdade.

— Prometo.

Essas palavras iriam me assombrar no futuro.

Teria feito muitas coisas de forma diferente se soubesse que a noite na barraca seria tudo o que eu teria a que me apegar. Não fazer amor com Skylar quando tive a chance de fazer se transformaria no meu maior arrependimento... Bem, meu segundo maior arrependimento.

15
SKYLAR

— Vire-se, seu papagaio pervertido!

Seamus estava assobiando para mim enquanto eu trocava de roupa. Ele morava comigo, agora que Mitch estava na faculdade, em outra cidade.

As coisas simplesmente não eram mais as mesmas ali. Nem mesmo o tempo que eu tinha passado no Brooklyn havia sido tão difícil quanto dizer adeus a Mitch. Me lembrei de ele sempre me dizer que olhava do outro lado da rua, para a janela do meu quarto, quando eu não estava lá. Me vi fazendo a mesma coisa quase toda noite naquela época, observando o segundo andar escuro da sua casa, me perguntando como eu iria sobreviver aos quatro anos seguintes.

Mitch me enviou uma passagem de trem para eu visitá-lo no fim de semana do Dia de Colombo. Por mais que ele tentasse me deixar à vontade no seu novo ambiente, eu estava me sentindo tudo, menos confortável.

Ele morava num dos prédios com muitos andares que eram usados como alojamentos mistos na Commonwealth Avenue, bem na frente da linha de ônibus elétrico da Green Line. Nada a ver com o campus universitário pitoresco que eu tinha em mente. A Universidade de Boston estava mais para uma cidade movimentada que, por acaso, abrigava faculdades dentro dela.

Depois que ele me buscou na estação de trem, fomos direto ao seu alojamento. Quando saímos do elevador, uma garota usando pouquíssima roupa que parecia uma supermodelo estava perambulando pelo corredor.

— Mitch, fala pro Rob que roubei o liquidificador dele hoje de manhã, enquanto ele não estava aqui — ela disse com um sotaque europeu.

Ouvi-la se referir a Mitch pelo nome fez meus tímpanos latejarem. Não foi um bom começo.

— Quem é ela?

— É a Heidi. Ela mora neste mesmo corredor.

— As pessoas simplesmente entram umas nos quartos das outras e pegam coisas?

Ele riu.

— Sim. É bem isso.

Então, apareceu outra garota.

— Oi, Mitch — ela cumprimentou com um sotaque do sul bem arrastado, e seu cabelo loiro balançou enquanto ela passou por nós.

— Oi, Savannah.

Engoli em seco.

— Quem é ela?

— Savannah é a M.A..

— O que isso significa? "Muito atirada"?

Bufei e, de repente, me senti muito idiota.

Nossa... Ciúme não combina comigo.

Ele bagunçou meu cabelo.

— Não, minha pequena sabichona. Significa "moradora assistente". Isso quer dizer que ela é responsável pelo andar e cuida de algumas coisas e, em troca, não paga pela moradia nem pela alimentação.

Pareceu que ela ficaria feliz em cuidar de você também.

— Entendi.

Tudo o que eu sabia era que ela praticamente morava com o meu namorado e, portanto, eu a odiava, assim como a todas as outras vagabundas daquele lugar.

Quando chegamos ao quarto de Mitch, eu não conseguia me conformar com o quanto o cômodo era minúsculo, parecendo mais um closet, com duas camas de solteiro. Um cara com uma juba de cabelo escuro e ondulado estava deitado em uma delas.

— Skylar, este é o meu colega de quarto, Rob. Rob, esta é minha namorada, Skylar.

Rob tirou os fones de ouvido, fez um aceno com a cabeça, apertou minha mão e voltou a ouvir sua música.

Sussurrei:

— Nossa, como ele é falante!

— Pois é. Isso é basicamente tudo o que você consegue tirar dele.

Uma colagem de fotos, a maioria mostrando nós dois, estava pendurada na parede, em cima da sua escrivaninha. Ele abriu a cortina, proporcionando a visão do letreiro piscante da Citgo, um ponto de referência de Boston. Não gostei da dúvida exibida no reflexo do meu rosto no vidro enquanto olhava em direção à rua movimentada lá embaixo.

Ele me abraçou por trás e beijou minha orelha.

— É *você* quem eu amo, Skylar. — Ele me virou para eu ficar de frente para o seu olhar fixo em chamas. — Você sabe aonde quero chegar, não sabe?

Envergonhada por meu ciúme ter sido tão evidente, eu disse:

— Também te amo. É só uma questão de adaptação.

— Se o Rob sair, talvez eu consiga encontrar uma forma de te lembrar a quem pertenço.

Rob nunca se foi, e a minha paranoia também não.

No dia seguinte, Mitch me mostrou toda a cidade. Ele me levou a Newbury Street para tomarmos sorvete, e nos sentamos no Public Garden. Foi ótimo quando éramos só nós dois, mas, assim que o ônibus elétrico nos deixou na frente do alojamento naquela noite, meu desconforto voltou.

Eu não tinha sequer sido capaz de aproveitar o tempo que passei com ele por causa da minha preocupação em examinar todos os detalhes de cada garota que andava em frente à porta aberta do seu quarto. Esse nível de ciúme era algo que eu nunca havia sentido e me fez sentir como se eu estivesse ficando doida.

Estávamos nos aprontando para ir à casa da Nina e do Jake para jantar. Eles moravam a poucos quilômetros da universidade, e eu não podia desperdiçar a oportunidade de ver minha melhor amiga enquanto estava lá.

Quando Mitch foi tomar banho, observei as paredes cinza espartanas e calculei que ele iria passar aproximadamente oitocentas noites ali. Depois, pensei em como era fácil excitá-lo sexualmente. Como ele poderia resistir se estivesse com tesão ou bêbado e uma garota gostosa estivesse implorando a ele para transar? Havia oitocentas oportunidades para isso acontecer. Eu sabia que ele não iria me magoar de propósito, mas ele era humano, e eu tinha visto com os meus próprios olhos contra o que eu estava competindo.

Quando ele voltou do banheiro, estava sem camisa e secando o cabelo molhado com uma toalha. O fato de ele ter andado pelo corredor sexy daquele jeito me irritou.

Enquanto eu o observava se vestir, não pude deixar de perguntar:

— Você sempre anda por aí seminu?

— Nem sempre. — Ele piscou. — Às vezes, é com nu frontal. — Ele examinou minha expressão receosa e parou de rir. — Foi uma piada. — Ele atirou a toalha na cadeira com raiva. — Está certo. Você precisa conversar comigo. Agora.

Olhei para o chão, decepcionada comigo mesma.

— Desculpe. Não sei o que me deu.

— Você tem ideia do quanto fiquei animado a semana toda com a sua visita? Pensei que fôssemos nos divertir, e estou louco da vida porque estar aqui só te fez sofrer e, agora, você vai embora amanhã.

— A culpa é minha. É que é estranho ver esta outra vida que você tem agora. Estou acostumada a tê-lo só para mim.

— Mas você tem. Você andou tão ocupada procurando com o que se preocupar que não percebeu isso. Sim, existem muitas garotas morando aqui. Mas não quero nenhuma delas. Quero minha namorada. Tenho tido fantasias sobre o tempo que passamos juntos em Lake George toda noite. — Ele acariciou minha bochecha. — Não é fácil para mim também. Tudo o que quero é fazer amor com você. Estou contando os dias até o Natal para podermos ficar sozinhos.

— Eu também.

— Você precisa confiar em mim, está bem?

Ele me segurou nos seus braços, e a água do seu cabelo pingou no meu. Seu coração estava acelerado, e me arrependi de tê-lo deixado chateado. Eu o amava muito, e de repente senti que precisava mostrar isso a ele.

Fui até a porta e a tranquei.

— Vai demorar um pouco para o seu amigo voltar?

— Nunca sei o que esperar do Rob — ele disse, ainda com cara de bravo por causa do meu comportamento anterior.

Me ajoelhei e comecei a abrir o zíper da calça dele.

Ele segurou meu pulso para me fazer parar.

— Ei! O que você está fazendo?

— O que parece que estou fazendo?

— Você não precisa fazer isso.

— Sei que não preciso.

— Você está fazendo isso porque está se sentindo insegura. Não vou deixar.

— Juro. Não é por causa disso. Me deixe fazer.

Apesar da insistência para eu parar, sua ereção, que estava evoluindo rapidamente, indicava o contrário.

— Skylar...

— Só quero sentir seu gosto. É sério. Faz um tempo que quero fazer isso.

O receio dele sucumbiu ao desejo refletido nos olhos, que estavam ficando mais escuros, me dizendo que ele queria aquilo desesperadamente. Ele não disse mais nenhuma palavra quando puxei sua calça para baixo. Ele estava totalmente duro quando envolvi seu membro grosso com a mão. Ele soltou um pequeno suspiro quando fiz círculos com a língua devagar em torno do topo úmido.

— Nossa... Que delícia... — ele falou baixinho enquanto suas mãos massageavam meu cabelo.

Eu mexia os lábios para cima e para baixo devagar, desenvolvendo um ritmo à medida que o abocanhava profundamente, da base à ponta. Fiquei surpresa com o quanto estava excitada, e minha calcinha ficava mais molhada a cada movimento. As palmas das mãos dele estavam coladas na porta para se equilibrar, e ele revirou os olhos. Eu o coloquei na boca com mais energia, querendo desesperadamente possuí-lo mais a cada investida da minha língua.

Ele soltou um gemido do fundo da garganta.

— In... crível.

Seu pau estava quente e escorregadio na minha mão enquanto eu o bombeava na boca. Sua barriga se contraía com cada respiração intensa, e seus olhos estavam fechados. Eu adorava ter aquele controle total sobre ele.

Depois de alguns minutos, suas mãos trêmulas seguraram a parte de trás da minha cabeça com firmeza.

— Não consigo. Vou... Vou gozar.

Eu o coloquei ainda mais fundo na garganta.

— Droga! Skylar, você precisa me tirar da boca!

Eu o ignorei, fazendo movimentos mais agressivos e engolindo cada gota do gozo quente e salgado que esguichava em um fluxo que parecia não ter fim.

Ele estava ofegando, ainda com as costas apoiadas na porta. Parecendo exausto, ele disse:

— Uau! Acho que preciso de outro banho. Isso foi... Não acredito que você fez isso.

— Não acredito que não fiz isso antes.

Nina e Jake moravam em uma construção revestida com arenito marrom bem na saída da cidade, em Brookline.

Depois de abrir o portão eletrônico para entrarmos, Jake veio até a porta e imediatamente começou a se esquivar e cobrir o rosto. Foi a forma dele de me provocar com humor por causa de uma ocasião em Nova York em que apareci no seu apartamento e bati nele com minha bolsa gigante assim que ele abriu a porta. Naquela época, Nina achou, equivocadamente, que ele a tinha traído, e saí da casa do meu pai no auge da minha doença em um acesso de fúria com o objetivo de acabar com Jake. Foi a coisa mais impulsiva que eu já tinha feito, apesar de tudo acabar sendo um grande mal-entendido. Mesmo assim, ele sempre me relembrava do episódio para eu passar vergonha.

— Estou vendo que diminuiu o tamanho da bolsa. Acho que vou ficar bem — Jake falou enquanto colocava os braços tatuados em volta de mim.

Seu perfume era intoxicante e, como sempre, tocá-lo me fez sentir a mais vulgar das excitações.

— Como está a minha Skylar? — Ele cumprimentou Mitch dando um tapinha de mão aberta. — E aí, Bitch[1]? — Ele sempre chamava Mitch de "Bitch". — Está tomando conta da minha garota?

— Claro que sim, cara.

Nina gritou da cozinha:

— Oi, maninha!

Era como tratávamos uma à outra. Nós o escolhemos porque nenhuma de nós tinha uma irmã.

A casa estava cheirando a tempero indiano. Nina devia ter andado praticando uma receita da tal aula de culinária internacional que ela havia mencionado.

O apartamento deles era muito aconchegante, decorado com muito preto e vermelho e mobília de madeira escura. Desenhos decorativos que Jake fez usando lápis kajal foram emoldurados como obras de arte e estavam pendurados nas paredes. Um deles era um esboço da Nina grávida olhando para a lua. As mãos dela estavam cobrindo os seios.

Jake estava bebendo uma cerveja e se juntou a Mitch no sofá de veludo.

O filho deles, A.J., de dois anos, entrou correndo na sala. Corri na direção dele e o ergui.

— Olha só pra você!

O cabelo dele era quase preto, como o de Jake, e estava cheio de gel e penteado no estilo moicano. Fiz cócegas nele.

— Você é a cara do seu papai.

— O papai é doidinho — ele soltou, com a vozinha mais fofa do mundo.

— Foi a Nina quem ensinou isso a ele. Só por causa disso, vou tentar engravidá-la hoje à noite — contou Jake.

Dei risada.

— Falando nisso, como andam as tentativas?

---

1   "Bitch" significa "vadia", "vagabunda". Ele faz, então, um trocadilho com o nome do Mitch. (N. da T.)

Nina tinha me contado que Jake queria muito outro filho, mas que ela queria esperar.

O piercing de boca dele tilintou na garrafa de cerveja quando ele tomou um gole.

— Ainda não consegui fazer a bola passar pelo goleiro.

Nina ouviu por acaso e veio da cozinha, limpando as mãos no avental. Seu cabelo loiro estava mais comprido do que da última vez que eu a tinha visto.

— Vocês não vão acreditar no que ele fez comigo outro dia. Abri minha caixa de pílula anticoncepcional, e não havia pílula nenhuma, e sim um monte de doces, junto com um bilhete em que estava escrito "Troca justa: você fica com a balinha, e o A.J. ganha uma irmãzinha".

A.J., que estava dando risadinhas, pulou no colo de Mitch, tirou o boné do Yankees da cabeça dele e o colocou na sua. Mitch começou a fazer cócegas, e A.J. estava rindo tanto que ficou com soluço.

— Você tem talento para lidar com A.J. — elogiou Nina. — Não se surpreenda se eu te chamar para ficar de babá dele.

— Eu viria. É sério. A gente ia se divertir, né, A.J.? — Mitch se virou para mim e piscou. — Eu não ia achar ruim ter um desses um dia.

Embora eu não conseguisse imaginar ter um bebê num futuro próximo, a ideia de um Mitchzinho de olhos azuis correndo pela casa alegrou meu coração.

Como se tivesse acabado de ler minha mente, Mitch sussurrou uma frase no meu ouvido que fez meu coração palpitar.

— Mas ela teria que ter os seus olhos.

Jake se virou para Mitch, que agora estava balançando A.J. na perna, como se estivesse brincando de cavalinho.

— E aí, Bitch? Está gostando da Universidade de Boston?

— Sim. Mas estou apanhando muito com Estatística.

— Fala sério! Estatística é moleza. Me avise se precisar de ajuda.

Nina se sentou no colo de Jake e colocou um braço em volta dele.

— Foi assim que meus problemas começaram. Deixando este cara aqui me ensinar Matemática.

Jake mostrou a língua para ela, e consegui ver seu piercing de língua.

— Subtrair suas roupas, dividir suas pernas e multiplicar, amor — ele disse, brincando.

Ela o beijou.

— Você é doido.

— E você sabe que gosta disso.

Eu podia ter jurado que senti a temperatura subir na sala por causa da química explosiva que aqueles dois tinham. Senti inveja, porque eles estavam num ponto da vida no qual podiam simplesmente desfrutar um do outro. Queria que eu e Mitch pudéssemos fazer os quatro anos seguintes passarem voando.

Nina pulou do colo de Jake.

— Maninha, quer me ajudar a terminar o jantar?

— Claro.

A cozinha deles era pequena, mas moderna. Panelas e frigideiras de aço inox ficavam penduradas em cima de uma pequena ilha. Os armários eram feitos de madeira cerejeira escura e tinham tampos de granito preto. E havia pelo menos vinte bananas numa fruteira em forma de rede.

Dei risada.

— Será que alguém gosta de banana?

— Jake parece um macaco. Ele come de tonelada. — Ela limpou a garganta. — Mitch está muito atraente agora, não é?

— Por que você está dizendo isso? — perguntei com rispidez.

— Foi só uma observação. Você me fala o tempo todo o quanto acha Jake atraente. Só estou dizendo que Mitch realmente se transformou num homem desde a última vez que o vi.

— Desculpe. Eu só...

— Tem alguma coisa te incomodando. Vamos conversar.

Olhei para o piso de azulejo terracota.

— Foram dois dias ruins. O fato de ele estar morando aqui em Boston é mais difícil do que imaginei que seria.

— O que exatamente está sendo difícil?

— Ele está morando com um monte de garotas. Parece um bordel. Isso está me deixando maluca.

— E daí?

— Como assim, "e daí"?

Nina colocou um pouco de molho de curry em pratos com arroz basmati.

— Ele te ama.

— Eu sei, mas quatro anos é muito tempo. Muita coisa pode dar errado.

— Você sabe quantas mulheres paqueram o Jake em todo lugar a que a gente vai? Se eu me preocupasse com essa bobagem, também ficaria doida. Você viu o que aconteceu quando tirei conclusões precipitadas no passado e parei de confiar nele. Eu estava errada. No fim das contas, confiança é tudo o que temos.

— Acho que não iria aguentar se ele me traísse. Sempre fui uma pessoa muito forte, mas, quando se trata dele, sou muito fraca, e odeio isso.

— O amor deixa a gente maluca. Um dia de cada vez, maninha. Você teve que lidar com muitas dificuldades ao longo dos dois últimos anos, mais do que a maioria das pessoas durante uma vida inteira. Talvez o estresse esteja finalmente batendo agora.

— Talvez.

Jake entrou na cozinha com A.J. no colo.

— Tudo bem por aqui? — Ele beijou o pescoço de Nina. — Você sabe que dizem que curry atiça o desejo sexual masculino.

— Nesse caso, arroz puro pra você.

— Nããããooo, amor. Me entope de *tikka masala*.

Três semanas depois da viagem a Boston, a sensação de medo que pairava no meu relacionamento com Mitch ainda estava presente. Não havia dúvida de que eu o amava, e ele não me dava motivo para não confiar nele. Mesmo assim, com ele longe, eu tinha tempo demais para pensar.

Minhas notas estavam despencando, e comecei a fazer sessões com um terapeuta que reiterou a teoria de Nina de que minha reação exagerada a tudo era uma espécie de resposta tardia ao estresse da provação do câncer.

As coisas estavam começando a melhorar um pouquinho quando uma visita de rotina à minha ginecologista fez minha vida entrar em colapso.

Minha menstruação tinha andado irregular e, embora eu me lembrasse de conversar com meus médicos antes dos tratamentos para o câncer sobre os riscos de infertilidade, não tinha prestado muita atenção, principalmente porque a prioridade era me livrar do linfoma rápido, antes que ele se espalhasse.

— Skylar?

Uma enfermeira me levou a uma pequena sala, onde ela mediu minha pressão. Era uma consulta de acompanhamento, e era para eu receber os resultados de um exame de sangue que tinha feito alguns dias antes.

Me concentrei nas borboletas do uniforme dela e no som do aparato para medir a pressão se enchendo de ar.

— A médica já vai chegar.

Folheei uma revista sobre gravidez enquanto esperava, escutando uma versão instrumental de uma música da Whitney Houston num volume bem baixo que estava vindo de uma caixa de som lá no alto.

A dra. Ottone estava com cara de preocupada quando entrou na sala, e foi direto ao ponto.

— Então, Skylar, queria conversar com você sobre os resultados do seu exame de sangue.

— Certo...

— Parece que a sua reserva ovariana é baixa.

— O que isso significa?

— Bem, toda mulher nasce com um número limitado de óvulos. Ao longo do tempo, em circunstâncias normais, esse número vai caindo. Entretanto, quando uma mulher recebe uma dose alta de quimioterapia... Isso pode destruir seus óvulos. Parece que a quantia que sobrou em você é bastante limitada. Também é possível que eles tenham baixa qualidade, por causa dos tratamentos que você fez. Embora não possamos ter certeza, é provável que você tenha problemas para engravidar. Se você conseguir, as chances de aborto espontâneo são mais altas do que a média.

— Existe alguma coisa que possa ser feita?

— Tirando congelar os óvulos antes do tratamento, não podemos fazer muita coisa nesta altura do campeonato. Sinto muito, Skylar. Isso não significa necessariamente infertilidade total, mas é provável que você tenha dificuldade.

A revista com a modelo de capa grávida e sorridente me provocava do meu colo e caiu no chão quando me levantei para ir embora. Minha mãe estava me esperando, mas me recusei a conversar, e não me lembrava muito da volta para casa.

Naquela noite, fiquei repassando o que Mitch disse quando estava brincando com A.J. na casa de Nina. *"Eu não ia achar ruim ter um desses um dia."*

Havia grandes chances de eu nunca conseguir lhe dar um filho. Como eu poderia continuar com ele com honestidade sabendo que ele queria um? Eu o amava demais para fazer isso. Mas, se contasse o que eu sabia naquele momento, ele simplesmente iria dizer que aquilo não importava para ele. No fundo, eu sabia que importaria, talvez não de imediato, mas algum dia, no futuro. Quanto mais tempo eu ficasse com ele, mais iria doer quando a ficha dele realmente caísse.

Fiquei obcecada com o assunto por quase uma semana inteira. Então, uma noite, tive um ataque de pânico que pareceu um trem de carga em movimento carregado com as minhas inseguranças.

Oitocentas noites.

Infértil.

Tinha me convencido de que ele me abandonar era um fato inevitável, por um motivo ou por outro. Qualquer que fosse a causa, acabaria comigo, e eu não podia deixá-lo fazer isso. Sempre é mais fácil ser o que abandona do que o que é abandonado.

O quarto balançou quando abri o laptop e comecei a digitar:

Mitch, por favor, não me odeie por causa do que estou prestes a fazer.

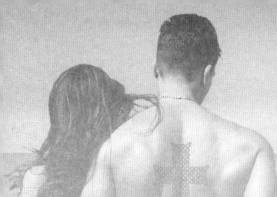

16
MITCH

Mitch, por favor, não me odeie por causa do que estou prestes a fazer. Não estou com coragem para te ligar, porque sei que, se eu ouvir sua voz, nunca vou ser capaz de ir adiante com isto aqui. Por favor, saiba que te amo muito e sempre amarei, mais do que você pode imaginar. Mas acho que tudo está acontecendo rápido demais com a gente. Não gosto do monstro do ciúme que tenho me tornado nos últimos tempos. Você precisa de tempo para simplesmente estar aí, longe, na faculdade, sem se preocupar com como isso está me afetando.

Ao mesmo tempo, preciso de tempo para descobrir quem eu sou sem a pressão de um relacionamento a distância. Você tem que fazer o mesmo sem estar preso a alguém neste ponto da sua vida. Quanto mais penso no assunto, mais percebo que somos jovens demais para termos um relacionamento definitivo. Não quero que a gente fique magoado um com o outro no futuro.

Espero que, um dia, a gente consiga ser amigos de novo. Sei que, por um tempo, isso vai ser impossível. Comecei a me candidatar a estágios em Nova York e estou planejando ir morar com Oliver de novo no verão para facilitar esse processo. Sinto muito. Sei que isso vai ser um choque. Lembre-se de que sempre vou te amar.

Ler a mensagem não ficou mais fácil ao longo do tempo. Seis meses haviam se passado desde aquele e-mail, e eu ainda não conseguia me conformar com ele... Nem um pouco.

Meu celular estava iluminado na escuridão enquanto eu relia aquilo pelo que parecia a milésima vez. Era de madrugada e, toda vez que eu não conseguia dormir, abria a mensagem de novo, numa tentativa de decifrá-la. Eu tentava encontrar uma pista no texto de Skylar para entender como ela pôde jogar fora nosso relacionamento com tanta facilidade. Embora ela tenha explicado seu raciocínio, continuava não fazendo sentido. Eu sabia, no meu íntimo, que ela não estava me contando tudo o que estava acontecendo.

No primeiro fim de semana depois que ela me enviou o e-mail, peguei um trem e fui para casa. Estávamos no seu quarto enquanto ela ficava repetindo as mesmas coisas sem ir direto ao ponto, se recusando a olhar nos meus olhos e se limitando a reiterar o que ela havia escrito, sem explicar melhor. Foi como se eu estivesse no meio de um pesadelo enquanto ela permanecia afastada, com os braços cruzados na frente do peito. O fato de ela não querer que eu a tocasse doeu como uma facada.

Quando ela de fato lançou uns olhares furtivos, percebi que a dor nos seus olhos era tangível. Ela estava lutando para manter o controle e ficava dizendo que estava "fazendo aquilo para o meu próprio bem".

Num determinado ponto, perdi as estribeiras e gritei a plenos pulmões:

— Como pode ser para o meu próprio bem se prefiro morrer a viver sem você?

Sua pequena luminária caiu, fazendo um barulhão, depois que bati na escrivaninha, com raiva.

Foi aí que Tish subiu e me pediu para ir embora. Ainda que parte de mim não tenha conseguido culpá-la, já que eu estava agindo como um maluco, ela havia sido como uma segunda mãe para mim, e o fato de ela me expulsar realmente me magoou. Quando me virei uma última vez antes de sair, percebi que Skylar estava chorando.

Não dormi naquele final de semana inteiro. Apenas fiquei no meu quarto, andando de um lado para o outro como um zumbi, com a boca seca por causa da falta de comida e bebida. Às vezes, eu olhava do outro lado da rua para observar a luz no seu quarto, no andar de cima da casa. Ela estava muito perto, mas parecia que eu estava fazendo vigília para alguém que estava a um milhão de quilômetros. Eu simplesmente não conseguia acreditar que a havia perdido. Era impossível aceitar e, por muito tempo, não aceitei.

A viagem de trem de volta a Boston quando aquele final de semana acabou tinha parecido o pior momento da minha vida. Mesmo assim, depois daquilo, eu não tinha desistido e continuei a ligar e mandar e-mails e mensagens de celular para ela, tudo em vão.

Então, veio o recesso de Natal, que já tinha sido uma data especial para nós no passado. Cheguei a Nova Jersey e descobri que Skylar já tinha viajado para a Flórida com Oliver para passar o feriado com a família de Lizete em Miami.

As semanas se passaram, e parecia que o meu mundo estava acabando. A reviravolta veio mais ou menos um mês atrás, quando a tristeza imensa se transformou em puro ódio.

Davey tinha me mandado uma mensagem no meio da minha aula de Contabilidade.

Estamos no Chili's, e Skylar acabou de entrar com um cara. Como assim?

Então, ele me enviou uma foto que ele tirou sem ela perceber. Aparentemente, ela não havia notado a presença de Davey e Zena a algumas mesas de distância. Parecia que meu coração estava sendo destroçado a cada segundo que se passava depois que comecei a olhar fixamente para a foto desfocada. Eles estavam de mãos dadas, um de cada lado da mesa.

Como é que ela pôde fazer isso?

Eu tinha visto o suficiente. Ela havia enfim conseguido transmitir sua mensagem para mim, porque, naquele instante, cheguei ao meu limite.

A raiva tomou conta de mim, e minhas mãos tremiam enquanto eu pegava meus livros e ia embora da sala de aula de repente, quase trombando com uma pessoa que estava andando no corredor. Parecia que eu não conseguia correr rápido o suficiente na chuva pela Commonwealth Avenue, tamanha era a vontade de chegar ao meu quarto para escapar da realidade usando a garrafa de vodca que eu estava guardando no armário para uma ocasião especial.

Passei o resto daquela noite me embebedando até apagar para não pensar na tristeza.

Precisei me obrigar a parar de olhar para o e-mail de Skylar.

Ele não iria mudar depois de você encará-lo por seis meses, Mitch.

Desliguei meu celular, esticando o braço cuidadosamente até a escrivaninha, e o coloquei perto de uma embalagem vazia de camisinha. Senti vergonha.

Aquela noite foi um erro.

Heidi estava deitada ao meu lado, e eu não queria acordá-la, principalmente porque não queria ter que conversar com ela. Queria que ela não tivesse ficado no meu quarto. Não era para ser nada além de uma rapidinha. Me odiava por pensar dessa forma sobre o que tinha acontecido, mas é assim que você chama o sexo quando ele não significa nada.

Era para ser só uma fuga, uma distração, porque eu estava me forçando a seguir em frente. Tinha enfim me convencido de que o amor da minha vida não iria voltar. Não conseguia mais lidar com a dor sozinho. Quando estava só, a única coisa em que conseguia pensar era Skylar: Skylar me abandonando, Skylar tendo um encontro com alguém, Skylar fazendo sexo com outra pessoa.

Essa última parte doía.

Algum cara iria tirar a virgindade dela um dia. Era para a primeira vez dela ser minha. Era para toda ela ser minha. Ela era o meu futuro. Aquilo me lembrou de quando eu era um menininho, porque o futuro sem ela era um buraco negro, exatamente como pareceu ser quando meus pais estavam se divorciando... Com a diferença de que perdê-la era muito pior.

Eu nunca iria superar sua mudança de atitude. Considerando o jeito como ela terminou nosso relacionamento e o fato de ter aparecido no Chili's com um cara qualquer, eu não deveria ter sentido culpa pelo que fiz naquela noite. Mesmo assim, senti nojo enquanto estava ali, ainda sentindo o gosto de Heidi na minha língua. Era assim que o sexo com outras mulheres seria pelo resto da minha vida? Como se não fosse certo, por algum motivo, porque meu corpo pertencia a Skylar?

O cabelo longo e escuro de Heidi fez cócegas no meu braço. Tinha acabado de desejar que ela fosse embora, mas não tive coragem de expulsá-la depois que fizemos sexo. Então, eu a deixei se aninhar ao meu lado enquanto eu olhava para o teto fixamente, e ela adormeceu.

Ela era da Alemanha. Sexy, mas não era o meu tipo, ou seja, não era a

Skylar. Ela usava maquiagem carregada no olho e era extremamente alta. Disse que costumava trabalhar como modelo. Heidi sempre havia me paquerado, desde o começo do ano e, naquela noite, com Rob na casa de um amigo, cedi quando ela veio ao meu quarto sob o pretexto de precisar de ajuda com a tarefa de História. O resto, bem... entrou para a história como uma noite que prefiro esquecer.

A verdade era que Skylar nunca teve um motivo para se preocupar com uma traição minha. Isso nunca teria acontecido porque não havia nenhuma garota que me fizesse sentir do jeito que ela fazia. Simples assim. Só não consegui provar isso a ela, aparentemente.

Mas, se eu não conseguia tê-la de novo, tinha que me obrigar a seguir minha vida. Sem dúvida nenhuma, ela estava fazendo exatamente isso. Estávamos separados, então o que aconteceu com Heidi não deveria ter parecido uma traição, mas pareceu.

Fechei os olhos, visualizando nossa noite em Lake George. A dor era excruciante. Sentia saudade de como seu corpo pequenino se encaixava perfeitamente na curva formada pelo meu quando deitávamos juntos. Sentia saudade da sua risada. Sentia saudade do seu cheiro. Eu estava morrendo de vontade de tê-la, com outra garota deitada bem ao meu lado. Era patético. Num impulso, estiquei o braço atrás de mim e peguei meu celular, decidindo que ela precisava sentir uma fração do meu desespero.

Sei que você seguiu em frente. Tentei fazer o mesmo hoje à noite. Fiz sexo com outra pessoa. Como isso funciona para você? Para mim, não está funcionando. Ainda te amo demais. Sempre vou te amar. Nunca vou entender. Nunca. Aliás, você já transou com ele?

Ela nunca me respondeu, e eu não tinha esperado que ela fosse fazê-lo.

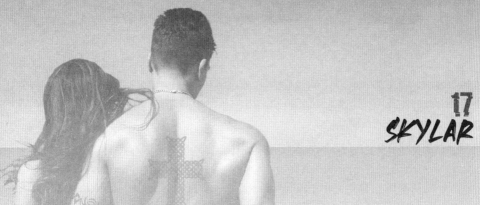

17
SKYLAR

Fiquei em posição fetal depois que a mensagem chegou. *Fiz sexo com outra pessoa.* Foi difícil digerir aquelas palavras, mas saber que eu o tinha jogado direto nos braços dela me fez ter vontade de vomitar.

Aquilo era inevitável, mas não imaginei que ele fosse ser cruel a ponto de me contar. Mas também, eu queria o quê? Ele deve ter ficado furioso quando forjei aquele encontro no Chili's. Essa foi a intenção. Eu sabia que Davey ia lá toda sexta-feira à noite, então tinha pedido ao Jason, um amigo do irmão da Angie, para jantar e ficar de mãos dadas comigo para que aquilo chegasse ao Mitch. Soube que o plano tinha funcionado quando vi de canto de olho que Davey estava tirando uma foto minha.

O único jeito de Mitch ficar longe de mim era se ele estivesse com raiva. O único jeito que eu conhecia de fazer isso era deixá-lo me ver com outro cara. Me senti péssima, mas que escolha eu tive? Ele não estava desistindo de tentar me fazer mudar de ideia, porque ele me amava. Isso não iria mudar, a não ser que eu fizesse com que ele me odiasse. A raiva no tom daquela mensagem me mostrou que eu tinha finalmente conseguido.

Parabéns, Skylar.

Imagens da boca de Mitch em outra mulher e do seu pau dentro dela apareceram como um lampejo no meu cérebro. Implorei para minha mente parar, mas só estava piorando.

O que é que eu tinha feito?

Sair da cidade antes que ele viesse para passar o verão era mais importante do que nunca. Vê-lo iria acabar comigo.

No verão após meu último ano no ensino médio, aceitei um estágio na área de design de interiores em uma empresa em Manhattan. Eu estava tirando um ano sabático antes de começar a faculdade e queria pegar a manha da indústria do design antes de decidir se esse campo seria o foco da minha formação principal.

Oliver e Lizete estavam felizes por eu voltar a morar com eles por um tempo. Dessa vez, Seamus estava comigo. Era irônico, porque Seamus, assim como eu e Mitch, tinha virado o resultado de pais divorciados de certa forma, sendo realocado de casa em casa.

Embora estar de volta ao Brooklyn tenha me feito lembrar dos meus dias de câncer, havia consolo no fato de que eu não teria que ficar frente a frente com Mitch.

Eu fazia estágio três dias por semana no Harrington Design Studio, que era especializado em design de interiores para clientes de alto padrão em Manhattan e nos Hamptons. Nos outros dois dias, eu trabalhava na Regal Fabrics, uma loja bastante conhecida na cidade que fornecia material ao estúdio de design. Meu trabalho era organizar o estoque deles por cor e textura, e também ajudar clientes a escolher uma estampa adequada para as suas necessidades. A responsável pelo meu estágio me ajudou a conseguir o trabalho, já que viu que eu trabalhava duro sem receber nada.

Eu tinha mandado uma mensagem para o Mitch no começo do verão, avisando o que eu estava fazendo e onde eu estava trabalhando. Imaginei que devia a ele pelo menos isso. Apesar de estar mantendo distância de Nova Jersey, não queria ser totalmente cruel e não ter um mínimo de contato. Acabou que ele decidiu ficar em Boston durante o verão, já que tinha conseguido trabalho em um restaurante do campus, no prédio do diretório acadêmico. Ele fez questão de destacar na sua resposta que não tinha mais motivo para voltar.

Estar separada dele nunca ficou mais fácil. A ideia de ele dormir com outras garotas ainda me deixava mal. Eu não havia contado a ninguém a verdadeira razão pelo qual terminei o namoro com Mitch. Não queria ouvir minha mãe nem Nina me falando todos os motivos pelos quais eu estava errada em pensar que ele me abandonaria um dia se eu não pudesse ter um filho. Até onde eu sabia, aquilo era a minha decisão pessoal e abnegada, e eu não esperava que alguém entendesse.

Em geral, minha rotina naquele verão foi bastante previsível. Lizete me obrigava a comer café da manhã à moda cubana, antes de eu pegar o metrô para a cidade. Eu não tinha feito amigos de verdade lá, então, em vez de passar o tempo em Manhattan depois do trabalho, eu ia direto para casa e lia.

Tudo isso mudou no dia em que conheci Charisma. Ela parecia a típica moradora rica de Manhattan que frequentava a loja de tecidos, mas a idade dela era mais próxima à minha. Charisma tinha cabelo cor de caramelo com comprimento médio, unhas perfeitamente feitas e uma boa aparência clássica, mas não seria considerada deslumbrante. Era óbvio que ela vinha de família rica, com base no quanto estava bem-vestida.

— Como posso ajudá-la?

— Estou redecorando meu quarto e procurando um tecido adamascado marcante, preto e branco, com toque de veludo, para as cortinas.

— Acho que tenho o item certo.

Eu a levei ao andar de cima, onde ficavam guardados os materiais mais caros, e mostrei o que eu tinha em mente.

Ela soltou um pequeno suspiro enquanto passava os dedos no tecido com textura.

— Era exatamente o que eu estava imaginando. Como você fez isso?

Sorri.

— Conheço a loja de cabo a rabo. Você tem medidas?

— Não. Provavelmente, vou ter que voltar. — Ela estendeu a mão. — A propósito, sou a Charisma.

— Skylar.

— Skylar. É um nome bonito.

— Charisma também é — falei, enquanto devolvia o rolo de tecido à prateleira.

Ela inclinou a cabeça para o lado.

— Você é daqui?

— Moro no Brooklyn com meu pai. Vou ficar aqui só durante o verão.

Me olhando de cima a baixo, ela perguntou:

— Posso te dizer uma coisa?

— Claro.

— Você é uma garota bem bonita, tipo uma folha em branco. Você poderia ficar estonteante se usasse um pouco de maquiagem e se arrumasse um pouco. Adoro transformar o look das pessoas. É meio que o meu hobby. Me avise se estiver interessada.

— Como assim? Você faz parte de um daqueles programas de transformação que pegam as pessoas de surpresa?

— Não. Juro. Só acho que seria divertido. Acho que tenho muito tempo sobrando.

— Parece que sim.

— Em que faculdade você estuda?

— Acabei de me formar no ensino médio. Estou tirando um ano sabático e pensando em me candidatar a uma vaga em uma faculdade no final deste ano, provavelmente com Design de Interiores como formação principal. E você?

— Estudo na Wellesley. Vou começar o terceiro ano.

— Nossa!

Fomos até o andar de baixo, e ela vasculhou sua bolsa Coach, tentando achar o celular.

— O que você faz para se divertir, Skylar?

— Não sei... Ler? Minha vida é bem monótona.

— Você está de brincadeira, né? Você está passando o verão na cidade dos sonhos e está gastando seu tempo com a cara enfiada num livro? Precisamos mudar isso. Você é jovem demais para viver como uma ermitã. Qual é o seu número?

Ela foi digitando rapidamente no celular à medida que eu ia falando.

— O que você sugere que eu faça para me divertir?

— Você pode começar deixando que eu faça a transformação em você, e depois vamos sair. Existem algumas boates legais no centro da cidade. Que tal nesta sexta à noite?

— Hum... Não tenho certeza se quero ser seu projeto favorito.

— Não aceito "não" como resposta.

Dei de ombros.

— Está certo. Trabalho aqui até às oito às sextas.

O que eu tinha a perder?

Ela bateu palmas, com uma frivolidade brincalhona.

— Eba!

— O que devo vestir?

— Não se preocupe com isso. Tenho toneladas de roupas no meu apartamento. Vou trazer as medidas da cortina e te buscar.

— Certo. Te vejo às oito na sexta.

Que porra foi essa que acabou de acontecer?

Meu Deus, eu amava estar bêbada.

Charisma se revelou uma má influência em vários aspectos. Mas, na época, achei que conhecê-la foi a melhor coisa que já tinha acontecido comigo, porque havia me tirado do meu desânimo.

Começamos a sair algumas vezes por semana. O apartamento da família dela não ficava muito longe da loja de tecidos, então eu ia para lá a pé depois do trabalho e, às vezes, passava a noite. O porteiro me conhecia e me deixava subir direto. Os pais dela estavam passando as férias nas Ilhas Fiji naquele verão, então ela estava com a casa toda só para si. A decoração era moderna, muito branco, com mobília geométrica elegante.

Havia um pequeno bar no canto da sala, e Charisma preparava para mim o coquetel que eu quisesse. SoCo, Sour e o Cosmo eram os meus favoritos.

Pela primeira vez na vida, entendi o entusiasmo exagerado em torno daquilo. Ficar bêbada ajudava a diminuir a dor temporariamente. Nenhuma outra coisa tinha conseguido fazer isso. A cada drinque, os problemas iam sumindo, substituídos por uma confusão eufórica. Enquanto eu estava alegremente intoxicada, contava a Charisma todos os meus segredos, inclusive o real motivo por que eu tinha terminado com Mitch. Ela não conseguiu me proporcionar uma visão melhor do assunto, mas o simples fato de desabafar com alguém imparcial era uma boa terapia.

Ela me apresentou a alguns dos seus amigos de infância, e era comum eles se juntarem a nós no nosso momento do coquetel. Quem também estava no grupo era o primo de Charisma, Chad. Ele era alto, loiro, mauricinho e tinha dentes que brilhavam como o topo do Chrysler Building. Ele tinha vindo de Harvard para passar o verão em casa.

Seja pela forma como ele me olhava ou pela passada de mão sutil no meu joelho, Chad sempre deixou claro que estava interessado em mim. Charisma tinha andado tentando me convencer a dar uma chance a ele. Ele era atraente e legal o bastante, mas eu não tinha certeza se estava pronta para sair com alguém. Ela me contou que ele nunca tinha tido namoros sérios, então percebi que isso significava que ele só queria transar.

Parte de mim sabia que estava na hora de perder a virgindade. Eu era a única pessoa que eu conhecia que ainda era virgem. Uma parte maior ainda sentia uma tristeza profunda ao pensar nisso, já que sempre foi esperado que minha primeira vez fosse com o Mitch. Ele era realmente o único cara que eu queria e, se eu fosse perder a virgindade naquele momento, provavelmente nem importava com quem seria. Todos os outros caras eram a mesma coisa para mim.

Charisma pegou o copo e adicionou Midori para preparar meu drinque.

— Você precisa de uma boa trepada para se recuperar desse tal de Mitch, Skylar.

Naquela noite, era para irmos ao Club Nicole no centro da cidade com Chad e algumas garotas do círculo de amizades de Charisma.

Chad entrou, usando seu suéter sob medida habitual e cheirando ao perfume amadeirado que ele sempre usava.

— Skylar, hoje à noite, quero ver como você dança.

Eu já estava começando a ficar alegrinha.

— Mais alguns desse, e talvez você consiga ver seu desejo realizado, moleque de Harvard.

Charisma me passou outro drinque.

— A Skylar não está bonita hoje à noite?

— Ela sempre está bonita. Na verdade, "bonita" não é uma palavra forte o suficiente para ela.

Charisma piscou para mim.

— Devo sair da sala agora?

Eu não disse nada e continuei a tomar minha bebida. Ela estava mesmo forçando a situação com Chad. Talvez eu desse uma chance a ele.

Depois de uma longa espera na fila na frente da boate, um segurança enorme que parecia o The Rock nos deixou entrar. Chad deu um aperto de mão bem vigoroso nele, confirmando minhas suspeitas de que, apesar da sua condição de estudante da Ivy League, ele também era um festeiro notório. Soltei um suspiro de alívio, porque foi a primeira vez que tínhamos usado com sucesso as identidades falsas que Charisma tinha comprado no centro da cidade.

A umidade do lado de fora foi substituída por uma rajada fria vinda do ar-condicionado que fez meus mamilos enrijecerem. Parecia que os meus ouvidos iam explodir com a música tecno alta.

Chad sumiu, e depois voltou com uma cerveja para ele e um Tom Collins para mim. Havia garotas dançando em gaiolas, e as pessoas dançavam ao redor delas nas laterais dessas plataformas elevadas. Tomei meu drinque e, de repente, fiquei com vontade de me juntar a elas. Bem naquele momento, Charisma me puxou lá para cima, e nós duas, bêbadas pra caramba, começamos a dançar quase coladas uma à outra, de maneira provocante. Chamamos a atenção de um grupo de homens que estava dançando ao lado. Em geral, eu jamais dançaria em volta de uma gaiola com um cara qualquer esfregando as bolas em mim. Mas, naquela situação e sob influência, pareceu totalmente normal.

Chad assobiou para nós. Quando mudaram a música, ele me deu a mão e me ajudou a descer.

— Foi divertido! — Charisma disse enquanto dançava sem parar através da fumaça artificial, indo em direção ao bar, onde as outras garotas estavam esperando.

O hálito de Chad estava quente e cheirando a cerveja quando ele falou no meu ouvido:

— Quer ir para o andar de cima?

— O que tem no andar de cima?

— É a área VIP.

Ergui a cabeça para observar a sacada, e ela parecia escura, com um quê de iluminação roxa. Só conseguia distinguir sombras se mexendo lá em cima.

— Claro — concordei, me sentindo ansiosa de repente.

— Vamos pegar outra rodada antes de irmos.

Chad voltou com as nossas bebidas e ofereceu a mão para eu segui-lo pela escada revestida com carpete preto. A música se tornava mais distante a cada degrau. Um segurança estava parado no final da escada.

— Olá, sr. Carter.

— Oi, Hollis.

— Por que ele te chamou de sr. Carter? — perguntei, enquanto nos sentávamos em um dos sofás de tecido aveludado roxo.

Ele abriu um sorriso arrogante.

— Porque meus pais são donos desta boate.

— O quê?

— Na verdade, minha família é dona de três das boates desta rua.

Eu sabia que ele era cheio da grana, mas... Caramba...

— Nossa! Muito legal!

— Acho que sim. — Ele pegou minha bebida e a colocou em uma mesa. — Está vendo aquela porta ali atrás?

— Estou.

— É um cômodo privado. As paredes e o chão são feitos de vidro, que proporciona uma vista da pista de dança lá embaixo, mas ninguém consegue ver dentro dele. — Ele baixou o tom de voz. — Podemos fazer o que quisermos em cima de todo mundo, e ninguém vai ficar sabendo. Está entendendo onde quero chegar?

Pensei na questão por uns bons trinta segundos, porque sabia o que ele estava realmente me pedindo.

— Claro.

Mesmo no meu estado de bebedeira, estava totalmente consciente do que estava prestes a acontecer. Os pelos nos meus braços se arrepiaram quando ele segurou minha mão.

Dentro do cômodo, o som da música parecia distante, mas a batida do baixo era mais intensa.

Ele fechou a porta, e eu ouvi o clique da trava. Meu coração começou a martelar quando ele disse:

— Fique na frente da parede. Aprecie a vista. — Ele apareceu, vindo de trás de mim, e beijou meu pescoço. — Estou apreciando *esta* vista. — Ele passou as pontas dos dedos pelo meu braço. — Você tem um corpo incrível. Já foi dançarina?

Enrijeci e balancei a cabeça.

— Não.

A sensação do contato era boa, mas não de uma forma confortável. Meu corpo reagia, mas aquilo parecia estranho, não como tinha sido com Mitch. Eu não estava de corpo e alma naquilo. O nervosismo estava no lugar da paixão intensa que sempre senti antes. Ainda assim, eu precisava crescer, e não iria oferecer resistência a qualquer coisa se ele tentasse. Eu precisava daquilo. Mitch estava seguindo em frente, e eu precisava ver se outro cara conseguia me ajudar a fazer o mesmo.

A batida da música vibrava através do meu corpo tenso enquanto Chad continuava a beijar meu pescoço. Depois, ele começou a chupá-lo.

— Vou te fazer ter uma sensação maravilhosa, Skylar. Faz muito tempo que te quero.

Fechei os olhos, tentando afastar minha consciência, enquanto Chad abria o zíper do meu vestido devagar e o deixava cair no chão. Ele me virou e esparramou meu corpo contra a parede de vidro.

— Tem certeza de que eles não conseguem ver?

— É transparente de um lado só. Não se preocupe.

Me concentrei em um lustre preto cromado cheio de cristais pendurados enquanto ele lentamente abaixava minha calcinha.

Ainda dá tempo de mudar de ideia.

— Aposto que você nunca fez isso deste jeito... Em cima de centenas de pessoas.

Eu deveria contar a ele que sou virgem?

— Com certeza, não. Não... deste jeito.

Ele abriu o fecho do meu sutiã e começou a chupar meus seios. Tudo estava acontecendo muito rápido, mas, de certa forma, era assim que eu queria. Não queria sentir. Só queria que acabasse, como se a minha virgindade fosse o último pedaço de Mitch de que eu precisasse desapegar para conseguir seguir em frente.

Fechei os olhos de novo e ouvi o barulho do zíper descendo na sua calça.

Ele parou de me beijar. Quando abri os olhos, ele estava colocando a mão no bolso traseiro da calça. A embalagem da camisinha ficou enrugada quando ele a abriu, rasgando-a com os dentes. Olhei para baixo e observei enquanto ele deslizava a proteção no membro e apertava a ponta. Não pude deixar de notar o quanto ele era menor do que Mitch.

Chad não perdeu tempo. Em questão de segundos, ele me ergueu e colocou minhas pernas em volta dele. Imediatamente senti a queimação quando ele tentou entrar em mim enquanto a música *Do What You Want*[2], da Lady Gaga, estava tocando no andar de baixo.

Que ironia...

— Ai! Devagar — reclamei.

— Estou te machucando?

— Está.

— Certo... Desculpe, gata.

Não me chame de "gata".

Inspirei devagar e decidi que iria fazer o que fosse necessário para suportar a dor. Quando ele empurrou dentro de mim de novo, choraminguei, mas aguentei, enquanto minhas costas bateram na parede.

— Você é muito apertada — ele disse enquanto empurrava o pau de novo, com mais força, na minha vagina, que estava ardendo.

Tive certeza de que ele achou que minha respiração ofegante era um bom sinal enquanto continuou a transar comigo devagar. Quando ele aos poucos rompeu meu hímen, começou a meter em mim mais rápido.

---

2   *Faça o Que Quiser*, em tradução livre. (N. da T.)

Quando a dor entre as minhas pernas diminuiu um pouco, começou a cair a ficha do que estava acontecendo. Meus olhos estavam fechados, e tudo o que eu conseguia ver era o rosto de Mitch. A ardência entre minhas pernas perdeu a importância comparada à imagem dos seus olhos azuis marcando minha alma naquele momento, como se fossem feitos de ferro quente. Deveria ter sido ele. Lágrimas começaram a brotar dos meus olhos quando os movimentos de Chad ficaram mais intensos. Alguns minutos depois, ele avisou:

— Estou quase gozando.

Funguei e menti.

— Eu também.

Enquanto ele gemia, eu apertava os olhos para me livrar das lágrimas.

Quando os movimentos pararam, ele saiu de dentro de mim devagar e olhou para baixo.

— Droga!

— O que foi?

— Tem sangue por todo lado.

Quando baixei a cabeça, vi o vermelho espalhado na sua calça cáqui e também escorrendo pela minha perna.

— Que merda! Você está menstruada?

Cobri a boca, incapaz de lutar contra as lágrimas, e balancei a cabeça.

Ele passou a mão no cabelo.

— Você... Não vai me dizer que você era virgem...

Minha voz estava trêmula.

— Era.

Ele pareceu furioso, como se eu o tivesse enganado de alguma forma.

— Droga! Eu não teria feito isso se soubesse que você era virgem! Como é que vou sair daqui coberto de sangue?

Meu próprio sangue estava fervendo com a audácia insensível da pergunta dele.

— Não sei. Eu...

Ele saiu do cômodo abruptamente, e então voltou com uma pequena toalha branca do bar, que usei para limpar minha perna.

Ele segurou minha mão com força.

— Vem. Vamos sair de fininho pela porta lateral.

Ele praticamente me arrastou até o andar de baixo. Depois saímos pela porta lateral, que dava para um beco abandonado. Através da névoa noturna, caminhamos em silêncio pelo cascalho até a rua, onde ele chamou um táxi.

Chad não falou nada no caminho de volta ao apartamento de Charisma. Fiquei olhando pela janela do carro com uma expressão vazia, ainda em estado de choque com sua mudança brutal de comportamento.

Quando o veículo parou, ele foi comigo até a porta da frente e me abraçou sem jeito antes de voltar para dentro do táxi, que foi embora a toda velocidade.

Eu estava atônita, me sentindo vazia. Usada.

O porteiro me deixou entrar, e subi pelo elevador, atordoada, ainda me sentindo como se um incêndio tivesse sido apagado na minha vagina. Quando cheguei, percebi que Charisma ainda estava na boate. Todas as minhas coisas estavam trancadas no seu apartamento, porque eu ia passar a noite lá.

Bati a parte de trás da cabeça na porta trancada e deslizei o corpo até o chão. Peguei o celular e fui passando as fotos até chegar às que tinha tirado com Mitch em Lake George. Era a primeira vez que eu tinha me permitido olhar uma única foto dele desde que tinha escrito aquele e-mail que me causava pavor. Ver seu rosto e os olhos que sempre refletiam um amor por mim me fez desejar desesperadamente estar com ele. Segurei o celular colado ao coração e chorei. O que aconteceu com Chad não me ajudou nem um pouco a superar meus sentimentos. No máximo, reforçou o quanto meu amor por Mitch era indestrutível. Estar com outro homem só tinha feito com que eu o quisesse ainda mais.

Uma hora depois, as portas dos elevadores se abriram, e Charisma veio dobrando a esquina do andar.

— Oi, garota. O que aconteceu? Pensei que você estivesse com o Chad.

Eu ainda estava no chão.

— Pois é... Sobre esse assunto: seu primo é um babaca.

— Como assim?

— Não quero conversar sobre isso.

Ela abriu a porta do apartamento.

— Quer uma bebida?

— Não... Por favor. Foi assim que começaram os problemas hoje à noite. Para mim, essa coisa de beber já deu. E, quanto ao seu primo, caso você realmente queira saber, ele vazou num táxi levando minha virgindade depois de me descartar como se eu fosse lixo. Parece que você não precisa ter uma alma para entrar em Harvard.

Aquele verão com Charisma foi uma experiência de aprendizado. Entre perder a virgindade e descobrir que o álcool não era meu amigo, também percebi que era impossível seguir em frente sem o seu coração. Mitch *era* o meu coração. Todos os meus sentimentos iriam chegar a um ponto crítico na festa de casamento de Jake e Nina.

No mês de novembro seguinte, Jake e Nina finalmente escolheram uma data para o seu casamento há muito esperado. Eles tinham ficado noivos depois que A.J. nasceu, mas o dinheiro estava apertado, então eles esperaram alguns anos para fazer planos relacionados ao casamento.

Como madrinha de Nina, precisei ir a Boston para a celebração, que ocorreu em um restaurante italiano chique de North End, um bairro da cidade. A irmã de Jake, Allison, e o marido dela, Cedric, pagaram a festa, com direito a salão privativo com uma pequena pista de dança.

O banquete incluía um bufê com itens como antepasto, penne ao molho pesto e costela de cordeiro. De sobremesa, havia cannoli e babá ao rum, de uma confeitaria que ficava na mesma rua.

O DJ tocou muita coisa ao estilo *big band*, além de músicas suaves de artistas como Tony Bennett e Michael Bublé. O teto estava decorado com lanternas de papel cor de salmão, e, a longa mesa, com hortênsias brancas rodeadas por velas pequenas e baixinhas flutuando na água.

Jake estava de camisa social preta com as mangas dobradas, exibindo suas tatuagens, enquanto Nina estava usando um vestido simples preto e branco. Jake estava colocando um biscoito italiano na boca de Nina enquanto A.J. estava sentado entre os dois.

Embora eu estivesse muito feliz por eles, a atmosfera no local deixou meu coração triste. Fazia mais de um ano que eu tinha terminado com Mitch, e cada dia era mais difícil que o anterior. Eu sempre me perguntava o que ele estava fazendo, se estava feliz ou se aquele era o dia em que ele iria conhecer alguém por quem se apaixonaria. Aquela noite foi especialmente difícil porque eu estava na cidade dele, tão perto, porém tão distante.

O DJ chamou Jake e Nina para dançar ao som de *The Way You Look Tonight*, de Frank Sinatra. Alguma coisa nessa música sempre me deixou arrepiada. Ela era muito linda. Prestei atenção em como Jake estava olhando para Nina quando eles estavam dançando, como eles sussurravam coisas um para o outro. Naquele instante, um era, essencialmente, tudo o que existia para o outro, apesar do local estar cheio de gente. A expressão de Jake me era familiar: era o mesmo olhar que Mitch costumava lançar para mim.

Enquanto a música tocava, todo o meu relacionamento com Mitch passou depressa diante dos meus olhos: nossos jogos de basquete quando éramos crianças, o beijo no festival, ele beijando minha cabeça careca, nossa noite em Lake George. Uma dor insuportável foi crescendo no meu peito. Bem quando a música mudou para alguma coisa rápida, saí correndo do salão de recepções antes que alguém me notasse chorando escandalosamente.

Fui parar no salão lotado do restaurante e subi as escadas que davam em um terraço vazio que ficava no telhado. Uma rajada de vento fez meu vestido estilo Marilyn Monroe se mexer enquanto eu abria a porta. Embora estivesse uma noite fria, o céu estrelado estava de tirar o fôlego. Parecia que eu conseguia sentir um buraco no peito quando comecei a chorar ainda mais.

Então, a porta se abriu com tudo.

— Skylar? Que diabos você está fazendo aqui em cima?

Um avião passou por cima de nós enquanto ele vinha na minha direção.

— Jake... — Tentei me recompor. — Eu só precisava de um pouco de ar.

— Mentira. Te vi saindo do salão chorando.

— É melhor você voltar para a sua festa.

— A dança do *Baile dos Passarinhos* pode esperar. — Jake pegou duas cadeiras que estavam na parte de cima de uma pilha. — Senta. — Quando o fiz, ele disse: — Agora fala.

— Você sabe que terminei com Mitch...

— Como eu poderia esquecer? Ele apareceu na minha casa depois que você o abandonou, sabia?

— Apareceu?

— Sim... Ele queria descobrir se Nina sabia de alguma coisa, queria que eu desse conselhos. Nenhum de nós soube o que dizer. Apenas dei cerveja, deixei que ele ficasse bêbado e o levei embora de carro.

— Quando você e Nina estavam dançando ao som daquela música... Aquilo me lembrou dele.

— Espera aí. Se você fica triste deste jeito pensando nele, por que terminou o namoro? Parece que ninguém sabe o motivo.

— Posso te fazer uma pergunta?

— Manda.

— Antes de A.J. nascer, se você descobrisse que Nina não poderia ter bebês, você teria sido capaz de ficar com ela no longo prazo?

Jake fez uma pausa, piscando repetidamente enquanto ligava os pontos.

— Sem dúvida, teria. *Nina* é o meu bebê. Ela significa mais para mim do que qualquer outra coisa no mundo. Calhou de termos sorte quase que na primeira tentativa, mas, se ela não fosse capaz de me dar um filho, sim, isso teria sido uma decepção, mas apenas porque eu não poderia ter uma parte dela e uma parte minha. Eu não iria querer isso com nenhuma outra mulher. Qualquer cara que realmente ama uma garota sentiria a mesma coisa. — Ele colocou a mão no meu ombro. — Você nunca contou à Nina, não é?

— Não.

— Tudo isso está começando a fazer sentido agora. Você achou que estava fazendo um favor a ele abandonando-o antes que ele tivesse uma chance de terminar com você no futuro.

Enxuguei os olhos.

— Isso.

— Se ele realmente te amar do jeito que diz que ama, você está enganada, Skylar. Quando eu estava passando por um período difícil, uma garota sábia me disse que a vida era curta e que eu iria me arrepender se abrisse mão da Nina tão facilmente. Foi a mesma garota que quase destruiu meus dentes. Você viu essa garota? Ela era bem fodona. Ela precisa seguir o próprio conselho neste exato momento.

Comecei a rir um pouco em meio às lágrimas, me lembrando daquele dia.

— Só estou assustada.

— É assim que você realmente sabe que ama o cara. O amor não pode existir sem o medo. Se a ideia de perder alguém não te deixa apavorado, então não é amor.

Meu coração acelerou quando percebi o que estava prestes a fazer.

— Você pode dizer à Nina que peço mil desculpas, mas que preciso ir embora?

18
MITCH

— Boa noite, princesa — falei, e depois beijei Summer na testa enquanto a colocava para dormir.

Eu estava cuidando da minha irmã enquanto meu pai e a esposa estavam fora.

Aquela era a segunda viagem de fim de semana que eu tinha feito à Pensilvânia nos últimos tempos. Summer merecia ter um irmão que não fosse totalmente ausente da sua vida e, pela primeira vez, eu estava fazendo um esforço para deixar de lado as minhas diferenças com o meu pai. Alguma coisa na minha vida precisava dar certo quando todo o resto tinha virado uma merda.

Tínhamos passado a noite jogando Monopólio, e eu a deixei me mostrar como fazer seu doce favorito com flocos de arroz. Eu a teria deixado ficar acordada até bem depois do seu horário de dormir, mas ela finalmente ficou exausta e pediu para ir para a cama.

A sala de estar do meu pai estava escura, exceto pela luz da televisão. O cheiro de fumaça de cigarro entranhado no sofá antiquado de tweed era penetrante. Eu estava sentado, passando pelos canais sem prestar atenção, desejando poder conversar com Skylar e contar a ela tudo sobre Summer. Eu desejava um monte de coisas quando se tratava da Skylar — leia-se "se o ano anterior nunca tivesse acontecido". Tinha cometido várias burrices por causa das minhas tentativas de esquecer a dor que ela me fez sentir. Ainda assim, a saudade que eu sentia dela tinha conseguido apenas aumentar.

Fazia meses que ela não entrava em contato comigo. Então, mais ou menos uma hora depois, quando meu celular tocou e o nome dela apareceu na tela, não consegui acreditar no que os meus olhos estavam vendo.

— Skylar?

— Oi.

Minhas pálpebras se fecharam com força, e desfrutei do som da voz dela como algo valioso.

— Você está bem?

— Estou na entrada do seu alojamento. Você está aqui para me deixar subir?

— Meu alojamento? Você está em Boston?

— Estou. Vim para a festa de casamento de Nina e Jake, e saí do restaurante para vir aqui.

Joguei uma das almofadas no ar, frustrado.

— Droga! Estou na Pensilvânia, visitando minha irmã.

Ela fungou.

— Ah, é? — A voz dela estava rouca. — Nossa... Isso é ótimo. Eu...

— Skylar, você está chorando?

Ela hesitou.

— Estou. Vim aqui para te dizer uma coisa.

A entrada do alojamento estava barulhenta, e tive dificuldade para ouvi-la.

— Escuta, você pode ir a um lugar silencioso?

— Onde?

— Tem uma sala com um piano no corredor da entrada. Primeira porta à esquerda, antes de chegar na guarita. Nunca tem ninguém lá dentro.

— Certo. Estou indo. — O celular fazia ruído enquanto ela se mexia. — Cheguei. Está vazia.

— Feche a porta. — Eu a ouvi fechar, abafando o som anterior. — Agora me diga o que você queria me dizer quando decidiu ir aí.

— Isto é difícil para mim — ela falou.

— Vou ficar na linha com você o quanto precisar. Se você recitasse a porcaria da lista telefônica, estaria bom para mim nesta altura do campeonato. É que é muito bom ouvir sua voz. Não precisa ter pressa.

— Tem coisas que tenho que te contar. Não sei por onde começar. Eu realmente deveria fazer isto pessoalmente.

— Não. Não! Não vou desperdiçar mais um único segundo da minha vida tentando adivinhar o que está passando pela sua cabeça. Preciso saber tudo, e preciso ouvir isso agora!

— Te amo, Mitch.

Minha pulsação acelerou.

— Também te amo. Nunca deixei de te amar. Você sabe disso, não é?

— Preciso te contar por que realmente terminei com você. Achei que eu estivesse fazendo a coisa certa para você.

— Você disse isso, mas não entendo.

Ela fez uma pausa.

— Existem grandes chances de eu não conseguir ter filhos, Mitch. Os tratamentos... eles destruíram meus óvulos.

Fiquei olhando fixamente o episódio de *Family Guy* que estava passando na televisão enquanto minha mente absorvia o que ela disse. *O quê?* Não conseguia acreditar que ela não tinha me contado aquilo. Ao mesmo tempo, fiquei arrasado por ela. Naquele momento, tudo fez sentido.

— Mitch? Você ainda está aí?

— Você achou que eu ia te abandonar se você não pudesse ter filhos?

— Foi mais uma questão de ficar com medo de que você não fosse me abandonar, e que, com o tempo, conforme você ficasse mais velho e quisesse um filho realmente seu... você ficasse com raiva de mim.

Minhas emoções eram pura confusão. Eu precisava que ela entendesse, então minha voz saiu mais alta do que eu queria:

— Você imaginou errado. Não quero um filho se não for com você. Nunca vou querer um com outra pessoa. Você está me entendendo? Nada importa para mim, exceto você. Sem você, não passo de uma droga de uma casca ambulante.

Ela estava em silêncio e suspirou com o celular colado no rosto.

— Tem mais uma coisa que preciso te contar.

— Certo...

O suspiro longo que escapou dela chegou alto no meu ouvido.

— Passei o verão em Nova York e conheci uma garota que morava lá. Ela me apresentou ao primo. O nome dele era Chad.

De repente, meu estômago embrulhou. Eu sabia aonde ela queria chegar.

— Certo...

— Eu estava me esforçando muito para te esquecer... e acabei permitindo que ele fizesse sexo comigo.

Normalizei a respiração, que eu tinha estado prendendo, e consegui sentir gosto de bile surgindo na garganta. Se alguém tivesse furado meus olhos com uma faca, teria doído menos. Tentei agir com calma, mas minha respiração difícil estava entregando meus sentimentos reais. Minhas mãos se transformaram em punhos cerrados enquanto eu resistia à vontade de socar a parede.

— Certo... certo. É isso? Você usou proteção, não é?

Ela estava falando muito depressa.

— Sim, claro. Aconteceu muito rápido, e foi horrível. Nunca sequer o vi de novo. Minha primeira vez deveria ter sido sua, e depois me senti muito mal sobre o que aconteceu. Fiz aquilo porque pensei que me ajudaria a seguir em frente, e foi exatamente o contrário. Eu...

— Ok. Não me conte mais nada, certo? Não consigo suportar. Só quero esquecer isso.

Ela mudou o rumo da conversa na minha direção.

— Você está saindo com alguém?

Fiquei em silêncio, sem saber ao certo como explicar a ela. Já que estávamos sendo honestos um com o outro...

— Dormi com duas garotas. Estava solitário e, quanto mais o tempo passava, mais eu achava que você não iria voltar. A primeira foi uma transa de uma noite, depois da qual te mandei uma mensagem, o que foi burrice. Depois, no fim do semestre passado, meio que comecei a sair com uma pessoa. Não virou nada. Continuou durante o verão, mas nunca gostei dela, e ela sabia. Droga, eu ainda estava com fotos suas espalhadas por todo o meu quarto. Ela queria algo mais sério do que eu podia dar. No começo, ela agiu como se estivesse de acordo com a ideia de manter a coisa casual, mas acabou mudando de atitude. Enfim, ela surtou quando terminei o que tínhamos. Contei a ela que ainda estava apaixonado por você. Aí, ela não parava de ligar, e começou a agir como se estivesse meio psicótica. Foi uma confusão, mas acabou.

— Qual era o nome dela?

— O nome dela? Charisma.

Pela sua respiração, percebi que ela levou um susto, e então ouvi um barulho como se o celular dela tivesse caído.

Merda.

— Skylar... Você está aí?

Sua voz estava trêmula quando ela voltou ao celular.

— Ela é de Nova York?

— É. Por que isso importa?

— A garota que eu conheci lá. Ai, meu Deus... É ela.

— O quê?

— É ela. Ela foi à loja onde eu trabalhava... Fingiu que queria comprar tecido. Como ela sabia onde eu trabalhava? — Senti vômito começar a subir pelo meu estômago enquanto ela continuou: — Ela armou para eu ficar com o primo cafajeste dela. Contei a ela todos os meus segredos. Mitch, eu... contei a ela por que realmente terminei com você!

Skylar começou a chorar ainda mais, e meu coração não conseguiu suportar aquilo.

Isso não podia ter acontecido.

Não consegui mais segurar. Corri para o banheiro e vomitei no vaso sanitário com o celular ainda na mão.

Eu jamais iria me perdoar.

Na época, eu não sabia que o pior ainda estava por vir.

MINHA SKYLAR

19
CHARISMA

Sabe aquela música *Whatever Lola Wants*[3]? Pois é. Ela poderia ter sido escrita sobre mim.

Eu estava acostumada a conseguir tudo o que queria. Meus pais nunca me disseram um "não", então, como uma recém-adulta, tive dificuldade de aceitar a rejeição. Quando vi Mitch pela primeira vez, soube que *precisava* tê-lo. Ele era o exemplar de homem mais bonito que eu já tinha visto: físico perfeito, olhos impressionantes e um cabelo melhor do que o da maioria das mulheres. Também havia algo na sua postura inatingível que rapidamente transformou a atração normal que eu sentia por ele em luxúria desenfreada.

Eu e mais algumas das garotas que moravam comigo e estudavam na Wellesley tínhamos pegado o trem até a Universidade de Boston para ir a uma festa fora do campus na Beacon Street. Foi lá que o notei, sentado num canto, sozinho, tomando uma cerveja. Ele estava usando um boné do Yankees virado para trás, com seu cabelo denso aparecendo debaixo dele. A camiseta cinza que ele estava usando marcava todos os músculos firmes. Eu o observei colocar os lábios carnudos em volta da garrafa, e minha calcinha ficou molhada só de imaginar que era meu peito no lugar do objeto.

Mas parecia que sua mente estava em outro lugar. Precisava voltar aquela atenção para mim. Apenas para mim. Como meu pai era torcedor fanático do Yankees, eu entendia um pouquinho de beisebol. Então, comecei a conversar com ele sobre a última vitória do Yankees, sobre o Red Sox. Depois de um tempo, ele pareceu mais relaxado, e passamos a maior parte daquela noite conversando no mesmo canto.

Perguntei se podia ver o quarto dele no alojamento e, quando ele me levou para lá, a primeira coisa que notei foram fotos de uma garota bonita espalhadas em toda a parede acima da sua escrivaninha.

---

3   *Tudo o Que a Lola Quer*, em tradução livre. (N. da T.)

— Você tem namorada?

— Não — ele respondeu com frieza, sem oferecer qualquer outra informação.

Coloquei na cabeça que tinha que descobrir quem era ela.

Ele estava me passando uma impressão de que não estava muito interessado em mim. Claro, isso só me fez querê-lo ainda mais. Ele não havia tentado tomar a iniciativa comigo, e fui para casa me sentindo derrotada, mas determinada.

Nas semanas seguintes, não escondi que estava começando a gostar dele. Eu estava muito melindrosa e, enfim, abri o jogo e disse a ele que o queria. Ele deixou muito claro que não queria um relacionamento, mas pareceu aberto a algo casual. Fingi que aceitava aquilo, mas, no íntimo, jurei que iria subir o nível do meu jogo.

Eu colocava minhas roupas mais sexy e levava para ele comida de restaurantes sofisticados da Newbury Street. Até inventei uma história comprida sobre um fim de namoro difícil para tentar fazê-lo se abrir comigo sobre *ela*. Depois que contei minha "história", ele finalmente começou a falar.

Skylar.

Aquela vadia terminou com *ele*. Inacreditável. Eu não entendia como ela conseguiu largá-lo como se ele fosse um problema, depois de todos aqueles anos juntos. A boa notícia: eles não tinham feito sexo. A má notícia: sua expressão me dizia que ele estava longe de esquecê-la. Eu teria dado tudo para ele ter sentido aquilo por mim. Quanto mais eu o conhecia, mais percebia que precisava fazer isso acontecer de alguma forma. Ele era o pacote completo: lindo, inteligente e fiel.

Algumas noites depois de ele se abrir comigo sobre Skylar, dormimos juntos pela primeira vez. Eu meio que o forcei a fazer aquilo, e ele não ofereceu resistência. Embora ele parecesse distante e ausente da situação, foi o melhor sexo que eu já tinha feito, porque eu estava muito atraída por ele fisicamente. Seu pau era enorme, e seu corpo, musculoso. Eu conseguiria ter gozado só de me esfregar nele. Ele era, de longe, o cara mais gostoso com quem eu já tinha dormido. Estar com ele fez maravilhas pelo meu ego. Como uma usuária de drogas, logo fiquei viciada, e jurei que faria com que ele fosse meu. Me convenci de que ele poderia passar a me amar do jeito que ele a amava.

Estávamos na metade do verão. Mitch tinha permissão para permanecer no alojamento, já que trabalhava no campus. Eu tinha um apartamento fora do campus próximo à Wellesley e fiquei lá para ficar perto dele, embora fosse para eu voltar a Manhattan para cuidar da casa para os meus pais.

Uma noite, quando ele estava dormindo, vasculhei seu celular para descobrir se ele tinha estado em contato com ela. A última mensagem recebida de Skylar dizia que ela estava trabalhando em Nova York em uma loja de tecidos que, por acaso, ficava perto do apartamento dos meus pais. *Que sorte a sua, Charisma.* Foi aí que bolei meu plano. Eu iria conhecê-la, tentar entender o que ele viu nela e então inventar um jeito de manter um longe do outro para sempre. Disse a Mitch que precisava ir para casa para cuidar de algumas coisas, e peguei a ponte aérea no dia seguinte.

Na primeira vez que fui ao local onde ela trabalhava, ela não estava lá, mas, na segunda, pareceu que o plano ia começar a funcionar. Fingi que queria comprar tecido, puxei assunto, e ela concordou em ir para a balada comigo.

Chegou um momento em que estávamos nos encontrando algumas vezes por semana. Ela trabalhava às quintas e sextas na loja. Nesses dias, à noite, passávamos tempo juntas, e repetíamos aos sábados. Mal sabia ela que eu voava de volta a Boston para passar os outros dias da semana com Mitch.

Eu precisava saber se ela ainda gostava dele, e a melhor forma de incentivá-la a se abrir era fazê-la tomar um porre. Ela disse que não bebia, então comecei a preparar para ela as misturas mais frutadas e "de menina" que passaram pela minha cabeça.

— Nem parece que tem álcool aqui — ela dizia.

Pois é. A ideia é essa. Termina de beber.

Começou a funcionar. Ela me pedia para preparar mais drinques para ela e, eu, como boa bartenderzinha, fazia sua vontade com prazer. Uma noite, ela me contou tudo que eu queria saber. Foi um choque descobrir o que ela havia enfrentado, principalmente o câncer e a infertilidade. Eu realmente me senti triste por ela, mas não o suficiente para abrir mão de Mitch. Naquele momento, mais do que em qualquer outro, eu soube que precisava ser agressiva. Ela ainda estava apaixonada por ele e acabaria percebendo, um dia, que não conseguiria viver sem ele. Ele iria me trocar por ela num piscar de olhos no segundo em que ela aparecesse. Eu não podia deixar isso acontecer.

O primeiro passo era tirar a virgindade dela. Eu estava muito convencida de que um dos motivos pelos quais Mitch colocava Skylar num pedestal daquele jeito era porque ela era virgem. Ele a via como uma garota angelical que estava se guardando para ele. Isso tinha que mudar. Então, recrutei meu primo mulherengo de confiança, Chad, para conquistá-la.

Desde o começo, ele conhecia sua missão. O problema foi que era para ele ficar por perto e cortejá-la um pouco. Eu tinha esperança de que acontecesse algum milagre e eles gostassem um do outro de verdade. O que realmente aconteceu foi que ele vazou depois que descobriu que ela ainda era virgem quando transou com ela. Eu sabia que isso iria desencorajá-lo de me ajudar, então omiti esse detalhezinho e o deixei descobri-lo sozinho.

Meu plano teve o efeito contrário do esperado porque, depois que Chad sacaneou Skylar, ela só falava sobre Mitch. Eu exibia minha melhor fachada de solidariedade, mas, por dentro, estava em pânico. Meu plano cuidadosamente construído estava desmoronando em volta de mim, e situações extremas exigem medidas extremas.

Eu tinha que pensar muito bem. Qual era a única coisa que a manteria longe dele? Só havia uma resposta. Calhou de ser também a única coisa que o ligaria a mim. Eu precisava ficar grávida. Era um pouco extremo, mas segurá-lo era tudo o que importava para mim. O fato de eu carregar o filho de Mitch iria deixá-la tão traumatizada que ela não teria escolha a não ser nos deixar em paz. Ele era um cara bom, que iria ficar ao meu lado e assumir a responsabilidade. Ele passaria a me amar, porque eu daria a ele a única coisa que ela não poderia dar.

A complicação seria quando ela descobrisse minha identidade. O que eu faria se um dia ela me dedurasse? Tentei não pensar tão adiante, porque precisava ficar de olho no prêmio. Eu sempre poderia inventar uma história, talvez dizer que não a reconheci... chamar de coincidência. Seria uma possibilidade remota, mas o bom era que ele não sabia que eu tinha dado uma olhada nas mensagens do celular dele. Se ao menos eu não tivesse sido burra a ponto de falar meu nome verdadeiro para ela...

Tinha que existir um jeito de reverter a situação. De acordo com o pouco que ele sabia, foi ela que veio atrás de mim. Eu poderia mentir e dizer que *ela* me passou um nome falso, deturpar a história para parecer que ela era a maluca que estava perseguindo o ex e a namorada nova dele.

A execução desse plano ia ser a parte difícil. Mitch sempre era muito cuidadoso quando se tratava de proteção. Ele não chegava perto de mim enquanto a camisinha não estivesse colocada. Então, eu sabia que não podia fazer aquele teatrinho do "estou tomando pílula".

Quando as aulas na faculdade foram retomadas, comecei a sugerir que ele viesse ao meu apartamento, em vez de eu ir ao alojamento dele. Deixei o lugar bem atrativo, porque tinha acabado de comprar uma televisão de tela plana de sessenta polegadas com HD, incluindo acesso a todos os canais esportivos premium. Ele adorava assistir aos jogos de beisebol e não tinha TV a cabo. Sempre que transávamos na minha casa, eu esticava o braço até a gaveta da mesa de cabeceira e pegava um dos preservativos do meu estoque — aqueles nos quais eu havia cuidadosamente feito furos minúsculos com uma agulha de costura. Fizemos sexo umas seis vezes usando essas camisinhas. Tudo o que eu podia fazer era nutrir esperanças.

As coisas estavam evoluindo de acordo com o planejado até uma noite em que Mitch foi ao meu apartamento com uma cara de quem tinha sido atropelado por um trem. Ele me disse que as coisas entre nós estavam ficando sérias demais e que aquilo não era justo comigo porque ele ainda estava apaixonado pela Skylar. Ele me disse que achava que jamais iria conseguir me oferecer algo além de uma relação casual do tipo "amizade colorida" e que, como ele sabia que eu queria mais do que isso, ele precisava pôr um fim nela naquele momento, antes que ela fosse mais longe.

Eu me recusava a perdê-lo por causa daquela filha da mãe moralista. Entrei em pânico. Durante toda aquela semana, fiquei ligando para ele, várias vezes, implorando para ele pensar melhor. Cheguei a falar para ele que o amava, que faria qualquer coisa por ele. Aquilo estava me fazendo perder a cabeça. Não era para as coisas evoluírem daquele jeito. Ele parou totalmente de atender minhas ligações até o fim da semana e, quando apareci no alojamento, seu colega de quarto disse que ele tinha saído correndo para a Pensilvânia para passar o fim de semana lá.

Naquela noite, foi como se as paredes estivessem me espremendo. Só restava uma última esperança, e eu estava segurando a chave para ela nas mãos. Enquanto abria a embalagem e fazia xixi no bastão, rezei para um Deus que provavelmente estava emitindo minha passagem para o inferno naquele exato momento. Depois de uma espera torturante de cinco minutos, olhei para o sinal de mais e *confirmei* que o inferno era onde eu iria acabar.

PARTE 2

CINCO ANOS DEPOIS

20

SKYLAR

Soltei um suspiro profundo.

— Eu o vi.

— Você viu Mitch?

— Sim.

— Isso explica a sessão de emergência. Em geral, não te vejo às terças — disse a dra. Rhodes, cruzando as pernas e se acomodando na sua cadeira estofada com abas laterais.

Ela deve ter percebido que aquela sessão poderia demorar bastante. Desde a minha mudança de volta para a cidade, eu tinha me encontrado com ela apenas algumas poucas vezes antes dessa.

— Onde você o viu?

— Eu e o Kevin tínhamos ido ao supermercado para comprar algumas coisas. Eu estava no corredor de pastas de dente, e ele estava exatamente lá. Não notei a presença dele num primeiro momento.

— Você falou com ele?

— Não. Fiquei paralisada.

— Ele te disse alguma coisa?

— Ele disse meu nome, mas foi só isso. Acho que ele estava tão atordoado quanto eu. Seus olhos...

— O que havia nos olhos dele?

— Havia muita emoção neles. Ele estava quase suplicando para mim sem sequer falar. Minha nossa, ele estava muito diferente.

— Como assim?

— Não de uma forma ruim, apenas... nova, eu acho. Havia tatuagens nas suas mãos, e consegui ver uma no pescoço. Ele não tinha nenhuma quando estávamos juntos. E ele está maior agora.

— Vê-lo fez você se sentir como?

Tentei encontrar a palavra certa. Realmente só existia um jeito de descrever.

— Viva.

— Viva... Por quê?

— Sentimentos que estavam enterrados há anos me bombardearam todos de uma vez só. Desde que eu não tivesse que vê-lo, conseguia mergulhar nessa vida que construí com Kevin, mas, quando Mitch estava bem na minha frente, foi simplesmente devastador. Me fez perceber que eu não tinha seguido em frente de fato. Tenho estado apenas num "modo espera", fingindo que aquilo tudo nunca aconteceu.

— Aponte alguns desses sentimentos.

— Culpa.

— Por quê?

— Por ir embora quando as coisas ficaram difíceis, porque eu não conseguia suportar a dor. Eu sabia que ele também estava vivendo um verdadeiro inferno por causa do que aquela desgraçada fez. Ele não quis que aquilo acontecesse, mas eu simplesmente não consegui estar lá para ajudá-lo, não consegui ficar parada olhando enquanto ela...

Fechei os olhos.

A dra. Rhodes terminou minha frase:

— ... estava tendo o bebê dele.

Acenei com a cabeça enquanto uma lágrima caía. Pensar sobre aquilo nunca ficava mais fácil. Falar em voz alta era impossível.

Minha mãe e a de Mitch tinham se afastado depois que Janis se mudou do outro lado da rua para morar com o namorado na cidade vizinha. Além disso, elas meio que se desentenderam por causa do que aconteceu. Então, minha única conexão com Mitch ao longo dos cinco anos anteriores tinha sido Davey. Ele recebeu instruções explícitas para não me contar nada a não ser que eu pedisse, e respeitava isso porque entendia o quanto era difícil para mim. Nem tive coragem de ir ao casamento de Davey e Zena dois anos antes por medo de que Mitch estivesse lá.

Tudo o que sabia era que Mitch tinha largado a universidade e voltado para Nova Jersey e que Charisma tinha dado à luz um menino que deveria estar com uns quatro anos. Quando Kevin foi transferido para cá de Maryland por causa do trabalho, tive que me preparar para o fato de que eu precisaria encarar as coisas das quais eu tinha estado fugindo. Mas eu queria voltar para casa. Sentia saudade da minha mãe. Estava na hora.

— Você fez o que sentiu que precisava fazer para sobreviver, Skylar. É impossível ter certeza de que as coisas teriam sido melhores para ele se você tivesse ficado. Ele teria tido que lidar com a sua dor, assim como com a dele. Você não teria sido capaz de mudar a situação se tivesse ficado. Você sabia do que você dava conta, e tomou a decisão que era melhor naquele momento.

Tirei um fiapo da minha saia.

— Talvez.

— Além de culpa, o que mais você sentiu quando o viu?

Aquilo iria me fazer soar horrível.

— Desejo. Sempre tivemos uma conexão física forte. Nunca senti nada parecido com nenhuma outra pessoa. Quis tocá-lo, mas eu não podia.

— Culpa, desejo... O que mais?

— Medo. Esse pode ter sido o principal. Tenho medo do que ele tem enfrentado. Tenho medo de ele me odiar. Tenho medo de estar apaixonado por alguém. Tenho medo do desconhecido, e não sei ao certo se quero saber tudo um dia.

— O que Kevin sabe sobre Mitch?

— Ele sabe o que aconteceu antes de eu ir embora de Nova Jersey, mas não sobre o encontro no mercado. Quando me mudei para Maryland e conheci Kevin, ele viu o quanto eu estava abalada. Mitch não é uma das pessoas favoritas dele, para usar um eufemismo, e é melhor se eu guardar as coisas para mim.

— Você acha que ele ficaria nervoso?

— Não sou muito boa em esconder meus sentimentos. Se eu contar sobre esse episódio, ele vai saber.

— Saber o quê?

— Que...

Ela ajeitou os óculos.

— Que você ainda ama o Mitch.

Alguns meses depois do incidente no mercado, Kevin estava se preparando para sua viagem de negócios quinzenal à Virgínia, como era de praxe. Ele ia na terça à noite a voltava para casa na sexta. Kevin trabalhava para uma empresa de equipamentos médicos como gerente de produção. O motivo da nossa mudança para a minha terra natal foi ele poder administrar a nova fábrica da empresa em Nova Jersey. Ele ainda tinha que viajar de volta para o antigo escritório de vez em quando. Eu não me importava, porque isso nos dava umas férias um do outro. Não era que eu não quisesse estar perto dele, mas ele gostava de tudo muito certinho: a casa limpa, uma refeição quente toda noite. E ele queria fazer sexo mais do que eu. Era meio que uma sensação boa poder simplesmente relaxar depois do trabalho, comer cereal no jantar e ler meu livro.

— Você viu minha camisa social azul-clara com linhas brancas?

— Não.

— Não está no closet. Tem que estar no cesto de roupa para lavar.

— Então, está suja.

— Você não lavou nenhuma remessa de roupa desde a semana passada? O que você anda fazendo?

— Trabalhando, exatamente como você, e também estive no hospital algumas vezes para visitar as crianças. Você sabe disso.

— Sky, o fato de você ser voluntária e ajudar crianças doentes não é nenhum problema para mim, mas quando a casa começa a ficar essa droga, você realmente precisa administrar melhor seu tempo.

— Posso lavá-la rapidinho.

— Não dá tempo!

— Está certo. Desculpe.

— Você tem que pedir desculpas mesmo.

Apenas vá embora. Por favor. Para eu poder respirar.

Não era que eu odiasse morar com Kevin. É só que, às vezes, eu preferia quando ele estava longe. Era difícil conviver com ele, mas eu o respeitava. Ele me fazia sentir segura e tinha me salvado em uma época na qual eu não tinha certeza se iria sobreviver.

A depressão tinha tomado conta da minha vida quando me mudei para Maryland. Foi apenas um mês depois que Mitch descobriu que Charisma estava grávida. Ainda havia muitas incertezas, como, por exemplo, se ela poderia provar que ele era o pai. Eu não conseguia suportar estar perto dele, então fui embora correndo, sem um plano, no início me mudando para a casa de uma amiga do ensino médio que foi fazer faculdade lá.

Quando perguntei ao Davey sobre o bebê logo depois do nascimento, ele me contou que um teste de DNA confirmou a paternidade de Mitch. Era tudo o que eu precisava ouvir. Naquele momento, eu sabia que não iria voltar para casa, então me matriculei em uma faculdade e arranjei uma casa para morar.

Eu tinha acabado de começar meu primeiro ano na Faculdade de Design de Maryland e morava em um apartamento fora do campus quando conheci Kevin. Ele era meu vizinho no andar de baixo, cinco anos mais velho e estabelecido na carreira. Passar tempo com ele me deu algo para fazer que não fosse pensar no que eu tinha deixado para trás. Começou como uma amizade despretensiosa. Kevin era um gourmet e me apresentou a cozinhas diferentes, como a etíope e a marroquina. Com o tempo, nossa relação se transformou em algo mais. Quando finalmente me abri com ele sobre Mitch, ele jurou me ajudar a esquecer. O sexo com Kevin era bom — não tão excepcional quanto o que eu imaginava com Mitch —, mas, com certeza, melhor do que minha primeira vez com Chad. Porém, nos últimos anos, a faísca que existia no começo tinha diminuído consideravelmente. Era triste, mas, nos últimos tempos, me tocar era preferível a ter relações com Kevin.

Ele estava fazendo sua mala pequena, colocando artigos de higiene pessoal para viagem em bolsas de plástico. Seu voo era às sete da noite.

— Deixei uma lista de coisas que preciso que você faça para mim nesta semana em um *post-it*. Está colada na geladeira.

— Certo.

Ele gostava de pensar que eu era sua secretária. Ele ganhava mais dinheiro do que eu com o meu trabalho de designer de interiores, então acho que ele sentia que eu precisava conquistar meu lugar lá. Kevin, de fato, me dava uma vida boa. Não me faltava nada e eu nunca precisei me preocupar em pagar as contas. Embora eu ficasse magoada com ele às vezes, sentia que o lado bom compensava o ruim. Nenhum homem é perfeito, certo?

— Ah, e, Sky, não se esqueça de que vamos jantar com um dos meus supervisores, Ray Michaelson, e com a esposa dele na sexta à noite. Compre um vestido bonito para a ocasião, não um como aquele vermelho que você usou da última vez. Aquele era muito decotado na frente.

Nota para mim mesma: comprar um vestido com decote nas costas que chegue até a bunda para compensar.

— Entendido.

Minha ansiedade diminuía a cada segundo à medida que sua mala deslizava em direção à porta.

— Te ligo quando chegar hoje à noite.

Ele me deu um selinho.

— Boa viagem.

Como sempre, fiquei parada perto da janela até não conseguir mais ver seu carro antes de soltar um suspiro profundo e me atirar no sofá com o meu Kindle.

Depois de mais ou menos uma hora, fui andando meio que fazendo um ziguezague até a cozinha e coloquei um pouco de Lucky Charms numa tigela. Jantar. Pronto. Escorada no balcão comendo meu cereal, vi a lista de coisas para fazer colada na geladeira. *Buscar roupa na lavanderia. Organizar gaveta de tranqueiras.* Mostrei o dedo do meio para o *post-it* e levei um marcador para perto dele.

Lembrei que estava passando *Dancing with the Stars* e tirei proveito do fato de que teria a televisão só para mim. Kevin nunca assistia a um dos meus programas. Quando ele estava em casa, normalmente eu lia no quarto enquanto ele assistia ao History Channel ou ao BBC America. Na metade de um passo doble de um jogador de futebol americano qualquer, fiquei entediada, coloquei meus óculos de leitura e optei por começar meu livro novo.

Durante uma cena de sexo crucial, minha mente foi parar longe e, de repente, a imagem na minha cabeça do personagem principal se transformou no Mitch. Ele estava vestido exatamente como eu me lembrava dele naquela vez no supermercado: jeans sujo de tinta, cabelo rebelde e mãos grandes e ásperas, com letras tatuadas nos dedos. Mitch havia ficado ainda mais meticulosamente bonito mais velho e claramente tinha andado malhando. Sua nova aparência rústica sem dúvida estava mexendo comigo. Ter esses pensamentos doía e me causava prazer na mesma medida. Ainda assim, eu simplesmente não conseguia parar. Com os olhos fechados, imaginei Mitch fazendo com a heroína as coisas que a autora descreveu — uma heroína que, por acaso, era uma sósia minha. Frustrada, agarrei meu cobertor rosa e continuei a ler até adormecer.

Um estrondo alto me acordou. Pareceu disparo de arma ou uma explosão, e imediatamente saí do sofá. Com o coração palpitando, saí depressa pela porta da frente.

Uma nuvem de fumaça crescente estava saindo de dentro de um carro do outro lado da rua. Um homem usando um capuz escuro estava parado na frente dele, de costas para mim, enquanto eu me aproximava com cautela.

— Está tudo bem aqui fora?

Ele não disse nada. Meu nervosismo começou a entrar em ação, porque me ocorreu que eu poderia ter acabado de interromper uma tentativa de invasão. Ele não estava se mexendo e, bem na hora em que eu estava prestes a voltar para dentro correndo e chamar a polícia, ele se virou.

Olhos muito azuis se iluminaram debaixo da escuridão do capuz.

— Skylar... Sou eu.

O choque quase me fez ficar sem ar, e recuei, arrastando os pés. Dava para ver minha respiração no ar frio da noite enquanto eu tentava recuperar o fôlego.

— Mitch?

Encaramos um ao outro em silêncio até que os faróis de um carro que estava se aproximando me obrigaram a sair do caminho e chegar mais perto dele. Seu cheiro familiar invadiu meus sentidos, desencadeando uma manifestação aguda de desejo involuntário. Meu corpo ainda estava paralisado enquanto eu continuava lá, confusa. Meus dentes estavam batendo uns nos outros.

Ele quebrou o silêncio.

— Desculpe. Está frio. Volte para dentro.

Lá estava aquele olhar de novo, o mesmo olhar suplicante que ele me lançou no mercado, como se os seus olhos estivessem gritando um milhão de coisas para mim enquanto ele não falava nada. Algo bem no meu íntimo estava gritando ainda mais alto para responder a ele, apesar do meu próprio silêncio.

— O que você está fazendo aqui? — consegui, enfim, perguntar.

Vários segundos depois, sua voz saiu rouca quando ele disse:

— Não sei. — Ele olhou para o asfalto e repetiu com um sussurro: — Não sei o que estou fazendo aqui.

— Você estava por acaso do lado de fora da minha casa, tarde da noite, parecendo aquelas pessoas que se fantasiam de morte no Halloween, soltando fogos de artifício ou sei lá o quê, e isso é tudo o que você tem a dizer?

Ele olhou para o céu e riu, balançando a cabeça.

— Você sempre consegue me fazer rir de mim mesmo, até nas piores situações. Como você consegue?

Meu tom ficou mais brando.

— É sério. O que está acontecendo?

— Não existe uma resposta boa para essa pergunta. Então, é melhor eu ir. Vou ligar para o guincho para eles buscarem meu carro.

Ele começou a ir embora.

Parecia que eu estava perdendo o controle da minha bexiga. Embora eu estivesse com medo de conversar com ele pelo receio de ter que encarar coisas que iam acabar comigo, simplesmente não podia deixá-lo partir.

— Espere. Não vá.

Ele parou e se virou, parecendo surpreso conforme se aproximava de mim de novo.

— Estou aqui.

Ele disse a frase com um nível de emoção em estado bruto que me fez perceber que o significado dela ia além do óbvio.

Engoli em seco, e meu coração batia mais rápido a cada passo que ele dava.

O que eu estava fazendo?

— Quer entrar?

21
MITCH

Claro que quero entrar!

Acenei com a cabeça e a segui enquanto ela atravessava a rua e subia os poucos degraus que levavam à porta da sua casa.

— Obrigado por me convidar para entrar — falei, limpando os pés nas folhas de outono esculpidas no tapete da entrada.

A casa de Skylar era quente e acolhedora. Entrar lá tinha sido como um pequeno indulto do inferno para ter um rápido vislumbre do paraíso. Não existia outro lugar no mundo onde eu preferiria ter estado.

Ainda em choque por ela ter chegado ao ponto de me convidar para entrar, eu a segui até a cozinha de mármore branquíssima. Ela imediatamente começou a colocar água em uma chaleira de aço inox.

— Vou fazer um pouco de chá. Você está com cara de quem está precisando.

Batizado com Jack Daniel's ficaria perfeito, mas vou aceitar puro.

— Obrigado — disse, enquanto abaixava o capuz.

Meus olhos passearam até chegarem na geladeira, onde uma lista feita em um *post-it* continha as palavras "Certo... Vai se ferrar" escritas por cima com marcador vermelho. *Que diabos era aquilo?*

Ela interrompeu meus pensamentos.

— Há quanto tempo você estava lá fora?

— Mais ou menos uma hora... ou mais.

Ela não precisou tentar descobrir mais nada sobre o que eu estava fazendo lá fora, porque, naquele ponto, estava terrivelmente óbvio.

Ela olhou de novo para mim quando esticou o braço até o armário para pegar xícaras.

— Notou alguma coisa interessante?

— Hã?

— Enquanto estava lá fora.

Dei risada.

— Você ainda morde o lábio inferior quando está se concentrando em alguma coisa.

— E?

— Você sorri para si mesma por um tempão depois de rir de alguma coisa na televisão.

— Mais alguma coisa?

— Seu telhado está precisando de uma reforma.

— Nossa! Ligue 0800-perseguidor para uma consultoria gratuita sobre obras no lar.

Quando ela esboçou um pequeno sorriso, retribuí e comecei a me acalmar.

A chaleira apitou, e ela foi ao fogão para colocar a água fervente em duas xícaras de cerâmica. Ela acrescentou açúcar e leite sem me perguntar porque sabia de que jeito eu gostava. Ela colocou a xícara em um pires e, enquanto os passava para mim, eles balançaram, porque sua mão estava tremendo. Apesar de ela ter feito piadinhas, estava evidente que eu a estava deixando nervosa. Meu peito se encheu de esperança, porque isso só confirmava que eu ainda a afetava.

Minha mão permaneceu sobre a dela de propósito durante alguns segundos quando ela me deu o chá.

— Obrigado.

Então, o reflexo de alguma coisa cintilando chamou minha atenção, e meus olhos ficaram fixos no enorme diamante no seu dedo anelar esquerdo. Todo o meu corpo se enrijeceu, e parecia que meu coração ia pular para fora do peito.

Meu. Deus. Ela estava noiva.

Ela percebeu que eu estava olhando para ele, e depois nossos olhares se encontraram.

Depois um longo silêncio, ela quebrou o gelo.

— E então? O que você fez nos últimos cinco anos, Mitch? Opa... *déjà vu*. Não te fiz essa pergunta antes?

— Fez. Só que, desta vez, foi *você* quem sumiu.

Seu sorriso desapareceu, e estava claro que eu havia tocado numa ferida. Ela olhou para baixo.

— Sumi, não foi? Desculpe. Só não consegui...

— Por favor... Pare. — Meu tom saiu mais ríspido do que pretendi. Imediatamente, abaixei o volume da voz. — Você não me deve um pedido de desculpas. Entendo exatamente por que você foi embora. Apenas lamento ter te colocado numa posição na qual você sentiu que tinha que sair correndo de casa. Nunca se culpe pelos meus erros. *Jamais*. O que aconteceu foi tudo culpa minha, Skylar.

Ela fechou os olhos e soltou um suspiro longo, que parecia que não iria terminar.

Só queria abraçá-la, caramba.

— Minha presença aqui está te chateando. Quer que eu vá embora?

— Não. Eu sabia que teria que ficar frente a frente com você, mais cedo ou mais tarde. Só não estava preparada para ser hoje à noite.

— Eu sei. Não era para ser desse jeito. Não foi minha intenção...

— ... ser pego?

Não pude deixar de sorrir.

— Isso.

— Você não é muito bom nessa coisa de perseguir. Deveria continuar com o emprego que você tem durante o dia.

— Bom, que tipo de vítima você é, me convidando para entrar e tomar um chá "Hora de Dormir"?

Toda vez que nossos olhares se encontravam, dava praticamente para sentir a eletricidade no ar. Era uma satisfação indescritível para mim que, apesar de tudo o que tinha acontecido, nossa conexão ainda fosse intensa como sempre.

O calor na casa dela estava intenso, e eu estava pegando fogo.

— Posso tirar o casaco?

— Claro.

Seus olhos percorreram meu peito assim que tirei a peça de roupa. Pelo menos, meu vício em malhação estava valendo a pena. Eu fazia isso para extravasar, mas Skylar gostar do que viu era um grande bônus.

Ela engoliu em seco.

— Você está bonito.

— Você também... Linda, na verdade.

E muito! Ela havia encorpado em todos os lugares certos. Ainda era miúda, apenas um pouco mais curvilínea do que eu me lembrava. Ela não estava usando sutiã debaixo da blusa branca de algodão, provavelmente porque não estava esperando convidados. Então, tive que obrigar meus olhos a se voltarem para cima. Aquele não era o momento para ser pego olhando fixamente para os seus peitos. Ela já tinha declarado que eu era um perseguidor, um primo não tão distante de tarado. Minha mandíbula cerrou quando me ocorreu que seu corpo bonito pertencia a outro homem agora. A *ele*. Era impossível de aceitar. A adrenalina estava jorrando no meu corpo. Eu precisava reconquistá-la. Não me importava se fosse demorar uma eternidade.

O primeiro passo era tirar a parte difícil do meio do caminho.

Coloquei meu chá no balcão e olhei bem nos seus olhos.

— Sei que você não quer escutar, mas, por favor, me deixe te contar tudo.

Ela desviou o olhar e depois fez um aceno rápido com a cabeça.

— Está certo. — Ela colocou os braços em volta do corpo. Qualquer clima leve que tivesse existido minutos antes havia desaparecido. — É como se eu estivesse em coma por cinco anos e estivesse acordando agora, Mitch. Ainda parece que foi ontem.

Precisei de todas as minhas forças para não ir ao encontro dela. Estava doido para tê-la nos meus braços, para dizer a ela o quanto eu lamentava por toda a dor que minhas ações tinham causado, mas sabia que precisava ficar na minha.

— Só vou te falar o que você quiser saber. Davey me contou sobre o acordozinho entre vocês, que você não queria que ele te contasse nada, exceto se você pedisse. Então, quero que comande esta conversa. Me pergunte qualquer coisa, certo? Não tenha medo.

— Vamos para a sala.

Eu a acompanhei até o cômodo que tinha sido o pano de fundo da minha janela para dentro do mundo dela ao longo dos últimos meses. Foi estranho sentar no mesmo sofá cor de creme que eu costumava olhar fixamente do meu carro. Foi como entrar no meu programa de televisão favorito.

Ela se sentou na ponta do sofá que ficava mais longe de mim. Uma foto com Skylar e *ele* em frente ao monumento de Washington caçoava de mim na mesinha ao lado.

— Você tem um menininho...

— Tenho. O nome dele é Henry.

Uma lágrima caiu do seu olho quase instantaneamente depois de eu falar o nome dele. Acho que a informação tornou aquilo real para ela. Queria que ela pudesse tê-lo conhecido. Ela teria se sentido de outra forma. Ele era meu mundo.

Ela fungou.

— Ele está com quatro anos?

— Isso.

Sua boca estava tremendo.

— Ela está por aqui? Você está com ela?

— Com Charisma? — Não consegui acreditar que isso sequer passasse pela cabeça dela. Minha voz estava estridente. — Claro que não... Depois do que ela fez com você... conosco? Você acha que eu iria me envolver com aquela doida?

Aquela questão tinha me irritado, e de repente entendi por que ela estava com tanto medo de descobrir informações sobre mim. Ela realmente achava que havia chances de que Charisma fosse parte da minha vida. Aquilo partiu meu coração. Eu precisava deixar essa questão clara para ela depressa.

— A única coisa boa que essa mulher já fez foi dar à luz meu filho. Tirando isso, ela não vale nada, na minha opinião. Na verdade... Ela fez outra coisa boa. Ela foi embora.

— O quê?

— Tenho guarda unilateral dele.

— Não estou entendendo. Como ela pôde fazer isso?

— Preciso te contar a história inteira. Posso?

Agarrando o cobertor rosa, ela respondeu que sim com a cabeça e se ajeitou no seu lugar.

Respirei fundo e me preparei mentalmente.

— Depois que você foi embora, minhas notas despencaram, e perdi minha bolsa porque ela dependia de eu manter uma certa média no semestre. Uma mancada, e você está fora. Então, voltei para casa. Charisma permaneceu em Wellesley durante toda a gravidez. Naquela época, ainda nem sabia se o bebê era meu. Eu estava numa situação muito difícil. No verão seguinte, ele nasceu, em Manhattan. Ela colocou meu nome como o pai dele na certidão. Um teste de DNA confirmou a paternidade depois. Ainda não entendo como aconteceu, já que nunca estive com ela sem proteção. Enfim, ela tentou me convencer uma última vez a lhe dar uma chance. Ela tentou mentir para mim sobre o que aconteceu entre vocês duas e fazer parecer que ela não tinha essa coisa toda planejada em detalhes. Mas fui mais esperto. Você precisa saber, nem uma vez sequer considerei ficar com ela, Skylar... Nem mesmo por uma fração de segundo.

Ela soltou um suspiro de alívio, mas não disse nada.

Continuei:

— Naquele verão, arranjei um trabalho na área de construção e iria viajar para Nova York nos fins de semana para ver Henry. Ela me disse que estava planejando voltar à Wellesley para terminar seu último ano naquele outono. Quando perguntei quem ficaria tomando conta do bebê, ela me disse que os pais iam contratar alguém. Não pareceu certo. Disse a ela que queria levar meu filho para morar comigo enquanto ela estivesse na faculdade. Minha mãe se ofereceu para ficar em casa e tomar conta dele enquanto eu trabalhava. Por incrível que pareça, Charisma concordou. Ela viu Henry talvez três vezes naquele ano letivo. Não me importei, porque não queria a energia ruim dela perto dele. Depois que ela se formou, aceitou um emprego em Nova York e me disse que iria disputar a custódia unilateral. No tribunal, o juiz determinou que ela poderia ficar com ele durante a semana, e eu, nos fins de semana. Tenho certeza de que gente estranha contratada por ela estava tomando conta dele durante aquelas semanas.

— Não entendi. Como ela acabou concordando em ceder a custódia unilateral a você?

— Quando Henry fez dois anos, as coisas mudaram. Começamos a notar que ele não fazia o mesmo tipo de contato visual que as outras crianças, e não usava nenhuma palavra. Não estava apontando para as coisas. Ele parou de dormir a noite inteira e estava tendo muitos episódios de birra, nos quais ele ficava inconsolável. Mesmo passando pouco tempo com ele, ela não dava mais conta. Ela era muito egocêntrica para lidar com aquilo. O namorado novo dela era da Europa e queria que ela viajasse. Vamos apenas dizer que Henry não iria ficar bem durante um voo transatlântico. Ela começou a me deixar ficar com ele com mais frequência. Até que solicitei a guarda unilateral, e ela simplesmente... aceitou. Skylar, ela nem se opôs.

— Eu só... Nossa! Não acredito!

— Um ano atrás, ela se mudou para Londres com o namorado. Ela viu o filho uma vez desde que isso aconteceu. Então, enfim... Ela que se dane. Mais ou menos quando ela se mudou, marquei uma consulta para ele com um neurologista. Eles o diagnosticaram com uma coisa chamada transtorno invasivo do desenvolvimento, mas já atualizaram a condição dele para autismo.

— Henry ainda não consegue falar?

Abri um sorriso de leve, incapaz de conter meu alívio por ela usar o nome do meu filho. Eu não queria que ela o visse de forma negativa por causa da maneira como ele veio ao mundo. Ele não merecia isso.

— Não. Ele tenta pronunciar algumas palavras devagar, mas é um autista não verbal. Não é fácil. Minha mãe tem sido de grande ajuda. Finalmente o colocamos numa lista para o tratamento financiado pelo estado, mas não começou ainda. Graças a Deus, meu emprego tem benefícios bons para cobrir todas essas consultas.

— Você ainda trabalha com construção?

— Trabalho, mas, agora, também administro a empresa. Além disso, sou um dos sócios. Então, é uma mistura de trabalho de campo e coisas de escritório. É um bom emprego. Onde você está trabalhando?

— Na verdade, estou tentando começar minha própria empresa de design de interiores. Tenho apenas dois clientes particulares no momento. Então, o negócio está devagar, mas autopromoção é trabalho em tempo integral. Estou eu mesma fazendo um website agora.

— Que legal! Isso sempre foi o que você dizia que queria fazer... Design de interiores.

Ela mudou de assunto, voltando para Henry.

— Você tem uma foto dele?

— Na verdade, tenho. — Peguei o celular e fui passando pelas opções, selecionando uma foto de Henry na banheira, sorrindo, com espuma por toda a cabeça. — Ele ama água.

Ela cobriu a boca com a mão, e seus olhos ficaram marejados de novo quando ela pegou o celular da minha mão. Não perguntei o que estava passando pela cabeça dela porque me pareceu um momento íntimo. Eu tinha que lembrar que ela estava vendo Henry pela primeira vez. Enquanto ela continuava a olhar para a foto, aproveitei para olhar para ela. A cada segundo que passava, me perguntava como é que eu ia sair dali naquela noite. Parecia que eu não conseguia nem sair daquele sofá.

Eu não queria perguntar, mas precisava saber o que estava enfrentando.

— Me conte sobre o cara com quem você está. Onde ele está hoje?

— Kevin.

Kevin.

— Você realmente vai se casar com ele?

— Ele fez o pedido. Eu aceitei.

— Mas a data está marcada?

— Não.

Ainda bem. Acho que acabei de ficar duro.

— Você ainda não disse onde ele está.

— Ele passa uns dias na Virgínia uma semana sim, outra não.

Isso explicava por que, às vezes, ele não estava em casa.

— Você está feliz?

Ela não respondeu.

— Esta casa está uma bagunça do caralho, Sky!

— Mas o que é que foi isso? — perguntei.

— Você não sabe quem é?

— Seamus? Ele ainda está vivo?

Ela se levantou do sofá, foi ao andar de cima e voltou com o papagaio apoiado no dedo. Ela o passou para mim.

— Oi, carinha. Você se lembra de mim?

Ele bateu as asas, animado.

— Esta casa está uma bagunça do caralho, Sky!

— Por que ele está dizendo isso?

— Ele acabou escutando Kevin e eu brigando uma noite. Essa foi a frase que ficou na cabeça dele. Você sabe o quanto ele pode ser imprevisível.

Kevin realmente parece ser o parceiro ideal... Para não dizer o contrário.

Olhei nos olhos de Seamus. Ao longo dos cinco anos anteriores, aquele papagaio tinha visto tudo o que eu não tinha conseguido ver. Ele estava sendo muito simpático comigo, o que não era normal. Imaginei que ele estivesse me mandando uma mensagem, e gostei da ideia. Pelo menos, foi o que imaginei, até ele me batizar com gotinhas de cocô verde.

— Ah, cara! Você não mudou nadinha!

Skylar não conseguiu conter a risada.

— Parece que jogaram *slime* em você, como no *Kids Choice Awards*.

— O que você anda dando para ele comer? Jesus Cristo...

Ela pegou Seamus.

— Vou devolvê-lo à gaiola e pegar uma blusa limpa para você.

Ela correu para cima e voltou com uma camiseta branca simples. Ela a atirou na minha direção.

— Aqui está. Ele não vai sentir falta dessa.

— Tem certeza?

Ela ainda estava rindo.

— Não tem problema.

Enquanto levantava minha blusa suja, observava atentamente para sondar a reação dela.

— Espera aí! Quando você fez tudo isso aqui?

Seus olhos se aproximaram das três tatuagens no meu peito, especificamente da do nome dela rabiscado ao longo da parte de cima.

— Isso te deixa desconfortável?

— Não.

Apontei para a tatuagem do nome.

— Esta aqui foi feita logo que você foi embora. A maioria eu fiz na época em que tinha voltado para casa, antes de Henry nascer. Virou um vício. Eu estava tentando encontrar uma forma de expressar o quanto me sentia perdido sem você. Ainda me sinto, em vários aspectos. A única diferença é que agora tenho meu filho para me fazer parar de pensar um pouco no assunto.

Ela veio devagar na minha direção e passou as pontas dos dedos da esquerda para a direita nas letras que formavam a palavra *SKYLAR*. Ela colocou a mão em cima do meu coração, que estava batendo descontroladamente, e manteve a mão lá enquanto baixava o rosto para olhar as palavras espalhadas no meu abdome.

Continua... Porque amor de verdade nunca acaba.

Depois, ela colocou a mão na parte interna do meu antebraço, onde estava escrito *O tempo não consegue curar as feridas que destroem seu coração.*

Ela ergueu o rosto.

— São lindas.

— Você também é linda.

Lutando contra o impulso de agarrá-la e beijá-la sem dó, passei a peça de roupa limpa pela cabeça. Enquanto ela continuou me olhando, eu senti. Seu coração ainda pertencia a mim. Eu não queria mais viver sem ela, mas seria um longo caminho até reconquistá-la. Valeria a pena. Eu só tinha que ser paciente e não apressar as coisas. Precisava começar ficando amigo dela de novo. Eu iria reconstruir o que tivemos, partindo do alicerce.

Naquele instante, jurei que, custasse o que custasse, a camiseta não seria a única coisa que eu roubaria dele.

22
SKYLAR

Kevin puxou a cadeira para mim.

— Você realmente está deslumbrante hoje.

— Obrigada.

Decidi não deixá-lo constrangido de propósito uma vez na vida e mantive minha escolha de figurino recatada. Embora fosse mais divertido irritá-lo, percebi que era o mínimo que eu podia fazer, considerando que gastei a maior parte da semana fantasiando com o peito do meu ex-namorado, que aparentemente tinha se tornado um santuário em minha homenagem.

Naquela noite, estávamos jantando com um dos colegas de Kevin, Ray Michaelson, e a esposa dele, Linda.

Linda colocou um guardanapo de pano no colo.

— Bem, Skylar, o Kevin me contou que você é designer de interiores. É isso mesmo?

— Isso. Na verdade, estou começando minha própria empresa. Ainda está num estágio bem inicial. O que você faz?

— Não trabalho, mas sou presidente do meu conselho comunitário da Agriburbia.

— Agri o quê?

— Agriburbia.

— Parece nome de problema de digestão.

Kevin apoiou o garfo no prato.

— Sky...

Sussurrei:

— Só estava fazendo uma piada. Desculpe.

Linda continuou:

— Na verdade, é um conceito com o intuito de integrar a produção agrícola e empreendimentos habitacionais.

— Ah... Legal — falei, e depois tomei um gole de água.

Kevin revirou os olhos.

— Vocês dois marcaram uma data? — Ray perguntou.

Eu odiava essa pergunta.

— Bom...

Kevin entrou na conversa.

— Eu estava pensando no verão. E você, Skylar?

— Não discutimos isso pra valer, Kev.

— Eu sei, mas o verão seria o ideal e, de qualquer forma, não vamos fazer nada grande, então deve dar tempo de planejar.

— Certo. Bem, a gente deveria conversar sobre esse assunto a sós uma outra hora.

Linda uniu as mãos.

— Casamentos feitos no verão são fabulosos. Vocês poderiam fazer uma reserva de alguma coisa na praia ou... Ray, e aquele seu tio que mora nos Hamptons? Você acha que ele estaria disposto a alugar a casa dele para o evento? Não seria um local perfeito para um casamento?

Ótimo. Agora a *Agrovadia estava planejando meu casamento?*

— Acho que vamos dar conta, mas obrigada.

Kevin se virou para ela.

— Na verdade, Linda, você se importaria de dar uma olhada nisso? Um casamento nos Hamptons pode ser legal.

Limpei a garganta.

— Desculpe. Não tenho o direito de me manifestar sobre isso?

— Sky... Pare com isso. Só pedi a ela para dar uma olhada.

— Bom, não quero me casar nos Hamptons.

Ray e Linda mastigavam suas saladas em silêncio à medida que o clima foi ficando tenso.

Naquela noite, depois do jantar, Kevin fez uma pausa antes de ligar o carro.

— Você poderia me contar o que está acontecendo com você. Eles estavam tentando ajudar, e você só fez criticar.

— Só não gosto que fiquem se intrometendo na minha vida sem ser chamados.

— É mais do que isso.

— Como assim?

— Você anda distante. Faz alguns meses que tem sido assim.

Eu não tinha percebido o quanto estava óbvio. Mitch era a única coisa em que eu conseguia me concentrar nos últimos tempos. Meus sentimentos por ele não iriam desaparecer, mas não era viável pensar que eu e ele poderíamos de fato ter um futuro juntos, que poderíamos simplesmente retomar de onde tínhamos parado. Agora, havia uma criança envolvida, e eu não sabia ao certo se, algum dia, eu conseguiria deixar no passado o que aconteceu para aceitar Henry do jeito que ele merecia e do jeito de que eu precisaria para estar com Mitch. Mas eu simplesmente não conseguia parar de pensar nele: a forma apaixonada como ele olhou para mim, o amor que ele tinha por Henry, seu cheiro, como seu coração batia no peito liso e rígido que agora ostentava meu nome. Minha vida estava sendo gasta em pensamentos envolvendo Mitch.

Ao mesmo tempo, eu realmente gostava do Kevin. Ele não merecia ser passado para trás enquanto eu lidava com esses outros sentimentos. Tínhamos nossos problemas, mas, no fundo, ele era um bom homem. Kevin havia sido minha rede de segurança durante muito tempo, e perdê-lo poderia significar acabar ficando absolutamente sozinha.

— Desculpe. É só o estresse de começar a empresa. Vou tentar escondê-lo quando estiver na frente de outras pessoas.

— Também peço desculpas. Tenho andado muito ocupado com o trabalho e não tinha percebido que isso estava te incomodando desse jeito. Sei que às vezes é difícil conviver comigo. Vou tentar ser mais compreensivo em relação ao estresse que você está sentindo. — Ele se inclinou e me beijou. — Falando em estresse, vamos para casa, para a cama, e aliviar parte dele. Sei exatamente como fazer você se sentir melhor. Você vai ver.

Infelizmente, naquela noite, enquanto Kevin fazia amor comigo, a única coisa que eu *via* era Mitch.

Haviam se passado algumas semanas desde a noite em que Mitch esteve na minha casa. Tínhamos trocado números de celular, e ele me disse para ligar se precisasse de alguma coisa. A tentação de entrar em contato sempre esteve presente, mas eu não conseguia arranjar uma desculpa.

Era uma quarta-feira à noite e Kevin estava na Virgínia quando uma mensagem chegou.

Você sabia que agora os caras que perseguem as pessoas entregam comida? Está com fome?

Senti um frio na barriga com a possibilidade de vê-lo.

Skylar: Como você sabia que eu estava sozinha?

Mitch: Me lembrei de você falando que ele viaja a trabalho uma semana sim, outra não. Tenho marcado no meu calendário.

Skylar: Isso é muito típico de caras que perseguem.

Mitch: Estou aperfeiçoando meu ofício.

Skylar: É o que está parecendo.

Mitch: Você prefere sair para comer?

Minhas mãos estavam no teclado, mas não sabia ao certo o que digitar. Ele deve ter percebido minha apreensão, porque não esperou minha resposta.

Mitch: Não estou te convidando para um encontro. Sei que você está noiva. Não se preocupe. Respeito isso. Só quero passar um tempo com você.

Por que fiquei decepcionada por ele não estar me convidando para um encontro? Eu estava doida e, de repente, me senti culpada. *Kevin.*

Além disso, de acordo com o pouco que eu estava sabendo, Mitch poderia ter se envolvido com alguém. Nunca conversamos sobre isso direito.

Apesar de todos os motivos lógicos pelos quais aquilo era uma ideia ruim, a necessidade de vê-lo de novo era irresistível.

Skylar: Me busque às oito. Que tipo de roupa devo usar?

Mitch: Casual. Vou estar todo de preto, como sempre.

Skylar: Não se esqueça dos binóculos, seu esquisitão assustador.

Mitch: ;-)

Quando a campainha tocou, minhas pernas tremiam com a ansiedade da expectativa enquanto eu me aproximava da porta e a abria.

Ele ergueu a mão.

— Oi.

Seu sorriso quase me fez derreter, e senti vontade de passar a língua nos seus dentes perfeitos. Não era um bom começo.

— Oi — sussurrei. Qualquer promessa que eu tinha feito a mim mesma para considerá-lo de uma perspectiva platônica naquela noite tinha ido por água abaixo no segundo em que nossos olhos se encontraram. — Vou pegar meu casaco.

Acalme-se, Skylar.

Mitch estava usando uma calça jeans escura e um suéter cinza estriado que estava agarrado aos seus músculos. Seu cabelo molhado estava bagunçado no melhor sentido da palavra, e ele estava cheirando ao mesmo perfume almiscarado que eu me lembrava de identificar por todo o meu corpo depois da nossa noite juntos em Lake George. Odiei ser lembrada disso naquele instante. Os músculos no meio das minhas pernas se contraíram, e eu nem o estava tocando.

Ele tinha trazido o mesmo Corvette que estava enguiçado da última vez.

Falei, brincando:

— Estou vendo que você consertou o "perseguimóvel".

— Pois é... Aquele plano foi um tiro que saiu pela culatra, quer dizer, pelo escapamento, né?

Ele riu, e o som familiar momentaneamente me levou de volta a um ponto no tempo do qual eu nunca quis sair.

— Essa foi boa — ele disse.

— Falando sério agora, sou grato pelo carro ter enguiçado. Ou eu estaria sentado aqui fora hoje, no frio, te observando, em vez de te levar para jantar.

— Você se importa se eu dirigir?

— Claro que não — ele concordou, atirando as chaves na minha direção.

— Como você transporta o Henry sem um banco de trás?

— Tenho um Ford F-150. Este carro é só um hobby. É mais antigo. Consegui um bom preço e o restaurei.

Quando liguei o motor, estava tocando *Every Breath You Take*, do The Police.

— Ah, o hino de quem gosta de perseguir. Saquei.

— Desenterrei meu CD velho especialmente para você.

Balancei a cabeça e arranquei.

— Aonde estamos indo mesmo? — perguntei.

— Pensei que você talvez quisesse ir ao Bev's.

O Bev's era, de longe, minha lanchonete favorita. Ficava mais perto da região onde minha mãe morava. Havíamos ido lá várias vezes antes de ele ir para a faculdade, então tínhamos muitas lembranças envolvendo aquele lugar. O cardápio trazia muitas opções, e eles serviam refeições 24 horas por dia, então dava para pedir café da manhã para o jantar ou vice-versa.

Quando caímos na via expressa, decidi me divertir um pouco. Antes que me desse conta, estava a quase 150 quilômetros por hora, com as janelas abertas.

Mitch berrou através do vento vibrando:

— Ei, devagar! Não estamos com pressa!

Meu cabelo estava esvoaçando quando gritei a primeira coisa que veio à minha mente:

— Olha só quem fala! O cara que gozou na cueca!

Minha perna enrijeceu quando ele deu um tapinha nela, de brincadeira.

— Sua merdinha! Tantas lembranças, e você escolhe justo essa!

O rápido contato da sua mão com a minha coxa tinha me deixado arrepiada. Odiei o fato de que queria que ele fizesse aquilo de novo.

Rimos muito no caminho. Quando chegamos ao Bev's, com certeza meu cabelo estava parecendo um ninho de passarinho.

— Como estou?

— Com cara de quem estava dirigindo a 150 por hora com a janela aberta.

— Horrorosa?

— Você está *muito* horrorosa — ele falou, com uma expressão que me dizia que ele estava pensando o contrário enquanto seus olhos permaneciam nos meus.

— Estou morrendo de fome — revelei, abrindo a porta do carro e depois batendo-a com força sem querer.

— Vai com calma.

— Desculpe. Acho que fiquei um pouco nervosa de repente.

— Nervosa? Por quê?

— É estranho estar aqui de novo com você.

— Quer ir embora?

— Não.

— Ótimo.

Sininhos tocaram quando entramos na lanchonete. O cheiro nostálgico de torta recém-assada e de café foi a primeira coisa que senti. Nancy, uma garçonete de longa data, nos levou a um sofazinho no canto.

— Não os vejo há séculos — ela comentou.

— Pois é. Faz muito tempo — Mitch concordou.

Ela olhou para baixo e viu meu dedo anelar quando me entregou um cardápio.

— Parabéns para vocês dois. Que diamante lindo! Sempre soube que vocês iam acabar se casando.

Ela foi embora mais rápido do que nós conseguimos reagir. O sorriso de Mitch tinha desaparecido, e ele estava olhando fixamente para o meu anel, parecendo mais aborrecido do que em qualquer outro momento desde que voltamos a nos falar.

Movi a mão para o meu colo, para ela ficar fora do alcance da visão dele.

— Desculpe.

— Não peça desculpas — ele falou abruptamente.

Eu precisava mudar de assunto depressa.

— Você já sabe o que quer?

Sem olhar para o cardápio, ele disse:

— Sim.

Seus olhos não deixaram os meus em momento algum. Olhei para o teto, me sentindo envergonhada de repente, porque parecia que ele não estava falando sobre a comida.

Tossi.

— Acho que vou pedir o sanduíche de pastrami com pão de centeio.

— Você sempre pede esse.

— É... Mas não como um bom como o daqui há cinco anos.

— Conheço essa sensação — ele revelou baixinho, olhando para baixo. Quando olhou para mim de novo, continuou: — Não parece que faz todo esse tempo, não é?

— Não.

Nancy voltou.

— O que vocês vão querer?

Mitch fez um gesto para eu pedir primeiro.

— Quero o sanduíche de pastrami com pão de centeio e uma Coca diet.

Ele continuou olhando para mim enquanto dizia:

— Cheeseburger com bacon e muito ketchup e uma Sprite.

— É pra já — Nancy avisou enquanto pegava nossos cardápios.

Seguiu-se um silêncio constrangedor. Não ter um cardápio para me esconder atrás, me deixou me sentindo nua de repente sob a pressão do seu olhar. Ele estava muito bonito, e eu estava com medo de ele conseguir ver o desejo estampado na minha cara. Enquanto ele lambia os lábios, me imaginei passando os dedos pelo seu cabelo e puxando seu rosto na minha direção para beijá-lo. Alguém precisava informar ao meu corpo que aquilo não era um encontro e que era inapropriado ter aqueles pensamentos estando noiva de outro homem.

Observei seus dedos tatuados para me distrair do seu olhar penetrante e hipnótico. Estava com medo de perguntar o que as letras significavam. Então, meus olhos percorreram o caminho até a tatuagem no pescoço, que estava aparecendo logo acima do seu suéter. Era uma espécie de padrão tribal ou céltico. Me senti culpada por querer desenhar uma linha com a língua até chegar à boca dele. Eu me odiava por causa de todos esses sentimentos e comecei a ficar inquieta, fazendo nossas pernas colidirem debaixo da mesa.

— Desculpe — pedi.

Ele me ignorou e cruzou os braços.

— Por que você o deixa chamá-la de Sky?

— Ele não sabe que eu detesto o apelido.

— Por que você não conta?

— Ele começou a me chamar de Sky bem no começo. Quando o conheci, não estava exatamente boa da cabeça. Não sabia nem se queria mais ser Skylar naquela época.

Ele fechou os olhos por um instante.

— Me conte sobre isso... Sobre o tempo em que você morou em Maryland.

— O que você quer saber?

— Tudo.

Durante os minutos seguintes, expliquei da melhor maneira que consegui o quanto meu estado mental estava sofrível quando fui embora e como conheci Kevin logo em seguida, mas que levou um tempo até nós ficarmos juntos. Ele ficou acenando com a cabeça à medida que eu trazia à tona os últimos cinco anos. Ele prestava muita atenção a cada palavra, como se não quisesse perder nenhuma parte da história.

Quando nossa comida chegou, quis deixar a atmosfera mais alto-astral. Não iria conseguir comer, a não ser que alguma coisa mudasse.

— De que tipo de comida o Henry gosta?

— Infelizmente, ele é muito enjoado. Ele só come com facilidade nuggets de frango, batata frita do McDonald's e macarrão com queijo. E tem que ser tipos específicos de nuggets, como os de dinossauro. O macarrão com queijo, ele só aceita de uma marca. Todo o resto é uma luta. Preparo shakes de proteína para a dieta dele ter nutrientes, misturando pasta de amendoim e uma fruta no leite de amêndoa. Ele bebe, mas não consigo fazê-lo escolher uma fruta ou legume sozinho.

— É típico de crianças com autismo, não é? Problemas com a textura da comida?

— É? Como você sabia?

— Pesquisei sobre autismo na internet depois que você me contou sobre Henry.

Ele parou de mastigar e limpou a boca com um guardanapo.

— Nossa... Isso é... Obrigado... por fazer isso.

— Não gosto de ser ignorante. Não tinha pensado tanto assim sobre autismo antes e nunca conheci ninguém com o problema. Mas agora conheço. Então... quero entender.

— Obrigado. — Ele sorriu para mim. — Você disse alguma coisa da última vez sobre trabalhar no hospital, não era isso?

— Isso. Visito crianças com câncer e tento alegrá-las. Basicamente, sou da...

— Carreta da alegria! — Ele riu e apontou para mim: — Meu Deus! Você, Skylar Seymour, se transformou numa daquelas "minas" que você costumava me dizer que te amolavam pra caramba quando você estava doente.

— Sim, sim, exceto pelo fato de que sou uma voluntária progressista. Sou a descolada da turma. Não fico inflando o ego deles nem tentando fazer com que se sintam como se tivessem que estar felizes quando não estão. Dou a eles aquilo de que precisam e digo que não tem problema sentir raiva. Arrumo o quarto deles e levo coisas que eles querem, tipo cigarros de chocolate...

— Você está dando cigarros a uma criança com câncer?

— Cigarros *de chocolate*! Um menininho quis isso. Então, arranjei para ele. Meu trabalho é fazer o que for necessário para deixá-los felizes. É para isso que estou lá.

— Eles têm sorte.

— Sorte? Não exatamente...

— Não, quero dizer... Eles têm sorte porque têm a você. Qualquer pessoa que tenha tido a sorte de te ter na vida dela foi abençoada.

— Não sei o que dizer.

— Só espero que Kevin saiba a sorte que *ele* tem. — Mitch tomou um gole da Sprite. Parecia estar hesitando em dizer alguma coisa e começou a brincar com seu canudo antes de olhar para mim. — Você está feliz?

Fiquei em silêncio porque, sinceramente, não sabia como responder àquela pergunta. "Feliz" não era a palavra certa. "Segura", talvez. Em certos aspectos, talvez isso tenha sido mais importante para mim depois de tudo pelo que tinha passado. Com Kevin, me sentia segura, apesar de não cem por cento realizada. Com Mitch, eu tinha sido feliz de verdade de todas as formas de uma vez só, apenas para ver tudo implodir.

Ele continuou a falar durante o meu silêncio.

— Olha, Skylar, eu estava falando sério quando disse que respeitava sua situação. Quero que a gente seja amigos de novo e não vou tentar me intrometer no seu relacionamento. Se você estiver realmente feliz, eu jamais iria atrapalhar isso.

Ele olhou pela janela e pareceu estar perdido em pensamentos. Havia barulho de talher ao nosso redor enquanto eu encarava seu reflexo e me perguntava no que ele estava pensando. Por que fiquei decepcionada de repente com o fato de ele não estar implorando para eu terminar com Kevin ou não estar tentando lutar por mim?

Em vez de responder à sua primeira pergunta, me limitei a dizer:

— Eu agradeço.

Mitch abriu um dos sachês de ketchup e começou a apertá-lo até o conteúdo ir parar dentro da sua boca. Era um hábito que ele tinha desde menino.

— Você ainda faz isso?

— Faço — ele disse, abrindo outro.

A imagem da sua boca chupando o plástico com força desencadeou sem querer uma lembrança daqueles lábios fazendo exatamente a mesma coisa quando ele fez sexo oral em mim. Os músculos no meio das minhas pernas se contraíram quando o imaginei fazendo aquilo em mim naquele lugar, naquele instante, lembrando com toda a clareza como tinha sido incrível. Kevin nunca tinha feito isso, e eu nunca tinha sentido falta... até aquele momento.

— Na verdade, é meio nojento. Dá pra parar?

Mitch se sentou no banco do motorista na volta para casa, quando fomos embora do Bev's.

— Sua mãe te contou que ampliei a casa da minha mãe? Bom, tecnicamente, a casa é minha, agora que ela mora com o Fred.

— Não. Não contou.

Minha mãe, assim como todo mundo, tinha recebido ordens estritas para não falar sobre Mitch. Então, não era surpresa ela não ter mencionado o fato.

— Não vejo mais a Tish, mas sei que ela deve ter visto, do outro lado da rua, que eu estava trabalhando do lado de fora. Construí durante meses. Não tinha certeza se ela havia mencionado o assunto a você.

— Que tipo de ampliação?

— Bem, você sabe que nossa casa não é muito espaçosa. Então, eu queria um quarto onde Henry pudesse brincar e correr durante o inverno. Construí um do lado da sala de estar.

— Que legal você mesmo ter conseguido fazê-lo.

Ele olhou de relance para mim e sorriu.

— Aprendi algumas coisas trabalhando na área de construção ao longo dos últimos anos. Quer passar lá rapidinho e ver? Não estamos longe. Não vamos entrar. Só vou te mostrar a parte externa.

— Claro.

O nervosismo se instalou enquanto passávamos pela minha antiga rua e ele estacionou na garagem. Minha mãe tinha visitado a mim e Kevin desde que retornei à cidade, mas eu não tinha voltado ali, principalmente por causa do medo de topar com Mitch. As luzes estavam apagadas na casa da minha mãe, do outro lado da rua, e lembrei que era noite de clube de leitura. Mitch deu a volta, abriu a porta do passageiro e me ajudou a sair do Corvette.

— Vamos só contornar a lateral bem rápido. Depois te levo para casa.

Fiquei surpresa com o quanto a estrutura nova parecia grande do lado de fora.

— Isso deve ter dado muito trabalho. Não é um quarto pequeno.

— Pois é. Bom, tem uma cama elástica lá dentro e um monte de coisa para quando a terapia dele começar, então meio que precisamos de todo o espaço.

— Nossa! Parabéns!

— Obrigado. Está frio. Vamos indo. Só queria que você visse.

Bem quando estávamos prestes a entrar no carro, uma luz se acendeu, e a porta da entrada se abriu.

Janis veio para fora correndo.

— Mitch, que bom que você chegou em casa. Ele está lá em cima. Não consigo fazê-lo dormir. Ele está...

Ela parou de falar quando me viu no banco do passageiro, e semicerrou os olhos.

— Skylar? É você?

Parecia que ela havia visto um fantasma.

Acenei sem jeito, como uma adolescente que saía de fininho e tinha acabado de ser pega.

— Oi, Janis.

Ela se aproximou do carro.

— Oi. Eu, hã, não estava esperando te ver, querida. De... Desculpe. Pensei que Mitch estivesse sozinho. Vou deixar vocês dois...

— Está tudo certo, mãe. Skylar voltou a morar na cidade, e acabamos de ir jantar para colocar a conversa em dia. Quis mostrar a ela o quarto do lado de fora antes de levá-la para casa. O que há com Henry?

— Ele está acordado. Simplesmente não para de chorar. Alguma coisa o está deixando frustrado, e ele começou a morder a mão.

Mitch inclinou a cabeça no volante.

— Droga. — Ele se virou para mim. — É melhor eu entrar depressa para ver se consigo acalmá-lo. Você se importa?

— Claro que não. Vou esperar aqui.

— Está frio. Pode demorar um pouquinho. Você não pode entrar?

— Eu...

— Skylar e eu vamos tomar chá enquanto você coloca Henry para dormir — Janis disse, acenando para mim, como se fosse um apelo sem palavras para eu entrar.

— Está certo. Claro.

Meu coração estava batendo acelerado, sem saber ao certo o que esperar. A porta rangeu quando entramos na casa. Estava escuro, exceto por uma lâmpada na sala de estar, e o jornal da noite estava passando na televisão, com o volume baixo. Imediatamente consegui ouvir Henry gritando no andar de cima, e isso fez meu coração bater mais rápido. O barulho era como se ele estivesse pulando na cama.

Mitch se virou ao pé da escada antes de subir.

— Vou voltar, ok?

Janis colocou a mão no meu braço.

— Venha se sentar comigo.

Enquanto entrávamos na cozinha familiar, com as mesmas cadeiras de madeira e as mesmas almofadas com estampa de flores nos assentos, eu pensava na ironia que era tudo estar igual e, ao mesmo tempo, tão diferente.

Ela ligou o fogão e colocou uma chaleira com água para esquentar. Depois, se sentou do outro lado da mesa.

— Ele não me disse que ia te ver. Ele falou que tinha que se encontrar com uma amiga.

— Tecnicamente, era verdade.

— Você não é amiga dele, Skylar. Você significa muito mais para Mitch, mais do que você conseguiria entender. Você não faz ideia de como as coisas ficaram aqui depois que você foi embora.

Me senti despreparada para ter aquela conversa, mas queria saber mais.

Notei que os gritos no andar de cima tinham parado.

— Me conte.

Ela inclinou o corpo na minha direção e sussurrou:

— Ele me mataria se soubesse que te contei qualquer coisa sobre isso. — Ela se levantou para pegar a chaleira e colocou água quente em duas canecas. — Fiquei muito preocupada com ele quando você foi embora. Ele bebia o tempo todo. E aí aconteceu a prisão.

— Prisão? Pelo quê?

— Ele foi inocentado, mas acho que você deveria deixar que ele mesmo conte essa história.

Uma imagem de Mitch atrás de grades apareceu na minha cabeça. Fiquei em silêncio enquanto ela continuou.

— Ele não conversava comigo, não conversava com ninguém. Realmente tive medo de perdê-lo. — Ela pôs o saquinho de chá na minha caneca e a entregou para mim. — Quando Henry nasceu, Mitch ainda estava sofrendo, mas tomou a responsabilidade para si e permaneceu forte pelo filho. Quando ele finalmente se abriu comigo, meses depois, percebi que estava mais atormentado pelo fato de achar que havia te magoado de uma forma irreparável do que por qualquer outra coisa.

— Fiquei arrasada. Foi por isso que fui embora, mas nunca coloquei toda a culpa nele. Ainda dói, mas estou bem. Na verdade, não acho que seja culpa de alguém, exceto dela.

— Sinto muito por tudo o que aconteceu, Skylar. Sinto muito por você ter ido embora, por você ter ficado magoada e, principalmente, por eu e Tish termos nos afastado por causa do problema. Realmente sinto saudade dela.

Estiquei o braço para tocar sua mão, do outro lado da mesa.

— Isso me deixa mais triste do que você pode imaginar.

Ela olhou para o meu anel.

— Você está noiva?

— Estou.

— Me promete uma coisa?

— Prometo...

— Me promete que não vai enganar Mitch. Se você diz que é amiga dele... então seja isso. Não ultrapasse esse limite para depois ir embora. Ele não suportaria te perder de novo. Conheço meu filho, e sei o quanto ele ainda te ama. Ele nunca deixou de te amar. Ele pode estar te falando que está satisfeito com essa coisa de amizade, mas ainda tem sentimentos profundos por você. Não vou aguentar vê-lo sofrendo de novo.

Era muita coisa para assimilar.

— Não vou fazê-lo sofrer, Janis.

Ela tirou a caneca de chá das minhas mãos e a colocou na mesa.

— Vá conhecer meu neto.

— Como?

— Não tenha medo. Ele é um Mitch em miniatura. Tem os mesmos olhos azuis enormes. Ele não fala, mas sei que consegue nos entender.

— Ela realmente não está aqui perto?

— Não, querida. Você estava preocupada com isso? Ela nunca foi parte das nossas vidas. Ela liga para saber como está Henry uma vez na vida e outra na morte, e na maioria das vezes é quando ela sabe que meu filho está no trabalho. Ela não quer interagir com Mitch, e o sentimento é recíproco. Ela diz que talvez venha aqui no verão, mas quem é que sabe? Estamos numa situação melhor sem esse aborrecimento. Ela nos visitar só iria servir para bagunçar a rotina de Henry.

— Tenho sonhos recorrentes nos quais estou metendo a porrada nela.

— Ignore. Não vale a pena gastar um segundo do nosso tempo com ela. Suba. Vá ver Henry. Talvez agora ele já esteja até dormindo.

Me levantei e coloquei a caneca no balcão. Segurando no corrimão com firmeza e nervosismo, subi a escada devagar.

A porta do quarto de Mitch estava ligeiramente aberta, e ele estava deitado na cama com Henry. Havia uma lâmpada noturna acesa. Ele não me viu espiando pela fresta da porta e não sabia que eu conseguia ouvi-lo conversando com o filho.

— Ela foi tudo para mim no passado, como você é tudo para mim agora. Quero que você a conheça. O nome dela é Skylar. Nem acredito que ela está mesmo aqui.

Henry estava acordado, olhando fixamente e sem expressão, murmurando, mas sem reação. Isso não impediu Mitch de conversar com a criança do mesmo jeito que ele falaria se esperasse que o menino respondesse alguma coisa.

Mitch beijou sua cabeça.

— Você está se sentindo melhor agora que estou aqui, não está? Te amo, amiguinho.

Um sentimento impossível de identificar de tão intenso foi surgindo no meu coração conforme eu via Mitch como pai daquele jeito. Mas a situação dele era diferente daquela da maioria. Você tinha que ser uma pessoa extraordinária para ser pai ou mãe de uma criança que precisasse de cuidados 24 horas por dia e ainda demonstrar a paciência e o amor que ele claramente tinha quando se tratava de Henry.

Tossi para ele perceber que eu estava lá.

Mitch se sentou.

— Quanto tempo faz que você está aí?

— Não muito.

— Entre. — Ele se virou para Henry, que estava calmo, mas olhando fixamente para o nada. — Henry, esta é a pessoa sobre quem eu estava te falando... A amiga especial do papai. Esta é a Skylar.

Me sentei na beirada da cama.

— Oi, Henry. Que bom te conhecer.

Ele não disse nada e não olhou para mim. Só piscou algumas vezes enquanto encarava a parede.

— Ele está melhor?

— Está. Ele está acostumado a ser colocado para dormir por mim. Então, acho que só estava fazendo cena para a minha mãe. Logo que cheguei aqui em cima, ele parou de chorar. Eu o trouxe aqui para o meu quarto com a esperança de que, se eu deitasse junto, ele iria pegar no sono. Vou levá-lo de novo para sua cama quando ele apagar, mas ele está um pouco elétrico por causa da agitação física de agora há pouco.

Eu ainda estava olhando para Mitch quando senti Henry esticar o braço para pegar minha mão. Olhei para seus dedos minúsculos com covinhas, que naquele instante estavam segurando os meus com firmeza. Minha palma estava virada para cima quando ele começou a dobrar meus dedos para dentro um por um, como se os estivesse contando enquanto fazia isso. Depois, eu abri a mão de novo, e ele repetiu o gesto. Embora ele não olhasse para mim, estava olhando para a minha mão.

— Ele faz bastante isso? — perguntei, sorrindo.

— Não. Em geral, ele não toca as pessoas desse jeito. Mas parece que, com *você*, ele está brincando.

Depois de mais algumas rodadas do mesmo padrão de abrir e fechar, uma depois da outra, ele parou e apenas continuou a segurar minha mão, sem fazer contato visual. Eu conseguia sentir Mitch me encarando enquanto eu olhava para a mão de Henry na minha. Quando prestei mais atenção ao rosto do menino, percebi que ele realmente era a cara de Mitch. Não havia sinal físico *dela*. Continuei olhando fixamente e com espanto para o ser humano lindo que um dia enxerguei como a principal fonte da minha angústia. Na verdade, ele era um anjo.

Mitch me deu um susto quando colocou sua mão em cima da minha e da de Henry. Meu corpo todo se aqueceu com o seu toque.

— Obrigado por subir para conhecê-lo. Não queria pressioná-la, mas estou realmente feliz por você ter vindo.

— Ele é lindo, Mitch.

— Obrigado.

— E você é um pai incrível.

Ele olhou para as nossas mãos, e depois para o meu rosto.

— Você não faz ideia do quanto significa para mim ouvi-la dizer isso. Gosto de pensar que tudo acontece por um motivo, mesmo as coisas ruins. Só sei que eu estava destinado a ser o pai dele, entende? Não me arrependo de ter tido Henry. Meu único arrependimento é ter te magoado.

— Você precisa das suas forças para este menininho. Agora realmente enxergo isso. Não desperdice sua energia se preocupando com o passado. Sou forte. Estou bem. Ele precisa de você agora.

— Ele de fato precisa de mim. — Seus olhos pareciam estar brilhando na escuridão enquanto ele encarava os meus. — Mas eu preciso de *você*.

Eu não sabia o que dizer. Apesar de declarar minha força, parecia que eu estava com vontade de chorar... Não exatamente de tristeza. De quê, eu não sabia direito. Henry já estava dormindo profundamente. Deslizei minha mão de debaixo da de Mitch e de Henry e me levantei.

— É melhor você levá-lo para o quarto dele. Vou descer.

— Desculpe. Saiu sem querer. Não quero te deixar sem jeito. Apenas disse o que estava sentindo naquele instante.

Me virei no vão da porta.

— Não tem problema. Te vejo lá embaixo.

Desci a escada o mais rápido que consegui para evitar que ele visse que eu estava prestes a chorar.

Janis se levantou do seu lugar à mesa.

— E então?

Ela viu que os meus olhos estavam ficando marejados e me abraçou.

— Ele é tão lindo, Janis! Ele segurou minha mão e ficou brincando comigo.

Quando minha cabeça ficou apoiada no ombro dela, realmente me dei conta da seriedade daquela situação. Ela estava certa. Eu precisava me certificar de que não iria ultrapassar nenhum limite se não estivesse planejando deixar Kevin. Aquilo não era um jogo. Mitch ainda gostava muito de mim e não podia se dar ao luxo de ficar com o coração partido. *Eu* não podia me dar ao luxo de me apaixonar por aquele menininho e magoar os dois se escolhesse ficar com Kevin.

Enxuguei os olhos logo que ouvi passos atrás de mim, seguidos pela voz profunda e suave de Mitch.

— Parece que a presença de Skylar resolveu. Henry pegou no sono rapidinho. Pronta para voltar?

— Sim. — Abracei Janis uma última vez. — Foi muito bom te ver de novo.

— Você também, querida. Vê se não some.

Mitch estava absorto em pensamentos durante todo o caminho de volta para a minha casa, enquanto eu fiquei pensando em Henry.

Quando ele estacionou na entrada da garagem, tinha ficado impossível continuar suportando o silêncio.

— Você está bem?

Ele esfregou os dedos nas têmporas, parecendo frustrado.

— Estou.

— Não está parecendo.

De repente, ele se virou para mim.

— É só que... não é fácil.

— O quê?

— Quer mesmo saber? Eu deveria estar... — ele mexeu os dedos, fazendo sinais de aspas no ar — ... "respeitando" sua situação. Talvez seja melhor eu simplesmente te deixar entrar, porque, se eu começar a falar agora...

— O que não é fácil?

Me retraí de leve quando ele colocou a mão na minha bochecha e roçou o polegar ao longo do meu queixo.

— Fingir que você é só uma amiga.

Parecia que o meu coração estava preso dentro do peito, junto com todas as palavras que queriam escapar, mantidas reféns por um medo imenso das minhas próprias emoções.

Estou assustada. Te quero tanto que dói. Nunca te amei tanto quanto hoje à noite, depois de te ver com o seu filho.

Ele tirou a mão de mim.

— Apenas entre, Skylar, antes que eu diga ou faça alguma coisa de que vá me arrepender amanhã.

— Não quero te deixar assim, desse jeito.

— Por que você não consegue responder à minha pergunta? — ele insistiu, girando o corpo todo na minha direção.

— Que pergunta?

— Te perguntei duas vezes se você está feliz, e você não me deu uma resposta. É o que preciso saber para seguir em frente. É o motivo pelo qual eu comecei a te espionar, droga!

— Acho que simplesmente não sei ao certo como responder.

— Então, a resposta é "não".

Meu tom era defensivo.

— Me sinto segura com Kevin, está bem? Ele nunca me magoou, e tenho certeza de que nunca vai me magoar.

Ele se afastou.

— Ao contrário de mim.

— Não falei isso para te agredir. É só que...

— Tudo bem. Agora eu entendo.

— Não. Não entende.

— Você não percebe que as palavras saindo da sua boca e sua expressão não estão dizendo a mesma coisa, Skylar. Seus olhos estão te traindo e me deixando confuso pra caramba. Você ainda me olha do jeito que sempre me olhou, como se eu fosse a coisa mais importante do mundo para você. Enquanto você continuar fazendo isso, e até me falar para eu me afastar, não tenho certeza se consigo seguir em frente.

— Você tem razão. Eu não deveria estar te iludindo. Tudo isso é realmente muito confuso.

— Escuta... Sou uma pessoa diferente agora. Passei por muita coisa. Não sou mais aquele menino que tinha medo de te dizer o que sentia. Sou um homem perturbado que sente que foi ao inferno e voltou e que não tem nada a perder. Te quero mais agora do que jamais te quis. Você é *tudo* o que desejo, e nem sou capaz de te mostrar o quanto. Você não faz ideia das coisas que eu faria com você neste instante se eu pudesse. Não consigo nem pensar direito perto de você. Não existe mais ninguém, Skylar. Não *existiu* mais ninguém. Eu não...

— Você não o quê?

— Isto está dando muito errado. — Ele deixou a cabeça cair no volante. — Droga! Não queria ter esta conversa hoje.

— Do que você está falando?

Ele me examinou com o olhar e sussurrou:

— Não fiquei com ninguém.

— O quê? Como assim?

— O que quero dizer é que... não *fico*... com uma mulher faz mais de cinco anos.

— Você não teve uma namorada... Mas é claro que você...

Ele balançou a cabeça.

— Não. Ninguém. Não *toco* em uma mulher há cinco anos, Skylar.

Cobri a boca.

— Meu Deus!

— Não desejei outra mulher, nem sequer para transar. Eu mergulhava de cabeça no trabalho ou no meu filho e simplesmente tentava não pensar em você. Agora que estou perto de você de novo, é como se o meu corpo tivesse ganhado vida de repente. Tenho esses impulsos... Me sinto fora de controle, e não sei o que fazer com tudo isso. O fato de eu saber que ficar com você está fora de cogitação piora ainda mais o problema. Desculpe. Você disse que queria honestidade. Às vezes, a verdade dói.

Meu celular estava no console central quando tocou. Mitch olhou para ele e depois o passou para mim.

— É o Kevin. É melhor você atender.

Ele abriu a porta do carro e a fechou com força, apoiando as costas na janela. Meu coração estava se destroçando, porque eu sabia o quanto deve ter sido difícil admitir o que ele havia acabado de confessar.

Deixei a ligação ir para o correio de voz e depois enviei uma mensagem para o Kevin.

Te ligo daqui a pouco.

Me senti culpada, mas não podia atender naquele momento. Saí do carro e fiquei parada ao lado dele.

Mitch não estava olhando para mim.

— O que ele tinha a dizer?

— Não atendi. Mandei uma mensagem avisando que retornaria a chamada.

Ele soltou uma risada solitária que soou rancorosa e olhou para cima. Estava um céu limpo enquanto ficamos encostados no carro dele, observando as estrelas.

Não dissemos nada durante vários minutos, até que ele me encarou.

— Não foi só você que ficou arrasada.

Então, ele se virou, entrou no carro e abriu a janela.

Curvei o corpo.

— Como fica a nossa situação agora?

Ele colocou o braço para fora e uma mecha do meu cabelo atrás da minha orelha.

— É você quem tem que decidir. Acho que primeiro você precisa descobrir se está feliz ou não, já que, pelo jeito, você não sabe. Dica: se acontecer de você ver meu rosto da próxima vez que ele te levar para a cama, existem grandes chances de não estar feliz. Se fosse eu que estivesse transando com você, posso te garantir que você não precisaria pensar duas vezes.

Ele ligou o motor e engatou a marcha.

— Boa noite, Skylar.

Fiquei parada lá, atordoada e confusa. *Excitada*.

— Tchau.

Naquela noite, entrei debaixo das cobertas e repassei aquelas palavras inúmeras vezes na minha mente.

— *Se fosse eu que estivesse transando com você...*

Meus dedos circulavam meu clitóris enquanto eu me dava um orgasmo intenso, imaginando que era Mitch quem estava fazendo isso.

MINIIA SKYLAR

23
MITCH

— Fiz merda, Davey.

Davey me entregou o sanduíche de salame que ele trouxe da mercearia chique do bairro. Ele tinha vindo ao canteiro de obras para almoçar comigo. Minha empresa estava construindo um novo shopping center na cidade. Era um dos nossos maiores projetos até aquele momento.

— É melhor você descobrir qual é o problema antes dessa coisa desmoronar.

— Não, não tem a ver com a construção. Tem a ver com... a Skylar.

— Skylar? Você andou tendo contato com ela?

— Ela não te disse nada?

— Não. Nem chegamos a nos encontrar desde que ela voltou. Como é que isso foi acontecer?

— É meio que uma longa história. Nunca te contei, mas comecei a espioná-la alguns meses atrás.

— Que porra é essa, Mitch?

— Não é tão ruim quanto parece. Resumindo: uma noite, ela me flagrou. Em vez de chamar a polícia ou de surtar, ela me convidou para entrar, e saímos algumas vezes. Ela conheceu o Henry.

— Você está brincando com fogo. Você sabe disso, não sabe?

— Você sabia que ela estava noiva?

Davey hesitou.

— Ela me contou faz um tempo. Não contei a você.

— Por que não?

— Ah... Não sei... Talvez porque, quando se trata dela, você seja meio instável? Imaginei que existia a possibilidade de você fazer alguma coisa desajuizada... Tipo *espioná-la*, ou algo parecido.

— Certo... Já entendi. Enfim, fomos ao Bev's na semana passada. Eu estava tentando agir com naturalidade, como se fôssemos amigos de novo.

Davey tomou um gole do seu refrigerante e o apontou para mim.

— Tenho certeza de que você se saiu muito bem — ele disse com sarcasmo.

— Tudo estava indo de acordo com o esperado até pararmos na minha casa, depois de sairmos da lanchonete, e ela conhecer Henry.

— Estou surpreso por ela ter aceitado.

— Eu também. Ela foi muito gentil com ele, e ele interagiu de verdade com ela. De repente, comecei a ver nós três juntos.

— Você quer dizer você, ela e *Kevin*, certo? Você está ciente de que ela está prestes a se casar com ele, não está?

— Me deixa terminar.

— Está bem.

— Depois que a levei para casa, perdi o controle.

— Nããão... Sério?

— Contei a ela como eu me sentia e que não houve mais ninguém.

— Por favor, não vá me dizer que você contou a ela que é virgem.

— Mas eu não sou virgem!

— Cinco anos sem sexo têm que te qualificar para alguma espécie de restabelecimento desse título. Qual é o masculino de "rejuvenescimento vaginal"?

— Você consegue levar isso a sério por um segundo, porra? — Revirei os olhos. — Sim, contei a ela que não estive com ninguém.

— Foi idiotice, mas estou com a sensação de que a história não para por aí.

— Também disse a ela que achava que ela não estava feliz com ele, principalmente se ela visse meu rosto enquanto estiver transando com ele.

— Uau... Quanta elegância...

— Pois é... Então, esse é o meu problema. Estou com a impressão de que a afugentei.

— Cara, isso foi ejaculação precoce em toda a sua glória.

— O quê?

— Trocadilhos à parte, você queimou a largada.

— Queimei a largada?

— É. Não é que você não devesse ter contado a ela sobre os seus sentimentos. Você só precisa se ater a um cronograma e fazer o processo passo a passo. Aprenda com o seu filho. Aposto que ele deixou a Skylar toda derretida, não deixou?

— É... Na verdade, deixou, sim. Ele não precisou dizer absolutamente nada e simplesmente criou uma ligação com ela.

— Às vezes, menos é mais. Você precisa controlar as palavras e as emoções nesta fase inicial do jogo.

— Não consegui me segurar, Davey. Ela não está feliz com esse cara, e eu ainda a amo.

— Sei que a ama, cara. Se existe uma coisa que eu sei nesta vida, é isso. Só não quero te ver nutrindo esperanças e depois ficar arrasado se ela levar adiante essa história de casamento.

— Você acha que eu não tenho a menor chance, não é? — perguntei, mordendo meu sanduíche com força e raiva apesar de ter perdido o apetite.

Davey gritou em meio ao som da britadeira que vinha de trás de nós.

— Você só precisa entender que o fato de ela conhecer Henry e criar um vínculo com ele durante alguns minutos não significa necessariamente que ela vai conseguir deixar de lado os últimos cinco anos e virar a mãe dele de repente. A garota não me deixava sequer mencionar o seu nome um ano atrás. Esse cara que está com ela... Ele é bem de vida e confiável. Eu e Zena os encontramos quando estávamos em Washington, uma vez. Não estou dizendo que ela não te ama, mas existem outras pessoas envolvidas nessa situação. Existem muitos obstáculos, mas...

— De que lado você está, porra? — falei com a boca cheia.

— Me deixa terminar. Existem muitos obstáculos... Mas vou me permitir um *brainstorm* agora, certo? Vou fazer o que for necessário para te ajudar a reconquistá-la. Por mais que eu sempre tenha tirado sarro da sua cara ao longo dos anos quando se tratava dela... vocês dois foram feitos um para o outro.

— Você vai me ajudar a bolar um plano?

— Vou. Em algum momento, precisamos mantê-la longe dele um tempinho, no local certo. Não sei exatamente como fazer isso.

— Do que você está falando? Sequestrá-la?

— Não exatamente. Não se anime.

— Ele passa algumas noites fora de casa porque viaja uma semana sim, uma não a trabalho.

— Certo... É um começo. Vou pensar em alguma coisa.

Ajustei meu capacete.

— Acho que te amo, Davey.

— Me poupe. Não vou tirar sua virgindade.

Naquela noite, depois de colocar Henry para dormir, abri uma cerveja e acessei minha lista do DVR para assistir a um dos vários episódios de *Trato Feito* que andei acumulando. Tinha acabado de apertar o play quando chegou uma mensagem do Davey.

Davey: Já sei como resolver.

Mitch: Resolver a fome do mundo? Resolver o cubo mágico? Resolver o quê?

Davey: Estou só avisando. Depois disso, você vai querer me chupar.

Mitch: Depois da visão que passou pela minha cabeça, é melhor o plano ser bom.

Davey: Aquele lance da reforma que a sua empresa vai fazer para a família que mora em Virginia Beach vai ser daqui a algumas semanas, não é?

Todo ano, minha empresa doava recursos para ajudar uma família necessitada, reconstruindo uma casa destruída por uma tempestade ou um incêndio. Dessa vez, íamos surpreender uma família na cidade de Virginia

Beach. O plano era reformar seu lar enquanto as pessoas ficavam na casa de parentes do outro lado do estado. Uma tempestade tropical acabou com a casa dessa família, que não tinha conseguido habitá-la durante meses. Ela também tinha duas crianças com necessidades especiais, uma delas numa cadeira de rodas, então íamos acrescentar uma rampa. Meu plano era estar lá com a minha equipe durante os cinco últimos dias do projeto. Seria a primeira vez que eu ficaria longe de Henry, mas minha mãe fez questão de que eu fosse quando descobriu o que estávamos fazendo.

Mitch: O que é que tem isso?

Davey: Espera. Vou te ligar.

O celular tocou imediatamente.

— Fala aí.

— Você vai reformar a casa e depois ela tem que ser ajeitada para eles e tudo o mais, certo?

— Isso. Pagamos toda a mobília nova e redecoramos.

— Você precisa de uma designer de interiores.

— Na verdade, não tenho certeza...

— Você *precisa* de uma designer de interiores.

— Espera aí... Você está dizendo que eu deveria contratar a Skylar para fazer o trabalho?

— Você realmente é mais esperto do que eu te acho. É óbvio que é isso que estou dizendo! É a especialidade dela, não é?

Cocei o queixo e andei de um lado para o outro.

— Caramba, isso é genial!

— Obrigado.

— Nem sei se temos orçamento para um designer. Acho que íamos simplesmente improvisar nessa parte, mas vou pagar do meu próprio bolso se for preciso só para fazer isso acontecer. O verdadeiro problema é: como vou convencê-la a ir comigo? Você não acha que ela vai perceber?

— Tudo depende de como você apresentar a proposta. Isso é tarefa sua. Não posso fazer tudo para você. Aliás, onde você vai ficar?

— Vou reservar um hotel para mim e para os outros caras também.

— Bom, agora você vai arranjar uma casa de praia.

— Uma casa de praia?

— É.

— Ela não vai concordar em ficar em uma casa de praia alugada comigo. Você está de brincadeira, né?

— *Você* não vai ficar na casa. Você vai dizer que a empresa alugou o imóvel para ela como parte do acordo.

— Não estou acompanhando seu raciocínio.

— Confie em mim. Apenas não planeje dormir lá. É presunção demais. Você reserva um quarto de hotel, e ela dorme na casa de praia. Ela vai te convidar para ir lá em algum momento, e essa vai ser sua oportunidade. Vai ser um cenário bacana e romântico, longe de todas as complicações daqui. E ela realmente vai terminar essa viagem com um trabalho para adicionar ao currículo. É uma situação em que todo mundo sai ganhando.

— Preciso reconhecer, Davey. É uma ideia brilhante. Só não sei ao certo se consigo convencê-la a colocá-la em prática.

Uma semana depois, numa noite de quarta-feira, eu havia saído cedo do trabalho para ficar em casa com Henry porque minha mãe ia a uma festa com o meu padrasto, Fred.

A viagem à Virgínia seria daqui a algumas semanas. Se eu fosse propor o trabalho à Skylar, precisava entrar em contato com ela. Tinha esperado por aquela noite ansiosamente porque, de acordo com o meu calendário, aquela semana era uma na qual Kevin estaria viajando a trabalho.

Henry estava correndo de um lado para o outro, alerta, pelo quarto de brincar, revestido com carpete. Então, ele pegou seu iPad, e uma voz eletrônica disse "Quero ir ao McDonald's".

A professora da sua turma de pré-escola especial tinha instalado um recurso que permitia que Henry apontasse para uma foto, e o aparelho iria comunicar o que ele queria com uma sentença completa. Dava para programar qualquer frase para fazer par com a foto. Ele apontava para um cookie, e o aparelho falava "Quero um cookie". Se ele tocasse a foto da casa da minha mãe, o aparelho falava "Quero ir à casa da vovó". Naquela noite, ele ficou pressionando os arcos dourados. "Quero ir ao McDonald's."

— Hoje à noite, não, amigão. O papai tem que fazer uma ligação importante, e a vovó fez macarrão com queijo para você. Está no fogão.

Ele pulava com seu iPad, apertando o ícone. "Quero ir ao McDonald's."

— Talvez amanhã.

Ele continuou, tocando na foto repetidas vezes. "Quero ir ao McDonald's. Quero ir ao McDonald's. Quero ir ao McDonald's."

Ri da persistência dele.

— Já entendi. Você quer ir ao McDonald's. — Às vezes, eu era muito trouxa. — Está certo. Me deixe trocar sua fralda, depois nós vamos.

Apesar de ter quatro anos, Henry ainda não tinha capacidade para ser treinado para usar o banheiro.

Depois de trocá-lo e vesti-lo, uma ideia passou pela minha cabeça enquanto eu estava fechando o zíper do seu casaco. Tirei o celular do bolso e deslizei a tela até chegar ao nome de Skylar.

— Alô?

Fechei os olhos ao ouvir o som da sua voz suave.

— Oi.

— Faz tempo que a gente não se fala.

— É verdade. Não sabia ao certo se você queria ter notícias minhas depois de eu ter ido embora daquele jeito da última vez.

Ela ignorou minha frase.

— O que houve?

— Na verdade, estou te ligando por causa de trabalho.

— Trabalho?

— É, acredite se quiser. Minha empresa me deu a incumbência de achar um designer de interiores para um projeto no qual vamos trabalhar em breve. Queria ver se você tem um tempinho para a gente se encontrar agora, para jantar e discutir o assunto.

— Hoje à noite?

— É... Se você estiver desocupada.

— Estou.

— Ótimo. Você pode me encontrar no McDonald's da Franklin, perto da sua casa?

— Uma reunião de negócios no McDonald's?

— Minha mãe não está aqui, então vou levar Henry comigo. É onde ele gosta de ir. A batata frita de lá é a única que ele come.

— Ah... É claro que você está com Henry. Me senti burra agora. Faz todo sentido.

— Não se sinta burra. Você não sabia.

— Claro. Posso te encontrar lá.

— Ótimo. Daqui a meia hora?

— Está certo. Então, até daqui a meia hora.

Eu e Henry chegamos uns dez minutos mais cedo e pegamos um sofazinho no canto mais isolado e quieto do lugar. Se ele fizesse birra, queria lidar com a situação com a mínima quantidade de olhos revirando e sussurros. Eu o espremi para dentro de um dos cadeirões cinza de plástico e afivelei o cinto para protegê-lo. Embora ele fosse grande demais para esse tipo de cadeira, era o jeito mais fácil de fazê-lo ficar quieto e comer. Caso contrário, ele ficaria escalando o sofá engordurado ou tentaria engatinhar no chão.

Já tinha passado do horário de pico do jantar, então havia apenas algumas mesas ocupadas.

Entreguei a ele seu iPad enquanto esperávamos Skylar. Ele imediatamente começou a se entreter com um jogo de correspondência da *Vila Sésamo*.

Cinco minutos depois, a porta da frente se abriu, e a visão que tive de Skylar quase me deixou sem fôlego. Ela ficou muito bonitinha olhando ao redor, sem saber que estávamos bem lá no fundo. Dei risada, e depois ergui a mão e acenei. O sorriso rápido que ela abriu ao notar a nossa presença tocou meu coração, que ficava mais acelerado a cada passo que ela dava. Sim, eu estava ferrado.

Ela estava usando um vestidinho branco com alças fininhas, e seu cabelo comprido e ondulado balançava conforme ela se mexia. Quando ela chegou à nossa mesa, imediatamente senti seu perfume delicado. Era como erva de gato. Senti vontade de esfregar meu nariz pelo seu cabelo e cheirá-la todinha.

Calma, rapaz.

Ela se sentou.

— Desculpe. Estou alguns minutos atrasada. O trânsito estava horrível. — Ela se virou para Henry. — Oi, mocinho.

Ele continuou olhando fixamente para o seu iPad e a ignorou.

Ela voltou sua atenção a mim.

— Como você está?

Meus olhos estavam vidrados nos lábios dela e, de repente, olhei para cima.

— Estou bem.

— E então? Estou curiosa sobre essa proposta de trabalho que você mencionou.

— Pois é. Quer saber? Vamos pegar comida primeiro. Você se importa de ficar aqui com Henry enquanto faço o pedido?

— Claro que não.

— O que você quer?

— Um sanduíche de peixe, uma batata frita pequena e uma coca diet.

Pisquei para ela.

— Certo. Já volto.

Enquanto eu esperava na fila, olhei de relance e notei que Skylar tinha oferecido sua mão a Henry. Ele a pegou e começou a dobrar os dedos dela para dentro, a mesma brincadeira que ele criou quando a viu pela primeira vez. Me concentrando no seu sorriso bonito enquanto ela interagia com o meu filho, percebi que tudo o que importava para mim no mundo estava naquele canto da lanchonete.

Quando voltei com a nossa comida, Henry tinha voltado a olhar para o seu iPad.

— Podemos começar a comer primeiro — disse. — A batata frita dele tem que esfriar. Se estiver um tiquinho de nada quente, ele não come.

Coloquei um smoothie com fruta na frente de Henry.

— Beba.

Ele tomou um gole pequeno. Depois que mordi meu hambúrguer, falei:

— Bom, vamos resolver logo a questão do trabalho enquanto ele está ocupado com o jogo.

— Certo — ela concordou, mergulhando a batata frita em um pouco de ketchup e dando uma mordida.

Durante os minutos seguintes, expliquei o que a HM Construção faria em Virginia Beach e por que eu precisava da ajuda dela.

— Então, eu teria carta branca para decidir sobre a decoração?

— Teria. A família nem sabe que estamos fazendo isso. A ideia é que ela entre no lugar e fique de queixo caído. Vai ter até jornal e gente da imprensa local lá para registrar o momento. Te daríamos uma verba para você comprar os itens de que vai precisar lá. Conforme os cômodos forem ficando prontos, você teria acesso a eles para colocar suas habilidades em ação. Você também ficaria incumbida de escolher as cores das tintas.

— Por que eu?

— Por que não você?

— Cadê a pegadinha? Virginia Beach, no meio do verão? É bom demais para ser verdade.

— Não tem pegadinha. Só queria te apresentar essa proposta de trabalho, para o caso de você estar interessada.

— Onde eu ficaria?

— A empresa iria disponibilizar uma acomodação para você.

— Você vai estar lá?

— Sim. Vou estar supervisionando a obra e ajudando minha equipe.

— Como vamos chegar lá?

— Vou conseguir uma passagem área para você.

— Preciso ser sincera. É muito tentador. Não tenho tido muita sorte na hora de conseguir clientes novos aqui em Nova Jersey.

— A HM Construção seria uma excelente referência a mais no seu currículo. É uma coisa legal. Confie em mim.

Confie em mim.

— Realmente não consigo ver nenhum motivo para não aceitar.

Tentei não sair do sofá aos pulos.

— Então, você topa?

— Posso só ter alguns dias para pensar? Teria que discutir o assunto com Kevin.

Estraga-prazer.

— Claro.

Ela tomou um gole de refrigerante.

— Obrigada.

Dei uma mordida em uma batata frita do Henry para ter certeza de que elas tinham esfriado. Passei a embalagem para ele, que começou a brincar com as batatas imediatamente.

— O que ele está fazendo?

— Ele tem umas tendências obsessiva-compulsivas. Uma delas é organizar as coisas em uma fileira. Ele faz isso com a batata frita toda vez. Ele as enfileira uma por uma, as conta e depois as come da esquerda para a direita. Não se preocupe. Limpei a mesa antes.

— O que aconteceria se eu pegasse uma? Como ele reagiria?

Abri um sorriso largo.

— Boa pergunta. Faça o teste.

Skylar pegou uma batata frita da fileira. Henry imediatamente começou a gritar e esticou o braço para pegá-la. Eu ficava bobo de ver como ele tinha consciência das coisas quando queria.

— Minha — ela declarou enquanto segurava a batata longe dele e mais perto do próprio peito.

Ele baixou o rosto para olhar para suas batatas fritas organizadas e depois de novo para Skylar, com uma expressão de urgência.

Ele estava olhando para ela.

— Fale "minha" — ela disse.

Henry estendeu a mão.

Ela repetiu, cantarolando:

— Minha... minha... minha...

Henry abriu a boca.

— Mm... mi...

Minha nossa! Ele estava tentando falar a palavra!

Ela bateu os pés no chão, feliz.

— Bom menino. Minha. Minha! Aqui está. — Ela devolveu a batata frita a ele. — Caramba! Mitch... já está tudo aí. Ele só precisa de motivação.

"Orgulhoso" nem começava a descrever como eu estava me sentindo.

— Bom, até agora, a única coisa que ele tinha tentado falar era "oi". Tem alguma coisa especial em você que traz à tona o que as pessoas têm de melhor.

— Acho que ele teria feito isso com qualquer um que tivesse bagunçado com a sua ordem, mas foi legal vê-lo interagir um pouco. Acho que todos nós somos capazes de fazer qualquer coisa se realmente queremos algo.

Minha.

Com certeza, eu conhecia a sensação de precisar desesperadamente de algo que não podia ter e querer implorar por ela.

Quando Henry começou a comer suas batatas fritas da esquerda para a direita, Skylar olhou para mim e pareceu querer falar alguma coisa, mas estava hesitando.

Tirei a bandeja da nossa frente.

— Tem alguma coisa te incomodando.

— É só que eu estava pensando em uma coisa que sua mãe disse.

— Certo...

— Ela mencionou que você foi preso mais ou menos na época em que me mudei. O que aconteceu?

Droga. Minha mãe tinha uma língua maior que a boca. Realmente não queria que Skylar ficasse sabendo daquilo.

Inspirei e expirei devagar.

— Desci a porrada numa pessoa.

— O quê?

— Isso mesmo. Ele mereceu.

— Quem?

Hesitei, relutante em começar a conversa a que aquilo inevitavelmente iria levar.

— Foi o Chad.

— Chad? O primo da Charisma?

— Sim. Ele se aproveitou de você. E depois ele teve a cara de pau de ir ao hospital quando Henry nasceu. No segundo em que ele se apresentou, eu soube exatamente quem ele era. Então, pedi a ele para me ajudar a carregar algumas coisas até o carro. Quando saímos, dei um soco na cara dele e o fiz perder um dente.

— Ai, meu Deus...

— Você precisa entender o quanto eu estava furioso naquela época. Eu o odiava provavelmente mais do que qualquer outra pessoa, mas não mais do que a mim mesmo por indiretamente tê-lo colocado na sua vida, por meio da Charisma. Eu estava sofrendo muito, e não consegui ignorar. Eu queria matá-lo, e fiquei triste por não tê-lo deixado mal a ponto de ele ter que ser hospitalizado. Caí no seu conceito por ter te contado isso?

— Não. Entendo esse tipo de raiva. Tenho sonhos recorrentes sobre fazer o mesmo tipo de coisa... com ela. Mas só sonhar é diferente. Você realmente foi parar na cadeia?

— Por pouco tempo. Aí, de alguma forma, ela o convenceu a retirar a queixa.

— Nossa!

— Pois é...

— Sinto muito por você ter sentido que precisava fazer isso por minha causa.

— Eu faria qualquer coisa por você.

Eu morreria por você.

Precisava mudar de assunto antes que começasse a falar sem parar. Não podia correr o risco de dizer nada que a fizesse decidir não ir a Virginia Beach.

— Fique aqui com ele, está bem?

Fui até o balcão e voltei com dois McFlurries com M&M's. Quando éramos adolescentes, ela sempre me fazia parar lá, porque aquele era o tipo favorito de sorvete dela.

Ela sorriu.

— Você se lembra.

— Eu me lembro de tudo.

Seria mais fácil se eu não me lembrasse.

Ela colocou uma colherada na boca e gemeu.

— Hummm... Não existe nada igual a isso.

Fiquei observando enquanto ela fechava os olhos. *Não, não existe.*

— É muito bom *mesmo* — disse, limpando a garganta.

— Ainda não existe outro sorvete que eu prefira. O Henry toma um pouco?

— Normalmente, ele nem encosta em sorvete.

Skylar moveu sua colher de plástico na direção da boca de Henry, e ele imediatamente virou a cabeça, como se ela estivesse lhe oferecendo veneno. Então, ele roubou o utensílio dela.

Ela fingiu estar brava.

— Ei! Essa colher é minha!

Ele fez a colher chegar até o copo de sorvete dela. Nós dois ficamos observando, cheios de expectativa, achando que talvez ele estivesse planejando tomar um pouco. Em vez de fazer isso, ele agitou a colher na direção de Skylar, atingindo-a no rosto com um montão de sorvete.

Ela soltou um gritinho, surpresa.

— Droga! Desculpe — pedi, ficando em pé depressa e depois correndo para pegar uns guardanapos.

Quando voltei, ela estava tendo um ataque de riso violento. Para minha surpresa, Henry estava rindo e batendo os pés.

— Mais uma vez, peço desculpas.

— Se o fez rir, valeu a pena.

Eu me virei para ele.

— Você achou engraçado? Você consegue se safar, mesmo fazendo o que quer.

Ela estava tirando o sorvete do rosto. Ele tinha pingado no seu peito.

Eu não estava pensando em chupá-lo com a língua.

Passei mais guardanapos para ela.

— Você precisa de água?

— Não... Estou bem. Estava precisando de uma boa risada. — Ela enxugou as lágrimas dos olhos. *Lindos olhos amendoados.* — Minha nossa, que sensação boa.

Ergui a sobrancelha.

— Sério?

— Sério.

Os clientes sentados na nossa diagonal estavam sorrindo para nós. Eles devem ter achado que éramos uma família maluca. Como eu queria que isso fosse verdade, que Skylar fosse minha esposa e mãe de Henry... Voltaríamos para casa, colocaríamos Henry na cama, e então eu a levaria ao nosso quarto e faria amor com ela a noite toda. Em vez disso, ela iria dormir na cama de outro homem, e eu estaria sozinho, sonhando com ela, repassando todos os momentos que vivemos naquela noite na minha cabeça.

Quando seu riso diminuiu, nossos olhos se encontraram.

Usei a oportunidade para trazer à tona a última vez que tínhamos estado juntos.

— Peço desculpas se me excedi naquela noite, no carro.

— Você só estava sendo honesto com seus sentimentos. Nunca vou criticá-lo por isso.

Fiz uma pausa, olhando para o meu sorvete derretido e girando-o no copo de isopor.

— Ele sabe sobre mim?

— Ele sabe o que aconteceu depois que fui embora de casa. Ele sabe de tudo, mas não que voltamos a nos falar.

— Como você acha que ele se sentiria em relação a isso?

— Sinceramente?

— Sim.

— Ele ficaria furioso.

Fiz um aceno com a cabeça, fingindo entender a situação, enquanto a raiva crescia dentro de mim.

Ele que se dane. Ele nunca conseguiria amá-la o quanto eu a amo.

Não entramos em mais detalhes. Ela mudou de assunto e começou a me perguntar sobre a escola de Henry. Contei a ela sobre o tipo de terapia pelo qual estávamos na fila por ele. Ficamos sentados lá por mais ou menos meia hora a mais. Apesar dos nossos cinco anos separados, estar com ela sempre era como estar em casa.

Peguei dois cafés para nós, e Henry se manteve ocupado tirando fotos da mesa, do chão e do teto usando a câmera do seu iPad. Ele deve ter acumulado umas setecentas imagens na sua galeria, porque simplesmente ficava tirando foto após foto.

Olhei para o meu relógio.

— Caramba! São quase dez horas!

— Que horas o Henry vai dormir?

— Oito e meia.

— Ooops...

— Ele está se comportando muito bem hoje à noite. Normalmente, ele já teria feito birra a uma hora dessas, e eu teria percebido que era hora de ir embora. Acho que ele gosta da sua companhia.

Ela lançou um olhar carinhoso na direção dele.

— Bom, isso me deixa feliz.

— Eu também gosto da sua companhia — revelei.

Pare por aí. Não diga a ela o quanto você sente sua falta, o quanto você a ama. É demais. Lembre-se do que Davey falou.

Ela ficou vermelha, como se estivesse lendo a minha mente de alguma forma.

— É melhor você levá-lo para casa.

— É verdade. Eu poderia ficar a noite toda aqui com você, mas ele realmente precisa dormir. Nesta altura do campeonato, ele vai estar tão elétrico que provavelmente ficará acordado a noite inteira.

A bateria do iPad de Henry tinha descarregado, o que significava que a volta para casa poderia ser difícil. Peguei sua mão quando saímos porta afora com Skylar. O vento quente do verão levantou seu vestido, e a espiada rápida na sua calcinha foi pura tortura.

Paramos na frente da minha caminhonete, e coloquei Henry na sua cadeirinha. Ela inclinou o corpo na direção do banco do passageiro.

— Foi legal passar um tempo com você, Henry. Mas, na próxima vez, vou usar uma camiseta velha.

Meu pulso acelerou. *Na próxima vez.*

Henry colocou a mão para fora e apertou o nariz dela com força.

— Ai! — Ela riu.

— Eu deveria ter te avisado. Ele gosta de beliscar o nariz das pessoas se elas chegam muito perto do rosto dele. As mãos dele são fortes.

Ela ficou parada na minha frente, com o cabelo esvoaçando na brisa suave. Olhei para a mancha de sorvete no seu vestido. Os corantes vermelho e azul dos M&M's tinham se espalhado no tecido branco.

— Quero pagar a lavagem.

— Você está de brincadeira, né?

— Não. Faço questão.

Ela observou a lua e depois olhou nos meus olhos.

— Você acha mesmo que eu ligo para este vestido? Esta mancha é vida, Mitch. Quando eu estava doente, na adolescência, prometi a Deus que, se Ele me deixasse viver, eu nunca mais me preocuparia com coisas pequenas. Tenho orgulho de usar isto. Eu me preocupava com o fato de que talvez não tivesse a chance de ter certas experiências, como te ver adulto. Esse foi um medo enorme que tive. Não apenas vivi tempo suficiente para isso, como acabei de passar um tempo com seu filho também. Isso é legal pra caramba.

Parecia que meu coração ia explodir. A necessidade visceral de beijá-la pesava nos meus lábios.

— Que lindo — soltei.

— Não imaginei que fosse ser capaz de suportar conhecê-lo um dia, Mitch. Mas a realidade é que ele é tão especial que me faz esquecer o resto.

Que se dane. Eu a puxei para um abraço acolhedor, saboreando cada segundo e tentando gravar a sensação na memória: o cheiro dela, a maciez dos seus seios, seu coração batendo forte, encostado no meu. Minha boca estava muito próxima do seu pescoço, e mordi o lábio para conter a necessidade de devorar sua pele. Sussurrei no seu ouvido:

— Também sou muito grato por você estar aqui.

Depois de um minuto, ela se afastou. Deve ter percebido que não seria eu o primeiro a largar.

— Quando preciso te avisar sobre o trabalho?

— Seria bom se você conseguir me falar antes do fim de semana acabar.

— Certo. Pode deixar. Obrigada pelo jantar.

— O prazer foi meu.

— Boa noite.

— Boa noite, Skylar.

Enquanto eu a observava ir até o carro, murmurei três palavras sem parar.

Por favor, aceite.

24
SKYLAR

Nina ativou o viva-voz enquanto lavava louça. Ela falava com eco em meio ao som da água corrente.

— Então você acha que existem segundas intenções nessa proposta de trabalho?

— Quero dizer, acho que o trabalho é de verdade — falei, enquanto relaxava na cama.

O barulho da água parou, e consegui ouvir Jake ao fundo. Ele tossiu a palavra "balela".

Nina riu.

— Desculpe. Ele ficou escutando o tempo inteiro.

Ele falou, perto do celular:

— Quer meu palpite? Nina, qual é o seu drinque favorito?

— *Sex on the beach*[4] — ela respondeu.

— Exatamente — ele disse, com um riso sarcástico.

— Aonde você quer chegar, Jake? — perguntei.

— O Bitch pode estar te oferecendo um trabalho, mas não é esse o motivo pelo qual ele quer que você vá a Virginia Beach. Ele poderia ter contratado qualquer um. Em vez disso, ele escolhe a ex-namorada por quem ainda está apaixonado?

— Então, se isso for verdade, eu estaria traindo Kevin aceitando a proposta.

— Se você aceitar, vai contar ao Kevin que o Mitch é a pessoa por trás disso? — Nina indagou.

---

4   Sexo na praia. (N. da T.)

— Você está maluca? O Kevin nem sabe que eu e o Mitch temos nos falado.

— Bom, então você precisa decidir se vale a pena mentir para o Kevin e se quer lidar com o fato de que o Mitch pode querer te oferecer algo além do dinheiro quando vocês estiverem lá.

— Tipo o pau duro dele — Jake disse bem alto perto do celular.

Nina riu.

— Você é terrível.

— Pode acreditar em mim. Sou homem. Se estivermos a fim de uma mulher o suficiente, vamos inventar todo tipo de besteira engenhosa. Não estou dizendo que ele só quer sexo. Sei que ele gosta dela. Mas ele está tentando ser esperto usando essa oferta de trabalho, e o estou repreendendo por isso. Ele é o típico cara que está doido por uma garota.

— Os iguais se reconhecem — Nina brincou.

— Pode apostar.

Ouvi os lábios deles estalando num beijo.

— Vocês dois podem parar de se pegar um segundo?

— Desculpe, maninha. — Ela sussurrou para ele, afastando o celular: — Vá abrir o chuveiro. Te encontro lá.

Eu o ouvi resmungar e revirei os olhos.

Ela voltou a falar perto do aparelho:

— A questão é: não podemos te dizer o que fazer. Você tem que consultar seu coração e agir de acordo com o que acha ser bom para você, não para o Kevin ou para o Mitch. Para você. O que *você* quer?

Suspirei.

— Certo. Obrigada por me ouvir.

Desliguei, mais confusa do que nunca, e decidi sondar Kevin em relação à proposta quando ele voltasse para casa no dia seguinte.

Era uma noite de sexta-feira, e Kevin tinha me levado ao Spinelli's, um restaurante italiano do bairro. Antes disso, ele tinha voltado alegre da sua viagem, anunciando que íamos sair para comemorar. Ele disse que queria deixar a notícia para quando chegássemos ao restaurante. Eu falei que também tinha algo para discutir com ele.

Ele colocou Chianti em duas taças enquanto beliscava o antepasto.

— Bom... Fale você primeiro, porque não quero ofuscar sua notícia logo de cara.

Tomei um gole e coloquei minha taça na mesa. Inspirei para manter a compostura, absorvendo o cheiro de azeite e alho.

— Bem, me ofereceram um trabalho temporário da área de design.

— Sério? Isso é ótimo, querida! Quem é o cliente?

Coloquei uma pimenta ardida na boca.

— Na verdade, é uma empresa de construção que está reformando uma casa em Virginia Beach. Eles querem me mandar para lá de avião e que eu fique por cinco dias.

— Quando seria isso?

— Daqui a algumas semanas.

Nervosa, fiquei rolando um palito de dente entre os dedos, esperando a reação dele.

— E quanto ao dinheiro?

— Para ser sincera, não conversamos sobre isso.

— Vocês não conversaram sobre o pagamento?

— Não. Eles com certeza vão me pagar, mas isso é meio que uma atividade beneficente para eles. A empresa está reconstruindo uma casa que foi danificada numa tempestade. A família foi removida do local e não faz ideia de que isso esteja acontecendo. É para ser surpresa. Vai ser um grande acontecimento midiático quando ela entrar e ver a transformação. Vai ser uma boa publicidade para o meu trabalho.

— Então, parece um bom negócio. — Olhando para mim através da taça, ele tomou um longo gole do seu vinho e depois disse: — A mudança de cenário também pode ajudar a resolver a indisposição que você tem tido ultimamente.

Ele estava se referindo à minha falta de interesse na cama. Desde a noite em que eu e Mitch saímos pela primeira vez desde o reencontro, eu estava dando um jeito de não fazer sexo com Kevin. Estava sofrendo com a culpa por ter pensamentos sexuais envolvendo Mitch, e me sentia desconfortável toda vez que Kevin me tocava. Isso precisava ser resolvido logo, ou ele iria desconfiar de alguma coisa.

Mordi um grissini com nervosismo.

— Então você acha que eu deveria aceitar?

— Por que não?

Eu precisava lembrar a mim mesma que, sem saber sobre Mitch, Kevin não tinha nenhum motivo real para querer que eu recusasse a proposta. Minha mentira por omissão estava fazendo com que apenas *eu mesma* hesitasse.

Encolhi os ombros, como que para fazer pouco caso da minha agitação.

— Está certo.

Ele estendeu o braço na mesa para alcançar a minha mão.

— Então, vamos de uma notícia boa a uma excelente. Engraçado você ter mencionado uma viagem porque... Bom, o que você acha da Califórnia?

— Califórnia? Só estive lá uma vez, com você, naquela viagem a trabalho, mas lá é legal. Por quê?

— Vamos nos mudar para lá.

Instintivamente, afastei minha mão.

— O quê? Como assim?

— Você está olhando para o novo vice-presidente de operações da Leland Corporações.

— Vice-presidente?

— É. Querida, todo o meu esforço valeu a pena. É uma promoção maior do que eu jamais poderia ter esperado. Todo mundo sabia que o Stenner estava se aposentando, mas nem por um segundo imaginei que estavam me considerando para o cargo. Eles me ofereceram sem hesitar. Vou supervisionar três fábricas, e meu salário vai quase dobrar.

Uma notícia que deveria ter me deixado eufórica fez meu coração sofrer instantaneamente. Me perguntei se a minha triste tentativa de abrir um sorriso refletiu o terror que estava sentindo.

— Kev, isso é incrível, mas a gente teria que se mudar? Você não pode ter esse cargo aqui?

Ele balançou a cabeça enquanto tomava um gole do vinho.

— É lá que fica a sede da empresa. Todos os figurões trabalham em Fresno. Essa parte é inegociável.

Parecia que eu estava prestes a regurgitar o grissini. Minha cabeça estava latejando. Tudo o que consegui ver foi a cara que Mitch faria quando eu tivesse que contar a ele que estava indo embora de novo. Meus olhos incharam, e a súbita dor no peito era insuportável.

— Você está chorando, Sky?

— Desculpe. É que eu não estava esperando isso. Quando você assume?

— Precisamos estar morando lá dentro de seis semanas. Nesse meio tempo, vou fazer a transição para o cargo.

Tomei minha água e depois coloquei a taça sobre a mesa com um movimento violento.

— Mas a gente acabou de chegar. Aqui é o meu lar.

— Sky... Eu entendo, mas não posso recusar um emprego como vice-presidente porque você quer ficar perto da mamãe. Nem fomos visitá-la desde que chegamos. Esse emprego vai ajeitar nossa vida para sempre. Você não vai precisar se preocupar em trabalhar. Se você conseguir clientes, ótimo. Se não conseguir, vou ganhar o suficiente para podermos ter uma vida muito confortável só com o meu salário. Podemos ter a festa de casamento dos nossos sonhos. Poderíamos até mesmo nos dar ao luxo de casar no Havaí, como costumávamos imaginar.

— Isso é simplesmente... um choque.

— Entendo que foi de repente. Acho que imaginei que você ficaria mais animada. Você não está aqui há tempo suficiente para ter criado laços de verdade. Não entendo qual é o grande problema.

Não, você não conseguiria entender.

Um grupo de funcionários do restaurante entrou no salão cantando *Parabéns pra Você* para um homem que estava na mesa ao lado da nossa. Eu queria gritar, e meus pensamentos estavam se afogando no barulho.

Me ocorreu que, se eu fosse de fato me mudar com Kevin, não poderia me permitir nenhuma proximidade a mais com Mitch. A viagem para Virginia Beach seria uma má ideia. Então, por que eu queria fazê-la mais do que qualquer outra coisa naquele momento? Nosso jantar com Henry algumas noites antes realmente foram as melhores horas que tive desde que éramos adolescentes. Alguma coisa relacionada a estar em um lugar que me lembrava da minha infância com Mitch e ao filho *dele* tinha mexido comigo de verdade. Conseguir fazer Henry interagir tinha sido entusiasmante. Eu não via Charisma quando olhava para ele. Eu via apenas *Henry*... Um garoto sem ego, que não sabia nada sobre como surgiu no mundo. Ele apenas desfrutava das coisas simples da vida. Eu iria sentir saudade dele também.

Talvez eu não fosse embora.

O que eu estava dizendo?

Não podia simplesmente abandonar Kevin, que gostou de mim de verdade, me apoiou e me protegeu durante mais de cinco anos. Ele não tinha feito nada para merecer aquilo. Era para ele ser o meu futuro.

— Sky? Você não está entendendo o que estou falando? Você está com cara de quem está prestes a desmaiar.

Como não era capaz de admitir o verdadeiro motivo pelo qual não queria me mudar, estava sem saber o que dizer enquanto ele me encarava do outro lado da mesa.

Ele continuou:

— Você vai se acostumar com a ideia, está bem? Vamos tentar comemorar. Te amo. Quero construir uma vida boa para nós.

Seria uma vida perfeita. Então, por que eu sentia vontade de fugir dela?

Tomei outro gole de água. O garçom chegou com o meu frango ao marsala, e fingi apreciar o prato enquanto pensava em qual seria meu próximo passo. No domingo acabava meu prazo para avisar Mitch sobre o trabalho, e eu não fazia ideia se aquela viagem era a única decisão que eu teria que tomar nos dias seguintes.

Era um fim de tarde de sábado preguiçoso e ensolarado. Eu e Kevin estávamos a caminho da casa da minha mãe para o jantar, com as janelas do carro fechadas. Era aniversário dela, e alguns dos seus amigos mais chegados também iriam, para comemorar.

— Precisamos parar para comprar vinho — ele disse. — Qual é o tipo de que sua mãe gosta mesmo?

— Merlot.

Quando chegamos na minha antiga vizinhança, Kevin parou em um mercadinho gourmet que parecia vender bebida também. Eu nunca tinha notado a loja, então ela deve ter aberto depois que fui embora para Maryland.

Depois de entrarmos, experimentei umas bolachinhas com brie e pimenta em grão que eles estavam oferecendo numa degustação enquanto Kevin foi procurar o vinho. Era um lugarzinho eclético que me fez lembrar do Trader Joe's, embora parecesse ter outro dono. Em outro ponto, havia alguém preparando amostras de café saborizado, então peguei um e me pus a perambular, dando uma olhada nas prateleiras. Passei pelo corredor onde Kevin ainda estava decidindo qual vinho comprar.

Três corredores à frente, eu estava olhando barras de chocolate feitas com cacau orgânico quando ouvi uma voz conhecida.

— O que foi, parceiro? O que você está vendo?

Uma das barras escorregou das minhas mãos. Eu me virei e me deparei com Mitch parado ali com Henry, que estava sentado na parte da frente de um carrinho.

Seu rosto se iluminou quando ele me viu.

— Oi.

— Oi — respondi, com suavidade.

— Você deixou cair alguma coisa. — Ele se abaixou e me entregou o chocolate. A embalagem ficou enrugada quando peguei a barra da mão dele. — Obrigada.

Mitch estava usando um boné do Yankees virado para trás. Eu não o tinha visto daquele jeito desde que éramos adolescentes. Naquele momento, ele estava mais parecido com o Mitch que eu conhecia, com o cabelo aparecendo na parte de baixo do boné. Aquilo fez meu coração palpitar e doer ao mesmo tempo.

Meu Mitch.

Ele me lançou um olhar penetrante.

— Você está sozinha?

O cheiro dele era muito bom. Como se tivessem apertado um botão, meu corpo acordou imediatamente com desejo, como sempre fazia quando ele estava por perto.

— Não.

Os olhos dele se entristeceram.

— Ele está aqui com você?

— Está.

Ele soltou um suspiro profundo, e suas narinas se alargaram.

— Nós vamos embora. Não quero te causar problemas — ele falou de repente.

Olhei para trás.

Quando ele começou a se afastar, coloquei a mão no carrinho para pará-lo.

— Espere. — Me virei para o menino. — Oi, Henry.

Henry não estava olhando para mim, mas vi que ele achou uma fotografia minha no seu iPad. Ele deve tê-la feito quando estava tirando aquele monte de fotos no McDonald's. Minha cabeça estava cortada, mas dava para ver meu queixo e o sorvete pingando no meu vestido.

Mitch inclinou o corpo na direção da foto, e pude sentir a vibração na sua voz.

— Ele notou sua presença antes de mim. Ficou apontando para a foto, e aí estava você.

A proximidade dele tinha feito o cabelo na minha nuca arrepiar. Limpei a garganta.

— Você compra aqui com frequência?

— Às vezes. Eles têm a linhaça que eu coloco nos smoothies do Henry. Enfim, o que você está fazendo nesta parte da cidade?

— É aniversário da minha mãe. Vamos jantar na casa dela.

Sorri para Henry, que ainda estava olhando fixamente para a foto do meu corpo decapitado.

Alguns segundos depois, ouvi a voz de Kevin atrás de mim.

— Sky. Aí está você.

Antes que eu conseguisse responder, Mitch já havia desaparecido com Henry pelo corredor. Sem saber ao certo se Kevin tinha me visto conversando com eles, eu o esperei falar alguma coisa.

— Eu te perdi. Pronta para ir embora?

Soltei um suspiro de alívio. Ele não fazia ideia de como Mitch era, então havia uma boa chance de que, mesmo nos tendo visto jogando conversa fora, não tivesse achado nada de mais.

Minha garganta parecia estar se fechando, e meu coração estava acelerado.

— Sim. Só estava olhando estas barras de chocolate.

— Você quer uma? Pegue-a.

— Não. Preciso ficar de olho na dieta.

— Não, não precisa. Você está perfeita. Aqui. Pegue duas.

Ele colocou as barras na cesta e me beijou na bochecha antes de colocar o braço em volta de mim.

Me senti culpada imediatamente. Podíamos ter tido nossas rusgas, mas Kevin não merecia uma noiva mentirosa obcecada pelo ex-namorado.

Fomos até o caixa, onde havia uma longa fila. Kevin coçou as minhas costas, e meu corpo foi ficando tenso conforme eu me perguntava se Mitch conseguia nos ver.

A fila não tinha andado quando ouvi gritos altos vindos de um dos corredores. Era Henry. Ele estava fazendo birra.

Gotas de suor se formaram na minha testa enquanto eu escutava o choro. Me senti impotente.

Ouvi um dos funcionários:

— Precisa de ajuda, senhor?

— Não. Obrigado. Ele tem autismo. De vez em quando, isso acontece, do nada. Está tudo bem. Mas vou ter que deixar as coisas no carrinho e ir embora.

— Sem problema, senhor.

Todo mundo no mercadinho ficou olhando enquanto Mitch carregava um Henry que chutava e gritava na frente da fila. Os braços e pernas do menino estavam se debatendo enquanto ele lutava para escapar do colo do pai, se contorcendo, e seus gritos ficavam cada vez mais altos. Mitch lançou um rápido olhar na minha direção. O rosto dele estava vermelho. Depois, ele sumiu porta afora.

Kevin sussurrou no meu ouvido:

— É exatamente por causa desse tipo de coisa que não quero ter filhos.

Eu queria poder explicar a ele que Henry não tinha culpa, que o autismo o prendia dentro do seu corpo e que ele fazia birra porque não conseguia expressar seus sentimentos. Em vez de falar tudo isso, fiquei quieta. Uma sensação de desconforto persistente ficou me corroendo enquanto eu esperava na fila.

Minha mãe era a presidente do fã-clube do Kevin Blanchard. Por que não seria? Ela sabia o quanto eu estava perturbada quando fui embora da cidade, e sempre tinha sido grata a ele por salvar sua menininha das profundezas do desespero. Ela também admirava seu sucesso e o fato de que, ao contrário de Oliver, ele era fiel.

Ela colocou o braço ao meu redor à mesa de jantar. Tínhamos acabado de comer o bolo de aniversário.

— Por mais que eu odeie te ver ir morar longe de novo, esse emprego que o Kevin aceitou é uma baita oportunidade para vocês dois.

Kevin ergueu sua taça de vinho como que fazendo uma saudação.

— Obrigado pelo apoio, Tish. Sei que Skylar não quer te abandonar, mas agradeço por você entender.

Tomei meu vinho enquanto minha mãe e ele discutiam o futuro que estava sendo delineado para mim. Eles não faziam ideia de que minha mente estava bem distante dali.

Não tinha sido capaz de tirar o encontro que tive mais cedo com Mitch da cabeça. Parecia que minhas duas vidas haviam colidido naquele mercado. Era uma manifestação física do meu cabo de guerra mental: de um lado, Kevin, que era meu cérebro e meu refúgio perfeito e seguro... do outro, Mitch, que era meu coração e meu desejo errado e mais profundo.

— Tish, você consideraria se mudar para o oeste daqui a alguns anos?

— Talvez, se for mesmo o lugar onde vocês se estabelecerem. — Ela colocou a mão no meu joelho. — E, se minha filha quiser que eu esteja perto dela, claro que sim.

Parecia que alguém estava apertando as minhas roupas a cada segundo que passava. Precisando de uma folga daquela conversa, levantei.

— Com licença. Preciso ir ao banheiro.

Subi a escada correndo até o meu antigo quarto, que tinha se transformado no quarto de costura da minha mãe. Sentindo que poderia hiperventilar, fechei a porta e abracei a barriga. Quando minha respiração se acalmou, notei que a luz do quarto de Mitch estava acesa do outro lado da rua. Era uma noite de verão agradável, e a janela dele estava aberta. Olhei fixamente para o seu quarto, que parecia vazio. Uma fina cortina se mexeu com a brisa e obstruiu um pouco minha vista. Recuei de leve quando seu corpo escultural, com o torso nu, apareceu de repente na janela. Ele ficou parado, me encarando. Depois, acenou.

Ele me viu.

Retribuí o gesto. E não pude deixar de rir.

Mitch colocou algo na boca, e vi a luz de uma pequena chama na ponta do objeto. Ele estava fumando alguma coisa, mas não consegui identificar o que era.

Meu celular estava no bolso e tocou. Eu atendi.

A voz de Mitch soava rouca e sexy pra caramba.

— Agora é *você* quem está me perseguindo?

— Na verdade, não. O que é isso que você fica colocando na boca? Está fumando alguma coisa?

— Por que está tão interessada no que estou fazendo com a minha boca?

Fechei os olhos.

— Ah, não...

— Desculpe. Piadinha. Não deveria ter dito isso.

— E então? O que é?

— Estou fumando um charuto, na verdade.

— Não sabia que você fumava charuto.

— Só fumo de vez em quando. Me acalma depois de um dia longo.

Minha boca latejou com a ideia de sentir o gosto do charuto na sua língua. Balancei a cabeça para não seguir aquela linha de pensamento.

Limpei a garganta.

— Sinto muito pelo que aconteceu mais cedo com Henry.

— Não se preocupe. Ele já estava normal quando chegamos em casa. Está em um sono pesado agora.

— Que bom. Eu estava preocupada com ele.

— Onde está seu companheiro?

— Lá embaixo.

— Então, por que você está aí em cima, conversando comigo?

— Não sei.

— Você está reagindo do mesmo jeito que eu reagi quando fui pego te espionando. — Ele fez piada com a própria desculpa. — Minha nossa, não sei o que estou fazendo aqui, Skylar.

— Só que eu não estou usando um capuz sinistro nem carregando explosivos.

O som da sua risada grave no meu ouvido me acalmou.

— Você tem razão. Toda razão. Falando sério agora, por que você está sozinha aí em cima olhando pela janela?

— Não consegui parar de pensar sobre as coisas, sobre o que aconteceu hoje, sobre sua proposta de trabalho. Precisava de uma pausa para poder pensar direito.

Ele ficou em silêncio por um tempo, e então o vi dar uma tragada no charuto de novo. Sua voz estava baixa... sexy.

— Queria que você pudesse vir aqui agora.

— Mitch...

— Eu sei. Estou passando dos limites de novo.

— Não era isso que eu ia dizer. — Não podia acreditar no que eu estava prestes a admitir. — Também queria poder ir aí.

Ele não disse nada, mas consegui ouvir sua respiração acelerar, e ele pareceu frustrado ao passar os dedos pelo cabelo.

— Não consegui parar de pensar em você, Mitch, e estou muito confusa.

Suspirei. Era a primeira vez que confessava meus sentimentos para ele.

— Skylar...

— O que foi?

— Aceite o trabalho. Venha para a Virginia Beach comigo.

Fiquei em silêncio.

— Por favor — ele insistiu.

Ele tinha acabado de deixar claro o que para mim já era uma forte suspeita: aquela não era apenas uma viagem de negócios. Sabia que era totalmente errado, mas meu corpo inteiro estava inquieto... porque eu tinha tomado uma decisão.

— Eu vou.

MINHA SKYLAR

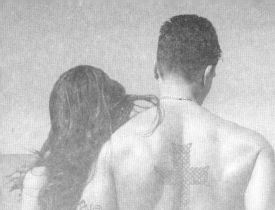

25
MITCH

Era bom demais para ser verdade. Enquanto colocava minhas roupas de qualquer jeito na mala, ainda não conseguia acreditar que Skylar tinha aceitado viajar comigo. Seriam só cinco dias, mas eu aproveitaria cada segundo.

A logística do planejamento começou a ser executada no instante em que ela disse "sim". Naquela noite, apaguei o charuto e imediatamente fui procurar uma casa de praia para alugar na internet. Fiquei de pau duro o tempo inteiro, apenas de pensar em estar sozinho com ela longe dali. Eu ia precisar me controlar, ou estragaria tudo.

Como estava muito em cima da hora, os imóveis estavam indisponíveis ou caros. Acabei entrando em contato com uma corretora na semana seguinte, e ela encontrou o lugar perfeito para mim em Sandbridge Beach, que estava o olho da cara. Mas, no segundo em que vi as fotos do interior do local, soube que tinha que ser aquele. Naquela altura do campeonato, não importava o preço.

Cheguei a Virginia Beach um dia antes dela. Eu tinha reservado uma passagem de avião para ela, mas decidi que eu iria dirigindo.

Skylar poderia chegar ao local da obra a qualquer instante. Recebi uma mensagem dela quando o avião aterrissou. Ela havia alugado um carro no aeroporto e ido direto a uma loja de material de construção para escolher as tintas. Eu já tinha passado para ela uma cópia da planta baixa para não perdermos tempo.

Estava doido para usar as chaves da casa de praia. Eu a levaria lá naquela noite, depois do fim do expediente. Mal podia esperar para ver sua reação.

O clima estava perfeito, então mantivemos a porta da frente da casa em reforma aberta enquanto trabalhávamos para deixar a brisa agradável e seca entrar. A casa estava cheirando a serragem e primer, então era bom arejá-la.

Meus funcionários tinham adiantado bastante a obra antes de eu chegar e tudo estava engatilhado para ficar pronto até o fim da semana.

Estava tocando uma música do Steely Dan num aparelho de som antigo salpicado com tinta branca. Havia garrafas de cerveja vazias por toda parte. Tecnicamente, não era para bebermos no trabalho, mas deixei passar. Não tinha como aquele trabalho ter sido mais diferente de todos os anteriores. Exemplo disso: todas as cabeças no local se viraram em direção à porta quando Skylar entrou. Ela acenou sem jeito quando percebeu que todos os caras estavam dando uma conferida nela.

Ela estava usando uma saia curta e cinza e uma blusa sem manga com um laço na frente que implorava para ser desamarrado. Tinha um ar de empresária, o que era muito excitante. Aquele estilo era como uma versão adulta do uniforme da escola católica.

Eu a apresentei a todos os caras e tentei ignorar a examinada que eles lhe deram enquanto ela apertava a mão deles. O que me certifiquei de flagrar foi a examinada que ela deu em *mim*. Eu estava de calça cargo bege e sem camisa. Ultimamente, não conseguia saber ao certo o que Skylar estava pensando, qualquer que fosse o assunto. A única coisa que eu realmente sabia era que ela sentia tanta atração física por mim quanto eu por ela.

Ela levou um susto quando coloquei a mão na parte de baixo das suas costas e a levei até o primeiro cômodo finalizado.

— Você conseguiu chegar cedo.

Com relutância, desencostei a mão dela devagar.

— É. Na verdade, encontrei umas cores neutras na seção de ofertas de tintas devolvidas, então com isso vai sobrar dinheiro para outras coisas.

Eu não tinha percebido o quanto a estava encarando até ela interromper meu olhar fixo.

— Você ouviu o que eu disse?

— Ouvi. Tinta, né?

— Isso. Acho que estamos com tudo pronto. Coloquei os galões lá fora, na frente da casa, para quando vocês precisarem deles. Escrevi em cada um para qual cômodo eles são.

— Você é muito organizada. Quer um emprego em tempo integral quando voltarmos? — brinquei.

— E qual seria?

Mexi as sobrancelhas para cima e para baixo.

— Você pode ser minha assistente pessoal.

Ela olhou para as minhas mãos, que estavam cobertas com primer.

— E isso implicaria o quê, exatamente?

— Residência em tempo integral, na verdade.

— Ah, sei... Na sua casa?

— Isso.

— Entendi. Que mais?

— Existe uma espécie de código de vestuário.

— Me deixa adivinhar... Sem vestuário nenhum? — ela perguntou e riu.

Eu amava paquerá-la.

Eu não tinha planejado que a conversa desviasse para aquela direção, mas era um bom sinal. O fato de ela entrar na brincadeira me surpreendeu... até ela interrompê-la cedo demais.

— Preciso ir à loja de tecidos.

— Ei. Você sabe que estou só brincando com você. Prometo ser bonzinho nesta viagem.

Ela sorriu.

— Percebi.

Me escorei no batente enquanto ela se afastava.

— A não ser que você queira que eu seja mau. Eu toparia isso também.

Ela se virou por um instante, com o rosto vermelho de vergonha.

— Tchau, Mitch.

Chegar ao final dos quinze minutos seguintes sem matar alguém parecia uma tarefa impossível, porque todos os caras não paravam de comentar o quanto ela era gostosa. Eles não sabiam nada sobre o nosso passado, embora devam ter ligado os pontos por causa da tatuagem gigantesca com o nome dela no meu peito. Ser preso por agredir um funcionário não estava na lista de coisas que eu tinha para fazer lá, então cerrei os dentes e controlei os punhos da melhor forma que consegui.

Realmente fiquei impressionado com a rapidez com que Skylar agiu naquele primeiro dia. Ela decidiu que iria ela mesma fazer todas as cortinas para não estourar o orçamento e pegou uma máquina de costura emprestada da esposa de um dos voluntários locais. Naquela tarde, ela voltou com uma quantidade enorme de material e se organizou para passar o dia seguinte inteiro costurando na casa de praia. Ela também foi a uma loja de artigos de segunda mão e conseguiu umas obras de arte quase de graça.

Naquela noite, trabalhamos além do horário esperado para nos mantermos no cronograma, mas seria a única noite em que isso iria acontecer. Às dez horas, eu estava exausto, mas muito entusiasmado, por saber que ela iria comigo à casa de praia. Coloquei meu agasalho azul-marinho com capuz de qualquer jeito para cobrir meu peito nu.

Ela estava pendurando umas fotos na parede de um cômodo que tinha sido totalmente pintado. Seu cabelo, que estava penteado com perfeição no começo do dia, estava solto e bagunçado agora. *Sexy*. Do jeito que eu tinha imaginado que ele ficaria depois do sexo. *Droga*. Precisava parar de pensar nisso antes que ficasse duro.

— Pronta para ir? — perguntei.

Tarde demais. Duro.

Ela desceu do banquinho.

— Claro.

Skylar me seguiu no seu carro. Quando parei na casa alugada, as palmas das minhas mãos ficaram suadas, porque o lugar era bem mais bacana do que o esperado. Ia ser difícil ela acreditar que aquela era a casa que a HM Construções tinha pagado. Cada centavo tinha vindo do meu bolso.

Estacionamos perto um do outro na entrada da garagem feita de pedrinhas e saímos dos nossos carros.

Ela bateu a porta do dela com tudo. A brisa do mar fez seu cabelo esvoaçar, separando-o em mechas fininhas. Ela tirou uma da boca.

— O que é isso?

— O que você acha?

— O que está acontecendo?

Devo ter feito uma baita cara de culpado.

— Como assim?

— Essa casa é...

— Vamos entrar.

Enfiei a mão no bolso para pegar a chave e abri a porta da frente.

Ela ficou boquiaberta.

— Certo... Isto está parecendo aquele programa da MTV, o *Cribs*, sem os dez carros na frente da casa. Exatamente quanto sua empresa gastou alugando este lugar?

— Não vou ficar falando disso. Conseguimos um bom acordo. Não se preocupe.

Ela soltou a bolsa preguiçosamente e andou pela casa, deslumbrada.

— Esta cozinha é muito melhor do que a minha. — Ela passou as pontas dos dedos pelo granito do balcão. — Vou preparar uma refeição legal para a gente amanhã à noite.

É isso aí!

— Parece uma ótima ideia.

Ela cobriu a boca e caminhou em silêncio até chegar perto da única coisa que eu estava esperando que ela notasse. Ela se sentou no objeto. Me aproximei e me juntei a ela na almofada de pelúcia. Ela se virou na minha direção.

— Não acredito que você fez isso.

— Fiz o quê?

— Você escolheu este lugar e pagou, não foi?

Soltei um suspiro.

— Foi.

— Por quê?

Nossos rostos estavam a apenas poucos centímetros um do outro.

— Com você, as coisas são muito incertas, e odeio não ter o controle. Só queria passar um tempo com você no melhor lugar possível que pude imaginar. Nunca me esqueci de como era o lugar feliz que você me descreveu quando estava doente: um canto de leitura com vista para o mar. Quando vi na internet que esta casa tinha um, não dei a mínima pro preço. Sabia que tinha que consegui-la para você.

Ela se recostou, colocou os pés no meu colo e fechou os olhos. Ela os abriu e olhou para as ondas quebrando ao longe.

— Não sei o que dizer. Não me sinto merecedora disso.

— É para mim também. — Olhei pela janela. — Lembra onde era meu lugar feliz?

Ela respondeu que sim com a cabeça.

— Onde quer que eu estivesse.

Apertei sua canela de leve.

— Só quero ficar com você, mesmo que seja só por alguns dias. Sem maiores expectativas, certo? Por favor, não se preocupe com isso. Quero que você se divirta.

— Alguma parte desta viagem realmente tinha a ver com o trabalho?

Não consegui mentir para ela.

— O que você quer que eu diga?

— Onde você vai ficar?

— No hotel nesta mesma rua.

Ela pareceu estar enfrentando um dilema.

— Sei que tem muito espaço aqui, mas não posso te convidar para ficar.

— Eu entendo, acredite. Jamais esperaria isso.

— Isto é errado, Mitch. Essa coisa toda. Eu mentir para o Kevin e aceitar essa oferta quando no fundo sabia que era mais do que trabalho.

— Não se atreva a se sentir culpada, Skylar. Depois de tudo que passamos, merecemos este intervalo, mesmo que ele não seja nada além disso.

— Eu também só queria passar um tempo com você. Não sei o que tudo isso significa.

Foi dolorido ter que erguer a perna dela e me levantar.

— Olha, foi um dia longo. Vou voltar para o hotel e te deixar descansar um pouco. Amanhã, vamos terminar o expediente mais cedo, fazer o jantar e aproveitar a praia. Não fique pensando demais no assunto. Só se vive uma vez. Não é pecado querermos passar um tempo juntos. Não estamos magoando ninguém fazendo isso.

Ela se levantou. Sua blusa estava amassada e com a parte de baixo querendo sair de dentro da saia. Ela estava bagunçada, porém maravilhosa.

Lambi os lábios, querendo desesperadamente beijá-la.

— Certifique-se de trancar tudo antes de ir dormir.

— Agradeço por todo o esforço que você pôs nisso. Espero não ter parecido ingrata. — Ela deu alguns passos na minha direção. — Nunca imaginei que teria uma oportunidade de visitar meu lugar feliz. Obrigada por me presentear com ele.

Se eu não fosse embora naquele momento, jamais sairia daquela casa. Fui direto em direção à porta. Então, me virei para olhar para ela uma última vez.

— Obrigado por me presentear com o meu também.

O dia seguinte pareceu se arrastar no trabalho, embora a gente tenha feito muita coisa. Naquele ponto, todos os cômodos estavam com reboco e pintados. Skylar tinha passado o dia inteiro comprando itens de decoração ou na casa de praia costurando cortinas. Senti falta dela. Ficava olhando no relógio para ver quanto faltava para as três horas.

Cheguei ao hotel às 3h15 e tomei um banho rápido. À medida que a água quente escaldava minha pele, meus pensamentos foram tomados pela ansiedade. Eu só tinha mais quatro noites com ela. Aquela viagem era a minha chance de fazê-la ver que deveríamos ficar juntos. Mas prometi que não havia expectativas, e não estava planejando pressioná-la. Só queria que nos aproximássemos, mas simplesmente não havia tempo para isso.

Skylar estava esperando que eu chegasse às quatro. Ela estava fazendo o jantar, e íamos caminhar na praia em algum momento. Eu estava todo bobo de animação e de necessidade de vê-la, cheirá-la, tocá-la, mesmo que fosse só um roçar de mãos.

Vesti uma camisa preta de botão e uma calça jeans escura. Borrifei perfume e alisei o cabelo para trás com gel.

Quando cheguei à casa alugada, ela abriu a porta, e meu coração imediatamente começou a bater de forma descontrolada. Ela estava deslumbrante usando um vestido cor de pêssego minúsculo, e me deu água na boca. Queria abraçá-la, mas, em vez disso, cerrei os punhos e elogiei:

— Você está bonita.

— Obrigada. Você também está.

Fui em direção à cozinha.

— Estou sentindo cheiro de quê?

— É frango à caçadora. Lembrei que você gostava quando sua mãe fazia. Espero que esteja tão bom quanto o dela.

— Se foi você quem fez, com certeza vou adorar.

— Está com fome agora?

Meus olhos foram até sua boca e depois até o pescoço.

— Você nem imagina o tamanho do meu apetite.

Me perguntei se ela percebeu que eu não estava me referindo à comida.

Seus saltos fizeram barulho no piso de ladrilho à medida que ela se aproximou de uma garrafa de vinho tinto que estava no balcão. Ela a abriu e serviu um pouco em dois copos sem haste.

— Serve Cabernet?

— Adoro. Obrigado — disse, pegando o copo da mão dela e me certificando de deslizar minha pele na sua. Tomei um gole. — Hum...

— Quer levar isso aqui até o deque?

— Quero. Estou doido para subir lá e apreciar a vista.

Ela sorriu e inclinou a cabeça, me dando um sinal para segui-la.

— Vem.

Havia duas cadeiras Adirondack no deque de madeira acinzentada que dava para Sandbridge Beach. Era como se elas tivessem sido feitas para nós dois sentarmos. Foi o que fizemos, e fomos tomando nosso vinho devagar, em silêncio. Contemplamos as ondas se aproximando da areia e escutamos o som das gaivotas. Dei umas olhadas de relance no seu perfil bonito.

Foi ela quem falou primeiro.

— Sugiro que a gente fique sentado aqui fora por uns dez minutos, jante lá embaixo e depois faça a caminhada na praia quando o sol estiver se pondo.

— Perfeito.

Nada podia ser mais perfeito do que isso.

E estava perfeito, até que a realidade tocou quando descemos. Ela atendeu ao celular. Eu soube pelo seu tom de voz que era ele. Fui para perto da janela para ela não se sentir constrangida. Ouvi cada palavra e olhei fixamente para o mar. O lembrete de que ela estava noiva de outro homem acabou com o meu apetite e me tirou com um tapa da fantasia que eu estava vivendo poucos instantes atrás.

— Isso. Tudo está correndo muito bem. Aqui é lindo. Sábado. Meu voo chega às quatro e meia.

Minha mandíbula enrijeceu só de pensar em ir embora no sábado. Terminei de tomar meu vinho depressa.

— Você se lembrou de comprar a comida do Seamus? Ótimo. Está certo. Eu também. Tchau.

Eu também.

Me perguntei se ele tinha dito que a amava. Ela não disse essas palavras para evitar me magoar ou porque não o amava de verdade?

Ela se aproximou de mim. Uma nova tensão substituiu o clima relaxado de cinco minutos atrás.

— Era o Kevin.

— Você devia ter transmitido meus cumprimentos a ele.

— Mitch...

— Ah, é verdade. "Ele ficaria furioso." — Fui até o balcão e enchi meu copo vazio de novo. — É porque ele iria saber que tem motivo para se preocupar?

Ela não disse nada, e me arrependi de tê-la colocado naquela posição.

Coloquei meu copo no balcão e esfreguei os olhos, frustrado.

— Desculpe.

— Tudo bem. Eu entendo. Vamos só tentar ter um jantar bacana, certo?

— Eu adoraria.

Acabamos tendo uma conversa tranquila enquanto devorávamos a refeição que ela havia preparado: frango à caçadora, com um acompanhamento de couve-de-bruxelas com limão e alho.

— Este é, de longe, o melhor frango à caçadora que já comi.

— Sério? Você está falando isso só para me agradar.

— Não tenho motivo para mentir.

— Não tem, é?

Meus lábios lentamente se espalharam num sorriso.

— Talvez eu tenha, mas não precisava mentir. Estava muito bom mesmo.

— Bem, obrigada.

Ela limpou a boca.

— Tem sobremesa também, mas acho que a gente devia caminhar na praia antes de escurecer.

— Concordo. O sol já está começando a se pôr.

Tiramos os sapatos e andamos à beira-mar. O impulso de segurar sua mão era insuportável, mas me controlei. Eu tinha certeza de que ela permitiria, mas eu só iria querer mais, então era melhor não tocá-la por períodos mais longos.

Olhei para os pés pequeninos de Skylar, e seus dedos com esmalte vermelho chutavam a areia. Eu queria mordiscá-los, assim como cada parte do seu corpo. Ela parecia muito satisfeita enquanto andava em silêncio ao meu lado. Aquilo me fez pensar na última vez que estive numa praia com ela.

— Estar aqui me faz lembrar do verão antes de eu começar a faculdade.

— É, fomos muito à praia naquele verão. Lembra quando Davey raspou os pelos do peito para a área depilada ficar parecendo a parte de cima de um biquíni?

Caí na risada.

— Como poderia esquecer? Depois, teve aquela vez quando ele estava prestes a conhecer a Zena. Ele estava de olho naquela garota tomando sol de bruços e depois descobriu que era um cara de cabelo comprido e barba quando a pessoa se virou.

Ela balançou a cabeça.

— Davey sempre se metia nas situações mais engraçadas. Queria poder me lembrar de todas elas.

Caminhamos e continuamos conversando sobre nossas memórias até voltarmos à casa de praia. Nos sentamos em extremidades opostas do sofá branco na sala.

Minha mente ainda estava ocupada com o passado.

— Sabe do que me lembro melhor entre as coisas que vivemos naquele verão?

— Do quê?

— De estar muito feliz por você ter voltado para casa depois de ter ficado no Brooklyn em remissão. Disso e de te beijar até não poder mais, toda vez que eu tinha uma oportunidade. Aqueles foram os dois melhores meses da minha vida, de verdade. Para mim, é como se tudo tivesse mudado muito rápido depois deles.

— Tivemos muitos momentos bons, Mitch.

— Momentos bons? Não. Você foi a melhor coisa que aconteceu na minha vida.

Nossa, que sutil, Nichols.

Ela fez uma cara de quem não sabia como reagir e mudou de assunto imediatamente.

— Sabia que a Angie teve um bebê faz pouco tempo?

— Sério? Não.

Angie e Cody tinham se casado e se mudado para Seattle alguns anos antes. Eu não tinha certeza se Skylar ainda mantinha contato com eles.

— Pois é. Eles tiveram uma menininha. O nome dela é Ainsley.

— Que nome bacana! Tenho certeza de que ela vai crescer e ter uma voz igual à do pai.

Skylar atirou uma almofada em mim, de brincadeira.

— Você é mau.

— Mas é a verdade, não é? — disse e atirei o objeto nela.

— É. Claro que é! — Ela enxugou as lágrimas das risadas. — Enfim... Ela largou o emprego. Está em casa com a bebê agora, provavelmente tirando um zilhão de fotos o dia inteiro.

— As primeiras 9.257 horas da bebê...

— Exatamente.

Skylar desviou o olhar para a frente, e eu sabia por quê. Era uma coisa que eu tentava afastar da minha cabeça toda vez que o pensamento surgia, porque pensar no assunto doía demais. Não havia ninguém no mundo que fosse ser uma mãe melhor, e meu coração se entristecia por ela. Skylar olhou para mim, e percebi que ela soube no que eu estava pensando.

Ela me deixou desconcertado quando disse:

— Kevin não quer ter filhos.

— Ele sabe?

— Sabe. Sempre fui franca com ele em relação a isso.

— Mas você... quer muito ter filhos.

— Você sabe que sempre quis ter, mas que importância isso tem se não posso engravidar?

— Existe a adoção.

— Ele não quer ter filhos e ponto final. Se não quer um gerado por ele, com certeza não vai querer adotar.

Eu não estava falando sobre ele. Eu estava falando sobre nós.

— É por isso que você continua com ele? Porque acha que não precisa se preocupar com a possibilidade de ele te deixar se você não puder dar um filho a ele?

Ela começou a demonstrar o quanto o assunto a incomodava, se fechando.

— Não. Não é por isso que estou com ele. Não quero mais conversar sobre isso.

Achei que era justo eu perguntar, considerando que aquilo foi o motivo do nosso término. Se ela não tivesse me deixado por causa desse medo, não estaríamos na situação em que estávamos agora. Senti que tinha o direto de perguntar.

— Certo. — Eu precisava mudar de assunto. — Olha, queria te perguntar uma coisa. Em geral, não faço uma festa de aniversário grande para o Henry. O aniversário dele é no verão, mas tem um lugar que abre no outono. É tipo um parque de brinquedos para crianças, todo fechado, e dá para alugar. Estava pensando em fazer uma festa de aniversário atrasada para ele no fim de setembro. Ele não tem nenhum amigo de verdade, então não vai ter muita criança. É só para ele pular, se divertir bastante e aproveitar o lugar sem o caos de um grupo muito grande de pessoas. Eles têm aquele brinquedo inflável gigante e uma piscina de bolinhas, e deixam levar pizza e bolo. Você acha que conseguiria ir?

O rosto dela ficou pálido.

— Falei alguma coisa que não devia? Não precisa ir. Foi só um convite inocente.

— Você disse... fim de setembro?

— O que foi?

— Eu adoraria ir, mas...

— Mas o quê? O que você está me escondendo?

— Tem uma coisa que não contei. Não queria estragar esta viagem. Não sei como te dizer.

Senti uma onda súbita de pânico. Comecei a suar.

— Fale agora.

— Ofereceram ao Kevin um cargo de vice-presidente na Califórnia. Ele vai aceitar, e temos que nos mudar em um mês.

Senti como se meu coração tivesse sido arrancado do peito. Todo o esforço para manter a calma e a compostura durante aquela viagem foram para o espaço naquele momento.

— Você vai se mudar?

— Não quero me mudar.

Ela se aproximou. Eu me afastei.

— Em um mês? Quanto tempo faz que você está sabendo?

— Duas semanas, talvez três.

— Você ia me contar? Ou só ia desaparecer de novo?

— Eu ia te contar. Eu só...

— QUANDO?

Me levantei do sofá e andei de um lado para o outro.

— Por favor, não fique nervoso. Você não faz ideia do quanto isso está me fazendo sofrer. Não quero ir embora, mas...

— Mas ia mesmo assim... Talvez só fosse deixar para me contar de última hora, ou nunca. — Esfreguei as têmporas para acalmar minha cabeça latejante enquanto velhas feridas da época em que ela me abandonou eram abertas. — Você sabia... antes de aceitar vir para cá. — Olhei bem nos seus olhos, desesperado para encontrar a verdade. — Esta viagem... não é uma chance para nos aproximarmos. É um adeus, não é?

A voz dela estava trêmula.

— Não sei o que é. Estou assustada e muito confusa.

— Bom, vou facilitar as coisas para você. — Precisava sair de lá antes de perder o controle por completo. Fui até a porta e me virei uma última vez. — Obrigado pelo jantar.

Uma lágrima desceu pela sua bochecha.

— Por favor, não vá embora bravo...

— Te vejo amanhã no trabalho.

Fechei a porta com tudo.

Quando entrei no carro, não conseguia me mexer. Minhas mãos tremiam enquanto eu segurava o volante com firmeza. Eu tinha que me acalmar para conseguir dirigir até o hotel. Se ela visse que eu ainda estava lá fora, viria ao meu encontro. Eu precisava estar longe dela para pensar com clareza.

Saí das pedras em direção à rua escura que era o caminho para o meu hotel. Um carro vindo na direção oposta quase me cegou com seu farol alto.

Fiquei repassando a noite na cabeça enquanto dirigia. Ela me amava. Eu sabia disso no meu íntimo. Mas o amor pode não ter sido suficiente, porque ela não se sentia segura comigo.

Ouvi o barulho de mensagem no meu celular, e dei uma olhada rápida nele enquanto tentava manter a atenção na rua.

Não te contei nada porque não tenho certeza se vou com ele.

Meu coração se encheu de esperança e de medo ao mesmo tempo. Mesmo suas palavras sendo animadoras, era uma mensagem dúbia. De qualquer forma, ficou claríssimo que, com essa nova ameaça me rondando, meu combate tinha que ser mais agressivo e mais rápido. Eu não tinha mais meses para fazê-la enxergar que ela era minha. Talvez eu nunca fosse ser a escolha segura, mas eu era a escolha certa. Iria amá-la tanto que compensaria o quanto a magoei.

Faltando só três noites, eu precisava explorar ao máximo os pontos a meu favor, inclusive a atração física que ela sentia por mim. Eu tinha que mostrar a ela o quanto ela precisava de mim, o quanto eu podia fazê-la se sentir feliz e realizada de formas que ele não conseguia. Era hora de mandar à merda meu plano original de reconquistá-la com elegância.

Era hora de jogar sujo.

MINHA SKYLAR

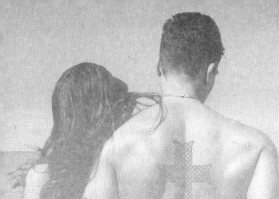

26
SKYLAR

Quando meu alarme tocou às seis horas, eu estava tão grogue que mal conseguia manter os olhos abertos, e a dor de cabeça estava fortíssima. Eu não tinha conseguido dormir na maior parte da noite. Me espreguicei e fui até a janela. Quando a abri, o cheiro salgado do mar imediatamente me deu "bom dia", junto com a visita matinal das gaivotas.

Senti falta dele.

Depois de tê-lo deixado furioso, me senti culpada por estar naquela casa bonita que ele pagou. Meu estômago estava embrulhado, porque eu simplesmente não sabia o que esperar quando chegasse ao trabalho naquela manhã. Ele não respondeu à mensagem que enviei na noite anterior. Era para aquele dia ser um dos mais cheios para mim, já que eu iria colocar as cortinas. Não queria passar todo esse tempo na casa se fosse para ele ficar me tratando com frieza.

Decidi parar na Starbucks que ficava no caminho para pegar um *latte* para mim e um café e um muffin para o Mitch. Talvez esse pequeno gesto ajudasse a começar o dia com o pé direito.

Quando cheguei, todos os caras estavam na frente da casa. Tinha esquecido que aquele era o dia em que eles iriam acrescentar a rampa para a cadeira de rodas.

Ao me ver, Mitch largou a ferramenta que estava usando e se aproximou do local onde eu tinha estacionado o carro.

Senti um frio na barriga enquanto ele estava vindo. Era cedo, mas ele já estava sem camisa. Um cinto de ferramentas estava preso à sua cintura, e sua calça jeans estava bem abaixo dela. Acho que nunca tinha visto nada mais atraente na minha vida. Estava esperando que ele estivesse bravo, mas, quando ele parou na minha frente, abriu um sorriso malicioso.

Ele pegou o café e o muffin das minhas mãos.

— Obrigado. Não precisava.

— Bom, imaginei que era o mínimo que eu podia fazer depois de te deixar transtornado com aquela notícia ontem à noite.

Recuei, surpresa, quando ele se inclinou na minha direção. Achei que ele fosse me beijar na boca, mas ele cobriu minha bochecha com um beijo quente e decidido.

Sua voz soou baixa e grave quando ele falou perto do meu ouvido.

— Não se preocupe sobre ontem à noite.

Está certo.

Depois, ele se virou sem dizer mais nada. Fiquei observando enquanto ele se afastava. Inclinei a cabeça, admirando o jeito que a calça jeans marcava sua bunda durinha. Meu corpo ainda estava formigando do choque de sentir sua boca na minha pele pela primeira vez em tantos anos. Minha bochecha ainda estava úmida com a sua saliva enquanto eu estava parada, imóvel, me odiando por desejar que o beijo tivesse sido nos lábios, com sua língua explorando a minha boca.

Quando entrei na casa, o cheiro de tinta fresca estava fortíssimo. Comecei a trabalhar imediatamente, montando as estruturas de metal para as cortinas nos quartos.

Depois de mais ou menos uma hora, dei um pulinho, surpresa, quando Mitch apareceu na entrada do quarto com o peito reluzindo.

— Oi — falou.

— Oi.

Desci do banquinho.

— O que foi?

— Preciso de um favor.

— Pode falar.

Ele ergueu um frasco de protetor solar.

— O sol está escaldante. Estou começando a queimar. Você pode espalhar um pouco nas minhas costas?

Ai, meu Deus...

— Hã, está certo. Claro.

Ele me passou o frasco e ficou de costas para mim.

— Obrigado.

A pele dele era perfeita, lisa e dourada do sol. Era a primeira vez que eu via de perto a enorme tatuagem de cruz no meio das suas costas. Quando apertei o frasco, ouviu-se um som constrangedor de esguicho, e depois espalhei a loção na palma da mão e fechei o tubo, prendendo-o entre os joelhos.

Comecei pela parte de cima, esfregando enquanto fazia pequenos círculos na base do pescoço antes de ir para baixo até chegar aos ombros e aos músculos ondulados próximos a eles, que se tensionaram e se flexionaram ao meu toque. Minha massagem estava sendo mais sensual do que seria o apropriado. Não consegui me controlar. Haviam se passado anos desde que pude tocá-lo daquele jeito. Sua respiração estava acelerada, e eu sabia que ele sentia a mesma eletricidade. Minhas mãos passaram por cima da cruz e depois chegaram à parte de baixo das costas. Fantasiei que estava deslizando as mãos para dentro do cós do seu jeans, grata por ele não poder ver a expressão de deslumbramento no meu rosto, que iria entregar minha fraqueza.

Ele se virou de repente, e esticou o braço devagar para pegar o frasco entre os meus joelhos. Me senti fraca, e minhas mãos tremiam com a necessidade de tocá-lo de novo.

Queria poder passar na parte da frente.

Quando ele olhou para mim, seus olhos azuis refletiram a luz do sol que se derramava dentro do cômodo. Fazia muito tempo que eu os tinha visto repletos de desejo em estado bruto daquele jeito.

— Obrigado.

Engoli a saliva que se juntou enquanto o sequei com os olhos.

— De nada.

Então, ele simplesmente se virou e sumiu.

Ele passou o resto da tarde do lado de fora, me deixando incomodada enquanto eu sofria para me concentrar no trabalho e não na lembrança do toque da sua pele.

Lá pelas três da tarde, ele entrou em um dos quartos onde eu estava ajeitando a mobília. O suor estava pingando pelo seu peito, e ele limpou a testa com o antebraço.

— Estou indo embora. Você deveria fazer o mesmo.

— Falta pouco para eu terminar.

— Vou te buscar às cinco.

— Aonde vamos?

— Não se preocupe. Vista a melhor roupa que tiver.

Antes que eu pudesse responder, ele desapareceu. Meu corpo foi tomado pela empolgação. Ansiosa, fiquei mexendo no anel de noivado com a esperança de que isso fosse magicamente enfiar algum juízo na minha cabeça. Infelizmente, isso não surtiu nenhum efeito na pulsação entre as minhas pernas.

Coloquei um vestido vermelho minúsculo que deixava pouco para a imaginação e calcei um par dos meus saltos agulha mais altos. Fiz um penteado com cachos longos e soltos, e terminei de me arrumar no exato instante em que a campainha tocou.

Uma lufada de ar com seu cheiro delicioso me recebeu quando a porta se abriu. Usando uma camisa de linho branca sob medida, Mitch provavelmente estava mais arrumado do que eu jamais o tinha visto. As mangas estavam dobradas, e alguns botões abertos na parte superior estavam revelando o início da tatuagem com o meu nome. Ele estava com uma calça cáqui escura que ficou perfeitamente ajustada. Depois de todos esses anos, tive uma sensação de orgulho ao vê-lo tão adulto e elegante.

— Você está parecendo um membro do iate clube!

Seus olhos se moveram para baixo.

— E você, para a minha satisfação, com esse salto, poderia trabalhar numa boate para homens.

— Essa foi boa.

Meus mamilos praticamente se transformaram em aço quando ele acariciou meu braço.

— Você sabe que é brincadeira.

— Quer entrar primeiro? Ou temos uma reserva? — ela indagou.

— É melhor irmos agora. Vamos voltar aqui depois do jantar.

A ideia de ficar sozinha com ele mais tarde me deixou agitada.

Ele abriu a porta do carro para mim.

— Você ainda gosta de frutos do mar?

— Gosto. Você sabe que é minha comida favorita.

Conseguia sentir Mitch olhando de relance para mim o tempo todo enquanto dirigia.

— O que foi? — perguntei.

— Você está muito bonita.

Esfreguei os braços com as duas mãos para domar os arrepios.

— Você também está bonito.

— Você parece nervosa. Está tudo bem?

— Seu comportamento está diferente hoje.

— Você está certa. Hoje é um novo dia. Esta viagem vai terminar num piscar de olhos. Quero que você saiba que, se alguma coisa passar pela minha cabeça nos próximos dias, vou dizer. Até ontem à noite, eu achava que tinha mais tempo para te lembrar de quem sou e te falar coisas que você precisa saber. Não vou desperdiçar o resto deste tempo conversando sobre a possibilidade de você se mudar com ele. Isto é sobre mim e você, e ninguém mais.

Abri um pequeno sorriso para ele para mostrar que eu havia entendido.

Seus olhos voltaram para a rua, e ele não olhou para mim durante o restante do caminho tranquilo.

Paramos no estacionamento de um restaurante chique, *Rowlings on the Water*. Ele abriu a porta para mim. Imediatamente senti o cheiro de frutos do mar frescos. Havia um espaço separado à esquerda, com lagostas nadando em um tanque enorme. À direita, ficava o salão, que estava bastante cheio para um fim de tarde. Havia lugares na parte fechada e uma área ao ar livre com vista para a água.

Uma *hostess* nos recebeu.

— Vocês preferem o salão ou a área externa?

Mitch olhou para mim.

— Está muito agradável lá fora. Vamos comer na área externa — decidi.

A *hostess* pegou dois cardápios.

— Área externa, então. Por aqui.

Depois que nos sentamos, apareceu nossa garçonete, uma ruiva bonita chamada Ginny.

— Do que vocês gostariam para começar?

— Quero uma taça de Pinot Grigio — pedi.

— E eu, uma cerveja Sam Adams.

Quando devolvi meu cardápio de bebidas, os olhos dela foram parar no meu diamante, que estava brilhando intensamente ao sol.

— Nossa, que anel espetacular — ela elogiou, antes de olhar para Mitch. — Você tem bom gosto.

— Ah, não fui eu que escolhi. Ela não é minha noiva. Somos só amigos — ele falou de forma seca.

— Sério? Eu jamais teria imaginado. — Ela pegou o cardápio dele. — Isso significa que você está solteiro?

— Estou — ele respondeu enquanto olhava diretamente para mim.

— Já volto com as bebidas de vocês.

Seguiu-se um silêncio constrangedor enquanto eu e Mitch dávamos uma olhada no cardápio de comidas.

Quando a garçonete voltou, toda a sua atenção se concentrou em Mitch. Ela o paquerou descaradamente com o olhar na hora de lhe passar a cerveja.

— Já sabem o que vão pedir?

Mitch apontou para mim.

— Skylar?

— Quero a porção de meio quilo de lagosta acompanhada de batata e salada.

— E eu quero as vieiras com arroz e salada. Você também pode trazer ostras abertas de aperitivo?

— Claro. Você sabe o que se diz por aí sobre as ostras, não sabe?

Mitch ainda estava olhando para mim enquanto conversava com ela.

— O que se diz por aí sobre as ostras, Ginny?

Ela piscou, fazendo os cílios vibrarem.

— Que são afrodisíacas.

Seus olhos ainda estavam cravados nos meus.

— Bom saber.

Ela piscou para Mitch, alheia à evidente falta de interesse dele.

— Volto daqui a pouco.

Mitch abriu o guardanapo com uma risada culpada. Ele sabia que ela estava a fim dele.

— Você já tinha ouvido falar que as ostras têm esse efeito, Skylar?

Revirei os olhos.

— A garçonete é um pouco óbvia demais, você não acha?

— Em relação a quê?

— Ela quer transar com você e está te dando o recado.

Ele tomou um longo gole da sua cerveja.

— Isso te incomoda?

— Não. Estou só... chamando a atenção para o fato.

— Certo. Então, você não se importaria se eu a convidasse para me encontrar mais tarde?

A ideia embrulhou meu estômago. Mas o comportamento dele tinha sido tão imprevisível naquele dia que eu não podia ter cem por cento de certeza de que era brincadeira. Eu estava tão sem saber o que esperar que achava que ele poderia fazer aquilo para provar alguma coisa e depois acabar gostando dela.

— Se é o que você quer... É?

Ele se inclinou.

— Ah, não é o que quero. O que *quero* é que todas essas pessoas desapareçam como num passe de mágica para eu te possuir nesta mesa até você gritar meu nome. Então, o que quero é irrelevante, certo? Só estava querendo saber se você se importava.

Devo ter empalidecido.

— O que foi? — ele perguntou, sabendo exatamente o efeito que suas palavras tiveram em mim.

Eu estava muito excitada. Mal conseguia respirar.

Tomei um longo gole de vinho, numa tentativa de me acalmar.

— Você não estava brincando quando disse que não iria se conter.

— Estou cansado de perder tempo com bobagem. Pense bem antes de me fazer perguntas. De agora em diante, vou te dar a resposta sincera, pode crer. Quando éramos crianças, você sempre fazia o mesmo. Eu adorava.

Ginny chegou com as nossas ostras, colocando o prato na frente de Mitch, como se eu fosse invisível.

— Me avisem se quiserem que eu providencie mais alguma coisa. Qualquer coisa.

Vagabunda.

Mitch a ignorou e empurrou o prato para o meio da mesa.

— Pegue uma.

Estiquei o braço.

— Não sabia que elas vinham cruas.

— Não? Achei que você soubesse o que era. Você gosta de sushi, não gosta?

— Gosto, mas isso aqui tem um aspecto meio pegajoso.

Observei com atenção enquanto ele levava uma à boca e usava a língua para tirar a ostra da concha, chupando o líquido. Ele lambeu os lábios, o que me deixou molhada na hora. Pense numa pornografia na versão gastronômica. Ele pegou outra e esticou o braço até o outro lado da mesa.

— Abra a boca.

Fiz o que ele pediu e suguei, engolindo a ostra viscosa o mais rápido possível.

Fiz uma careta.

— Certo. Experimentei.

— Chega?

— Chega.

— Obrigado por experimentar.

— Aceito experimentar qualquer coisa uma vez.

Saiu mais sugestivo do que eu queria.

Sem dúvida, eu o estava encorajando, e não conseguia me conter.

Quando nossos pratos chegaram, a situação se acalmou. Eu nunca deixava de ficar impressionada com o fato de que, quando se tratava de Mitch, a atmosfera ia com facilidade de sexualmente tensa a confortável em questão de minutos. Esse sempre tinha sido seu *modus operandi.*

Conversamos sobre tudo, desde a minha saúde até nossas famílias. Foi fofo ver sua expressão de alívio genuíno quando expliquei que os meus médicos ficavam mais otimistas a cada consulta. Todas as tomografias e exames de sangue de rotina feitos nos anos que se seguiram ao transplante tinham estado normais. Depois, mudamos o assunto para a irmã dele, de quem ele havia permanecido próximo nos últimos anos. Ele lamentou o fato de Summer ser uma pré-adolescente e de talvez ter que bater em qualquer garoto que partisse o coração dela.

Ginny retornou à nossa mesa.

— Vocês querem sobremesa? — ela perguntou, olhando apenas para Mitch.

Eu só queria ir para casa e parar aquilo.

— Ainda tem um monte de tiramisù que sobrou de ontem na casa de praia — falei.

Ele olhou para ela.

— Então, acho que não. Vamos só pagar mesmo.

Ela voltou com a conta e duas balas de menta, que ele olhou e fez uma cara engraçada.

Estiquei o braço.

— Quanto foi a facada?

— Não teve facada nenhuma.

— Mitch, você pagou tudo nesta viagem. O mínimo que posso fazer é pagar o jantar. Por favor.

— De jeito nenhum.

Tomei a conta da mão dele de repente, e vi que Ginny havia deixado mais do que as duas balas. O sorriso dele de antes fez todo sentido.

Te achei encantador, e adoraria sair com você um dia. Me liga. 757-969-2352.

Meu corpo foi se enrijecendo à medida que um sentimento de proteção primitiva explodiu dentro de mim. Dadas as minhas circunstâncias, era injusto sentir aquilo, mas a ideia de Mitch com outra mulher me deixou maluca.

— Você está bem? — ele perguntou.

— Estou.

Ele me olhou com uma cara de quem tinha percebido o que eu estava sentindo. Estava escrito na minha testa que eu estava com ciúme.

— Não vou ligar para ela, Skylar.

— Você não me deve explicação. Tem todo o direito de estar interessado em outra pessoa.

Ele olhou primeiro ao redor para checar se havia alguém escutando e depois nos meus olhos.

— Bem que eu *queria* desejar outra pessoa. — Seu olhar era penetrante. — Mas não é uma sensação boa, é? Multiplique por mil, e você vai saber o que tenho enfrentado.

Pela primeira vez naquela noite, vi uma tristeza sincera nos seus olhos.

— Não, não é... uma sensação boa.

Ele arrancou a conta da minha mão e abriu um sorriso.

— Só pra constar, você fica muito fofa quando está com ciúme.

Não criei encrenca para ele me deixar pagar. Só queria sair de lá o mais rápido possível, e estava furiosa por causa do meu desejo súbito e egoísta de ficar a sós com ele.

Mitch pegou dois pratos pequenos de dentro do armário.

— Vamos levar a sobremesa para a praia enquanto ainda tem um pouco de sol. A não ser que você queira ir nadar.

— Não, a água está fria demais. A maré está alta, e o mar, agitado. Comer a sobremesa na praia parece uma boa ideia. Vou pegar um cobertor lá em cima.

Tiramos o sapato e caminhamos até a areia, onde ele estendeu o cobertor.

Estava ventando, e nosso cabelo se espalhava em todas as direções. Cerca de uma dúzia de gaivotas decidiu se juntar a nós quando viu que estávamos comendo.

Mitch jogou um pedaço da sua sobremesa para uma delas.

— Elas devem perceber que gostamos de aves.

Soltei uma risadinha.

— Ahhh, sinto falta do Seamus. Ele deve estar muito triste sem mim por perto — lamentei.

— Eu e esse papagaio velho sempre tivemos isso em comum.

Ele me assustou quando se aproximou e esfregou o polegar no meu queixo.

— Tinha um monte de creme bem aí.

Quando ele lambeu o polegar, um arrepio percorreu o meu corpo.

Ele não percebeu que também estava lambuzado de creme, mas no canto da boca, e que aquilo estava me atormentando. Me imaginei tirando o creme com a língua.

— Tem em você, também — avisei.

— Onde?

— Bem aqui — respondi, passando o indicador no canto da sua boca.

A ponta da sua língua espiou por entre os dentes e tocou de leve no meu dedo enquanto eu o movia ao longo do seu lábio inferior.

Ele fechou os olhos, como se para afugentar os sentimentos produzidos pelo contato. Eu não sabia por que estava me torturando. Tocar a boca dele não ia ajudar se eu não podia beijá-la profundamente do jeito que estava doida para fazer.

Então, foi a vez dele de encarar a *minha* boca, um convite sem palavras para continuar o que eu tinha começado. Tentei mudar de assunto.

— Preciso confessar uma coisa. Não fui eu que fiz este tiramisù. Comprei na padaria que fica nesta mesma rua.

— Ah, espertinha... — ele disse, colocando outro pedaço na boca.

— Não é a coisa mais deliciosa que você já provou?

Ele tirou a colher da boca devagar e balançou a cabeça.

— Na verdade, não. Não é.

Demorou alguns segundos para eu entender por que ele estava me olhando como se quisesse me comer. Depois, percebi que ele estava se referindo a fazer sexo oral em mim. Contraí os músculos entre as pernas como uma reação imediata à lembrança da sua boca quente me devorando. Ele era o único homem que tinha feito aquilo comigo.

Em outra tentativa de mudar de assunto, olhei na direção das gaivotas, que já estavam a alguns metros de distância.

— A noite é uma criança. O que você quer fazer?

— Quero ir para dentro e acender aquela lareira elétrica. Você tentou?

— Não. Ainda não tentei.

— É o que quero fazer. Quero sentar perto do fogo com você e simplesmente relaxar.

— Certo.

— Mas primeiro quero te deixar molhada.

Como é que é?

— O quê?

Antes que a minha mente suja ficasse imunda de vez, ele me ergueu no ombro e correu com tudo em direção ao mar agitado.

Bati nele várias vezes enquanto meu corpo encostava no seu e quicava à medida que ele corria.

— Mitch! Não, não, não! Me põe no chão! Me põe no chão!

Quando ele me atirou, minhas costas atingiram, estateladas, a água fria. Engoli um pouco da água salgada e comecei a tossir sem parar. Meu vestido estava encharcado, assim como as roupas dele.

— Seu idiota!

Comecei a jogar água nele com toda a rapidez e fúria que conseguia.

Ele nem tentou me fazer parar. Só ficou parado lá e me deixou continuar, com um sorriso endiabrado no rosto, colocando o cabelo para trás com as mãos e cuspindo água de vez em quando. Num determinado momento, fui levada por uma onda e me desequilibrei. Comecei a rir intensamente depois que ela me derrubou.

Enquanto ele segurava a própria barriga de tanto rir, me arrastei pela água e dei um soquinho no peito dele.

— Você achou isso engraçado, né?

— Não — ele respondeu, me agarrando de novo e me erguendo sobre a cabeça. — Acho *isto* engraçado.

Ele me jogou na água com tudo de novo.

Brincamos no mar por pelo menos uma hora até o último raio de sol desaparecer. A luz que vinha da casa era como uma luz na escuridão.

— Está esfriando. Vamos entrar — ele disse.

Torcemos nossas roupas para tirar a água e corremos para a porta. Parecia que éramos adolescentes de novo. Estávamos rindo e ofegando enquanto tirávamos a areia dos pés na entrada.

— Vou pegar umas toalhas — avisei, antes de correr para cima.

Tirei meu vestido depressa e vesti uma blusa de alcinha e um short antes de voltar para baixo.

Mitch tinha ligado a lareira elétrica embutida na parede da sala. Joguei uma das toalhas para ele.

Ele a esfregou no cabelo. Dava para ver sua pele através da camisa branca molhada.

— Não foi uma ideia muito inteligente. Não tenho outra roupa aqui.

— Posso ver se tem alguma coisa nas gavetas ou no armário lá em cima. O dono pode ter deixado alguma coisa para trás.

— Vale a pena tentar — ele falou enquanto desabotoava a camisa molhada.

Observei até ele chegar no último botão e voltei para o andar de cima, ainda pensando no que vi.

A maioria das gavetas estava vazia. Na parte de trás do primeiro armário, havia alguns casacos femininos, e então tirei a sorte grande: um short tropical medonho de feio. A estampa era uma combinação de cores vibrantes e palmeiras. Não havia nenhuma camisa à vista.

Desci a escada correndo, animada.

— Tenho uma notícia boa e uma ruim. Encontrei um short ótimo para você, mas nada de camisa.

— Está bom para mim.

Para mim também.

Passei o short para ele.

— Você pode se trocar no banheiro ao lado da cozinha.

— Ele é... nossa... horrível — ele reagiu, segurando o short aberto na sua frente. — Talvez seja meio pequeno para mim.

Quando ele voltou do banheiro, fiquei impressionada com o quanto ele ficava bonito até usando aquele short ridículo. Com os músculos e a barriga tanquinho que ele tinha, a roupa não importava. Seu cabelo molhado estava bagunçado, apontando em todas as direções, o que achei incrivelmente sexy. O short ficou perfeito. Nem de longe ficou ruim nele como tinha ficado no cabide.

— Parece que minhas partes baixas são uma propaganda de turismo no Havaí.

Dei uma risadinha.

— Não ficou tão ruim quanto eu esperava. — Não conseguia parar de olhar seu corpo. — Quando você começou a malhar pesado desse jeito?

— Alguns anos depois que você foi embora.

— Sério?

— Era minha válvula de escape. Ainda é. A gente precisa extravasar de alguma forma, né? Além disso, quero durar bastante tempo, por causa do meu filho. — Ele se aproximou da lareira. — Vem se sentar aqui, perto de mim.

Havia um sofá logo embaixo da lareira embutida na parede. Ele se sentou em uma ponta, de frente para mim, e eu me sentei na outra ponta e coloquei os pés em cima do móvel.

— Vi que você estava olhando o celular quando eu estava saindo do banheiro. Imagino que ele tenha ligado.

— Isso.

— Por que você não ligou para ele?

— Mandei uma mensagem explicando que ia dormir cedo e que iria conversar com ele amanhã.

— Não precisava mentir por minha causa. Você podia ter ligado para ele.

— Esta viagem toda é uma mentira, não é? Que diferença faz?

— A diferença é que você não está fazendo nada de errado. Ele nunca conseguiria entender minimamente a nossa história e a necessidade de colocarmos um ponto final.

— Então, é para isso que estamos aqui? Para colocarmos um ponto final?

— Não tem mais ninguém aqui, Skylar. Só você e eu. Me conte o que você sente de verdade. Por favor. Preciso saber o que vou enfrentar quando voltarmos para casa.

O fogo fazia o rosto de Mitch brilhar. Seus olhos translúcidos refletiam as chamas. A mão forte dele segurava o encosto do sofá com firmeza, como se aquela fosse a única coisa o impedindo de me tocar. Ele esperou uma resposta minha. Chamar a atenção para o fato de que ninguém saberia o que seria dito lá naquela noite mexeu comigo. De repente, enquanto eu olhava para aquele homem lindo e vulnerável com o meu nome gravado no peito, tive vontade de me abrir com ele.

— Sinto... como se tivesse o desejo de que pudéssemos ficar aqui para sempre. Queria que todo dia fosse feliz como quando estávamos na água agora há pouco.

— *Podemos* ter esse tipo de felicidade. Todo dia.

— Não é simples assim. Alguém teria que ficar magoado para isso acontecer. E também tem o Henry...

— O Henry está bem. Ele tem a mim, e sempre vai ter. Ele não precisa de uma mãe, Skylar, se é aí que você queria chegar. Nos saímos muito bem sem uma. Sua entrada nas nossas vidas não teria que significar se tornar a mãe de Henry. Sei que talvez você nunca seja capaz de aceitá-lo totalmente, porque...

— Não! Não a deixo interferir em como enxergo o Henry. Ele não merece. Já basta o que ele enfrentou até agora. Só tenho medo de deixá-lo chateado.

Ele apoiou os antebraços nas pernas e esfregou os olhos, frustrado. Depois, se virou para mim de repente.

— É porque você acha que vou fazer alguma coisa para te magoar *de novo*, e aí você vai ter que ir embora, não é? Você não se sente segura comigo. Eu entendo. Mas você está satisfeita? Toda vez que te pergunto se você está feliz com ele, você evita responder. Droga, Skylar. Você... está... *feliz* com ele?

— Quer mesmo saber?

— Quero.

— Uma pergunta para cada um, então. Eu respondo, e aí tenho a chance de te fazer uma também.

— Como no nosso antigo jogo... sem o basquete.

— Isso mesmo.

— Eu topo — ele aceitou.

— Você perguntou se estou feliz... — Encarei o fogo, me sentindo absurdamente culpada pelo que estava prestes a confessar pela primeira vez, tanto para ele quanto em voz alta, para mim mesma. — Não estou. Me sinto segura, mas não estou feliz. Você me fazia feliz. Você foi a única pessoa que já me fez feliz de verdade na minha vida inteira. Quando isso foi tirado de mim, me sentir segura virou mais importante do que me sentir feliz. — Suspirei. — Minha vez.

— Certo.

— Como é possível você não ter ficado com ninguém durante cinco anos?

Ele encostou a cabeça no sofá.

— Não sei ao certo como explicar. Só sei dizer que não desejei ninguém. Não valia a pena fazer só por fazer. Minha mãe me convenceu a me consultar com um terapeuta alguns anos atrás. Parece que ele entendeu que eu estava traumatizado com o que aconteceu com Charisma, que eu não confiava em ninguém ou talvez que eu estivesse com medo de que a mesma coisa se repetisse. Pode ter sido alguma coisa em algum canto escondido da minha mente, mas posso te dizer que o desejo por outras mulheres simplesmente não existia.

— Mas você está sentindo desejo agora?

— Isso é outra pergunta. — Seus olhos foram até os meus mamilos, que estavam em posição de sentido. — Minha vez. Quando foi a última vez que você fez sexo com ele?

— Antes daquela noite em que fomos ao Bev's. Minha vez. O desejo voltou agora?

Ele se limitou a olhar para mim por um tempão para depois dizer:

— Voltou. — Seus olhos passearam pelo meu corpo sem um pingo de vergonha e sua voz ficou mais baixa. — Minha vez. Sou o motivo de você não dormir com ele desde a ida ao Bev's?

Sussurrei:

— É.

Sem querer, meu pé trombou com a perna dele. Depois que o trouxe para perto de mim por reflexo, ele o pegou, começou a apertá-lo de leve e colocou o outro pé perto de si também. Absorto em pensamentos, ele ficou olhando fixamente para as próprias mãos enquanto elas massageavam meus pés. Fechei os olhos e desfrutei da sensação por vários minutos silenciosos até que, de repente, ele parou.

— É melhor eu ir.

Ele se levantou e pegou suas roupas molhadas do chão.

— Como assim? Por quê? — perguntei, seguindo-o até a cozinha.

— Não consigo fazer isso.

— Está tudo bem. Não precisa ir embora. As coisas só saíram um pouco do controle.

— Falei para mim mesmo que não iria tocá-la até você me pedir.

— Foi só uma massagem no pé.

— Não é a massagem em si. É o que quase acabei de fazer. É o que ainda quero fazer. Quero ter certeza de que você não vai me rejeitar porque, quando eu começar, não sei se consigo parar. — Ele segurou o balcão da cozinha com firmeza. — Meu Deus, apenas pensar em estar dentro de você já me deixa maluco. Fico duro na hora. Só imaginar já é melhor do que a experiência real com qualquer outra pessoa jamais foi. — Sua excitação esticou o tecido do short curto. — Você acha que enfiar meu pau dentro de outra mulher iria me ajudar em algum momento a te esquecer? Nunca ajudou, nem nunca vai ajudar. Isso te ajuda, Skylar?

— Enfiar meu pau dentro de outra mulher? Nunca tentei, mas, a esta altura, talvez eu devesse considerar como uma terceira opção.

Ele balançou a cabeça e me surpreendeu ao dar um passo à frente e colocar a mão na minha bochecha.

— Como você consegue me fazer rir em um momento que é pra ser sério pra caramba? — Ele afastou a mão. — O que eu quis dizer foi: transar com ele enquanto pensa em mim ajuda? Baseado no seu jeito de olhar para mim, eu me arriscaria a dizer que não.

— Como é esse jeito?

— O jeito que sei que é o mesmo que olho para você, como o de alguém que quis uma coisa quase a vida inteira e não consegue tê-la nunca. — Sua voz saiu com grande dificuldade. — Não quero morrer sem saber como é estar dentro da única mulher que amei.

Fechei os olhos.

O que ele tinha dito me fez lembrar da minha época com câncer, quando eu havia passado muitas noites em claro com o mesmo medo: o de que eu fosse morrer antes de ter a chance de fazer amor com ele.

— Queria que tivéssemos dormido juntos naquela noite em Lake George, quando tivemos a oportunidade.

— Eu também. Nunca fiz nada além de sexo sem compromisso. Nem sei o que é fazer amor com alguém. Você é a única mulher com quem eu poderia ter essa experiência. Em dez anos, tive muito tempo para imaginar como seria. — Ele desviou o olhar e balançou a cabeça devagar, com uma expressão indignada. — Deveria ter sido eu. Eu deveria ter sido o seu primeiro... mas prefiro ser o seu último.

— Mitch...

Seus olhos se entristeceram quando ele chegou mais perto de mim, a apenas alguns centímetros dos meus lábios, e disse:

— Ele não está te dando aquilo de que você precisa. Consigo sentir.

Eu estava morrendo de vontade de beijá-lo, e minha respiração estava completamente fora de controle. Depois de alguns segundos, ele se virou e pegou suas chaves no balcão.

— Acho que está na hora de eu ir.

Minha calcinha ficou totalmente encharcada quando o imaginei me fazendo recuar até o balcão e colocando minhas pernas em volta do seu corpo enquanto ele metia em mim. Eu estava latejando entre as pernas. O jeito como ele estava me olhando era uma expressão do mesmo apetite que eu estava sentindo. Queria que ele me tocasse. Não podia pedir isso, pois sabia onde isso ia acabar, e eu não queria trair Kevin, mas ainda assim precisava ouvir, como se minha vida dependesse disso.

— Como seria?

Ele ficou parado, encarando o chão com as chaves nas mãos.

— Acho que eu não conseguiria ser delicado.

Meu corpo estava ficando agitado, com uma ânsia incontrolável.

— O que você faria comigo?

— Lembra do que eu disse no começo da noite?

— Não te fazer uma pergunta se não quisesse uma resposta sincera.

— Ainda quer saber o que eu faria com você?

Eu parecia uma pessoa que escolhe usar drogas pela primeira vez. Você sabe muito bem quais são as consequências, mas aceita do mesmo jeito. Fiz que sim.

Mitch olhou para o meu short e fez uma pergunta cuja resposta ele provavelmente já sabia.

— Você está molhada agora?

Meus olhos estavam apenas entreabertos quando me encostei no balcão. Mal deu para escutar minha voz.

— Estou.

— Quer a resposta sincera? Linda, as palavras não conseguem fazer justiça ao que eu faria com o seu corpo. Não vou te contar. Quero te mostrar... quando você me pedir. — Mitch saiu da cozinha e abriu a porta da frente. Ele deu alguns passos em direção ao carro, e seus pés soaram como se estivessem triturando as pedrinhas antes de ele se virar. — Mais uma coisa, Skylar. Comedimento é a melhor preliminar que existe.

MINHA SKYLAR

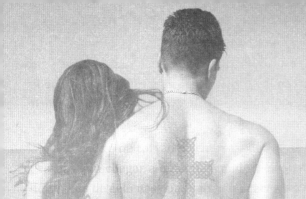

27
MITCH

Minha ereção matinal estava pior do que de costume. Isso não me surpreendeu, considerando que também acordei no meio da noite com um sonho molhado. Os anos de celibato estavam tendo consequências de repente. Quando voltei ao hotel na noite anterior, parecia um astro do cinema ou da música descontando a raiva durante uma noite de gandaia depois de cinco anos de sobriedade. Acho que eu estava mais para um *m*astro, já que a droga escolhida parecia ser bater uma, ou melhor, bater várias, pensando nela.

Meu plano para enfraquecer sua resistência tinha funcionado. O problema era que eu não estava cumprindo minha parte no trato: não encostar nela. Até quando ela havia espalhado o protetor solar nas minhas costas no começo do dia anterior, mantive as mãos longe dela.

Ficou cada vez mais difícil não tocá-la a partir do momento em que começamos a brincar na praia. Ainda assim, eu não tinha perdido o controle de fato até começar a massagear seus pés perto da lareira. Eu havia sentido a necessidade súbita de beijá-los e avançar pelo resto do seu corpo. Parei antes da minha fantasia se transformar em realidade. Dar o passo seguinte era uma decisão que tinha que vir de Skylar, não de mim. Meu trabalho era fazê-la ver que eu era a decisão *certa*.

Um ponto positivo da noite anterior: ela finalmente admitiu que não estava feliz com ele. Em condições normais, isso teria sido motivo para uma dança comemorativa. Mas ela emendou a confissão com um banho de água fria ao dizer que era mais importante se sentir segura do que feliz. Eu não estava nem aí para isso. Se ela continuasse deixando a mente levar a melhor sobre o coração, era muito provável eu perder tudo.

Seus olhos eram o que mais me confundia. Basicamente, eles estavam me ordenando que eu a dobrasse no balcão e transasse com ela sem dó. Durante todos os anos desde que a conheci, nunca tinha visto nada parecido com aquilo.

Era uma prova de que ele não estava lhe dando aquilo de que ela precisava. Ela praticamente implorou para eu lhe contar o que eu faria com ela, como se ela respirar no minuto seguinte dependesse disso. *Que sacana.* Desnecessário dizer que isso quase me fez perder o controle, e foi por isso que tive que me mandar de lá.

Saí do banheiro depois do meu banho frio matinal. Estava tocando música instrumental no canal de previsão do tempo na televisão. Liguei para a minha mãe antes de ir à casa para o nosso último dia de trabalho pesado.

— Oi, mãe.

— Oi, querido. Está tudo bem? Parece que você está incomodado.

— As coisas estão indo bem. A Skylar me deixa desorientado. Nada vai se resolver nesta viagem.

— Espero que você esteja preparado se as coisas não acontecerem do jeito que você queria.

— Olha, não foi para discutir isso que liguei. Só quero falar com Henry. Ele está acordado?

— Claro. Vou colocá-lo no telefone.

Consegui ouvir os barulhos do iPad, então percebi que ele estava ao celular.

Deitei na cama com um enorme sorriso.

— Oi, amigão. É o papai. Que saudade!

Ele murmurou ao escutar minha voz. Embora não conseguisse me responder com palavras, eu realmente acreditava que ele entendia tudo o que eu falava.

— Vou estar em casa daqui a dois dias, está certo? Seja bonzinho com a vovó.

Ouvi a voz computadorizada do iPad. "Quero ir ao McDonald's."

Dei risada.

— O papai vai te levar ao McDonald's neste fim de semana, depois que voltar, certo? Vamos no domingo. Prometo.

"Quero o papai."

— Eu sei. Te amo, amigão. Logo estou em casa de novo.

Minha mãe pegou o celular.

— Ele sente sua falta. Fica selecionando a foto do seu rosto e apertando.

— Isso corta meu coração. Odeio o fato de ele não poder me dizer se entende que vou voltar.

— Não se preocupe com as coisas aqui, está bem? Você merece essa folga.

— Obrigado, mãe. A gente se fala mais tarde.

Sentia saudade do meu filho, e estava muito pra baixo no caminho para o trabalho. Ligar para casa tinha me trazido de volta à realidade. Faltando apenas dois dias para a viagem terminar, eu estava ficando mais pessimista quanto às coisas acabarem bem para mim. Skylar era uma boa pessoa. Ela não iria trair o cara e dar um pé na bunda nele depois de alguns dias comigo, mesmo se me amasse. Ela voltaria para casa, provavelmente ainda indecisa, e depois seria tragada de novo para a vida perfeita e segura que ele construiu para ela. A viagem não passaria de uma mera lembrança. Ela iria me abandonar, assim como a nossa história juntos, e iria embarcar para a Califórnia para um novo começo.

Quando entrei na casa, Skylar estava orientando um dos caras sobre onde pendurar uma foto de um robalo gigante.

Ela parou no meio da frase, e seus olhos se arregalaram quando ela notou a minha presença.

— Oi.

Acenei e passei por ela, em silêncio.

Estava me sentindo aflito quando tirei minhas ferramentas da caixa para terminar o trabalho na parte elétrica no banheiro do andar de cima. Ainda conseguia sentir o perfume dela enquanto minha cabeça se perdeu num mar de dúvidas. Tínhamos sido feitos um para o outro. Para mim, isso era muito claro, mas eu não podia forçar a situação. Se ela estava determinada a acabar ficando com a escolha *mais segura*, a que nunca lhe causou dor, não havia nada que eu pudesse fazer. Seria como se ela dissesse: "Dane-se o passado. Dane-se o amor. Dane-se o destino. Dane-se a felicidade. Dane-se o sexo alucinante. Dane-se tudo".

Tinham se passado uns dez minutos quando ela apareceu à porta, entrou e a fechou.

— Você se esqueceu do que eu falei.

O som da sua voz suave, por si só, imediatamente fragilizou minha suposta nova atitude.

Larguei o alicate e tentei não olhar para ela.

— O quê?

— Você está fingindo que não existo porque está com medo. É exatamente o que você costumava fazer quando éramos adolescentes. Lembra como você me evitava quando começou a gostar de mim? Você está fazendo isso neste exato momento. Naquela época, te disse que não queria perder momentos com você só porque você estava com medo. Mas fiz uma promessa que não consegui cumprir. Te disse que, se fizéssemos besteira, você não iria me perder, não importava o que acontecesse. Te disse que sempre estaria ao seu lado, e não estive. Quando as coisas ficaram piores do que nós dois poderíamos ter imaginado, eu fugi. Menti para você, e peço desculpas. — As lágrimas nos seus olhos começaram a cintilar à medida que ela prosseguia: — Mas só temos mais dois dias aqui. Mais uma vez, te digo que não quero perder um único momento com você. Sei que não tenho te dado respostas, mas apenas saiba que preciso de cada segundo deste tempo com você, como se minha vida dependesse disso.

Eu também. Caramba. Eu também precisava.

Não tive um pingo de firmeza. Eu a puxei para um abraço que durou pelo menos um minuto. O cabelo dela estava praticamente na minha boca. Eu estava respirando colado no seu pescoço enquanto meu pobre pau inchava. Sabia que tinha que colocar aquilo pra fora. Estaria apostando com o meu coração, porque era impossível deixar passar até mesmo uma pequena chance de conquistar o amor e a confiança dela.

Naquela noite, assistimos a filmes antigos da década de noventa na casa de praia e conversamos até altas horas. Não nos tocamos. Voltei para o hotel e fiquei revirando na cama, sem sono, consciente de que a noite seguinte seria a última na casa em Sandbridge Beach. Mas o que realmente me manteve acordado foi o medo de que fosse nossa última noite juntos definitivamente.

A sexta-feira tinha finalmente chegado, e todo o trabalho na casa estava finalizado. A revelação estava marcada para a manhã do dia seguinte.

Skylar passou a tarde dando os toques finais na decoração em todos os cômodos. Ela havia escolhido um tema náutico, com bastante azul e branco, além de imagens de âncoras, de barcos e do mar. Um remo de verdade tinha sido pendurado na parede. Ela colocou almofadas em alguns lugares e espalhou velas, flores de seda e conchas. Suas habilidades eram realmente impressionantes. Ela também conseguiu economizar quinhentos dólares do nosso orçamento.

A última coisa na minha agenda era vistoriar o local com o fiscal de obras para garantir que tudo estava dentro das normas.

Eu e Skylar conseguimos voltar cedo para a casa alugada para passarmos nossa última noite em Virginia Beach. A única obrigação restante para nós era aparecer para a grande revelação na manhã seguinte. Depois, ela seguiria para o aeroporto no começo da tarde, e eu começaria a longa viagem de carro de volta a Nova Jersey sozinho.

Skylar disse que não estava com fome, então fizemos uma refeição leve, com aperitivos, numa barraca de frutos do mar fritos que ficava lá perto. A atmosfera estava tensa e sombria, como o tempo nublado do lado de fora naquela noite. Embora parecesse que eu sabia onde seu coração estava, não fazia ideia de onde estava sua cabeça. Sua expressão durante todo o jantar tinha sido estoica.

Quando voltamos para a casa de praia, Skylar estava com cara de quem queria falar alguma coisa desde o segundo em que cruzamos a porta. Ela guardou a bolsa e mordeu o lábio, nervosa.

— Quero que você passe a noite aqui, no quarto de hóspedes. Pode ser?

— Não sei se é uma boa ideia.

Eu não confiava em mim mesmo de jeito nenhum!

— Você pagou o aluguel desta casa. Quero que a desfrute pelo menos uma noite. O quarto extra também tem vista para o mar. Não há nada como acordar com ela e com o cheiro do ar salgado. Me senti culpada todo esse tempo. Somos adultos, os dois. Não há motivo que te impeça de ficar aqui na nossa última noite.

— Se é o que te deixa feliz, eu fico.

Eu não fazia ideia do que iria realmente acontecer naquela noite. Meu coração começou a bater acelerado. Sorri. Ela retribuiu.

O celular dela tocou, interrompendo nosso momento. Ela pareceu agitada, e eu soube na hora quem era. Antes, eu me afastava quando eles conversavam ao celular. Naquela noite, foi diferente. Fiquei olhando-a todo o tempo durante o qual ela conversou com ele, com o coração mutilado.

Ela atendeu.

— Oi. E aí?

— Sim, tudo correndo como o esperado. Terminamos hoje.

— Ah... sabe como é... só vendo TV... relaxando.

Passando um tempo com o meu ex. Dá no mesmo.

— Isso.

— Te ligo quando aterrissar. Posso pegar um táxi.

— Se você faz questão...

— Eu também.

Houve uma longa pausa.

— Você sabe que sim.

Depois, uma pausa ainda mais longa. Seus olhos estavam se mexendo de um lado para o outro freneticamente.

— Kevin...

Sua respiração estava acelerada, e seu rosto ficou vermelho como uma beterraba. O que ele estava dizendo a ela?

Seu olhar foi parar no meu.

— Te amo — ela disse a ele, enfim.

Envergonhada, ela imediatamente fechou os olhos e desligou.

Se ela tivesse atirado em mim à queima-roupa, o efeito teria sido o mesmo.

Meus olhos se arregalaram.

— Mas o que é que foi isso?

— Não é o que parece.

— Você... acabou de dizer... que o amava, e estava olhando para *mim*.

Você acabou de falar "te amo" para outro homem olhando nos meus olhos, como se estivesse falando para mim. — Gritei: — Você tem noção do quanto isso confunde a cabeça?

Skylar estava tremendo.

— Ele me obrigou a dizer. Se eu não tivesse falado, ele teria ficado desconfiado. Tenho certeza de que ele já sabe que tem alguma coisa diferente acontecendo.

Uau!

Olhei para o chão, esfregando o queixo, e simplesmente soube. A hora tinha chegado. E eu estava no meu limite.

Olhei bem nos olhos dela, porque ela precisava entender o que eu estava prestes a dizer.

— Desde o instante em que você entrou na minha vida, muitos anos atrás, você me fez sentir que eu tinha um propósito neste planeta. Com o tempo, descobri qual era. Era te amar. Não sei quem sou sem você. Sou o pai do Henry. Mas o Mitch... O Mitch já era. Me sinto preso numa distorção do tempo, como se ainda fosse aquele adolescente esperando para fazer amor com sua namorada naquele recesso de fim de ano. Tudo mudou num piscar de olhos. Fisicamente, me tornei um homem adulto, mas, por dentro, ainda sou aquele menino perdido esperando por você. Acho que finalmente entendi que isso nunca vai acontecer.

Lágrimas brotaram dos seus olhos.

— Mitch...

— Você sabe o quanto dói amar alguém, amar a ponto de morrer pela pessoa, e mesmo assim ela sequer se sentir segura com você? Vá, case com ele. Tenha sua vida perfeita, na sua rua perfeita, com seu homem perfeito... e veja meu rosto toda noite quando ele estiver transando com você. Para mim, CHEGA! — Não consegui olhar para ela enquanto ia direto para a porta. — Adeus, Skylar.

Ela nem se deu ao trabalho de vir atrás de mim dessa vez.

MINHA SKYLAR

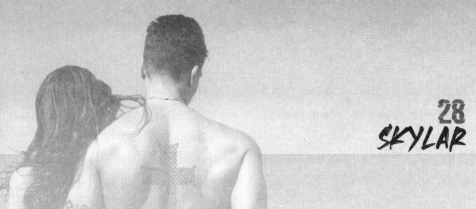

28
SKYLAR

Meu corpo todo tremia conforme deslizei até o chão. Fiquei no mesmo lugar, encostada na parede, com a cabeça entre as mãos, incapaz de lidar com a dimensão do que tinha acabado de acontecer. Eu havia conseguido, finalmente, afastá-lo de mim. A dor no meu peito era insuportável.

Ele me amava, mas havia um limite para o que ele conseguia suportar. Como pude ter dito ao Kevin que o amava enquanto olhava nos olhos de Mitch?

Kevin estava desconfiado. Seu comportamento ao celular tinha sido estranhamente inseguro, e ele ficou me encurralando para eu repetir as duas palavras. Não sabia o que fazer, porque, se não as dissesse, ele iria exigir uma explicação. Ele teria ficado ao celular comigo a noite inteira, e eu não queria estragar minhas últimas horas a sós com Mitch. Mas foi exatamente isso que acabou acontecendo. Pensei que podia varrer a sujeira para debaixo do tapete depois, mas a mágoa foi irreparável.

Deixá-lo ir embora foi covardia minha. Todas as coisas que eu queria dizer a ele estavam na ponta da língua, mas nenhuma saía.

Eu deveria estar me sentindo aliviada, certo? Não era isto o que eu tinha desejado? Que alguém tomasse a decisão no meu lugar? O fato de Mitch desistir de lutar significava que eu podia começar minha vida feliz com Kevin sem tentações.

Então, por que parecia que minha vida tinha acabado?

Minhas pálpebras se fecharam com força enquanto o vento balançava os vidros da porta francesa. Estava começando a chover. Rezei a Deus para que Ele tirasse de mim aquela dor imensurável. A ideia de dar uma segunda chance a Mitch sempre tinha me assustado, mas não era nada comparada ao quanto estava assustada naquele momento, depois de tê-lo feito se afastar de mim.

O amor não pode existir sem o medo.

O pensamento tinha vindo do nada, quase como se um espírito-guia tivesse sussurrado a frase no meu ouvido. Onde eu tinha ouvido isso?

Fiz um esforço mental enorme e me lembrei da conversa com Jake anos atrás na festa de casamento, pouco tempo antes do pesadelo com Charisma.

Se a ideia de perder alguém não te deixa apavorado, então não é amor.

Ao longo de tudo aquilo que estava acontecendo, eu não tinha sentido medo de perder Kevin uma única vez. Tinha medo de magoá-lo, mas nunca de viver sem ele. Finalmente, ficou claro como a luz do dia. Kevin cuidou de mim e fez com que eu me sentisse segura. Eu gostava dele, mas não existia medo. *Não era amor.* Eu não podia me casar com alguém que eu não amava.

Por outro lado, a ideia de viver sem Mitch me deixava fisicamente mal. Me apavorava. A agonia no meu peito se intensificou. Mitch tinha ido embora achando que eu não o amava, quando não havia nada mais distante da realidade do que isso.

Ele precisava voltar. Peguei o celular e liguei para ele, mas a ligação foi parar no correio de voz. Liguei para o hotel. Ele já deveria ter chegado naquele momento. A recepção passou a ligação para o quarto dele, mas ninguém atendeu.

Meu coração começou a acelerar. As ruas provavelmente estavam escorregadias. E se ele tivesse sofrido um acidente por estar transtornado? E se alguma coisa tivesse acontecido e ele nunca soubesse o quanto significava para mim?

Em pânico, peguei a chave. Saí correndo pela porta, e o vento soprou poeira nos meus olhos. Quando estava prestes a entrar no carro, notei uma silhueta ao longe, na orla.

Era uma silhueta forte, musculosa e bonita de um homem com as mãos nos bolsos, olhando fixamente para o mar enquanto o vento fazia seu cabelo esvoaçar.

Mitch.

O chuvisco se chocou contra o meu rosto enquanto corri pela areia molhada até parar a alguns poucos metros dele.

Eu estava sem fôlego.

— Você voltou.

Ele se virou.

— Não fui embora... Nem por um segundo.

Eu sabia que ele quis dizer aquilo em mais de um sentido. Ele sempre ficou esperando que eu voltasse para ele.

Caminhei na sua direção.

— Não chegue perto de mim — ele disse.

Eu o ignorei e coloquei as mãos no seu rosto. Seus olhos estavam escuros, vazios, sem vida alguma.

Comecei a chorar.

— Me desculpe. Me desculpe por te fazer passar por aquilo. Nunca deveria ter acontecido. Eu não amo Kevin, Mitch. Agora entendo.

Ele tirou minhas mãos do rosto e as segurou com firmeza.

— Olhe nos meus olhos. O que você vê quando olha para mim? Será que ainda consegue me ver? *Ainda* sou eu. Por favor, me diga que você ainda vê quem sou.

Naquele momento, escolhi deixar de lado meus medos e vê-lo *de verdade* pela primeira vez desde que tinha voltado para casa.

Meu Mitch.

O menino. O adolescente. O homem. Seus olhos foram a única constante e a janela para a alma dos três. Eu os tinha amado igualmente.

Eu funguei.

— Sim. Eu te vejo. Eu te *vejo*, e te amo.

— Não brinque comigo, Skylar. Eu estava de luto por sua causa aqui fora, como se fosse o enterro da nossa relação. Aí, você aparece do nada, me dizendo que me ama. O que mudou?

— Escolhi deixar de lado o medo e vi o amor que havia por trás dele. Sempre houve. Nunca deixou de existir.

— Você está falando sério?

Em vez de responder, tirei o vestido e o deixei ser carregado pelo vento. Meus seios estavam nus enquanto fiquei parada na frente de Mitch coberta por nada além de uma calcinha de renda.

— Me toque. — Ele não se mexeu, e eu implorei de novo. — Por favor.

— Não faça isso se não quiser de verdade. Não...

Pressionei meus lábios nos dele. Ele soltou um chiado no segundo em que nossas bocas se tocaram, como se uma fome interminável tivesse enfim sido satisfeita. Ele colocou as mãos em volta do meu rosto, segurando-o numa posição fixa enquanto deslizava a língua para dentro da minha boca e me lambia com voracidade. Eu nunca tinha sido beijada de forma tão profunda. Foi como se ele estivesse fazendo sexo com a minha boca usando a língua, demonstrando o que queria fazer com o meu corpo.

Sabia que não tinha mais volta. A culpa estava tentando vir à tona, mas ela não foi forte o suficiente. Nem se eu tentasse, conseguiria parar. Recuei um instante para recuperar o fôlego quando ele me puxou na sua direção com mais força. A umidade estava escorrendo pela minha coxa. Eu estava absurdamente excitada pela força dominante do seu beijo.

Quando a sua boca se soltou da minha, ofeguei e lambi os lábios, desesperada para sentir mais daquilo. A barba por fazer no seu rosto arranhava minha pele enquanto ele beijava meu queixo, e ele finalizou com uma mordida lenta e delicada. Ele puxou meu cabelo para trás de forma rude e devorou a base do meu pescoço, chupando com tanta força que doeu. Haveria marcas no dia seguinte, mas não me importei. Eu estava naquilo de corpo e alma, desejando a dor, desejando tudo o que ele tinha para dar.

Ele desenhou uma linha com a língua de volta à minha boca, devagar. Dessa vez, enquanto ele pressionava seus lábios nos meus, sua ereção quente também pressionava minha barriga.

A chuva com névoa continuou salpicando meu corpo quase nu à medida que ele me beijava com as palmas posicionadas firmemente na minha bunda. O ar quente e úmido bagunçou nosso cabelo enquanto ele mantinha a testa encostada na minha. Nenhum de nós se mexeu quando as ondas quebraram em volta dos nossos corpos. Ele sussurrou bem perto da minha boca:

— Me diz que isso é real.

Passei os dedos pelo seu cabelo.

— É real. Não é um sonho.

— Vou fazer amor com você hoje naquela cama enorme no andar de cima.

— Fiz que sim, apoiada na sua testa, concordando, enquanto ele continuou: — Mas, primeiro, preciso muito transar com você... aqui, nesta praia.

Os músculos entre as minhas pernas começaram e se contrair rapidamente.

— Por favor — implorei.

— Tire a calcinha.

Seu peito estava se movendo rápido enquanto ele me observava me desvencilhando da peça rosa de renda. Houve um barulho de metal tilintando quando ele desafivelou o cinto de couro sem demora e o jogou na areia. Quando ele desabotoou a calça jeans e abriu o zíper, ela caiu no chão. Seu pau dilatado estava encostado na coxa e esticava a boxer justa. Eu tinha esquecido o quanto ele era grande, e meu coração palpitou. Mal podia esperar mais um segundo para senti-lo.

Ele não teve que me orientar dessa vez. Me joguei nos seus braços. Ele me beijou com mais apetite do que antes e gemeu quando me penetrou. Com um movimento ligeiramente doloroso, ele estava dentro de mim. Meus músculos pulsaram e se apertaram ao redor dele de uma forma que não tinha acontecido com ninguém. Minhas pernas estavam envolvendo sua cintura enquanto ele transava comigo com uma força e uma profundidade que eu sequer sabia que eram possíveis.

Ele soltava uma lufada de ar solitária e intensa a cada investida. Cada uma parecia mais intensa do que a anterior, e eu mexia o quadril para acompanhar. Nunca era suficiente. Seus olhos estavam bem fechados, como se o prazer fosse insuportável. Eu sabia, com cada movimento, que ele estava me recuperando, recuperando tudo o que perdemos e, ao mesmo tempo, enfim reivindicando a minha posse de todas as formas possíveis.

Ele mordeu meu lábio inferior e grunhiu.

— Faz dez anos que estou maluco por isso! — Em um ritmo que coincidia com o dos seus movimentos, ele repetia: — Dez... malditos... anos. Me prometa que nenhum outro homem jamais vai tocá-la.

Eu mal conseguia raciocinar.

— Prometo.

— Diz pra mim. Promete. Quando eu gozar dentro de você, preciso saber que sou o último, que você me pertence agora.

Avancei sobre ele mais rápido, numa tentativa de demonstrar meus sentimentos.

— Aqui está. É tudo seu. — Me lembrei de uma coisa que tinha dito anos atrás e que o tinha enlouquecido. Então, repeti: — Vou gozar por todo o seu pau!

Minhas palavras foram um gatilho imediato para ele.

— Sua merdinha. Você se lembrou. — Ele riu encostado na minha boca, e seu corpo estremeceu. — Então diz meu nome quando você gozar por todo o meu pau. Diz.

— Mitch. Ai, meu Deus... Mitch. Isso!

Ele gritou de prazer ao gozar, olhando nos meus olhos de forma intensa e me empurrando para baixo durante seu orgasmo. Me contraí ao redor do seu membro quando atingi o clímax, querendo cada gota do seu gozo quente dentro de mim.

Minhas pernas, já moles, ainda estavam em volta de Mitch enquanto ele permaneceu dentro de mim e me beijou, dessa vez, com suavidade.

Senti umidade no rosto.

Olhei para ele e percebi que lágrimas estavam brotando dos seus olhos.

— É melhor você ter falado sério, Skylar. Porque agora não consigo voltar atrás.

Nem eu.

A chuva ficou mais forte, nos golpeando, mas não nos mexemos logo de cara. Ele saiu de dentro de mim e me colocou no chão apenas para erguer meu corpo nu de novo e me carregar para dentro da casa.

Quando chegamos ao andar de cima, ele me levou ao banheiro, abriu a torneira de água quente da banheira e verificou a temperatura. Ele deixou encher um pouco antes de pegar minha mão e me levar para dentro.

Permanecemos em silêncio enquanto ele colocava sabonete líquido na esponja e a passava pelo meu corpo devagar, desenhando círculos lentamente entre as minhas pernas e descendo até os dedos. Ele pôs um pouco de xampu nas mãos e o massageou no meu cabelo. Fechei os olhos, me sentindo no paraíso à medida que o banheiro se enchia de vapor e do cheiro de hortelã. Ele estava sendo muito gentil, cuidando de mim como se eu fosse uma flor delicada. Senti como se ele estivesse tentando compensar pelo que não pôde me dar no passado. Não era a minha primeira vez, mas era a *nossa* primeira vez. Aquilo era o que ele teria feito por mim se tivéssemos tido a oportunidade anos atrás.

Peguei a esponja e comecei a lavar suas costas. A água ainda estava preenchendo a banheira, mas ela já estava quase cheia, então fechei a torneira. Espalhei as bolhas com espuma em cima da sua tatuagem de cruz.

— O que ela significa?

— Esta é mais recente do que as outras. Simboliza o fato de que todo mundo tem uma cruz para carregar. Henry tem o autismo dele, a sua foi o câncer e o efeito dominó que veio junto. Todos nós temos alguma coisa.

— Qual é a sua?

— O que você acha?

— Me perder?

— Te perder e magoar a pessoa que significava tudo para mim. Ter que viver com isso. Você se lembra de quando a gente se conheceu? O quanto eu tinha medo do amor por causa do divórcio dos meus pais e do que meu pai fez com a minha mãe?

— Lembro. Claro que me lembro.

— Você me fez acreditar no amor. Depois, quando aquele desastre com a Charisma aconteceu, eu basicamente me transformei no meu pai. Me transformei no homem que engravidou uma mulher qualquer e destruiu a que o amava. Foi uma reviravolta perversa do destino. As circunstâncias foram diferentes, mas o resultado foi o mesmo. Tudo o que eu sempre havia temido tinha virado realidade. Não conseguia me perdoar. Queria morrer. Até agora, Henry era a única coisa que me salvava. Mas o que você me deu hoje à noite... uma segunda chance de te amar... foi um presente. Vou passar o resto da vida garantindo que você não se arrependa.

Sabia que era verdade, mas aquela noite causou prazer e dor na mesma medida. Eu não seria capaz de simplesmente voltar para casa e começar uma vida nova com Mitch. Eu tinha uma grande pendência para resolver, e o nome dela era Kevin. Não ia ser nada agradável.

MINHA SKYLAR

29
MITCH

Até que Skylar estivesse com um anel meu no dedo, nada estava definido. Tecnicamente, ela ainda estava noiva de outro homem, e sempre havia a chance de ela voltar para casa e ser tragada pela zona de segurança de novo. Eu precisava fazer tudo ao meu alcance para garantir que ela não se esquecesse de um único instante daquela noite. Era tudo o que eu tinha.

A mistura de água com sabonete escorreu pelo ralo, formando bolhas, quando eu a tirei da banheira e a enxuguei, me deliciando com o cheiro da sua pele.

Joguei a toalha no chão e encostei meu pau nela, colocando-a de costas para a parede, desesperado para estar dentro dela de novo.

— Preciso te ter mais uma vez, mas primeiro quero olhar para você.

Seu corpo nu estava ainda mais fenomenal do que eu me lembrava. Alguns quilos a mais acrescentaram curvas graciosas à sua constituição delicada. Coloquei uma das mãos em volta do seu rosto e a deslizei devagar até seu pescoço e seus peitos. Eles tinham o tamanho certo, eram redondos e cabiam perfeitamente nas palmas das minhas mãos. Seus mamilos eram grandes e de um rosa delicado, e se enrijeceram quando passei as mãos neles. A saliva se acumulou na minha boca quando me desafiei a não lambê-los. Esfreguei o indicador pelo aglomerado de sardas entre os seios que me era tão familiar, sorrindo, como se eles fossem velhos amigos que imaginei que nunca mais fosse ver.

Minha mão percorreu o caminho até sua barriga. Não pude evitar o pensamento doloroso que surgiu na minha mente: eu teria dado tudo para vê-la crescer com meu bebê. Eu a amava demais, e desejava ser capaz de lhe dar um filho. Odiava o fato de eu não poder mudar isso, apesar de querer desesperadamente.

Sua boceta estava recém-depilada, e me perguntei se ela havia feito aquilo porque sabia que estava destinado a acontecer. Deslizei dois dedos dentro dela.

Caramba!

— Como você pode estar tão molhada se ainda não fiz praticamente nada?

— Tenho estado assim a viagem inteira. Mesmo quando você só me olhava, eu ficava molhada. Ninguém me faz sentir o que você faz. O que vivemos na praia hoje... Nunca foi daquele jeito para mim... nunca mesmo.

— Nem lembro como era estar com uma mulher antes de hoje à noite. Foi a coisa mais incrível que senti, sem exceção. — Empurrei os dedos mais para dentro dela. — Nunca gozei dentro de alguém antes... Bom, pelo menos não por vontade própria. Nunca fiz sem camisinha.

— Nem eu.

Parei de mexer os dedos, incrédulo.

— Como assim?

— Kevin sempre usou camisinha. Ele nunca quis arriscar... embora eu provavelmente não consiga... Você entendeu.

A ideia de outra pessoa estar dentro dela me fez encolher, mas não poderia ter ficado mais satisfeito com aquela informação.

— Depois de cinco anos, eu não teria imaginado, mas não consigo nem começar a descrever o quanto estou feliz por ninguém ter feito isso em você antes e por eu poder ser seu primeiro em alguma coisa.

— Você também foi o primeiro a me beijar. Lembra?

— Ah... o beijo roubado.

Skylar choramingou quando, de repente, eu a beijei com voracidade.

Ela lambeu meus lábios e disse:

— Você foi o primeiro em todas as coisas que importaram de verdade um dia. Você foi o meu primeiro amor, meu único amor.

Precisava continuar garantindo que era o último. Me sentindo absurdamente possessivo, tirei os dedos de dentro dela e a levei para a cama no quarto ao lado. Seu cabelo estava espalhado pelo travesseiro enquanto eu estava em cima dela. E o meu estava quase cobrindo meus olhos.

Meu pau estava dolorosamente duro, e uma gota de pré-gozo pingou na sua barriga. Eu precisava tê-la naquele instante, mas antes tinha que resolver uma questão que estava me incomodando. Segurei sua mão e tirei o anel de noivado devagar, colocando-o na mesa de cabeceira. Foi uma iniciativa ousada, mas eu não suportava mais olhar para ele. Ela não ofereceu resistência, e fiquei agradecido por isso, porque não sabia ao certo como eu teria reagido se ela tivesse protestado.

A chuva lá fora estava mais intensa, a ponto de atingir a janela. Prendi Skylar, colocando um braço de cada lado do seu corpo.

— Me diz o que você quer. Quer que eu seja delicado desta vez? Fui meio bruto com você lá fora.

Ela mordeu o lábio, apreensiva.

— Hum...

— O que foi? Me fala.

— Não quero... que você pegue leve comigo... nem um pouco.

Abri um sorriso maroto.

— Você gosta se for mais selvagem?

— Gosto. Bastante.

Meu pau, que já estava animado, ficou dilatado.

Me curvei para abocanhar um seio.

— Do que mais você gosta?

Ela estava vermelha de vergonha e não disse nada.

Mordi o lóbulo da sua orelha de leve, me recusando a sair do lugar.

— Não vou me mexer se você não me disser o que quer que eu faça.

— Na verdade, gosto quando *você* me diz o que fazer, quando banca o mandão e quando você fala sacanagem. É o que me deixa mais maluca.

É isso aí!

Passei meu pau na sua abertura.

— Jamais tenha medo de me dizer o que quer. Mal posso esperar para experimentar tudo com você. Coisas que nenhum de nós nunca fez. Quero explorar cada centímetro seu, ultrapassar fronteiras, se você deixar.

— Vou permitir que você faça o que quiser.

Me ergui e fiquei de joelhos.

— Vire-se. Quero ver essa bunda maravilhosa.

Quando ela fez o que pedi, deslizei meu pau entre suas nádegas e o movi na parte de cima da depressão, sem entrar nela.

— Lembra quando fiz isso com você na barraca anos atrás?

— Aham.

— Eu estava morrendo de vontade de te comer por trás naquela noite, mas me segurei. Mas não vou fazer isso desta vez. — Entrei nela com um movimento lento. — Caralho! Nunca mais. — Saí dela devagar e me empurrei para dentro de novo, mais devagar ainda. — Nunca mais — repeti.

Ela agarrou o travesseiro e começou a girar o quadril na minha direção.

Mantive uma das mãos firme na sua lombar.

— Não. Não se mexa. Quero te possuir devagar, até você não aguentar mais e precisar me implorar para fazer com mais força.

Ela inspirava rapidamente, uma respiração agitada, a cada penetração profunda, e depois de novo, sempre que eu saía dela. Meu pau estava todo molhado, e eu não sabia dizer se era a essência dela ou minha própria excitação. Colocar e tirar devagar daquele jeito era uma tortura deliciosa. Eu queria mais dela. Lambi o dedo e o inseri lentamente no seu ânus. Ela reagiu acelerando a respiração, e também se contraiu.

— Está doendo? — perguntei.

— Não.

— Fique parada.

Enfiei mais o dedo.

— Está gostoso?

— Está... muito gostoso.

Mexi o dedo exatamente do mesmo jeito que meu pau deslizou dentro dela, devagar e bem fundo. Eu poderia ter gozado a qualquer instante. Aquela era a coisa mais erótica que eu já tinha visto ou feito, e era só a ponta do iceberg do que eu queria.

— Mitch...

— Fala, amor.

— Preciso de mais.

— Quer mais rápido?

— Quero.

— Com mais força?

— Isso. Isso!

Retirei o dedo.

— Minha vez de ficar parado. Me cavalgue como quiser. Me mostre o quanto você está desesperada pelo meu pau.

— Primeiro, coloque seu dedo lá de novo. Estava gostoso — ela sussurrou.

Me curvei e lambi em volta do seu ânus antes de colocar o dedo lá dentro mais uma vez. Deixei o polegar entre suas nádegas enquanto ela se mexia em cima do meu membro, com força e velocidade.

Num determinado ponto, meu olhar, que estava à deriva, foi parar no anel, que me provocava na mesa de cabeceira. Aquilo me enfureceu, e uma necessidade súbita de possuir seu corpo me fez começar a me impulsionar com força na direção dela, apesar da minha promessa de não me mexer. Minhas bolas batiam nela, e ela me cavalgava mais rápido para acompanhar. Consegui sentir seus músculos se contraindo e percebi que ela estava prestes a gozar. Me deixei levar naquele exato momento e fiquei observando, perplexo, enquanto ela me envolvia, extraindo cada gota do meu orgasmo. Meu pau se convulsionou mais do que em qualquer outro momento da minha vida.

Fora. De. Série.

Ainda pulsando, continuei a me mexer para dentro e para fora dela, mesmo quando não sobrou mais nada. Beijando a pele das suas costas delicadamente, eu disse:

— Te amo demais.

Ela se virou, me beijou furiosamente nos lábios e colocou os braços em volta do meu pescoço.

— Meu Deus! — Ela olhou nos meus olhos. — Você está chorando de novo.

Droga! O que havia de errado comigo? Quando estou com ela, choro como um bebê toda vez que gozo.

Funguei e balancei a cabeça, constrangido.

— Parece que existe um circuito elétrico conectando meu pau aos meus ductos lacrimais quando estou com você — falei, encostando minha testa na dela. — Vou estar um caco amanhã.

Ela sorriu, secando meus olhos e beijando os dois.

— Ninguém nunca me fez me sentir assim. Sempre te amei, mas agora... estou absolutamente viciada em você.

O sol da manhã brilhou dentro do quarto, destacando os pelos loiro-claros microscópicos no corpo de Skylar. Eu ainda estava olhando fixamente para ela sem acreditar no que tinha acontecido na noite anterior. Depois de fazermos amor mais algumas vezes, passei a noite inteira só observando-a dormir. Aquilo me lembrou da noite que consegui passar na cama dela, anos antes, quando ela estava prestes a se mudar para o Brooklyn. As circunstâncias eram diferentes, mas a incerteza que senti ao acordar foi estranhamente parecida com a do passado.

Eu não queria deixá-la voltar para ele nem por um segundo.

Estava marcado para estarmos na casa às onze horas, uma hora antes da revelação. Estávamos ficando atrasados, então comecei a beijar seu pescoço.

— Acorda, amor. Precisamos ir logo. Tem uma coisa que quero fazer com você antes de sairmos.

Como forma de protesto, ela resmungou, e depois esticou os braços no ar. Saí do quarto e corri para o carro para pegar meu short de praia.

Quando voltei para o segundo andar, ela havia adormecido de novo. Estiquei o braço até a gaveta dela, peguei a parte de baixo de um biquíni preto e o deslizei pelas suas pernas.

Ela falou, em meio a um bocejo:

— O que você está fazendo?

— Quero dar um último mergulho com você no mar antes de irmos embora. Não temos muito tempo.

Eu a ergui da cama e a carreguei nos braços escada abaixo.

— E a parte de cima?

— Não consegui achar. Mas não precisa. Não tem ninguém por perto.

Eu a segurei por todo o caminho até a beira-mar antes de colocá-la no chão e estender a mão. Caminhamos na água até ela ficar na altura da cintura. De repente, o sol começou a sumir, e parecia que uma tempestade matinal estava começando a se formar, ameaçadora. Era o simbolismo perfeito para o meu próprio sentimento de alegria, ofuscado de repente por uma realidade desoladora.

Aquilo não foi nem um pouco parecido com o nosso último passeio na água. Dessa vez, nos limitamos a ficar de mãos dadas, olhando fixamente para o sol, que estava desaparecendo, conscientes de que os dias seguintes seriam um teste para o nosso amor.

— Só vou precisar de um tempo quando voltarmos, certo? Decidi ser totalmente sincera com o Kevin sobre a viagem. Ele merece saber a verdade.

Um caroço se formou na minha garganta.

— Entendo.

Uma expressão de culpa tomou conta do seu rosto. Fiquei irritado por ela permitir que o sentimento lançasse uma sombra sobre os nossos últimos momentos juntos lá.

Coloquei as mãos nos seus ombros.

— Jamais sinta vergonha do que fizemos. Você não é uma pessoa má. O que aconteceu ontem à noite foi a coisa mais pura que já vivi. Não importa o que aconteça amanhã e depois. Nunca vou me esquecer de ontem enquanto eu existir.

Eu e Skylar estacionamos na entrada da garagem da casa reformada conforme o programado, em carros separados. Um comunicado à imprensa tinha sido emitido, então jornalistas estariam chegando dentro de uma hora, junto com funcionários do governo local, vizinhos e parentes dos proprietários.

Skylar foi andando pela casa, abrindo janelas e afofando almofadas. Alguns membros da minha equipe estavam de bobeira, tomando café e comendo donut na cozinha, no andar de baixo. Fingi estar ocupado, mas, o tempo todo, estava matutando sobre o fato de ela ter colocado o anel de diamante no dedo de novo. Talvez eu estivesse vendo problema onde não havia, mas aquilo me tirou do sério. Depois da revelação, ela teria tempo apenas para voltar à casa de praia, trancá-la e seguir direto para o aeroporto. Não haveria tempo para conversa nem para uma despedida de verdade.

Para ser sincero, tinha ficado bastante orgulhoso quanto ao meu jeito de lidar com a situação naquela manhã, mas ver o anel dele de volta ao dedo dela tinha acendido a faísca de um ciúme antigo e uma necessidade de reafirmação.

Ela parou à porta de um dos quartos no exato instante em que eu tinha terminado de martelar um prego em uma tábua de assoalho que tinha se soltado.

— Posso te ajudar de alguma forma? — ela perguntou.

O martelo deu uma pancada na madeira quando o soltei.

— Pode, sim. Feche a porta.

— O que está acontecendo?

— Apenas feche a porta. Tranque, na verdade.

Deu para ouvir o som da tranca.

— Do que você precisa?

Fiquei em pé, me aproximei dela e esfreguei o nariz no seu pescoço, inalando o cheiro da sua pele.

— Preciso sentir seu gosto.

— Tem gente lá embaixo.

— Senta na cama.

Ela pareceu preocupada com a possibilidade de alguém nos flagrar, mas isso não a impediu de fazer o que pedi. Me ajoelhei ao pé da cama e puxei o quadril dela para perto do meu rosto com um movimento rápido. Depois, ergui a saia e abri totalmente suas pernas. Ela ainda estava de calcinha quando comecei a dar beijos suaves, provocando-a. A umidade estava passando através do tecido sedoso. Ela empurrou o corpo com força contra a minha boca e segurou meu cabelo com firmeza. Então, usei os dentes para deslizar a calcinha pelas suas pernas lentamente.

— Ainda está preocupada com o fato de ter gente lá embaixo? — sussurrei.

Ela balançou a cabeça e disse algo ininteligível.

— Foi o que imaginei — disse, antes de pressionar os lábios no seu clitóris exposto e chupá-lo.

Ela se contorcia debaixo de mim enquanto eu a lambia com vontade e girava os dedos dentro da sua abertura quente.

Eu adorava o efeito que tinha sobre ela. Provavelmente, conseguiria convencê-la a fazer qualquer coisa no sexo. Sem dúvida, era eu quem tinha a vantagem naquela situação. Mesmo assim, o fato de ela ter recolocado o anel me fez repensar tudo o que tinha acontecido na noite anterior. Comecei a ruminar enquanto a chupava. No fim das contas, aquilo era só uma escapada ou ela estava falando sério quando disse que iria deixá-lo? Apesar de saber que era cruel, parei de repente.

Ela se apoiou nos cotovelos.

— O que foi?

Eu estava ofegante, e me levantei.

— Você está usando o anel de novo. Se realmente pretende terminar com ele, porque recolocou o anel?

Ela se sentou e olhou para o anel na mão quase como se estivesse surpresa por encontrá-lo lá.

— Nem tinha pensado nisso. Foi a força do hábito.

— Bom, não estou conseguindo pensar em outra coisa.

— Vou devolver o anel a ele, Mitch. — Ela se levantou e segurou meu rosto entre as mãos. — Me desculpe se o fato de eu usá-lo te fez duvidar das minhas intenções. Eu deveria ter sido mais clara. Não estou raciocinando direito, porque estou muito nervosa por ter que contar a ele.

Meu coração bateu encostado no peito dela quando a puxei na minha direção.

— É só que... fico meio maluco quando se trata de você, caso não tenha notado. O que aconteceu ontem à noite acabou com qualquer tolerância que eu tenha tido antes. Simplesmente não consigo mais suportar a ideia de vocês dois juntos. Desculpe se exagerei.

— Não se desculpe. Sua reação revela o quanto você me ama e me ajuda a ter certeza de que estou tomando a decisão certa. — Ela me deu um beijo de leve nos lábios. — Te amo.

Nunca era demais ouvir aquela frase.

— Esperei cinco anos, desejando que você voltasse para mim, mas nunca imaginei que isso fosse realmente acontecer. Me perdoe se estou tendo dificuldade para acreditar, porque não parece real. Eu poderia passar o resto da vida tentando provar o quanto me sinto grato, o quanto te amo, e mesmo assim não seria o suficiente.

— Você não tem que provar nada. Apenas me ame.

— É melhor eu terminar o que comecei antes de surtar, mas realmente preciso estar dentro de você agora. Pode ser?

— Não há nada que eu queira mais, mas temos que ser rápidos.

— Isso eu consigo. — Desafivelei o cinto. — Que tal cinco segundos?

Ela deu uma risadinha.

— Não precisa ser tão rápido.

Eu a fiz ir para trás na cama. Minha calça estava na altura dos joelhos quando entrei nela e arfei com a sensação incrível da sua boceta quente e apertada em volta do meu pau. Fazia apenas algumas horas que eu tinha estado dentro dela, mas parecia que era uma eternidade. Eu nunca ficava satisfeito. Queria aquilo todo dia, o dia inteiro.

Enquanto as outras vezes em que tínhamos feito amor haviam sido frenéticas e desesperadas, aquele momento foi diferente. Acabei relaxando, acreditando, pela primeira vez na vida, que ela era minha de verdade. Me permiti desfrutar de cada sensação e me concentrei no presente, sem anuviar a mente com incerteza e preocupação. Isso me permitiu realmente sentir, com o meu corpo, o que ela estava me dizendo com o dela. A cada movimento, ela estava me dando um pedaço a mais de si: o jeito como seus músculos se tensionaram em volta do meu pau; o jeito de se agarrar em mim, como se a sua vida dependesse disso; o jeito dela respirar, como se cada suspiro dependesse dos nossos corpos estarem unidos. Ela estava me mostrando que tinha feito a sua escolha.

Nirvana.

Não havia palavras para o tamanho do meu amor por aquela mulher. Quando atingimos o clímax juntos, as malditas lágrimas estavam a postos de novo. Meu coração queria gritar "casa comigo, Skylar" quando gozei dentro dela, mas meu cérebro me deteve. Fazer o pedido no meio do meu orgasmo com choro, que era minha marca registrada, não era exatamente o ideal. Então, rejeitei a ideia.

Havia vozes soando no pé da escada. Estavam batendo portas de carro do lado de fora. Era quase hora de começar a revelação, e as pessoas estavam chegando.

— Precisamos sair daqui — ela disse, mordiscando meu nariz de leve enquanto enxugava os meus olhos e sorria.

Ainda em cima de Skylar, saí de dentro dela, com relutância.

Skylar foi ao banheiro que ficava entre dois quartos para se limpar enquanto eu fechava o botão da calça e me ajeitava. Descer a escada na frente dos meus funcionários com uma cara de quem estava chorando não seria nada bom.

Nos beijamos apaixonadamente uma última vez antes de eu sair do quarto. Ela viria depois de mim, sozinha, para que o nosso encontro escondido não ficasse óbvio.

Fui recebido por flashes de câmeras e conversas misturadas no andar de baixo. Skylar apareceu um tempo depois, toda elegante, sem um fio de cabelo fora do lugar. Ninguém teria adivinhado que ela havia acabado de ser completamente fodida alguns minutos antes.

Um repórter local entrevistou Skylar num canto. Fiquei observando do outro lado do cômodo, tomando goles do meu café, enquanto ela explicava com eloquência o processo de decorar a casa com um orçamento limitado em tão pouco tempo.

Recebi uma ligação no celular me avisando que a família Johansen estava a cinco minutos da casa.

Quando eles chegaram, todos se emocionaram. Ver sua reação conforme iam de cômodo em cômodo com uma expressão de absoluta alegria e gratidão não teve preço. Eles ficaram especialmente comovidos com a rampa para cadeira de rodas que colocamos na entrada para o filho. Também adaptamos um dos banheiros para ele poder ser usado por pessoas com deficiência. No geral, a surpresa foi um grande sucesso.

Quando a imprensa foi embora, estávamos liberados para ir também e deixar a família desfrutar da casa nova. Voltei com Skylar a Sandbridge Beach, para ela usar o banheiro da casa e pegar suas coisas. Então, ela iria ao aeroporto no carro alugado antes de pegar seu voo. Eu fecharia a casa e cairia na estrada com a esperança de chegar a Nova Jersey tarde da noite.

Não queria deixá-la ir embora. Apareci de surpresa por trás enquanto ela mexia à toa na alça da mala. Beijei seu pescoço e falei no seu ouvido:

— Cancele o voo. Venha de carro comigo. Vamos parar em Washington para jantar.

Ela se virou e passou o polegar na barba por fazer no meu queixo.

— Não posso. Preciso ir para casa e pôr um fim nisso.

— Vai conversar com ele hoje à noite?

Ela olhou para o chão com ansiedade e soltou um suspiro profundo.

— Vai depender da hora que eu chegar. Vou contar hoje à noite ou amanhã.

— Conte hoje.

— Por quê?

— Não quero que ele te toque. O que você vai fazer se ele tentar alguma coisa?

— Acho que eu não tinha chegado a pensar nisso.

— Conte a ele quando chegar em casa. Depois, quero que pegue suas coisas e vá para a minha casa. Minha mãe vai te deixar entrar se eu não tiver chegado ainda.

— Mitch, preciso lidar com essa questão com um pouco mais de tato. Ele vai querer fazer um monte de perguntas. Não posso simplesmente dizer que o estou deixando depois de cinco anos para ficar com o homem que me traumatizou... e, em seguida, ir embora. Me importo com ele.

Droga. Acho que ela estava certa. Como eu sabia muito bem qual era a sensação de perdê-la, deveria ter me sentido muito mal pelo pobre coitado, mas parecia que eu não conseguia me recuperar da minha própria euforia nem do meu ciúme. Simplesmente a queria na minha casa e na minha cama o mais rápido possível.

— Está certo. Eu entendo. Não vou te pressionar. Mas tem certeza de que não vai mudar de ideia quanto a voltar de carro comigo?

Ela balançou a cabeça negativamente.

Eu a beijei, chupando seu lábio inferior com força.

— Te amo, Skylar Marie Seymour.

— Também te amo.

— Bom voo. Por favor, me ligue quando aterrissar. Vou estar dirigindo.

— Pode deixar.

Ela arrastou a mala para fora, e eu a acompanhei. Depois que coloquei a bagagem no porta-malas, nos beijamos uma última vez antes de ela entrar no carro e sair da entrada de pedrinhas em direção à rua.

Fiquei observando até não conseguir mais enxergá-lo.

A casa estava estranhamente quieta. Ela havia ido embora, mas o cheiro do seu perfume floral que permaneceu na entrada me provocou. Eu já estava sentindo falta dela. Peguei um elástico de cabelo que tinha caído e brinquei com ele enquanto refletia sobre a semana que passamos juntos, incapaz de conter o sorriso.

Fui até as portas francesas para admirar o mar pela última vez antes de trancar tudo. Aquele lugar sempre seria especial para mim por causa do que aconteceu ali. Eu iria tentar reservá-lo no ano seguinte. Poderíamos levar Henry e minha mãe, e transformar a viagem numa tradição. Meu filho adorava brincar na praia. A água o acalmava. Eu sempre dizia que isso era motivo suficiente para eu me mudar para um lugar perto do mar.

Enquanto eu sonhava acordado sobre um futuro que parecia mais promissor do que nunca, alguém bateu à porta.

Ela voltou.

Meu coração se encheu de ansiedade conforme me aproximei da porta e a abri. Foi aí que percebi que ela não ia voltar e se encontrar com ele ao chegar em casa, no fim das contas.

Porque ele e seu punho estavam bem ali, vindo direto no meu rosto.

30
SKYLAR

Quando meu avião aterrissou e entrei na área de passageiros em Newark, percebi de imediato que havia algo de errado. Kevin nunca se atrasava para nada. Alguns dias antes, ele tinha insistido em me buscar, mas não estava em lugar algum.

Com tudo o que tinha acontecido entre mim e Mitch, fiz a burrice de esquecer de colocar o celular na tomada na noite anterior. Percebi que a bateria estava descarregada depois que entrei no avião, e tinha deixado o carregador na mala. Eu não tinha como entrar em contato com ninguém. Nem sabia o número do Kevin de cor, porque já fazia muito tempo que o contato dele estava salvo no meu aparelho.

Minha bagagem era o último item girando na esteira quando a peguei, e admiti que ele não viria. Um pressentimento ruim tomou conta da minha mente enquanto eu esperava em pé na área de retirada de bagagem lotada de gente, sem saber ao certo aonde ir nem o que fazer. Ouviam-se chamadas para embarque no sistema de som, e as pessoas trombavam comigo enquanto eu permanecia imóvel, atordoada e confusa.

Um funcionário da companhia aérea acabou chamando um táxi para mim.

Meu coração estava palpitando conforme fui me aproximando da porta da frente da nossa casa em Bayberry Lane. Minha mão tremia enquanto eu colocava a chave na fechadura. Ela não girava. Conferi para ter certeza de que não tinha pegado a chave errada e logo percebi que as fechaduras tinham sido trocadas.

Ouvi um latido vindo do quarto no andar de cima. Era Seamus. Fazia anos que ele não se comportava daquele jeito. Algo estava errado. Não consegui chegar até ele e comecei a entrar em pânico.

Kevin sabia.

Ouvi o gorjeio dos pássaros enquanto eu olhava de um lado para o outro, paranoica, esperando que ele pulasse de trás de um arbusto ou algo assim.

Entrei no meu carro para conectar meu celular a um carregador e dirigi sem destino pelo bairro. Ao parar por causa de um grupo de garotos jogando hóquei na rua, comecei a suar. Algo ruim estava prestes a acontecer.

Quando meu celular enfim ligou, encostei perto da calçada. Havia dez chamadas perdidas e várias mensagens não lidas. Todas eram de Mitch, exceto uma, que era de Kevin.

Era uma foto minha e de Mitch tirada na manhã daquele dia enquanto estávamos na água, de mãos dadas.

Fiquei triste e cobri a boca com a mão, chocada. A mensagem embaixo da foto era apenas:

Como você pôde fazer isso com a gente?

Não havia mais nenhuma mensagem nem chamada dele. Se ele tinha tirado aquela foto, era porque estava na Virgínia. Me perguntei o que mais ele tinha visto. Antes que a minha mente pudesse tentar calcular tudo melhor, o celular tocou.

Era Mitch.

— Mitch? O Kevin... ele...

— Ele sabe.

Eu estava falando rápido demais.

— Acabei de chegar. Meu celular estava sem bateria. Ele me mandou uma foto...

— Tente ficar calma. Escute, Skylar. Ele veio à casa de praia.

— Como é que é?

— Logo que você foi embora, alguém bateu à porta. Abri porque achei que você tivesse voltado. Era o Kevin, e ele me deu um soco.

Não.

— Você está bem?

— Estou com o olho meio roxo, mas estou bem. Ele tentou me acertar uma segunda vez, mas eu o derrubei e segurei suas mãos. Sou mais forte que ele. Só não estava esperando pelo primeiro soco.

— Onde ele está agora? Onde você está?

— Imagino que ele esteja num avião, voltando para Nova Jersey. Estou indo para casa de carro. Demorei para sair porque ele ficou me interrogando por um tempo. Ele está péssimo, mas não o culpo.

— O que você disse a ele?

— Contei a verdade sobre como voltamos a nos falar e que estávamos apaixonados um pelo outro. Não me lembro de todos os detalhes do que eu disse, mas, basicamente, ele me acusou de te manipular. Ele me lembrou de quanto você estava perturbada quando ele te conheceu. Ele disse que, se você era burra o suficiente para voltar para mim depois de tudo o que tinha acontecido, era porque merecíamos um ao outro.

— Ele disse quanto tempo ficou na Virgínia? O quanto ele viu?

— Pelo que ele contou, acho que pegou um voo para lá hoje bem cedinho. Não acho que tenha estado lá ontem à noite. Ele disse que mexeu no seu laptop e achou o e-mail que te mandei antes da viagem. Quando ele viu meu nome na mensagem, entendeu tudo. Acho que estava esperando que você fosse embora para pegar o voo e poder me arrebentar de homem para homem sem você ter que presenciar.

Tombei a cabeça no assento do carro e fechei os olhos.

— Ele deve ter bisbilhotado depois que hesitei em dizer que o amava durante a ligação ontem à noite.

— De qualquer forma, agora ele sabe de tudo. Fico triste por isso ter acontecido, mas quero que você fique longe da sua casa.

— Ele me deixou trancada para fora, mas preciso esperar aqui e ficar frente a frente com ele hoje à noite.

— Não quero que você faça isso sozinha.

— Ele não vai me machucar.

— Ele me acertou com tudo sem pensar duas vezes. Se ele encostasse a mão em você, eu jamais me perdoaria.

— Ele não vai me bater. Tenho certeza de que, antes de você, ele não tinha dado um soco em ninguém na vida inteira. Não é da natureza dele.

— Vai demorar algumas horas para eu chegar aí. Se ele chegar antes e você insistir em colocar sua ideia em prática, precisa carregar seu celular e chamar a polícia mesmo se ele só te tocar. Entendeu?

— Não se preocupe.

Depois de terminar de falar com Mitch, voltei para casa e estacionei do lado de fora. O sol se pôs, dando lugar à escuridão, e, mesmo após duas horas, não houve sinal do Kevin. Ele não tinha atendido ao celular, então não havia escolha a não ser continuar esperando. Não havia nada para eu comer ou beber, mas eu estava sem apetite.

Faltando trinta minutos para a meia-noite, luzes de farol intensas a ponto de cegar se aproximaram, vindas da parte de trás do meu carro. Kevin estacionou na garagem e imediatamente fechou a porta elétrica. Eu sabia que ele devia ter me visto no carro, em frente de casa.

Minha boca estava seca, e parecia que eu ia fazer xixi na calcinha à medida que me aproximei da porta da frente e bati. Ele não atendeu. Comecei a bater com força, até os nós dos dedos doerem, e por fim gritei, enquanto uma lágrima escorria:

— Kevin, me deixa entrar!

Eu me odiei por magoá-lo.

Ainda assim, ele não aparecia à porta. Ouvi uma janela se abrir no segundo andar, e então começou a chover roupa. Kevin estava jogando todos os meus pertences nos arbustos e na grama. Enquanto eu ia em direção à janela, uma das minhas saias caiu na minha cabeça.

Gritei:

— Por favor, vamos conversar.

— Não há nada para dizer. Quero você e todas as suas coisas longe daqui!

— Não foi minha intenção te magoar. Eu ia conversar com você sobre o que aconteceu quando eu voltasse. Não houve nada antes da viagem.

Seamus estava latindo de novo.

— Eu devia deixar o papagaio sair pela janela também! — Ouvi-o dizer.

— Não!

Ele finalmente parou e botou a cabeça para fora. Suas narinas estavam dilatadas de tanta raiva.

— Eu não ia fazer isso, Skylar. Essa é a diferença entre nós. Não sou uma pessoa fria e sem coração.

Depois de aparentemente ter acabado de jogar todas as minhas coisas na grama, ele sumiu. Envergonhada, olhei para as minhas roupas espalhadas. Quando Seamus parou de latir do nada, o silêncio foi ensurdecedor.

Fiquei com o coração partido por causa de Kevin. Eu era uma pessoa horrível.

Do nada, a porta da frente se abriu devagar, com um rangido, e me aproximei dela. Kevin se escorou no batente, me impedindo de entrar. Seus olhos estavam vermelhos, e a camisa estava para fora da calça. Vê-lo desalinhado daquele jeito me deixou arrasada.

Sua voz estava rouca.

— Algum dia você me amou?

Ao som de um silêncio constrangedor, olhei para os sapatos dele e pensei em como responder àquela pergunta com delicadeza.

— Achava que sim. Gosto muito de você. Você foi meu mundo durante muito tempo. Te amo de muitas maneiras, só...

— ... só não da maneira que você ama o Mitch.

Comecei a chorar.

— Não, não da mesma maneira.

Ele balançou a cabeça e esfregou o queixo com barba por fazer.

— Eu devia ter confiado na minha intuição. Sabia que havia algo de errado acontecendo há muito tempo. Me limitei a ignorar e ter esperança de que fosse melhorar.

Tive o ímpeto de dizer um milhão de coisas para tentar fazê-lo se sentir melhor, mas sabia que não iria fazer diferença. Arranjar desculpas para um mau comportamento não o modifica. Eu o traí com o homem que amava. Na noite anterior, de alguma forma, eu tinha conseguido justificar a traição na minha cabeça porque, mentalmente, tinha terminado o relacionamento com Kevin, jurando contar tudo a ele assim que voltasse. Mas explicar isso dessa forma não iria ajudá-lo. Ia doer muito, independentemente do que eu falasse, então optei por não insultá-lo com a minha desculpa esfarrapada.

— Não quero mais olhar para a sua cara hoje à noite — ele disse. — Pode levar suas roupas para casa... onde quer que ela seja agora. Vou embalar o resto das suas coisas e deixá-las na casa da sua mãe. Por favor, vá embora.

— Eu entendo. Estou indo. Posso só pegar o Seamus? Por favor?

Ele suspirou e me deixou entrar. Subi as escadas e, quando entrei no quarto, Seamus inclinou a cabeça na minha direção. Ele grasnou quando peguei a gaiola e o cobertor antes de carregá-lo para o andar de baixo. Ele tinha mudado de casa tantas vezes que devia estar pensando "de novo, não".

Quando voltei, Kevin estava parado à porta, no mesmo lugar, olhando para mim com frieza. Coloquei a gaiola de Seamus no chão apenas para tirar o anel de diamante, que pus cuidadosamente na mesinha da entrada.

Observei, pela última vez, a casa que nunca foi um lar para mim, e não olhei para trás.

O chá Darjeeling esquentava a minha garganta enquanto eu o tomava em pequenos goles perto da janela na casa da minha mãe e pensava no que a minha vida tinha se transformado.

Fazia um mês que a briga com Kevin tinha acontecido. Nos encontramos uma vez desde então, para tomar um café, basicamente porque implorei a ele. Eu precisava saber que ele não me odiava. Queria enfatizar o quanto eu valorizava os anos que passamos juntos, mesmo que ele sentisse que eu tinha jogado tudo fora. Ele não falou muito enquanto eu divagava com nervosismo naquele dia. Claramente ainda estava ressentido e tinha se fechado para mim e para o meu ponto de vista. Eu entendia. Parte de mim jamais iria me perdoar por magoá-lo, mas o encontro me deu uma pequena sensação de ponto final. Pelo menos, tínhamos voltado a nos falar. Era mais do que eu teria concedido a ele se os papéis estivessem trocados. Me ofereci para ajudar a cuidar da casa enquanto ela ainda estava à venda, mas ele não aceitou. Ele se mudou para a Califórnia no dia seguinte. Sua mudança não levou em consideração as minhas necessidades, o que corroborou o fato de que eu tinha feito a escolha certa.

Se alguém tivesse me dito um mês antes que eu estaria morando na casa da minha mãe de novo, eu não teria acreditado. Ela ficou totalmente chocada quando descobriu o que tinha acontecido. Ela não sabia nada sobre Mitch estar envolvido e tinha amado Kevin de verdade, provavelmente mais do que eu jamais amei. Ela não tentou jogar a culpa nas minhas costas, mas as coisas ficaram tensas durante os primeiros dias em que estive de volta na casa dela.

Mitch tinha implorado para eu ir morar com ele. Não havia nada que eu quisesse mais, mas precisávamos deixar Henry se acostumar com a minha presença antes de eu invadir o espaço deles. Não havia necessidade de apressar as coisas. Viver no mundo deles também iria significar que possivelmente, um dia, eu teria que encarar a única pessoa que esperava nunca ter que ver na minha frente: Charisma. E se ela viesse fazer uma visita? Vê-la era o que eu mais temia. Existiam muitas coisas que me assustavam, mas não mais a ponto de me fazer viver longe dele.

Na verdade, nas noites anteriores, não havia meio de eu enjoar de Mitch. Me senti uma menina de novo. Esperar sua mensagem noturna me deixava num estado bobo de euforia. Depois que Henry pegava no sono, Mitch me escrevia para ir à casa dele. Ele ficava esperando à porta, me observando atravessar a rua. Ele me acomodava em seus braços antes mesmo de eu colocar os pés para dentro. A luz de velas tremulava na sala e uma garrafa do meu vinho favorito era aberta. Éramos obrigados a ser silenciosos como um casal de adolescentes namorando escondido. Nos pegávamos no sofá enquanto estava passando alguma coisa na Netflix, e isso inevitavelmente levava a um sexo que chegava a ser entorpecente de tão bom antes do filme acabar. Era a primeira vez nas nossas vidas em que podíamos simplesmente desfrutar um do outro.

Numa determinada tarde, quando me levantei para levar minha caneca à cozinha, notei que um pedaço de papel branco havia sido deslizado para dentro por debaixo da porta.

ME ENCONTRE NA FRENTE DE CASA ÀS TRÊS.

A frase me fez rir, porque percebi que ele estava recriando o primeiro bilhete que tinha deixado para mim quando éramos crianças.

Meu relógio estava marcando 2h50, então voltei para perto da janela para esperar. Quando faltavam uns cinco minutos para as três horas, Mitch e Henry vieram para fora. Mitch estava carregando uma daquelas tabelas de basquete de brinquedo, feitas de plástico. Ele a colocou no meio da área de concreto da entrada da garagem enquanto Henry corria em círculos. Mitch estava se esforçando para fazer o menino prestar atenção nele, mas Henry não parava de correr. Por fim, ele segurou o filho, o ergueu no ar e o posicionou na frente da tabela. Ele mostrou como jogar a bola no aro, mas Henry continuou mais interessado em olhar para o chão e correr. Mitch o ergueu de novo e segurou as mãos de Henry em volta da bola, guiando-as em direção ao aro. Quando a bola entrou, Mitch aplaudiu, animado, enquanto Henry começou a correr devagar em círculos de novo, em torno do pai, totalmente desinteressado no jogo.

Com uma expressão de derrota, Mitch ficou lá, parado, com a bola debaixo do braço. Partiu meu coração vê-lo se esforçar tanto. Ele era muito bom pai. Havia algo de especial naquele momento, no fato de observá-lo parado lá, enfrentando o desafio sozinho. Eu realmente queria fazer parte daquilo... não no dia seguinte, no ano seguinte... mas naquele mesmo dia, e para sempre. Eu o amava demais.

Peguei meu casaco e atravessei a rua correndo.

— Oi.

O rosto de Mitch se iluminou quando ele notou minha presença.

— Oi. Você chegou bem na hora.

Eu o abracei, e ele me beijou.

— Faz um tempinho que estou observando vocês dois.

— Pois é... O Henry está mais interessado em correr atrás da própria sombra do que em jogar basquete.

— Não tem problema. Cada um com a sua preferência.

Ele se inclinou na minha direção com o olhar em brasa.

— Qual é a sua preferência?

— Você — falei, agarrando sua camisa.

Ele me beijou de novo, cutucando meu lábio inferior devagar com os dentes para me provocar, e depois disse, com um grunhido:

— Ah, é? — Ele me empurrou de leve. — Certo. Agora saia de perto de mim. Estou ficando duro.

Dei risada enquanto ele colocava a tabela de plástico para o lado. Henry continuava correndo no meio de um pedaço de chão com sol mais próximo da entrada da garagem.

Me aproximei dele e me abaixei até ficar da sua altura.

— Oi, Henry.

Ele não parou e nem olhou para mim.

— Ele está impossível hoje — Mitch disse.

— Se é isso que ele quer fazer, então deixa.

Mitch passou a bola para mim.

— Quer jogar?

— Claro.

Ele mexeu as sobrancelhas.

— Você se lembra das regras do nosso jogo?

— Eu *criei* as regras do nosso jogo, Nichols.

— É verdade.

Nos revezamos na hora de arremessar a bola no aro, e fui a primeira a errar.

— Muito bem — ele ponderou, coçando o queixo. — Fale uma coisa que você adora em mim.

— Não consigo.

— Você não tem a opção de não responder.

— Existem coisas demais para eu falar uma só. Adoro o pai incrível que você é. Adoro o fato de você nunca ter desistido de nós por completo, mesmo quando eu tinha desistido. Adoro como o seu rosto se ilumina toda vez que você me vê. Adoro como você sabe o que fazer com o meu corpo, como mais ninguém soube. Ador...

Ele me interrompeu com um beijo e disse:

— Nunca me senti tão sortudo em toda a minha vida.

Eu não tinha terminado.

— E adoro como você chora como um bebê quando goza.

— Ah, é? Você gosta? Apelidei de "orgasmo chorão". Estou pensando em usar como nome de coquetel. Talvez ser o drinque especialmente criado para o nosso casamento. Vamos escolher os ingredientes, e só nós vamos saber o que o nome realmente significa.

— Nosso casamento?

— É. Você está de acordo?

Senti meus olhos se encherem de lágrimas.

— Não tinha como eu estar mais de acordo.

— Que bom. Porque não vou te deixar ir embora nunca mais.

Brinquei com o zíper do seu capuz, refletindo sobre o que eu estava prestes a propor.

— Acho que devíamos morar juntos antes. Que tal hoje?

Ele colocou as mãos no meu rosto, e seus olhos se arregalaram com a empolgação.

— Você está falando sério?

— Estou. Decidi aceitar sua oferta. Estou pronta.

Mitch me soltou.

— Vai! Pega as suas coisas e depois volta pra cá. Te quero na minha cama hoje à noite.

— Só tenho uma pergunta.

— O que foi?

— Você aceita pássaros?

— Só os velhos e tarados.

Enquanto eu ria, meus olhos foram parar onde Henry estava brincando. Ele tinha parado de correr e pegou a bola de basquete, que havia rolado na sua direção.

— Olha isso, Mitch.

Ele se virou para ver.

Henry se aproximou da tabela de brinquedo e, meio que por acaso, soltou a bola dentro do aro. Mitch balançou a cabeça.

— Acho que ele tem vontade própria.

— Isso é um bom sinal.

Segundos depois, ele voltou a correr atrás da própria sombra.

Mitch puxou meu casaco.

— Entra. Vamos fazer o jantar juntos. Depois, quero que *você* faça parte da nossa sobremesa comemorativa. Te ajudo a trazer suas coisas amanhã.

— Só vou dar um pulo em casa para pegar Seamus e um pijama.

Quando voltei para Mitch e Henry, ri do absurdo que era eu me mudar oficialmente da casa da minha mãe levando apenas um papagaio numa gaiola e uma muda de roupa.

Seamus começou a bater as asas feito um maluco quando viu onde estávamos.

— Parece que ele está animado. Você acha que ele se lembra daqui? — perguntei.

— O que eu acho é que ele está doido para cagar em mim mais tarde.

Henry se aproximou da gaiola e espiou.

Mitch bagunçou o cabelo do menino.

— Está vendo o papagaio, Henry? Isso é um papagaio. O nome dele é Seamus. Fala "oi, papagaio".

De repente, Henry começou a imitar o movimento de Seamus. Era uma bela de uma visão, os dois batendo as asas um para o outro. Henry começou a rir e até olhou para Mitch, esperando uma reação.

Mitch estava radiante.

— Nunca o tinha visto entusiasmado desse jeito com algo que não seja eletrônico.

Seamus parecia estar encorajando Henry, batendo as asas mais rápido. Quando o papagaio começou a mexer a cabeça vigorosamente, Henry soltou uma gargalhada e depois começou a imitar aquilo também.

Eu e Mitch sorrimos um para o outro.

— Bom, acho que esse papagaio finalmente encontrou sua vocação — brinquei.

Quando Mitch ergueu a gaiola para levar Seamus para dentro conosco,

Henry chiou, como protesto.

— Pap...

— O que ele acabou de dizer?

Mitch estava com um brilho nos olhos.

— Acho que ele está tentando dizer "papagaio". — Ele colocou a gaiola no chão de novo. — Henry, você quer ficar aqui fora com o papagaio?

— "Paagai" — ele falou.

Surpresa, soltei um suspiro.

— Ele *está* falando "papagaio"!

— Acho que é a primeira palavra oficial dele.

Aquele dia com certeza iria ficar para a história, por vários motivos.

— Minha Nossa Senhora!

Eu e Mitch olhamos para Seamus ao mesmo tempo.

— Mitch, ele não diz isso há anos. Que estranho...

— Que malandro! Parece que ele sabe que as coisas voltaram a ser como deveriam.

Esse é que é o problema do amor verdadeiro. Ele pode ressurgir das cinzas, porque, na sua fonte, é indestrutível. Camadas dele podem ser retiradas e perdidas, mas, se você tiver a sorte de encontrá-las de novo e juntá-las, o resultado final é algo mais forte do que jamais existiu.

Foi tudo o que consegui pensar enquanto fiquei lá, parada, com Mitch, na nossa quadra de basquete. Depois de tudo que tínhamos passado, nos vimos começando uma vida melhor exatamente no mesmo lugar onde tudo havia começado.

Não podia ter feito um tempo melhor para uma festa de quintal num sábado à tarde. Estava quente, mas a umidade não estava alta. Mitch estava ocupado limpando as mesas da parte externa e montando um bar improvisado para quando os convidados chegassem. Janis estava de babá para podermos deixar tudo pronto.

Quando o caminhão do serviço postal foi embora, fui de chinelo até a caixa do correio e fui organizando os itens na pilha de contas e panfletos de desconto. Um envelope internacional com as palavras "via aérea" impressas na frente chamou minha atenção imediatamente. Estava endereçada a Skylar Nichols. O remetente era de Londres. Parecia que os waffles que eu tinha acabado de comer no café da manhã estavam tentando voltar para fora do meu corpo.

Hoje, não...

Em hipótese alguma eu iria deixar aquilo estragar nosso dia.

Dei uma olhada ao redor quando fui para dentro e corri para o banheiro do andar de cima, fechando a porta logo em seguida. Era melhor ela não estar tentando criar problema para nós. Charisma não tinha estado de volta ao país uma única vez desde que eu e Mitch havíamos reatado. Eu nunca tinha precisado ficar frente a frente com ela como temia.

O envelope passou pela minha mão como uma faca, causando um corte, enquanto eu abria a carta com pressa. Tinha sido manuscrita num papel que parecia caro.

Cara Skylar,

Imagino que eu seja a última pessoa da qual você quer receber uma correspondência. Entendo completamente. Esta carta vai ser mais útil para mim do que para você.

Vou direto ao ponto. Certas circunstâncias recentes na minha vida me fizeram reavaliar minhas ações ao longo dos anos. Estou enfrentando um problema de saúde e, embora vá te poupar dos detalhes, digamos que agora temos mais uma coisa em comum além de uma história com Mitch.

Estou escrevendo porque sinto que preciso te pedir desculpas antes que seja tarde demais. Lamento pela mágoa que causei de propósito em vocês dois. Minhas ações foram imaturas, egoístas e cruéis. Não tenho a expectativa de que você vá esquecer, porque isso provavelmente é impossível. Entretanto, estou pedindo seu perdão.

Também quero te agradecer por proporcionar ao meu filho o tipo de mãe que ele merece. Tenho consciência de que praticamente o abandonei. Em parte, foi porque não nasci para ser mãe, mas, principalmente, porque tenho certeza de que ele está melhor sem mim.

Parabéns pelo casamento. Desejo o melhor para vocês, de verdade, embora suspeite que você não vá acreditar que estou sendo sincera. Sem dúvida, você e Mitch nasceram um para o outro e são a prova de que o destino sempre ri por último. Assim como o carma. Sou prova viva disso.

Saudações,
Charisma Warner

Fiquei com os olhos vidrados na carta que estava nas minhas mãos. Não sabia o que pensar. Uma vaga sensação de tristeza me pegou de surpresa. Senti pena dela de verdade. Ela jamais iria conhecer o tipo de alegria que eu tinha com Henry todos os dias, ajudando-o a aprender e comemorando cada progresso dele. Além disso, ele me amava e demonstrava isso à sua maneira especial. Eu era a única mãe que ele tinha conhecido.

Dobrei o papel, fechei os olhos e fiz uma prece. Se existe um sinal verdadeiro de perdão, é rezar pelo bem-estar do seu pior inimigo. Quando terminei, senti uma paz interior que não poderia ter vindo num momento mais oportuno.

Mitch não ficaria sabendo da carta naquele dia. Eu não queria aborrecê-lo, porque aquele dia era importante demais para nós dois. Levei o envelope para o quarto e o enfiei na minha gaveta, prometendo a mim mesma mostrá-lo a ele no dia seguinte.

Estávamos casados há quase três anos. Uns seis meses depois que me mudei para a sua casa, ele me pediu para eu me sentar para ver um filme uma noite, depois do jantar. Quando ele apertou o play, o que realmente passou foi uma montagem de fotos de nós dois que Angie havia tirado ao longo dos anos. *All of Me*, de John Legend, foi a trilha sonora da sequência de slides.

Fiquei embasbacada. Havia fotos apenas das nossas mãos uma na outra, e de quando éramos adolescentes, mostrando Mitch olhando para mim com adoração sem saber que estava sendo fotografado. O amor estava estampado no seu rosto, mesmo naquela época. Havia fotos dele beijando minha cabeça quando eu estava doente, da noite do baile e da viagem a Lake George. Mas o intervalo de cinco anos foi dolorosamente óbvio, antes de aparecerem fotos que ele tinha tirado de nós dois com Henry. No final, a palavra *Continua* surgiu na tela, seguida da frase *Casa comigo?*. Nunca vou me esquecer do instante em que me virei na direção dele e olhei nos seus olhos. Ele estava nervoso e se atrapalhando todo enquanto tirava o anel de dentro da camisa. Como se existisse alguma chance de eu não aceitar.

Era minha lembrança mais preciosa, perdendo apenas para o dia em que me casei com o amor da minha vida em uma pequena reunião com parentes e amigos quatro meses depois. Deixamos Henry mexer no seu iPad durante a cerimônia para ele ficar calmo. Era para o tablet ter ficado no modo silencioso, mas ele descobriu como ativar o som quando o padre estava perguntando se alguém tinha alguma coisa contra nossa união. Henry pediu para ir ao McDonald's.

Aquela festa num sábado à tarde iria acabar virando uma outra boa recordação no futuro.

Mitch apareceu à porta do nosso quarto, me dando um susto.

— Como está a minha linda esposa?

Ele limpou a cabeça com a camisa. Eu nunca me cansava de admirar o corpo do meu marido. Parecia que os homens sempre ficavam mais bonitos com a idade, e Mitch não era exceção. Ele estava especialmente delicioso naquele dia, com a barba por fazer e exibindo um bronzeado de verão. Ele tirou a camisa por completo e a jogou no chão.

— O que você está fazendo?

Mitch abriu o zíper da calça jeans e deslizou as pernas musculosas para fora dela.

— Acabei de ligar para a minha mãe, e eles não vão voltar até o meio-dia. Pedi a ela para ficar um pouco mais no playground. Os convidados não vão chegar antes da uma hora. Adivinha quem vai transar com você fazendo todo o barulho que quiser enquanto estamos sozinhos em casa pela primeira vez em meses? — Ele pressionou o peito maciço nos meus seios e levantou minha blusa, fazendo-a passar pela cabeça, enquanto dizia: — Hoje meu apetite por você está fora do normal. Estou pensando obsessivamente nisso desde o segundo em que acordei hoje de manhã. Agora mesmo, não consegui me concentrar lá fora, porque só conseguia pensar nisso.

— Você é insaciável, sabia?

Ele chupou meu pescoço e falou, com a boca colada na minha pele.

— Eu ia tomar banho primeiro, mas estou com pressa. Espero que você não se incomode de ficar um pouco suja...

— Faria alguma diferença?

— Claro que não.

— Você sabe que gosto de ficar suja.

Ele deu beijos delicados nos meus seios e depois se inclinou para beijar a minha barriga. Ele se levantou, e seu pau se contorceu quando ele o esfregou em mim.

— Caramba, Skylar. Sinta isto, o quanto estou duro.

Estiquei a mão até sua boxer. Seu pau estava quente e pulsava na minha mão.

Eu sempre conseguia saber de que tipo de sexo ele estava a fim pela sua expressão. Às vezes, ele queria que eu estivesse no comando, mas aquele não ia ser um desses dias. Dessa vez, ele ia conseguir o que queria.

Sussurrei no seu ouvido e o acariciei devagar.

— O que você quer, gato?

— Quero que você chupe o meu pau.

É, eu estava certa.

Ajoelhei e dei batidinhas de leve com a língua na fina linha de pelos na sua barriga que levava até a cueca. Eu o coloquei na boca e o acariciei na base, chupando com força até colocá-lo no fundo da garganta. Ele massageava e puxava meu cabelo enquanto inclinava a cabeça para trás, lutando para recuperar o fôlego. Normalmente, eu continuaria, mas estava ansiosa para fazer o tipo de sexo que rolava quando ele estava daquele jeito.

Depois de alguns minutos, parei.

— Onde você me quer?

— Você sabe onde.

Mitch se deitou de costas na cama. Dava para ver veias salientes no seu pau, que estava tão duro quanto possível e apontando para cima no ar. O membro se mexeu quando minha boca se abaixou até ele para chupar a umidade da ponta devagar uma última vez.

Depois que me posicionei sobre Mitch, ele gemeu à medida que entrava em mim. Ele agarrou meus quadris e deslizou meu corpo ritmicamente em cima dele.

— Isto é o paraíso. Estou bem no fundo — ele disse. — Você é deliciosa deste ângulo.

— Também adoro deste jeito — falei, enquanto minha bunda roçava nas suas bolas.

Ele colocou suas mãos ásperas nos meus seios, aproximando-os.

— Caralho... É disso que eu estava precisando.

Me movimentei na direção dele mais rápido. Ficar em cima me permitia ver cada centímetro do seu corpo firme. Lambi os lábios e continuei a cavalgá-lo, secando com os olhos os músculos divididos do seu peito tatuado exibindo meu nome. Ele investia para cima, e seu abdome tanquinho ficava mais evidente quando ele contraía os músculos do torso a cada movimento na minha direção. Fiquei mais excitada só de olhar aquilo. A saliva que se acumulou na minha boca literalmente pingou do meu lábio inferior e caiu nele.

Suas pupilas dilataram, e eu sabia que faltava pouco para ele.

— Adoro como você me olha quando transamos — ele gemeu. — Quero te encher com o meu gozo. Agora. Não consigo mais segurar.

Meu orgasmo vibrou pelo meu corpo na hora. Ele sabia que eu adorava uma boca suja. Às vezes, uma frase bastava para me fazer explodir.

— Isso, isso!

Como não havia ninguém em casa exceto nós dois, ele não teve pudor algum e gritou mais alto do que tinha podido gritar em meses. Observei seu peito se mover para cima e para baixo quando ele gozou, de uma forma quase violenta.

Meu cabelo cobriu o rosto dele e o meu quando me curvei para beijá-lo. Meus seios estavam achatados no seu peito suado. Precisávamos nos aprontar, mas parte de mim desejou que pudéssemos ficar na cama o dia inteiro daquele jeito.

— Dói pra caramba — ele disse.

— O quê?

— O quanto te amo.

Rolei para o lado e enxuguei seus olhos.

— É por isso que você chora?

— Não sei. Não consigo evitar, porque essas lágrimas não vêm da parte consciente do meu cérebro. Mas tenho uma teoria.

— Qual?

— Tudo isso vem de um lugar mais profundo. É como se, quando fazemos amor, minha alma chorasse lágrimas de alegria porque ela se junta com a sua metade.

— Que lindo — falei, e beijei seu ombro. — Ou pode ser apenas sexo bom pra caramba.

Mitch começou a fazer cócegas em mim, e fomos para uma segunda rodada antes de seguirmos para o banheiro.

MITCH

O cheiro de carvão da churrasqueira se espalhava no ar pelo quintal. As pessoas iam chegar a qualquer minuto. Enquanto eu colocava o conteúdo de dois sacos de gelo nas duas caixas térmicas, uma vozinha surgiu atrás de mim.

— Voltamos, papai.

Aquele som sempre tocava meu coração. Eu nunca iria enjoar de ser chamado daquela palavra.

Minha mãe tinha acabado de chegar em casa com as crianças. Foi uns dez minutos depois de eu e Skylar tomarmos nosso banho. A sincronia foi boa.

Ergui Lara no ar.

— Como está minha menininha? Você se divertiu no parque?

— A vovó comprou pirulito com pozinho pra gente.

Olhei para a minha mãe.

— Vovó, isso vai estragar os dentes deles.

Havia pó vermelho espalhado por toda a bochecha de Henry.

Minha mãe deu de ombros.

— Hoje é o dia especial da Lara. Disse que ela podia escolher uma coisa na farmácia, e foi isso que ela quis. Ela pegou um pouco para ele também.

Coloquei minha filha no chão.

— Acho que podemos abrir uma exceção hoje.

Ela deu uma risadinha, revelando a janela no dente da frente, e lambeu o que restava do pirulito antes de mergulhá-lo no pó azul de novo.

Naquele dia, estávamos comemorando o fato de a adoção de Lara ter sido oficializada no dia anterior. Mas fazia um tempo que realmente sentíamos que ela era nossa. Então com cinco anos, havia mais de um que ela morava conosco.

Eu e Skylar tínhamos ido a uma agência de adoção mais ou menos um ano e meio antes com a intenção de adotar um recém-nascido, mas nos disseram que havia uma longa lista de espera. Estávamos dispostos a ter paciência, mas aí eles mencionaram uma menininha que tinha morado em lares adotivos temporários desde que tinha um ano e que precisava de uma casa. Naquela época, ela estava com apenas três anos e meio e usava duas trancinhas. Quando a vi, soube na hora que ela era minha filha. Nunca imaginei que teria a sorte de me apaixonar por duas meninas de trança ao longo da vida. Aconteceu com Lara, e foi imediato. Mais um pouco e ela seria parecida com Skylar quando criança, com seu cabelo castanho-avermelhado e sardas no rosto.

Lara era uma ótima irmãzinha para Henry e até explicava o autismo dele do seu jeitinho fofo às pessoas que ficavam nos encarando em público. Ela dizia:

— Ele não está se comportando mal. Ele é meu irmão e tem autismo. Você devia pesquisar o que é no computador.

Era um alívio saber que Henry teria uma irmã para cuidar dele um dia, quando eu não conseguisse mais.

— Papai, corre atrás de mim?

— Deixa só eu colocar esses bifes rapidinho na grelha, e aí vamos fazer uma rodada de pega-pega.

Ela ficou pendurada na minha perna até eu terminar de ajeitar a carne crua. Vi suas mãozinhas em volta do meu joelho e sorri ao notar seus olhos grandes olhando para mim.

Enquanto eu corria atrás dela pelo quintal, nossos convidados começaram a aparecer aos montes. Alguns dos amigos de Skylar do trabalho voluntário dela no hospital chegaram ao mesmo tempo em que Davey, Zena e a bebezinha deles, Dena. Depois, alguns vizinhos começaram a vir um a um, com comida e bebida nas mãos.

A mãe de Skylar foi a próxima a chegar, seguida de Jake e Nina, que tinham viajado de Boston para estar ali.

Skylar tinha preparado uns seis acompanhamentos e começou a levar toda a comida para o lado de fora, na mesa do bufê. Henry foi até ela para pedir alguma coisa no seu iPad. Ela não sabia que eu a estava observando quando ela parou tudo o que estava fazendo para erguê-lo e beijá-lo no nariz. Henry não tinha mudado nem melhorado dramaticamente com o passar dos anos. Sua fala ainda não estava se desenvolvendo como tínhamos esperado, mas ele realmente sabia duas palavras: "paagai" e "mamã". Meu filho, que um dia foi o catalisador da nossa separação, tinha se tornado *nosso* filho e parte da cola que nos uniu de novo. Eu era o exemplo perfeito de como uma pequena decisão pode definir uma vida inteira. Às vezes, se você tiver sorte, a maior provação pode levar à maior bênção que você vai ter. Só precisamos de um pouco de tempo para ver que os desígnios de Deus são insondáveis.

Jake apareceu atrás de mim.

— Oi, Bitch.

Trocamos um cumprimento de mão aberta.

— Obrigado por vir de tão longe, Jake.

— Sem problema, cara. Trouxe meu equipamento de karaokê para mais tarde. — Ele estava segurando dois copos. — Onde é que fica a bebida boa?

— Aquilo ali é o meu bar improvisado. Está tudo na parte de baixo.

— Como você faz aquele drinque frutado que eles estavam servindo no seu casamento? A Nina quer um. Tinha um nome bizarro, não é? Como é que era, mesmo?

— Orgasmo chorão.

— Você que inventou esse troço?

— Isso. É feito com vodca de mirtilo, Sprite e framboesa fresca. Acho que temos todos os ingredientes.

— Entendi. Quer um?

— Por que não?

Olhei para o meu quintal cheio de gente. Henry estava pulando na cama elástica com a irmã. Minha mãe e Tish tilintaram suas taças de vinho num brinde à neta. Para o meu alívio e o de Skylar, elas haviam reatado a amizade depois que tínhamos voltado a ficar juntos.

Nina apareceu, me deu um beijo na bochecha e apertou meus ombros rápido e de leve.

— Que festa legal! Parabéns.

Eu tinha visto todo mundo, exceto *ela*. Onde estava Skylar? Consegui enfim flagrá-la sorrindo para mim de um canto do quintal, como se estivesse esperando que eu a notasse. Seu cabelo esvoaçou na brisa suave e, como sempre, ela havia me deixado sem fôlego. Olhamos um para o outro e meu coração se encheu da mais pura alegria, eternamente grato por como minha vida tinha entrado nos trilhos.

Ela se aproximou e colocou as mãos em volta do meu pescoço. Foi como se todas as outras pessoas tivessem desaparecido ao fundo.

Apoiei minha testa na dela.

— Obrigado.

— Pelo quê? — ela perguntou.

— Por me dar algo feliz em que pensar todos os dias da minha vida.

Jake apareceu com dois drinques.

— Sou bom demais nessa coisa de barman. Experimentem estes aqui.

— É o orgasmo chorão? — ela perguntou.

Ele confirmou com a cabeça.

— Seu marido me ensinou como fazer.

Jake passou um para mim e depois um para Skylar.

Ela recusou com a mão.

— Obrigada, mas hoje à noite vou ficar só no refrigerante.

— Está certo. — Ele deu uma olhada rápida no lugar onde Nina estava conversando com um vizinho. — Sobra mais para a minha esponjinha ali.

Quando ele se afastou, coloquei a mão na barriga de Skylar, e ela olhou para mim e sorriu. Dizem que essas coisas acontecem quando você não está atrás delas, quando você menos espera. Ninguém sabia o segredo que só nós dois estávamos guardando. Era cedo demais para contar, e seria muito arriscado. Os médicos sempre tinham nos dito que seria difícil — improvável, até —, mas, claramente, não era impossível. Milagres realmente acontecem, e iríamos esperar mês a mês, com grande expectativa e esperança, rezando para que a sorte tivesse batido à nossa porta.

Jake deu batidinhas no microfone.

— Esta coisa está ligada? Alô?

Eu e Skylar olhamos na direção dele.

— Vou dar início ao entretenimento da noite com uma música lenta. É das antigas, mas é boa. — Ele apontou o microfone para mim e piscou. — Bitch, esta aqui é para você.

Nina cobriu o rosto e depois articulou a boca, sem emitir som algum:

— Desculpe.

Demorou alguns minutos para eu perceber que a música era uma velha melodia do Roy Orbison chamada *Crying*[5].

Minha cabeça se virou devagar em direção a uma Skylar com cara de culpada.

— Você contou à Nina...

Sua pele assumiu um tom vivo de rosa.

— Fiquei bêbada, uma vez... na minha despedida de solteira, acho. Escapou. Ela deve ter contado a ele.

Mostrei o dedo do meio ao Jake, e ele se atrapalhou todo com a letra em meio à risada.

Agarrei Skylar.

— Sua merdinha. Sorte sua que eu te amo. — Se você não pode vencer o inimigo, junte-se a ele. — Vamos dançar.

Dançamos com movimentos lentos para frente e para trás ao som surpreendentemente agradável da cantoria sentimental de Jake. Fui tomado pela emoção quando olhei nos olhos dela, curioso, e vi todo o meu mundo me encarando: meu passado, meu presente e meu futuro.

MINHA SKYLAR.

---

5 *Chorando*, em tradução livre. (N. da T.)

QUER MAIS DO CASAL SKYLAR E MITCH?

Saiba mais sobre o passado de Skylar no livro
O SEGREDO DE JAKE (Jake #1 – A história de Jake e Nina).
ENTÃO, descubra o que aconteceu DEPOIS do fim de *Minha Skylar*,
em **segundo livro da série (JAKE UNDERSTOOD - Jake #2)**.

MINHA SKYLAR

AGRADECIMENTOS

Antes de mais nada, quero agradecer aos meus pais amorosos por continuarem a me apoiar, todos os dias e de todas as formas possíveis.

Ao meu marido, que aguenta muita coisa para eu viver este sonho novo... Obrigada pelo seu amor e pela sua paciência.

À Allison, que sempre acreditou em mim, mesmo quando tudo isso se resumia a contar histórias, e ao Harpo, meu agente que está no paraíso. Amo os dois.

À minha editora, Kim York. Obrigada pela sua total atenção capítulo a capítulo e por nossas inestimáveis conversas no Facebook.

Às minhas melhores amigas: Angela, Tarah e Sonia... Amo muito todas vocês!

A todos os blogueiros que me ajudam e me apoiam. Vocês são o motivo do meu sucesso.

Estou com medo de fazer uma lista com o nome de todo mundo aqui porque com certeza vou esquecer alguém sem querer. Vocês sabem quem são, e não hesitem em entrar em contato comigo se eu puder retribuir o favor.

Ao Penelope's Peeps, meu grupo de fãs no Facebook. Adoro vocês!

À Donna Soluri, da Soluri Public Relations, que organizou a promoção do livro e que sempre oferece bons conselhos, obrigada!

À Hetty Rasmussen. Obrigada pelo apoio e por ser minha incrível assistente na Book Bash!

Aos meus leitores. Nada me deixa mais feliz do que saber que lhes ofereci um escapismo dos estresses diários da vida. O mesmo escapismo foi o motivo pelo qual comecei a escrever. Não há alegria maior neste ramo do que entrar em contato com vocês diretamente e saber que algo que escrevi os emocionou de alguma forma.

Às mães (e pais) de filhos com autismo. Vocês são incríveis!

Por último, mas não menos importante, à minha filha e ao meu filho. A mamãe ama vocês. Vocês são minha motivação e minha inspiração!

Entre em nosso site e viaje no nosso mundo literário.
Lá você vai encontrar todos os nossos
títulos, autores, lançamentos e novidades.
Acesse www.editoracharme.com.br

Você pode adquirir os nossos livros na loja virtual:
loja.editoracharme.com.br

Além do site, você pode nos encontrar em nossas redes sociais.

  https://www.facebook.com/editoracharme

  https://twitter.com/editoracharme

  http://instagram.com/editoracharme

  @editoracharme